KNAUR

Folgendes Buch der Autorin
ist bei Knaur MensSana erschienen:
Qi Gong. Energiebalance für Körper und Seele

Folgende Bücher der Autorin
sind bei O. W. Barth erschienen:
Die Energien des Lebens und des Sterbens
Mo – Das Orakel der Tibeter
Wie in einem Traum
Die Stimme des Zwielichts
Zanskar und ein Leben mehr

Über die Autorin:
Ulli Olvedi, Jahrgang 1942, befasst sich seit Jahrzehnten in Theorie und Praxis mit dem tibetischen Buddhismus und lebte in exiltibetischen Klöstern. Die Wissenschaftsjournalistin, Dokumentarfilmautorin, Übersetzerin und Lehrerin des Stillen Qi Gong und der Integralen Energiearbeit ist Autorin zahlreicher Publikationen. Ihr erster Roman *Wie in einem Traum* wurde auf Anhieb ein großer Erfolg.

Ulli Olvedi

Der Schrei des Garuda

Roman

KNAUR

Besuchen Sie uns im Internet:
www.knaur.de

FSC
www.fsc.org
MIX
Papier aus verantwortungsvollen Quellen
FSC® C083411

Vollständige Taschenbuchausgabe Februar 2017
Knaur Taschenbuch
Ein Imprint der Verlagsgruppe
Droemer Knaur GmbH & Co. KG, München

Dieses Buch erschien bereits unter der Titelnummer 50904.

Covergestaltung: ZERO Werbeagentur, München
Coverabbildung: Franz Binder
Satz: pagina GmbH, Tübingen
Druck und Bindung: CPI books GmbH, Leck
ISBN 978-3-426-87790-6

2 4 5 3 1

Die Dinge sind nicht so, wie sie zu sein scheinen.
Aber anders sind sie auch nicht.

Lankavatara Sutra

Miriam

Es tut mir leid«, sagte er.

Doch da war nichts Weiches an ihm, das seine Worte bestätigt hätte. Er stand steif da, die Hände in den Manteltaschen, und sein Blick war eingefroren.

Die Frau. Die Kinder. Der Beruf. Die Kollegen. Ganz am Rand des Bildes die Geliebte. Man kann dieses Stückchen Rand wegschneiden, ohne das Bild zu stören. Ich bin eine Randerscheinung, dachte Miriam. Nur die Geliebte. Nicht genug, um ein Bild zu füllen, nichts, das bleibt, weniger als der Geruch in einer leeren Parfümflasche.

Sie wünschte, ihr fiele etwas Bedeutendes, Abrundendes ein, das sie sagen könnte, etwas, das dem Jahr dieser Affäre irgendeine Festigkeit geben konnte, doch es fiel bereits auseinander, als sei es nie gewesen, und der Rest Hoffnung tropfte heraus. Es fiel ihr nichts ein und so wartete sie, bis er ging, schloss die Tür hinter ihm und ließ die Schultern fallen. Im Zimmer blieb eine schwere, kalte Leere zurück. Kurz kam ihr der Gedanke, es könnte befreiend sein, laut zu heulen, ohne Scham wie ein Tier, aus dem tiefen Dunkel des Schmerzes heraus. Natürlich tat sie es nicht. Man tut das nicht.

War es der Verlust des Wartens, der sie so sehr traf? Denn

das Warten hatte dem Bedeutungslosen Bedeutung verliehen. Sie sah unzählige öde Tage vor sich. Nackte, unverblümte Bedeutungslosigkeit. Ein Rand ohne Bild.

Entschlossen, sich zu betrinken, füllte sie ein Wasserglas mit Whisky und trank es in kleinen, schnellen Schlucken aus. Das wässrige Licht des grauen, lang gezogenen Tages hüllte sie ein und ihr Blick tauchte in das matte Grün der unruhigen Birke vor dem Fenster. Stell dir vor, jetzt sei ein anderes Jetzt, zehn Jahre später. Du denkst zehn Jahre zurück – es ist so lange her. Ein Mann hat dich verlassen, na und? Solch eine alte, blasse Erinnerung mit ihrem kleinen, scharfen Restgeruch von Verletzung ist keine Bedrohung. Lang vorbei, lang vorbei, jetzt ist jetzt, das Grün draußen und das Grau im Zimmer und das Goldgelb im Glas.

Das Grün war so tröstlich, wenn es nach dem langen Winter endlich wieder hervorkam wie ein Wunder. In jedem Frühling war es ein Wunder. Sie hatte damals im Frühling geheiratet, in einem altrosa Kostüm und sehr hohen Schuhen, und der Mann neben ihr trug einen hellen Anzug. Wie nett sie aussahen zwischen dem Grün das neuen Jahres. Doch da hing diese vage Ungewissheit über ihr, ob dies wirklich das Glück war. Immerhin, ihr Leben hatte eine Richtung, das Leben musste eine Richtung haben, ihr Vater nickte gewichtig und zufrieden. Vielleicht wollte sie nicht so viel Richtung. Aber man stellte sich diese Frage nicht, wie viel vom Glück solcher Richtung man wünschte. Verheiratet. Ärztin. Ein Leben, an das man sich anlehnen konnte, anlehnen musste. Sie sagten: Ach, Miriam, was soll das, in die Dritte Welt gehen und kranke Kinder retten, man braucht eine Existenz. Sie hatte die Dritte Welt eingetauscht gegen ein Röntgenlabor.

War es das zweite Glas oder schon das dritte? Vor dem Fenster gab es kein Grün mehr, es war dunkel geworden. Die Einsamkeit quoll ins Zimmer, nicht mehr aufgehalten vom Bollwerk des Wartens.

Sie leerte das Glas, stellte es langsam vor sich auf den Tisch und goss nach. Der Whisky ließ den Schmerz weniger scharfkantig erscheinen, doch die Bilder, die hochdrängten, reihten sich erbarmungslos aneinander. Das Kind. Helle Zöpfchen mit breiten blauen Schleifen und das kleine Gesicht engelweiß im Tod.

So lange hatte sie Gott beschimpft, bis sie fast so weit war, an ihn zu glauben. Doch sie schreckte zurück, konnte sich nicht einlassen auf diesen übermächtigen Mann in seinem unvorstellbaren Himmel. Sie hätte gern geglaubt, dass Gott die Liebe ist, doch wie hätte Liebe ihr das antun können? Zutiefst unglaubwürdig machte es ihn. Dann war da noch die Jungfrau Maria, so machtlos; auch ihr wurde das Kind genommen und sie konnte nichts anderes tun als weinen.

Miriam stellte das leere Glas vorsichtig auf den Tisch, goss nach und trank aufmerksam den Salzgeschmack mit, den ihre Tränen im Whisky hinterließen. Sie war müde, doch sie wollte nicht schlafen gehen. Der Traum könnte wieder kommen: Sie ist in einem Zimmer mit einer Tür und sie geht durch die Tür und ist wieder in demselben Zimmer mit der Tür und sie geht wieder durch die Tür in dasselbe Zimmer und es gibt keine Tür nach draußen.

»Ich bin unglücklich«, sagte sie laut. Sie wünschte, es würde jemand hören. Das Unglücklichsein war wie ein Tunnel und sie war in diesen Tunnel hineingegangen und jetzt gab es keinen anderen Weg mehr, nur weiter im Tunnel. Niemand würde da mitgehen wollen. Sie war allein. Man war immer allein.

Keine Frage, was nun kommen würde: die vertraute, bis ins Innerste schmerzende Erstarrung; morgens aufwachen mit dem Grauen, einen Tag durchstehen zu müssen; das entsetzliche Funktionieren; die Angst vor dem Abend mit seiner lauernden Dunkelheit, die den Rest der inneren Substanz aufzulösen drohte; die Nächte mit kleinen Tümpeln von Schlaf und dazwischen unerbittliche, schmerzende Wachheit. Eine Woche, zwei Wochen lang der Kampf, dann die Niederlage, die Tabletten, das chemische Gängelband, um weiterkriechen zu können durch die Tage und Nächte, halbherziges Überleben.

Sie lehnte die Stirn an die Wand und begann, langsam und rhythmisch dagegen zu schlagen, bis der Schmerz der Erschütterung in ihrem Kopf ein wenig Erleichterung brachte. Hier steht jemand und schlägt mit dem Kopf an die Wand, dachte sie erschöpft. Wer tut das? Niemand ist da. Ich bin nicht wirklich da. Nicht – da – nicht – da. Sie wollte nicht aufhören. Der Schmerz und die Sinnlosigkeit dieses Tuns gaben eine gewisse Befriedigung. Nicht – da.

Es war noch Whisky in der Flasche. Keinen Rest lassen – keinen Rest von Gedanken, keinen Rest von Gefühlen. Es müsste möglich sein. Der Griff nach der Fernbedienung erschien ihr als Bankrotterklärung, Aufgabe der Hoffnung auf Freiheit.

Auf dem Bildschirm erschien eine karge, weiträumige Landschaft. Ein alter Mann sprach Unverständliches, darüber die Übersetzung: »… der Yamdrok Tso, der heilige Türkissee. Man weiß, dass Padmasambhava seinen Handabdruck im Wasser des Sees hinterließ. Damals, bei meiner ersten Pilgerreise, ritten wir zehn Tage lang …« Klare Linien nackter Berge vor dem tiefblauen Himmel. Masken wirbeln, ein Auge auf der Stirn, Totenköpfe und Bänder, die Füße stampfen, tanzen, rundherum, rundherum. Wie hinterlässt man einen Handabdruck im Wasser?

Das Glas fiel mit einem dumpfen, bedächtigen Laut zu Boden.

Dawa

Eine Treppenbohle knackt in der Dunkelheit. Die steilen Stufen sind kaum zu sehen im matten Mondlicht, das auf den Balkon und auf die steile Treppe zum Innenhof fällt. Dawa hält inne. Aus der Tür zum Zimmer ihres Vaters dringt der sanfte Schein der Butterlampen; er sitzt mit seinem Bruder, dem Mönch, zusammen. Immer reden sie abends, wenn der Onkel da ist, bis tief in die Nacht hinein. Auch aus dem Schlafraum der Stallknechte dringen noch Stimmen, vermischt mit dem Klappern der Würfelbecher.

Vorsichtig klettert sie weiter hinunter, tritt ganz am Rand auf, wo das Holz nicht nachgibt. Die Hunde unter der Treppe heben nicht einmal den Kopf von den Pfoten. Sie hält sich im Mondschatten, der den größten Teil des Hofs in Dunkel hüllt, huscht vorbei am Brunnen und zu dem kleinen Tor seitlich in der Mauer. Da ist Dölma, sie kichert und schiebt den Riegel zurück. Dawa hat kein Geheimnis vor Dölma, denn Dölma gehört zu ihr wie der Rauch zum Feuer, ist ihr näher als jeder andere Mensch. Dawa kann sich erinnern, wie die siebenjährige Dölma sie vor das Tor trug und fast zusammenbrach unter der Last, als der neue kleine Rinpoche mit seinem golden glänzenden Hut auf seinem geschmückten

Pferdchen durch das Dorf und zum Kloster weit jenseits des Tals geführt wurde.

Dölma ist die Tochter des Aufsehers, ein einziges Kind wie Dawa selbst. So viele tote Babys, denkt sie, doch meines wird leben; wäre es nur schon in meinem Bauch, dann würden sie Lobsang nicht mehr zurückweisen, dann würde die Armut seiner Familie vergessen sein. Und sie lacht Dölma zu, siegesgewiss.

Ihr Schritt ist sicher, auch dort, wo sie kaum etwas sieht, so vertraut ist ihr der nächtliche Weg zwischen den ummauerten Höfen hindurch. Der halbe Mond genügt, um scharfe Schatten zu werfen. Niemand treibt sich um diese Zeit im Dorf herum. Ihre Freundin Nangsa liegt vielleicht noch wach und betet das Mantra der Arya Tara, der gütigen Muttergottheit, für Dawa und ihre Liebe. Dawa lächelt. Der Vater wird schließlich nachgeben. Väter sind wie Felsen. Stürme und Gewitter sind machtlos. Nur das sanfte, mächtige Wasser kann sie untergraben, Rinnen ausspülen, so dass sie sich neigen, ohne es zu bemerken, und wenn sie stürzen, ist ihr Halt längst verloren, gibt es kein Besinnen mehr. Und dann sagen sie: Ja, ja, mein Kind, es sei, es sei, und sie denken vielleicht: Ich bin ein lieber Vater, ich bin ein guter Vater, mein Kind gehorcht meinem Nein und Ja.

Es ist nicht kalt in dieser Nacht. Sie ist entschlossen, nicht länger zu warten. Gleich wird sie es ihm sagen und sie wird sein schnell schlagendes Herz spüren, wild vor Freude. Dann werden sie zu den sommersatten Weiden reiten, wo sie eine unbenützte Steinhütte kennt, und die ganze Nacht lang dort bleiben.

Schnell hat sie den Steinwall erreicht, der das Dorf vor den kalten Winden schützt.

»Hier bin ich, Dawa!« Ein großer Schatten folgt der Flüsterstimme. Sie kann den kleinen, jauchzenden Schrei nicht festhalten, er will aus ihr heraus und aller Welt verkünden: Lobsang ist da und wir gehören zusammen! Sie drückt ihre Nase in seine Chuba, die nach seinem Pferd riecht und nach dem Räucherwerk vom Hausschrein und nach der Erde der Felder, die zwischen ihrem und seinem Dorf liegen. Wenn sie an Lobsang denkt, ist es als Erstes dieser Duft, der in ihrem Geist aufblüht.

»Komm«, flüstert sie, »gehen wir zu den Weiden hinauf. Es ist nicht kalt heute Nacht.«

Mit einer ungeschickten, zärtlichen Geste windet er einen ihrer hundertundacht Zöpfe um seine Hand. Er hat den Kopf zurückgeworfen, so dass sie sein Gesicht nicht sehen kann. Ohne es zu bemerken, hält sie den Atem an und tritt einen Schritt zurück. Er zieht sie wieder an sich.

»Hör zu, es ist etwas geschehen. Es hat sich alles verändert.« Seine Stimme ist dünn und fremd. »Meine Eltern haben eine Frau für mich gefunden.«

»Nein!«, sagt Dawa, zieht das Nein mit ihrem Atem hinein in ihren Kopf und dort ist es so laut, dass es die Sterne übertönt. Doch Lobsang achtet nicht darauf.

»Deine Eltern werden niemals Ja sagen. Du weißt es. Alle wissen es. Dein Vater wird dir einen reichen Mann geben.«

»Ich will keinen reichen Mann. Warte ab! Mein Vater wird seine Meinung ändern. Ich bekomme von ihm immer, was ich will.«

Lobsang schweigt.

Sie presst ihre Hände beschwörend gegen seinen Fellmantel. »Wir gehen weg. Wir gehen zu den Nomaden.«

Seine Hand gibt den Zopf wieder frei, streicht ihn glatt.

»Es geht nicht. Das Leben bei den Nomaden ist viel zu hart. Das bist du nicht gewohnt. Du hast es immer gut gehabt.«

»Ich habe es nicht gut ohne dich.« Fest ergreift sie die Ärmel seiner Chuba und schüttelt ihn mit aller Kraft. »Sie dürfen das nicht mit uns machen. Sie dürfen das nicht.«

»Sie haben es schon getan«, sagt Lobsang in ihr Haar. »Deine Eltern wollen mich nicht haben. Ich bin nicht gut genug für ihre Prinzessin.«

»Komm«, sagt Dawa entschlossen, »mach mir ein Kind. Dann können sie nicht mehr Nein sagen.«

Lobsang schweigt. Sein Pferd schnaubt hinter dem Steinwall. Dawa möchte mit den Fäusten auf die feste junge Brust trommeln, möchte schreien, dass der Himmel dröhnt und ihn aufweckt aus seiner traurigen Ergebenheit. Doch sie erkennt, dass nichts ihn umstimmen kann. Er ist ein guter Sohn. Die Familien haben längst entschieden. Nur in alten Geschichten laufen die Liebenden davon.

Eine riesige, dunkle Endgültigkeit türmt sich um sie auf. Mit einem Mal ist nichts mehr so, wie es sein sollte. Als ginge ein riesiger Riss quer durch die Welt.

Lobsang lässt sie los, schiebt sie von sich. »Leb wohl, Dawa«, sagt er, fremd schon, und geht zu seinem Pferd.

Ein leises, freundliches Schnauben, Lobsangs sanfte Stimme, so sanft mit seinem Pferd. Sie möchte ihm nachrufen: Es tut so weh! Tu mir nicht so weh!

Der Klang der Hufe verliert sich in der kühlen, erbarmungslosen Stille der Nacht.

Miriam

Das Erwachen war ein zäher Kampf. Sie wollte nicht wissen. Sie wollte nicht denken. Doch nichts konnte die Flut von Schmerz aufhalten. Noch hatte der Schmerz keinen Namen, doch sie wusste um ihn; einen Augenblick lang drängte sie ihn noch zurück, dann brach die Welle und zerstob in Worte.

Verloren. Allein. Sie hatte Lobsang verloren. Oder ging es nicht um Lobsang, der auf seinem kleinen, schnellen Pferd durch die Nacht davonritt? Es tut mir leid, hatte er gesagt, die versteinerte Figur, die bereits gesichtslos wurde, weil die Züge eines anderen Verlusts sich in ihrem Gefühl einzunisten begannen.

Miriam setzte sich auf. Irritiert suchte ihr Blick das Fenster, wo sich keines befand. Sie war auf der Couch eingeschlafen, zusammengerollt in der Kühle der Nacht. Ein wuchtiges, schmerzendes Pochen in ihrem Kopf brachte die Erinnerung an den Whisky mit sich. Im dünnen Licht des beginnenden Morgens ging sie in die Küche und trank hastig ein Glas Wasser. Ihr Spiegelbild zeigte einen Bluterguss auf ihrer Stirn von den Schlägen gegen die Wand.

Ins Bett sinken, die Decke bis zum Hals ziehen. Eine kleine Erleichterung. Eine Ahnung zaghafter Zufriedenheit stieg aus tiefer Erinnerung empor – das Geborgenheit verheißende Gefühl, krank zu sein, nicht zur Schule gehen zu müssen, in die Bettdecke gehüllt auf dem Wohnzimmersofa zu liegen, einen Teller mit Früchten auf dem niedrigen Couchtisch. Man konnte lesen oder die Vorhänge zuziehen und sich der anderen Wirklichkeit auf dem kleinen Bildschirm überlassen, in der daunenwarmen Gewissheit, keine Verantwortung für den Tag übernehmen zu müssen. Unbekümmert konnte man sich treiben lassen im Zeit-Ozean. Das Fieber war ein Verbündeter. Die Grenzen zu den Träumen lösten sich auf und die Träume wucherten in den Tag hinein, grell wie der Tod. Dass der Tod nicht nur Licht und Dunkel, sondern auch Farben und Bilder hatte, dessen war das Kind Miriam gewiss.

Nach und nach quoll ein mattes Regengrau zwischen den Vorhängen hindurch. Eingehüllt in den einsamen Schutz des Schlafzimmers tauchte sie zurück in den Schlaf, in die unverwundbare Bewusstlosigkeit, die keine Lösung bietet.

»Du solltest endlich zu einem Psychotherapeuten gehen«, sagte Greta. »Ich weiß nicht, was du dagegen hast.«

»Mir geht's gut«, wehrte Miriam kraftlos ab.

Greta seufzte. »Es geht einem nicht gut, wenn man wie ein Zombie herumläuft und sich in Träumen versteckt.«

Miriam zog ihre Jacke fester um sich. Der tagelange Regen hatte den Sommer abgekühlt und verdunkelt.

»Ich laufe nicht herum. Ich habe die Tage hier auf der Couch verbracht. Ich lese viele wunderbare Bücher über Dawas geistige Welt. Und ich verstecke mich nicht in Träumen. Es zieht mich einfach hinein, verstehst du? Diese Traumwelt ist so lebendig. Heute Morgen habe ich geträumt, dass ich auf einem dieser kleinen Pferde ritt. Neben meinem Vater – neben Dawas Vater. Dawa liebt ihren Vater. Ich kann es spüren, jetzt, in diesem Augenblick. Ich bin das einzige Kind. Er liebt mich. Wir beten täglich zusammen, mein Vater, meine Mutter und ich – ich meine, Dawa.«

»Midlife«, sagte Greta mit Nachdruck. »Du hast eine Identitätskrise. Das hat man in unserem Alter. Du brauchst Hilfe.«

Miriam schüttelte den Kopf. »Das Recht des Menschen auf ein verpfuschtes Leben ist unantastbar.«

Greta lachte.

»Das ist nicht komisch, Greta. Was ist aus meinem Leben geworden? Wozu lebe ich es? Lauwarm, grau, mittelmäßig. Ein mittelmäßiger Mann beendet eine mittelmäßige Beziehung mit mir, einer mittelmäßigen Ehe wegen, und ich breche zusammen, als sei es mein Tod. Wenn ich jetzt sterben müsste … Hast du einmal darüber nachgedacht, wie die Summe deines Lebens aussehen würde, wenn du jetzt sterben müsstest? Du gehst zur Haustür hinaus auf die Straße, du wirst überfahren und da liegst du und spürst, dass du stirbst, und du fragst dich, ob das alles für irgendwas gut war. Oder du bekommst Krebs. Das kann so schnell gehen; in ein paar Wochen bist du tot. Oder Herzinfarkt. Schlaganfall. Unglaublich viele Leute sterben einfach so, ganz schnell.«

Greta setzte sich zu Miriam auf die Couch und legte den Arm um ihre Schultern. »Das ist morbide. Du wirst noch lange nicht sterben.«

»Verstehst du nicht? Dieser Gedanke an den Tod tut mir gut. Er weckt mich auf. Ich habe den Gedanken an den Tod gehasst – das totale Versagen, schuldig gesprochen, das Ende des Tunnels ohne Ausgang. Aber es könnte anders sein.« Sie hob dic Hand mit einer beschwichtigenden Geste. »Vergiss es. Vielleicht ist es die Vierzigerkrise. Vielleicht liegt es an den Hormonen. Morgen bin ich wieder fit. Oder übermorgen. Auf jeden Fall geh ich nicht mehr ins Labor. Ich möchte nie mehr am Montagmorgen hören müssen, wen mein Ex am Sonntag im Tennis besiegt hat.«

Greta kicherte beruhigt und überredete sie, am Wochenende zu einer Party zu kommen. Sie müsse aus ihren vier Wänden heraus und andere Leute sehen, dann würde sie auch auf andere Gedanken kommen. Miram seufzte, als die Tür hinter der Freundin ins Schloss fiel. Plötzlich erkannte sie, wie sehr Greta das fürchtete, was sie Miriams »Zustände« nannte. Du musst positiv denken, sagte Greta, du darfst dich nicht gehen lassen. Sie war eine gute Freundin, voller guter Ratschläge. Auf dem Kampfplatz ihrer Freundschaft fochten sie seit Jahren mit den ungleichen Waffen der Depression und der guten Ratschläge. Gretas Siege waren Miriams Einsamkeit. Einsamkeit, das ist das Einzige, was von mir da ist, dachte Miriam. Ich lebte schon immer wie hinter einer Tür, die offen steht und durch die viele Leute aus und ein gehen und nicht bemerken, dass dahinter jemand ist.

Mit einem Gefühl verzweifelter Entschlossenheit legte sie sich auf die Couch und überließ sich Dawas Erinnerungen an den sanften Jungen aus dem Nachbardorf, den sie nicht haben durfte, an Zärtlichkeit ohne Hast und eine Liebe, so offen wie ein weiter, weiter See.

Dawa

Der Klang der Becken und der großen Trommeln lässt die Erde erzittern – oder sind es die unzähligen Füße der Besucher im Klosterhof oder die Wucht, mit der die Tänzer in den Kostümen der zornvollen Gottheiten aus dem Eingang des Lhakang stürmen? Dawa zwängt sich in die erste Reihe der Zuschauer und hält den Atem an. Seit ihrer Kindheit erlebt sie bei jedem Klostertanz erneut das zugleich erschreckte und beglückte Herzklopfen, wenn die brokatfunkelnden, Schwerter schwingenden, gekrönten Riesen in den Klosterhof tanzen, mit gewaltigen, ausgreifenden Schritten. Beschützer, Befreier, wilde Väter der höheren Welt. Sie drehen sich mit ausgebreiteten Armen und in Dawa steigt das Bild der Geier auf, die über einer Himmelsbestattung kreisen. Einmal ist sie mit Dölma und Nangsa vor Beginn der Morgendämmerung zum Bestattungsplatz des Klosters hinaufgeschlichen. Hinter Felsen verborgen haben sie dem Zerhacken der Leichen zugeschaut, während die Geier auf den großen, flachen Steinen landeten, ungeduldig mit den Flügeln schlugen und auf ihr Festmahl warteten.

Unversehens begegnet ihr Blick dem Auge eines Tänzers zwischen den Fangzähnen seiner Maske. Erschreckt drückt sie sich zurück in die Menge. Es sind Menschen unter den Masken, Mönche, das weiß sie, doch zugleich sind auch die Gottheiten da, die durch den Tanz herbeigerufen werden. Es wäre unklug, sich auf das eine oder das andere festzulegen, hat der junge Rinpoche des Klosters einmal gesagt. Sie hat es nicht verstanden, aber den Satz nicht vergessen können.

Sie hält nach ihren Eltern Ausschau, die im Gedränge verschwunden sind. Nicht weit entfernt sieht sie eine kleine Gruppe stehen, ein paar nichts sagende Rücken, doch dazwischen – ihr Herz beginnt zu rasen und ihre Wahrnehmung verengt sich auf diesen einen Ausschnitt im Klosterhof, so dass sie nichts mehr hört und spürt, nur noch ausgeliefertes Sehen ist – steht Lobsang und neben ihm ein scheues Mädchen mit den roten, erfrorenen Wangen der Nomaden.

So schnell sie auch in eine andere Richtung schaut, das Bild bleibt. Ganz nah steht sie bei ihm, diese Fremde, hat ihn schon eingehüllt in ein schweigendes, unbeirrbares Besitzrecht. Dawa richtet sich auf und hebt nachdrücklich den Kopf, bis die Halsmuskeln schmerzen. Natürlich wussten alle im Dorf von ihren Treffen mit Lobsang. Tuscheln die Leute über sie? Lacht man schon über sie?

»Dawa, da bist du ja, komm schnell!« Die aufgeregte Stimme ihrer Mutter prallt gegen die scharfen Klänge der großen Becken. Ein Mann, den sie nicht kennt, steht bei ihren Eltern und Verwandten. Er begrüßt Dawa mit einem leichten Neigen des Kopfes.

»Du sollst dem Fürsten vorgestellt werden.« Die Mutter zupft atemlos an Dawas Zöpfen, der Vater berührt aufmunternd ihre Schulter. Mit höflich gesenktem Kopf folgen die beiden dem Mann zu den Ehrenplätzen auf der breiten Klostertreppe. Nur Dawa lässt ihren Kopf, wo er ist, aufgerichtet mit mühsamem Stolz.

»Warum?«, versucht Dawa zu fragen, doch der Mann geht mit schnellen Schritten voran und die Leute weichen vor ihm zurück; ihre Stimme verliert sich im aufgeregten Ziehen und Schieben ihrer Eltern. Es ist eine außergewöhnliche Ehre, dem Fürsten vorgestellt zu werden. Alle werden es sehen. Niemand wird über sie lachen. Sie reckt den Hals noch ein wenig mehr. Gegen den Schmerz hilft es nicht.

»Hier ist das Mädchen, Hoheit«, sagt der Mann, und Dawa und ihre Eltern verbeugen sich tief. Dawa bleibt gebückt stehen, wie es sich gehört. Sie kann nur einen flüchtigen Eindruck vom Gesicht des Fürsten erhaschen: den scharfen, prüfenden Blick, der sie klein macht, große Lippen, ein an den Mundwinkeln herunterhängender Schnurrbart, breite, schwere Hände.

Warum will der Fürst ihr Alter wissen? Warum sagt ihre Mutter die Unwahrheit, erklärt sie für ein Jahr jünger, als sie tatsächlich ist? Warum soll sie nicht achtzehn Jahre alt sein, siebzehn und eines dazu im Mutterleib? Warum sagt der Vater, ihre Gesundheit sei empfindlich? Stark und klug wie ein erwachsener Mann sei seine groß gewachsene Tochter, hat er zu den anderen Männern gesagt, als sie das letzte Mal den weiten, beschwerlichen Weg zu Lama Pema, dem Einsiedler in der kleinen Gompa auf dem Berg, hinaufgegangen sind.

»Sie sieht gesund aus«, sagt der Fürst und streicht über seine schwarzen Schnurrbartenden. Mit einer beiläufigen Geste entlässt er die Familie. Viele Gesichter sind ihnen zugewandt, als sie die Treppe wieder hinuntersteigen. Der Zeitpunkt war gut gewählt, man hat uns gesehen, stellt Dawa befriedigt fest, denn im nächsten Augenblick hüpfen die Schneelöwentänzer in den Kreis und lenken mit ihren närrischen Sprüngen die Aufmerksamkeit der Besucher auf sich. Die Sorge im Gesicht der Mutter sieht sie nicht.

Der Vater und die Verwandten haben auf der Wiese vor dem Kloster das große, schön verzierte Zelt aus Yakhaar aufgestellt, in dem sie die Nacht verbringen werden. Die leichten, aber dennoch wasserdichten Zeltwände lassen das Licht der Lagerfeuer durchscheinen. Es wird warm, als sich nach und nach alle Verwandten versammeln, die darin schlafen werden. Das Zelt ruft Erinnerungen an die vielen mehrtägigen Ausflüge der Familie wach, bei denen es als Behausung diente.

»Sagt mir endlich, was das heute bedeuten sollte mit dem Fürsten«, fragt Dawa und bringt damit alle zum Schweigen. Niemand antwortet ihr. Dann reden sie plötzlich von anderen Dingen und Dölma flüstert ihr zu: »Nicht jetzt!«

»Warum hat Pala wegen meiner Gesundheit gelogen?«, flüstert Dawa zurück.

Dölma hebt abwehrend die Hände. »Was weiß ich. Es hat sicher nichts zu bedeuten.«

Kaum zu Hause, sieht Dawa am Morgen fremde Männer kommen und am Mittag wieder gehen. Sie sehen nicht aus wie die Kaufleute, mit denen der Vater auf Handelsreisen geht. Diese fremden Besucher sind aufwändig gekleidet, ihre Mäntel haben breite Brokatränder und in ihrer Haltung liegt die gezügelte Ungeduld derer, die es gewohnt sind zu befehlen.

»Die kamen vom Fürsten«, sagt Dawa. Und Dölma, ihre Vertraute, ihr Schatten, verzieht das Gesicht und schweigt. Sie darf nichts verraten, die zukünftige Braut darf nichts wissen, das bringt Unglück. Doch das ganze Haus summt und zittert vor Wissen.

Dawa stürmt in das Empfangszimmer, in dem die Eltern und die Großeltern und die nächsten Verwandten aufgeregt schwatzend zusammensitzen.

»Das waren die Männer des Fürsten, ist es nicht so?«, fragt sie fast flüsternd. Doch jeder hat sie gehört. Das Schweigen fällt wie ein Stein vor ihre Füße.

Die Mutter zieht ärgerlich die Brauen zusammen. Der Vater sitzt da mit gesenktem Blick. Alle schweigen. Dawas Blick sucht die Großmutter, die unbeteiligt ihre Gebetstrommel dreht.

»Sie ist nicht blöd«, bellt die Großmutter mit ihrer heiseren Stimme.

»Stimmt, ich bin nicht blöd«, sagt Dawa und wendet sich Hilfe suchend an ihren Vater. »Pala, bitte – was ist los?«

Der Vater räuspert sich. »Nun ja …« Er wirft einen unsicheren Blick auf seine Frau. »Der Fürst sucht eine neue Frau. Seine frühere Frau ist gestorben. Alle Kinder starben – ich glaube, es waren fünf – außer einem, und dieser Sohn ist kränklich. Man hat ihn in ein Kloster gegeben. Jetzt will der Fürst eine junge, gesunde Frau …«

»Aber er ist alt«, entfährt es Dawa. Eine junge Cousine kichert.

Die Mutter legt die Hand auf Dawas Arm. »Aber Kind …«

»Er ist nicht älter als ich«, erklärt der Vater ruhig, »und er ist der Fürst.«

»Er ist ein alter, unfreundlicher Sack.« In der hohen, brüchigen Stimme der Großmutter schwingt eine Mischung aus Lachen und Ärger mit. »Und er ist ein alter, reicher Sack.«

Der Großvater stößt seine Frau unsanft in die Seite und schüttelt den Kopf. Seit einiger Zeit sagt sie Dinge, die man nicht ausspricht. Doch sie ist ein altes Weib und hat das Recht, verrückt zu sein.

»Alter Sack«, murmelt die Großmutter noch einmal und schmatzt laut. Die junge Cousine kichert wild.

Dawa schüttelt die Hand ihrer Mutter ab. »Ich will keinen Fürsten. Ihr wisst genau, wen ich will.«

»Er wollte dich nur sehen«, sagt der Vater. »Es ist ja noch nichts fest entschieden.«

Die Großmutter räuspert sich laut und gründlich. »Glaub ihm nicht«, sagt sie. »Er hat nichts zu entscheiden.«

»Ich will das nicht«, presst Dawa hervor, »das könnt ihr mir nicht antun.«

Der Vater wendet gequält den Blick ab. »Es muss sein. Niemand widerspricht dem Fürsten. Du solltest an deine Familie denken.«

»Es ist doch eine so große Ehre«, sagt die Mutter. »Und du wirst reich sein. Denk an all die schönen Kleider und den Schmuck. Es ist ein großes Glück für uns alle.«

»Aber ich fürchte mich vor ihm.« Dawa sieht den herunterhängenden Schnurrbart und die großen Hände vor sich. Lobsangs Hände sind lang und schmal und an seiner Nase sieht man keine großen Poren und herausragenden Haarbüschel wie beim Fürsten.

»Sei kein dummes Kind«, sagt der Vater und steht auf.

»Sie ist kein dummes Kind«, schimpft die Großmutter. »Sie fürchtet sich, hörst du nicht?«

»Amala, misch dich nicht ein.« Das Gesicht des Vaters rötet sich zornig. Die alte Frau kichert und hustet Schleim. Dazwischen hört man halblaute Wortfetzen wie »alter Sack« und »Dummkopf«, vermischt mit den Silben des Mani-Mantras, OM MANI PEME HUM. Der Vater legt seinen Arm um Dawa und zieht sie an sich. »Der Fürst ist mächtig«, sagt er, »alle müssen ihm gehorchen. Wenn wir uns weigern, wird er uns vernichten. Er wird uns das Land wegnehmen und das Haus und meine Waren und alles, was wir besitzen.«

Dawa wirft der Großmutter einen Blick zu. Doch die alte Frau ist still geworden und nickt vor sich hin. »OM MANI PEME HUM«, murmelt sie und lässt ihre Mantra-Kette durch die Finger gleiten.

»Du wirst es gut haben«, mischt sich die Mutter ein, »du wirst die Fürstin sein. Und du kannst uns besuchen kommen und wir besuchen dich.«

Dawa hebt in hilfloser Beschwörung die Hände. »Warum durfte ich Lobsang nicht haben? Dann wäre ich jetzt seine Frau und der Fürst könnte gar nichts machen. Aber er war euch nicht gut genug. Immer denkt ihr nur an euch.«

»Du hast dieser Tochter zu viel durchgehen lassen«, sagt die Mutter zum Vater gewandt. Dawa bohrt den Blick in den Boden. Plötzlich hat sich ein Netz der Missbilligung über sie gelegt, als sei sie nicht das Opfer, sondern schuldig gesprochen, eine Übeltäterin im Kreis einer Familie, die bereit ist, sie auszustoßen, um sich selbst zu retten. Die Hilflosigkeit macht sie stumm.

»Wir haben keine Wahl«, sagt der Vater und reibt mit einer Hand den Rücken der anderen, wie er es immer tut, wenn ihm die Herrschaft über den Augenblick entgleitet. »Mit einem Nein würde ich die ganze Familie ins Unglück stürzen. Das kannst du doch nicht wollen.«

Dawa läuft hinaus in den Flur und fast fällt sie über die hohe Schwelle in ihrer Hast. Dölma, die sich mit der Zofe der Mutter und den beiden Dienern an der offenen Tür herumgedrückt hat, folgt ihr und ruft: »Dawa, Kindchen, warte doch!«

In dem Zimmer, das Dawa mit Dölma und ihren beiden Cousinen teilt, wirft sie sich auf ihr Schlafpolster. Sie möchte weinen, doch ihre Augen sind trocken und heiß.

»Sie haben gesagt, dass ich mit dir gehen darf. Du wirst nicht allein sein.« Dölma ist ihr gefolgt und hat sich neben sie gesetzt. »Und es ist ja noch nicht so weit.«

Dölma hat Recht. Es wird noch lange dauern. Zuerst muss ein Astrologe befragt werden, ob die vorgesehene Braut für den Fürsten geeignet ist, aber jeder Astrologe wird selbstverständlich eine gute Konstellation bestätigen, denn die Stimme des Fürsten wiegt mehr als der Stand der Sterne. Dann muss ein günstiges Datum für das Abschließen des Ehevertrags gefunden werden. Die Unterhändler werden kommen und die Eltern werden sagen: Unsere einzige Tochter ist so jung, wir wollen sie noch ein wenig behalten, ein paar Monate wenigstens oder ein Jahr.

Dawas Gedanken kreisen und beginnen sich damit zu befassen, was sie alles mitnehmen möchte, wenn sie zum Dzong des Fürsten gebracht wird: ihr Pferd und ihren Lieblingshund und den schönen Wandteppich, an dem sie ein ganzes Jahr lang gearbeitet hat, die Statue der Arya Tara auf ihrem Schrein und die kostbare Vase, die ihr Vater einem chinesischen Händler abgekauft hat.

Als sie am Nachmittag bei der Großmutter auf dem Dach sitzt, legt sie den Kopf in den Schoß der alten Frau und kann endlich weinen.

»Frauen haben nun einmal das schlechtere Ende des Stricks«, sagt die Großmutter und tastet mit den Händen nach Nissen in Dawas Haaren. »Ich weiß nicht, warum das so ist, aber es ist eben so. In China ist es noch viel schlimmer, sagen sie. Dort binden sie den kleinen Mädchen die Füße ein, damit sie kleine Klumpfüße bekommen und nur trippeln können. Was müssen sie leiden, die armen Dinger. Schau nur deine schönen, großen Füße an.« Kichernd stößt sie mit ihrem nackten Fuß gegen Dawas Bein.

»Viel zu groß«, schnieft Dawa und zieht halb lachend die Füße unter ihr Kleid. Diese Füße sind zu groß, das kann jeder sehen. Ob sie im Dzong des Fürsten Schuhe tragen muss? Wahrscheinlich erwartet man das von ihr, wenn sie erst Chemkusho ist, die edle Dame.

»Mola«, sagt sie leise, »wie ist das, wie oft muss eine Ehefrau, ich meine, wie oft muss sie …«

Die Großmutter kichert. »Du meinst, wie oft muss sie den Hintern hinhalten?«

Dawa wischt ihre Tränen ab und kichert mit. »Tante Döndup macht immer Andeutungen, jetzt sei der Monat bald um, jetzt müsse sie ja wohl mal wieder, sonst bekäme der Onkel schlechte Laune.«

»Oh-oh, Loten ist nicht mehr, was er mal war, der alte Furz mit seinen stinkenden Zähnen. Na ja, meine stinken auch. Viele sind es ja nicht.«

Sie lachen zusammen, die alte Mola und Dawa, und die Cousinen schauen von ihren Webstühlen herüber und grinsen ein bisschen mit.

»Du hättest Döndup sehen sollen, als man sie mit Loten verheiratet hat«, plappert die Großmutter vor sich hin, »so ein junger Gockel, ein gutes Stück Mannsbild. Gerade dass sie sich nicht auf dem Boden gerollt hat, ha! Na, ich war auch nicht anders, zum Platzen reif wie eine Erbsenschote.«

Dawa sieht Lobsang vor sich, Lobsang, der die Arme für sie öffnet. Doch nein, nicht sie ist die Erbsenschote, das ist die andere, die mit den roten Backen, die neben ihm stand.

»... und mein Bräutigam war so betrunken, dass sie ihn ins Bett tragen mussten«, hört sie die Großmutter sagen. »Erst zwei Nächte später bediente er mich. Ah la la, er konnte feiern, dein Großvater.«

Während Molas Erzählung weiterplätschert, überlässt sich Dawa ihrem bevorzugten Tagtraum, den sie in den vergangenen Wochen vielfältig ausgestattet hat – ihre Flucht mit Lobsang zu den Nomaden. Sie schlagen sich durch ins Grasland, wo es keine Bäume gibt und die Nomaden in ihren Zeltdörfern leben, und sie finden eine Familie, die den ältesten Sohn verloren hat und dringend Hilfe braucht. Dort werden sie aufgenommen, Lobsang kümmert sich mit den anderen Söhnen um die Herde und die Mädchen sind begeistert, wie schön Dawa weben kann. Sie bekommen ein eigenes Zelt, wie es Brauch ist für die Jungvermählten, und jede Nacht liegen sie glücklich beisammen zwischen den warmen Fellen und lauschen dem Heulen der Hunde und dem sanften Schnauben der Pferde hinter der Zeltwand, durch die der Mond scheint wie eine himmlische Butterlampe.

»OM MANI PEME HUM«, murmelt die Mola und streicht sanft über Dawas Haar. »Es wird schon für was gut sein. Alles kann für etwas gut sein. Man muss nur dafür sorgen, dass es so ist.«

Miriam

In dem Augenblick, in dem sie das Gartentor öffnete und in das Gebrodel von Stimmen und Musik eintauchte, erkannte sie, dass sie die falsche Entscheidung getroffen hatte. Viermal hatte sie die Kleider gewechselt, um sich schließlich für einen Tarnanzug aus schwarzer Hose und Hemdbluse mit dunkelvioletter Weste zu entscheiden, das Haar zurückgebunden, die Finger- und Fußnägel farblos lackiert. Das Sichunsichtbarmachen war eine besondere Kunst. Sie hatte sich darin vertieft, sie verfeinert, Meisterschaft angestrebt. Die Kleidung spielte eine bedeutende Rolle. So unauffällig musste sie sein, dass später niemand würde sagen können, was sie getragen hatte. Dazu ein kaum merklicher Hauch eines Parfüms, das gerade in Mode ist. Ein Allerweltsgeruch, in dem man sich verbergen konnte. Außerdem musste man die persönliche Energie, diesen psychischen Geruch, gut bei sich behalten. Die Haltung nicht zu sehr aufgerichtet, eine ganz leichte Beugung, die ausdrückte, dass keine großen Forderungen an das Leben gestellt wurden. Wer den Kopf zu weit oben trug, wurde sichtbar. Möglichst wenig Augenkontakt. Wenn er unumgänglich war, konnte man ein halbes Lächeln ohne Farbe zwischen sich und den anderen stellen.

Über all dies musste Miriam nicht nachdenken. Ihr Körper wusste es. Ihr Geist wusste es. Sie hatte es früh gelernt.

»Wie schön, du bist wieder unter den Lebenden!«, rief Greta mit aufrichtiger Freude.

Aber ich denke nicht die Gedanken, die du haben möchtest, dachte Miriam ohne Bedauern. Sie erwiderte die Umarmung mit einer kraftlosen Geste, doch es gelang ihr ein beruhigendes Lächeln. »Ich war noch nicht tot, Greta.« Natürlich war es der falsche Scherz.

»Hier, das ist gut für dich«, erklärte Greta und drückte ihr ein Glas Sekt in die Hand. Gretas aufrichtige Freundlichkeit war ein unwillkommenes Geschenk. Miriam machte sich klein und ließ die Schultern nach vorn hängen. Ihre Unsichtbarkeit bekam Risse. Sie nickte mit dem letzten Rest des Lächelns, bevor sie sich umwandte und sich fragte, in welcher Rolle sie sich verbergen könnte.

Der größte Teil der Gäste tanzte. Sie war spät genug gekommen, um dem lauten Ritual der gegenseitigen Begrüßung zu entgehen. Warum war sie hier? Warum waren alle diese Leute hier? Sie sollte sich vergnügen, es wurde von ihr erwartet. Doch es war so anstrengend, sich zu vergnügen. Wie sehr sie sich immer angestrengt hatte! Und danach, spätestens am nächsten Morgen, hatte sich fast immer dieses schale Gefühl eingestellt: Wozu das alles? Langweilerin, hatte sie sich selbst gerügt, alle vergnügen sich, nur du nicht. Als fehle ihr etwas, das andere hatten, ein Lustsinn, ein Vergnügungsenzym, oder reichte ihre Fantasie nicht aus für die nötigen Erwartungen, die man mitbringen und mit köstlichen Illusionen füllen musste?

Sie leerte ihr Glas, nahm ein weiteres von einem Tablett,

trank es schnell aus und drückte sich an den Tanzenden vorbei zur offenen Terrassentür. Draußen war es feucht und kühl. Im Schutz der Hauswand setzte sie sich auf einen Gartenstuhl. Das Licht aus dem Fenster fiel auf eine verlassene Spinnwebe am Rahmen, ein feines, klares Muster aus silbern glitzernden Fäden, ein Stückchen Welt voller Ordnung. So sah einst das Kind Miriam die Welt, so nah. Eine Mücke im Limonadeglas, vorsichtiges Hantieren mit dem Strohhalm, halt dich fest, kleine Mücke, deine Zeit ist noch nicht gekommen, deine Flügel werden trocknen und du wirst davonfliegen in die weite Welt, auf ein Marmeladebrot oder in den Spalt, den der Deckel des Mülleimers offen gelassen hat. Und dann sagten sie: Lass das, Kind, mach sie tot! Mücken retten, was für ein Unfug!

Ein Hauch von Rosenduft aus einem Nachbargarten zog sanft über die Terrasse. Die Stimmen im Haus zerflossen mit der Musik, trugen Miriam davon, an den Rand der Schwärze, in die zu stürzen sie bereit war, so sehr bereit.

Dawa

Die Sonne beginnt bereits ein wenig zu wärmen, doch im Schatten der niedrigen Bäume ist es noch eiskalt. Dawa hat schon ein gutes Stück Weg zur kleinen Gompa auf dem Berg zurückgelegt. Nur Dölma hat sie ins Vertrauen gezogen, als sie am Tag zuvor heimlich ein Säckchen Tsampa, Ziegeltee, einen Beutel voll getrockneter Erbsen und einige Streifen Trockenfleisch zusammentrug und in ein Bündel packte, um Lama Pema eine angemessene Gabe mitzubringen. Noch bevor das Haus zu geschäftiger Unruhe erwacht ist, hat sie sich durch das kleine Tor davongemacht, nur von ihrem Lieblingshund Dorje begleitet. Erst später, wenn ihre Abwesenheit auffällt, wird Dölma preisgeben, wohin die Tochter des Hauses gegangen ist. Denn die Eltern hätten sie nicht allein gehen lassen, obwohl sich keine Räuberbanden in der Gegend herumtreiben; dafür hat der Fürst gesorgt. Die Räuber fürchten den Fürsten mehr als böse Geister und Dämonen, sagen die Leute.

Ein kleiner Wald drückt sich an die weit geschwungenen Hänge, über die der kaum sichtbare Pfad aus dem Tal hinauf in die Berge führt. Nicht die kleinste Wolke stört den unendlichen Raum des Himmels. Dawa seufzt. Ohne Zweifel, der

Himmel ist blau, die Bäume sind grün, doch in Dawas Geist sind sie grau, denn in Dawas Geist gibt es heute keine Farbe. Sie kann sich erinnern, dass es ein Blau voller Freude und ein satt lebendiges Grün gegeben hat, vielleicht auch wieder geben wird, doch jetzt durchdringt Farblosigkeit alles, was ist.

Augenblicke mit den Cousinen auf dem Dach fallen ihr ein. Wird sie jemals wieder so lachen können wie mit den Mädchen an den Webrahmen und den Dienern, die in der sanften Nachmittagssonne Sättel flicken und die schweren Chubas zusammensticheln? Niemand sagt ihr, wie das Leben im Dzong sein wird, und sie kann nicht fragen, denn es ist ja unschicklich, dass ein junges Mädchen weiß, wen es heiraten wird. Selbst wenn alle wissen, dass sie es weiß, gehört es sich, den Schein zu wahren. Alle reden um Dawas Leben herum, freundlich – unnatürlich freundlich. Als sei sie eine Fremde im Haus. Das leise Würgen im Hals will gar nicht mehr aufhören.

Die Sonne steht halb am Himmel, als sie den felsigen Steilhang erreicht, an dem die kleine, ockerfarbene Gompa klebt wie das Nest eines riesigen Vogels, nicht mehr als eine Erweiterung der dahinter liegenden engen Höhle. Dort oben wohnt Lama Pema in einer Kammer neben dem winzigen Tempelraum, zündet täglich die Butterlampen auf dem Schrein an und lässt die seltenen Besucher ein, die ihm Lebensmittel bringen und ihre Niederwerfungen vor der kleinen Statue der Senge Döngma, der löwenköpfigen Dakini, machen wollen.

Eine Yogini, eine große Verwirklichte, habe vor langer Zeit in dieser Höhle gelebt und meditiert, heißt es, und eines Tages erschien die rote Senge Döngma und sie kam immer wieder und mancher Besucher konnte sie sehen. Als die Yogini starb, hinterließ sie nur Haare und Nägel und Zähne.

Viele Male, seitdem sie in ihrem zehnten Lebensjahr zum ersten Mal dabei war, ist Dawa mit ihrem Vater und seinen Freunden an Vollmondtagen zu Lama Pema hinaufgestiegen.

»Sie kommt mit«, erklärte damals der Vater seinen Freunden, »sie ist gescheiter als alle eure Jungs zusammen.« Die Männer lachten und drückten ihr zwei große Teeziegel in die Hand, damit auch sie Verdienste erwerben konnte, indem sie einen Teil der Versorgung des heiligen Mannes zur kleinen Gompa hinauftrug. Dann setzten sie sich um Lama Pema herum und mit höflicher Atemlosigkeit stellten sie ihm Fragen über das Leben und den Tod, wie man Sorgen loswerden könne, was man tun solle, wenn die Wunde am Fuß eines guten Yaks nicht heilte, oder wie man sich nachts gegen böse Geister schützen könne. Dawa pflegte nur wenig von Lama Pema zu erzählen, wenn ihre Freundin Nangsa und die Töchter der Nachbarn etwas über ihre Ausflüge in die Einsiedelei hören wollten. Ach, er hat sich über den Tee gefreut, der arme Alte, sagte sie, oder: Der Weg ist ganz schön weit, vielleicht bleibe ich nächstes Mal daheim. Nie hat sie verraten, wie sehr sie stets darauf wartete, dass ihr Vater am Abend erklärte: Stell deine guten Stiefel bereit, morgen gehen wir früh los. Keines der Mädchen sollte auf den Gedanken kommen, auch mitgehen zu wollen. Lama Pema und sein dunkler, geheimnisvoller Tempel waren Dawas heimliche Freude. Sie würden es bald nicht mehr sein.

Auf den schmalen, in den Fels gehauenen Stufen, die zu dem einsamen Heiligtum hinaufführen, tastet Dawa sich vorsichtig nach oben. Sie hat diese Stufen noch nie leiden können. Nur die vordere Hälfte ihres Fußes hat darauf Platz, und wäre da nicht das dicke Seil, an dem man sich festhalten kann, wäre sie wohl nie hinaufgestiegen. Der Hund hält sich hinter ihr, als wache er über ihre Schritte.

Lama Pema singt. Noch nie zuvor hat sie Lama Pema singen hören. Sie hält inne, überwältigt von der plötzlichen Flut von Farbe, die allen Dingen wieder Leben gibt. Die tiefe, zärtliche Stimme füllt den blauen Himmel, so sanft und mächtig, dass man zugleich lächeln und weinen muss und überall ganz weich wird, im Herzen und in den Knien. Als wäre Lama Pema sehr, sehr glücklich und sehr, sehr traurig; doch wie kann man glücklich und traurig zugleich sein? Dawa wischt die Träne ab, die über ihre Wange rinnt, und lacht ein bisschen. Ist dies doch gerade ihr eigenes Gefühl, so seltsam glücklich und traurig, weil Lama Pemas Stimme und der Himmel und die Berge so schmerzhaft schön sind.

Als sie den breiten Felssims am Ende der Treppe erreicht, nähert sie sich dem Lama gebückt und mit zum Gruß gefalteten Händen. Der alte Mann sitzt auf einer dünnen Matte in der Sonne und tätschelt mit der Handfläche den Boden, sie möge sich zu ihm setzen. Mit sanfter Aufmerksamkeit wendet er ein Blatt des Textes in seinem Schoß und singt weiter. Dawa lässt sich in respektvoller Entfernung nieder, den Blick nur leicht gesenkt, so dass sie ihn am Rand ihres Blickfelds gut sehen kann. Und sie sieht ihn, als begegne sie ihm zum ersten Mal.

Nie zuvor hat sie sich gefragt, wie alt er wohl sei, wie lang er schon als Hüter des Heiligtums hier leben möge. Lama Pema ist einfach da, ist immer schon da gewesen, solange sie sich erinnern kann, alterslos in seinem bräunlich grauen Gewand, das die ursprüngliche Farbe kaum mehr ahnen lässt.

Einmal haben die Männer ihm ein dickes wollenes Tuch mitgebracht, tiefrot, wie es die Mönche tragen. Lama Pema lächelte und rollte es auf dem Schoß zusammen, und beim nächsten Besuch sahen sie, dass er es der zierlichen Statue in der Höhle umgehängt hatte, so dass nur noch ihr wildes, lachendes Löwengesicht zu sehen war.

Die Filzmütze auf Lama Pemas großem Kopf, oben spitz zulaufend und an beiden Seiten mit je einem langen Stofflappen versehen, ist ausgebleicht wie ein alter Knochen. Nie hat Dawa ihn ohne seine Mütze zu Gesicht bekommen. Ob er sie nachts ablegt? Und die Knötchen, die er in seinen dünnen, glatten, grau durchzogenen Bart geknüpft hat – löst er sie jemals?

Der Hund hat sich neben sie gelegt, er winselt ein wenig im Schlaf und zuckt mit den Beinen. Lama Pema beendet seinen Gesang, häufelt die Blätter seines Buchs zusammen, packt sie zwischen die hölzernen, geschnitzten Deckel und wickelt sorgfältig das ausgeblichene Tuch in seinem Schoß darum. Dawa zieht das Bündel mit den Geschenken aus ihrem weiten Mantel und hält es dem Lama schicklich mit beiden Händen hin.

»Du kommst ganz allein?«, fragt Lama Pema. Nun sollte sie sich nach seinem Befinden erkundigen und berichten, wie es ihrem Vater und ihrer Mutter geht, so verlangt es die Höflichkeit; doch sie kann ihre schmerzliche Nachricht nicht aufhalten, die Worte fallen wie Steine aus ihr heraus, zusammen mit dem Schluchzen und den Tränen.

»Ich muss den Fürsten heiraten. Sie sagen, es muss sein. Aber er ist alt und ich fürchte mich vor ihm. Ich will zu Hause bleiben, Lama-la. Ich will zu Hause bleiben.«

Lama Pemas freundlicher Blick liegt lang auf ihr. Sie fällt in diesen Blick hinein, bis sie ganz darin aufgehoben ist.

»Es war einmal ein Bauer«, sagt der Lama schließlich, »der hatte einen einzigen Sohn. Sie waren arme Leute und ihr einziger Besitz war ein Pferd. Eines Tages lief das Pferd weg. Da kamen die Nachbarn herbei und bedauerten den Bauern und sagten: Ach, du Armer, nun hast du nicht mal mehr ein Pferd, was für ein Unglück. Doch der Bauer wiegte nur den Kopf und sagte: Ist es ein Unglück? Man weiß es nicht, man weiß es nicht.

Kurze Zeit später kam das Pferd zurück und mit ihm eine ganze Reihe von Wildpferden. Da kamen die Nachbarn herbei und beglückwünschten den Bauern und sagten: Ach, du Glückspilz, nun hast du eine ganze Pferdeherde, was für ein Glück. Doch der Bauer wiegte nur den Kopf und sagte: Ist es ein Glück? Man weiß es nicht, man weiß es nicht.

Dann begann der Sohn des Bauern die Wildpferde zuzureiten. Ein Pferd warf ihn ab und er brach sich den Arm. Da kamen die Nachbarn herbei und bedauerten den Bauern und sagten: Ach du Armer, nun hast du nicht mal mehr deinen einzigen Sohn als Hilfe, was für ein Unglück. Doch der Bauer wiegte nur den Kopf und sagte: Ist es ein Unglück? Man weiß es nicht, man weiß es nicht. Da brach ein Krieg aus und alle jungen Männer mussten in den Krieg ziehen, nur der Sohn des Bauern nicht, denn mit seinem gebrochenen Arm taugte er nicht für den Krieg. Weißt du, was die Nachbarn sagten? Und weißt du, was der Bauer sagte?«

»Man weiß es nicht, man weiß es nicht«, antwortet Dawa erheitert.

In erzählendem Singsang fährt Lama Pema fort: »Es war

einmal ein junges Mädchen, das sollte einen Fürsten heiraten …«

»Ich hab es schon verstanden.« Dawa schüttelt ein wenig verwirrt den Kopf. Es spielt keine Rolle, was geschehen wird! Hat Lama Pema dies gesagt oder ihr eigener Geist? Sie fürchtet sich nicht mehr. Alles Mögliche kann geschehen. Alles Mögliche geschieht.

»Komm mit«, sagt Lama Pema schließlich und steht auf. Dawa folgt ihm in die Gompa und wird aufgesogen von einem überwältigenden Dunkel, das die schwachen Lichtpunkte der Butterlämpchen kaum zu durchdringen vermögen. Blind tastet sie sich voran, geführt vom schweren Geräusch des Tuchs um Lama Pemas Schultern. Bald beginnt sich der Druck der Dunkelheit auf ihren Augen zu lösen und die Gestalt der löwenköpfigen Gottheit taucht auf, eine Ahnung von tiefem Rot, schimmernde Flecken der vergoldeten Flammenaureole, ein Aufblitzen der Reißzähne. Dawa begrüßt die Gottheit mit drei Niederwerfungen und setzt sich dann neben den Lama auf eine Matte vor den Schrein, auf dem die Statue steht. Das schöne rote Tuch liegt zu ihren Füßen und bedeckt halb die Leiche, auf der sie tanzt – die Leiche der schlechten geistigen Gewohnheiten, wie Lama Pema erklärt hat. Gier, Wut, Verblendung.

»Wenn du Senge Döngma rufst«, sagt Lama Pema, »wird sie kommen und dich beschützen.«

Er erklärt ihr, wie sie die Weisheits-Dakini mit dem ihr zugehörigen Mantra rufen kann, und lässt sie mehrmals die Sätze der Liturgie wiederholen; die man vor und nach der Anrufung spricht.

»Sie ist die herrliche, reine, tanzende Weisheit deines ursprünglichen Geistes«, sagt Lama Pema, »verstehst du das? Nein? Macht nichts. Du wirst es verstehen lernen. Denke nur daran, dass sie nicht von dir getrennt ist. Sie beschützt deinen Geist. Sobald du dich an sie wendest, ist sie bei dir. Wenn du sie jedoch vergisst, kann sie dir nicht helfen. Also vergiss sie nicht. Begrüße sie am Morgen und bitte sie um Schutz in den Träumen am Abend. Und denke daran: Bitte sie um Schutz für dich selbst und alle fühlenden Wesen.«

Der alte Mann holt eine Teekanne und füllt zwei Holzschalen und dann spricht er zu ihr, viele wieder und wieder gefüllte Schalen lang. Dawa drückt die gefalteten Hände gegen ihre Brust. Niemals wird sie Senge Döngma vergessen, auch wenn sie vieles nicht begreift, was Lama Pema sagt. Doch wie er es sagt, ist es ein Versprechen und gibt ihr Gewissheit. Sie lässt jedes Wort, jeden Satz in sich einsinken, hüllt sie in ihre Aufmerksamkeit ein wie in kostbaren Brokat, bewahrt sie auf in ihrem Geist: dass Senge Döngma, Königin der Dakinis, die Kraft der Einsicht ist, die aus dem Raum hervorbricht, dass sie ein Ausdruck jener vollkommenen Energie ist, die man die *Mutter aller Buddhas* nennt, mitleidsvolle Furchtlosigkeit des erwachten Herzens, durch nichts zu verletzende Würde des reinen Geistes. Das klingt schwierig, doch Dawa spürt die Wahrheit darin und sie wird das alles verstehen lernen. Senge Döngma selbst wird es sie lehren, dessen ist sie ganz sicher.

»Was auch immer geschieht, mein Kind«, sagt der Lama, »glaube dem äußeren Anschein nicht. Äußerer Anschein ist Träumen. Wach auf! Dein Leben ist wichtig. Du wirst Verwirrung in Weisheit verwandeln. Alle Buddhas und Bodhisattvas zählen auf dich.« Er kichert leise. »Sie haben ihre Würfel auf dich gesetzt.« Das Kichern kollert lauter aus seiner Kehle und steigert sich schließlich zu einem fröhlichen Gelächter, lauthals und unbekümmert; es muss ein wundervoller Witz sein. Dawa lacht mit, wenn auch nicht so laut wie der Lama. Vielleicht ist das ganze Leben nichts anderes als ein Riesenwitz, über den man sich wälzen könnte vor Lachen, wenn man ihn nur verstünde. Sie kann es nicht in Worte fassen, aber ein Gefühl ist da, eine Ahnung, warum das Löwengesicht über ihr so zornig wild ist und dabei ausgelassen lacht. Und warum Lama Pema sagt, sie seien nicht getrennt, die kleine Dawa aus dem Marktflecken im Tal und die gewaltige, feuerumtoste Gottheit.

Miriam

Sie ist aufgewacht!«

Wie lange hatte ihr Blick schon den glatten, schmalen Rahmen des Bildes an der Wand nachgezogen? Das Licht war so schwach; vielleicht waren Blumen auf dem Bild oder eher Berge? Oder ein Gewand, zu dem das Rascheln von Stoff gehörte, das die Worte begleitete? Jemand hatte etwas gesagt. Wer war aufgewacht?

Ein Gesicht erschien. Ein Schmerz streifte sie, denn es war nicht Lama Pemas Gesicht. Sie hätte so gern Lama Pemas Gesicht gesehen. Ihr Handgelenk wurde ergriffen, der Puls gefühlt. »Lama Pema hat gesagt, ich muss aufwachen«, murmelte sie.

Das Gesicht über ihr lächelte. »Jetzt sind Sie ja wach.«

Miriam versuchte, die Bruchstücke, die sie sah – aufmerksame, blaugraue Augen hinter Brillengläsern, ein kleiner, empfindsamer Mund, Flächen mit feinen Bartstoppeln –, in einen beruhigenden Zusammenhang zu bringen. Ein fremdes Gesicht. Ein freundliches Gesicht.

»Ich glaube nicht, dass ich wach bin.«

»Sie sind im Rotkreuzkrankenhaus. Es ist drei Uhr morgens. Ich bin der Dienst habende Arzt. Wie fühlen Sie sich?«

Miriam setzte sich auf und sah sich um. Das Bett neben ihr war leer. In einem dritten Bett schlief jemand mit leisen Schnarchgeräuschen.

»Ich war auf einer Party. Dann war ich bei Lama Pema. Oder nein, das war Dawa. Bei Lama Pema war ich Dawa.«

»Erinnern Sie sich an die Party?«

Der junge Arzt zog einen Stuhl heran. Er setzte sich, schlug die Beine übereinander, stützte die Ellenbogen auf die Knie und verschränkte die Hände. Miriam zog die Bettdecke hoch bis zum Hals. Einen Augenblick lang dachte sie daran, dass die Kühle an ihrem Rücken sie stören müsse. Doch sie brauchte den Schutz nur vorn, für das nackte, zitternde, flügellose Herz.

»Ich erinnere mich an viele Leute – viel zu viele Leute. Die meisten kannte ich nicht. Sie waren alle so beschäftigt. Ich wundere mich immer, wie sie es fertig bringen, so beschäftigt zu sein.«

Warum sagte sie das? Sie wollte nicht reden und dennoch fielen die Worte aus ihr heraus, als habe man sie umgestoßen. »Kennen Sie das: Sie gehen auf eine Party und haben das Gefühl, als seien Sie vom Mond gefallen oder ein Möbelstück oder ein Stein in der Landschaft. Niemand redet mit Ihnen. Sie möchten, dass jemand den Kreis öffnet und Ihre Hand nimmt und sagt: Du gehörst dazu. Sie möchten nicht nur einen Film anschauen von Leuten, die miteinander beschäftigt sind. Oder vielleicht geht es nur mir so. Vielleicht bin ich eine so langweilige Person.«

»Ist Ihnen klar, dass man Sie nicht aufwecken konnte?«

Miriam ließ sich wieder zurückfallen. »Wie soll ich das wissen, wenn ich nicht wach war?«

»Ihr letztes Bild?«

»Die Terrasse.«

»Und dann?«

»Dann kam wieder so ein Traum.«

»Was für ein Traum?«

»Ach – dass ich den alten Fürsten heiraten soll. Das heißt, dass Dawa ihn heiraten soll. Im Traum bin ich Dawa. Irgendwo in Tibet. Meine Träume sind eine fortlaufende Geschichte. Normalerweise träumt man nicht so. Meinen Sie, ich bin nicht normal?«

»Ihre Absencen sind nicht normal«, sagte der Arzt. »Sie sind während der Untersuchungen nicht aufgewacht.«

Miriam schloss die Augen und seufzte. »Ich wollte mein ganzes Leben lang nichts anderes als normal sein. Warum passiert mir das? Ich meine, ich wollte gar nicht zu dieser Party. Man sollte mich einfach in Ruhe lassen. Zu Hause komme ich gut zurecht. Ich bin Miriam und dann bin ich Dawa und gehe hin und her zwischen Miriams und Dawas Welt. Wer hat gesagt, dass wir immer nur in einer Welt leben sollen? Miriams Welt ist nichts wert. Miriam hat keine Bedeutung, überhaupt keine Bedeutung. Sie wartet nicht einmal, verstehen Sie? Wie ein Stein, der in der Wüste herumliegt, mit einem Steinbewusstsein, einem versteinerten Bewusstsein. Und dann leidet man und weiß es nicht.«

»Jetzt wissen Sie es?«, fragte der Arzt.

»Jetzt weiß ich es«, flüsterte Miriam. Ich muss vorsichtig sein, was ich sage, dachte sie, ich darf nicht so schnell und viel sprechen, das könnte als Indiz bewertet werden. Er sieht freundlich aus, aber ich traue ihm nicht, er gehört zu den weißkalten Krankenhausgöttern. Ich kenne sie. Wie gut ich sie kenne. Sie bildeten eine weiße Mauer und sagten, ich könne mein Kind nicht mehr sehen. Sie dachten: Das ist ja sowieso hin, da kann man nicht mehr daran rumdoktern, das braucht man doch nicht mehr. Oh, wie war sie vorsichtig gewesen, hatte leise gesprochen, mit Anwälten gedroht, bis sich die weiße Mauer öffnete.

Danach kam die schreckliche Ruhe, Steinbewusstsein, jahrelang. Unter der Ruhe lag die Schuld, versuchte sich aufzurichten, zu schreien, doch die Ruhe drückte sie nieder und hielt ihr den Mund zu. Schrei doch, sagte Greta, heule, tobe. Greta weiß immer, was man tun soll. Miriam weiß immer, was man nicht tun darf. Das greift ineinander wie Zahnräder – tun sollen, nicht tun dürfen.

Der Stationsarzt war anders. Er war der Frager. Vielleicht war fragen besser?

»Sie wissen, dass Sie leiden?«, fragte er.

Sie sah seine Müdigkeit. Er presste nicht die Lippen zusammen und zog die Mundwinkel herunter und spannte den Kiefer an wie Rudolf am Abend nach einem langen Tag im Röntgenlabor. Die Müdigkeit dieses Arztes war wie etwas, das nicht ganz zu ihm gehörte, ein geliehenes Gesicht. Darunter Trauer. Sanftheit. Vielleicht konnte man ihm doch vertrauen?

»Wissen Sie es denn – dass Sie leiden?«, fragte sie zurück.

Der junge Arzt lächelte hinter seinen Brillengläsern. »Wenn ich wach genug bin, ja. Oft bin ich nicht wach und mach mir etwas vor.«

Miriam nickte. »Ja, das hat Lama Pema gemeint. Wach sein, damit man sich nicht selbst betrügt.«

»Solche Absencen – haben Sie die häufig?«

»Manchmal.« Miriam hüllte sich wieder in Vorsicht. »Ich weiß nicht … Ich träume einfach …«

»Haben Sie Erfahrung mit Hypnose? Wurden Sie einmal hypnotisiert?«

Es hatte keinen Sinn. Sie sollte ihm nicht vertrauen. Er verstand es nicht.

»Natürlich nicht«, wehrte sie ungeduldig ab. »Das hat doch damit nichts zu tun.«

In dem Gesicht neben ihr war keine Bewegung, nur dieser müde und doch aufmerksame Blick. Er machte sie traurig, dieser Blick, ging ihr ans Herz, überrumpelte ihre Abwehr. Traurig und glücklich zugleich, wie Lama Pemas Gesang; seine Stimme reichte bis in dieses Krankenzimmer, so stark und sanft. Sie hätte dem freundlichen Mann ihr gegenüber gern von Lama Pemas Stimme erzählt, doch ein Versuch wäre allzu waghalsig gewesen. Sie wäre im leisesten Wolkenschatten des Unverständnisses erfroren. Wer würde Tanzschritte am Abgrund machen? Nicht Miriam, nein, Miriam nicht.

Der Arzt erhob sich. »Vielleicht können Sie noch ein wenig schlafen.«

O nein, er durfte jetzt nicht gehen. Er durfte sie nicht allein lassen mit ihrer Angst vor der Angst. Unwillkürlich streckte sie die Hand aus.

»Was soll ich tun?«

»Wenn Sie mich privat fragen« – er senkte die Stimme fast zu einem Flüstern –, »sprechen Sie mit einem tibetischen Lama. Alles Gute.«

Er hatte das Zimmer verlassen, bevor sie fragen konnte, wie man einen Lama findet.

Der Himmel hing auf die lange, graue Häuserzeile einer fremden Stadt herab. Den Lama fragen, den Lama fragen, tickte es in Miriams Kopf, tickte es seit Tagen gegen alle Sabotageversuche ihres Denkens an. Mit Schlafmitteln hatte sie nachts die Träume zurückgedrängt und sich tags mit Fernsehen abgelenkt, während die Panik hinter ihr stand und ihren Schatten über sie warf.

Das bezeichnete Haus in der Häuserzeile verschwamm mit den anderen, ein zugiger Durchgang führte in einen Hinterhof und zu einer weiteren grauen Hausfront mit einem mageren Spaliergewächs, in ein breites Treppenhaus mit spiegelnd gewachsten Holztreppen, zu einer massiven, hohen Tür mit fleckigem Messingschild.

»Ich möchte zum Lama«, sagte Miriam zu der Frau, die ihr öffnete, und vergaß das Gesicht sogleich wieder. In einem Wohnzimmer drängten sich weitere Gesichter, an die sie sich nicht erinnern würde, Blicke, die sie kaum streiften, um auch sie sofort wieder zu vergessen. Sie gehörte nicht dazu. Sie hatte nie dazugehört, schon in der Grundschule nicht. Sie kannte die Regeln nicht, verstand den Code nicht, sagte die falschen Worte, machte die falschen Bewegungen. Miriam-Bim-Bam, sagten die Jungen in der Schule und knufften sie hart in die Seite und in den Rücken. Dann kam der große Tag des Zorns. Miriam-Bim-Bam – es war der Frechste, der ihr auf der Treppe im Vorbeigehen den Schlag versetzte. Ihr Fuß schoss vor, der Peiniger fiel, fiel, überschlug sich, die Treppe hinunter bis ganz unten.

Man brachte ihn ins Krankenhaus. Niemand hatte es gesehen. Nur Gott. Gott sieht alles, sagte Oma Haller, die im Parterre wohnte. Der Geruch nach Holunderblüten strich durch Miriams Gedanken, Holunderblüten, die Oma Haller in Pfannkuchenteig ausgebacken servierte, wenn Miriam in der verwohnten Küche saß und Hausaufgaben machte, bis ihr Vater heimkam und sie mit nach oben nahm. Es konnte keinen Zweifel an Oma Hallers Behauptung geben, denn Miriam spürte Gottes Augen im Genick. Der Junge sagte, Miriam habe es mit Absicht getan, aber niemand glaubte ihm – doch nicht die kleine, ängstliche Miriam. Die nicht.

Die Frau, die sie in die Wohnung eingelassen hatte, holte einen Besucher nach dem anderen aus dem Zimmer. Alle trugen ein gefaltetes oder gerolltes weißes Stück Stoff in der Hand. O ja, Glücksschleifen, wie in dem Fernsehfilm vor ihrem ersten Dawa-Traum. Ein heißes Unbehagen stieg in ihr auf; wieder einmal kannte sie die Regeln nicht, wusste den Code nicht, konnte nicht mitspielen. Mehrmals war sie nahe daran aufzustehen und zu gehen, doch das wäre ungehörig gewesen, da sie sich nun schon einmal angemeldet hatte. Ergeben wartete sie, bis sie an der Reihe war. Der Lama spreche Englisch, sagte man ihr. Das Angebot einer Übersetzerin schlug sie aus.

Sie hatte sich einen reifen Mann in roter Robe nach dem Vorbild des Dalai Lama vorgestellt. Doch der Lama war jung und trug ein dunkelrotes Hemd zu schwarzen Jeans. Er schüttelte ihre Hand, begrüßte sie in akzentfreiem Amerikanisch und lächelte beruhigend, fast vertraulich. Irritiert hielt sie sich an ihrer Handtasche fest. Sie hatte den Namen des Lama vergessen. Wie sollte sie ihn anreden? Gab es eine spezielle Anrede? Herr Lama? Oder einfach Lama? Sie umging es, ihn anzureden, murmelte eine höfliche Begrüßung und stürzte sich ohne Übergang in den Bericht über ihre seltsamen Träume.

»Und dann«, endete sie, »sagte der Arzt im Krankenhaus, ich solle einen Lama fragen.«

Der junge Lama lachte. »Ein interessanter Arzt. Westliche Ärzte glauben im Allgemeinen eher an Neurotransmitter als an Lamas.«

»Können Sie mir sagen, was diese Träume bedeuten? Sind es Träume? Oder was sonst? Absencen, sagte der Arzt. Ich habe Angst vor diesen Zuständen, die mich plötzlich überfallen, so völlig außer Kontrolle.«

Der Lama schwieg. Sein Blick ruhte lange auf ihr. Die Stille in diesem Blick ließ Miriams Unruhe aufstieben wie einen Schwarm Mücken. Schweißtröpfchen bildeten sich auf ihrer Stirn.

»Ich möchte dorthin«, sagte sie plötzlich. »Dort, wo Lama Pema lebt – ich meine, lebte.«

Daran hatte sie zuvor nicht gedacht. Unvermittelt war dieser Gedanke aufgestiegen, mit einer Gewissheit, als habe sie ihn lange erwogen und schließlich eine feste Entscheidung getroffen.

Der Lama bewegte leicht den Kopf; es mochte ein Nicken sein.

»Ich habe mich nie mit dem Buddhismus und schon gar nicht mit dem Thema Wiedergeburt befasst«, fuhr Miriam fort. »Ich verstehe davon nichts. Ist das, was ich träume, eine Erinnerung an ein früheres Leben?«

»Das weiß ich nicht«, antwortete der Lama mit leichtem Lächeln. »Vielleicht. Aber spielt es eine so große Rolle? Sie erleben etwas, Sie reagieren, eine Situation führt zur nächsten – so ist es immer, ob Sie nachts träumen oder tags träumen.«

»So etwas Ähnliches sagte Lama Pema auch. Manchmal bin ich verwirrt und denke: Träume ich Dawa oder träumt Dawa mich? Mein Leben ist in Stücke gefallen. Ich kann nicht mehr zu meiner Arbeit zurück. Ich weiß nicht, was ich jetzt tun soll. Das Medikament, das man mir im Krankenhaus gegeben hat, will ich nicht wieder nehmen. Es wirkt so, als würde man mich in ein Glas stecken und den Deckel zuschrauben. Ich verliere jeden Kontakt mit der Welt. Da ist mir die Panik lieber, sie ist wenigstens lebendig.«

Der Lama gab keine Erklärungen. Er reichte ihr eine kleine Tüte mit winzigen braunen Kügelchen, die sie täglich einnehmen sollte, und vollzog ein kleines Ritual, wobei er Unverständliches rezitierte, mit einem verhüllten Gegenstand auf ihren Kopf und die Mitte ihrer Brust klopfte und in ihr Gesicht blies. Unwillkürlich legte sie dabei die Hände zusammen, dem Beispiel Dawas folgend, als sie zum Abschied Lama Pemas Segen empfing.

»Gehen Sie nach Tibet«, sagte er und umarmte sie zum Abschied, eine feste, beruhigende Umarmung und ein paar ermunternde Klapse auf den Rücken. »Ich denke, das ist eine gute Idee.«

Dawa

Der frühe Morgen ist bitterkalt, ein unfreundlicher Vorbote des Herbstes. Bald wird Schnee auf den Bergspitzen der Umgebung liegen und mit jedem Sonnenuntergang wird der Frost sich in die Haut verbeißen und den Fluss mit einer Eisschicht bedecken. Nicht mehr lange, dann kommen die Männer des Fürsten, um ein paar Tage lang zu feiern und danach Dawa und ihre Eltern mitzunehmen auf die zwei Wochen dauernde Reise nach Osten zum Dzong des Fürsten.

»Komm, Krümel, komm, meine Kleine!«, lockt Dawa und kauert im Hof nahe der Stalltür nieder. Die Hühner hausen im Stall bei den Pferden und schlafen auf Balken und Vorsprüngen, wo immer sie einen geeigneten Platz finden. Tagsüber treiben sie sich im Hof herum, in gebührender Entfernung von den beiden Kettenhunden. Wer noch ein Ei findet, nachdem die Köchin frühmorgens alles abgesucht hat, darf es behalten.

»Krümel, wo bist du?«, ruft Dawa. Ein kleines, zerzaustes Huhn eilt mit hopsenden Schritten aus dem Stall und läuft auf Dawa zu. Es lässt sich hochnehmen, macht sich klein zwischen ihren Händen und schiebt den Kopf unter ihren Arm.

»Haben sie dich wieder geplagt«, seufzt Dawa und streicht sanft über die kleinen Blutflecken im Gefieder. Die taugt nichts, sagt die Köchin, Hackhennen legen wenig Eier. Die anderen taugen nichts, erwidert Dawa, die gehen auf die Kleinste und Schwächste los. Und die Köchin wackelt mit dem Kopf und lacht und sagt: Da hast du auch wieder Recht.

Krümel wartet geduldig, bis sie im Vorraum zu den Vorratskammern niedergesetzt wird und ihre persönliche Ration Körner bekommt.

»Du wirst groß und stark werden«, flüstert Dawa, »und dann wagt sich keine mehr an dich heran, meine Kleine.«

Wie jeden Morgen, seitdem sie bei Lama Pema war, ruft sie die löwenköpfige Gottheit herbei; sie bittet um Schutz für das geschundene Tier und, wie Lama Pema ihr nachdrücklich erklärt hat, auch für alle anderen leidenden Wesen – Menschen, Tiere und umherirrende Geister. Senge Döngma ist meine himmelsgroße Mutter und himmelsgroße Schwester und himmelsgroße Beschützerin, hat sie Dölma erklärt, und sie lässt mich nie im Stich. Nicht so wie meine richtige Mutter und mein Vater … Obwohl sie weiß, dass ihre Eltern keine Wahl haben und der Forderung des Fürsten nachkommen müssen, liegt der Groll schwer in ihr, dunkel und unbeweglich.

Sie wird das kleine Huhn zurücklassen müssen. Vergänglichkeit ist eines der drei Merkmale der Existenz, hat Lama Pema gesagt, und das Herz sollte an nichts zu sehr hängen. Doch wie soll ihr Herz nicht an diesen Wesen hängen, die sie brauchen, an der Hackhenne, die nichts taugt, und dem Hund, den sie verdorben hat, weil er immer bei ihr schlafen darf und nie an die Kette muss? Und ich hänge daran, ein Mädchen zu sein, und will nicht die Frau des mächtigen Mannes mit den großen Händen werden.

Krümel hat alle Körner aufgepickt und gluckst leise, um

hochgenommen und gestreichelt zu werden. Die kühlen Füßchen schließen sich um Dawas Handgelenk und der halb kahl gerupfte Kopf sucht wieder die warme Dunkelheit unter ihrem Arm, den kleinen Himmel eines täglichen kurzen Glücks in einer Welt ständiger Verfolgungen und schmerzender Schnabelhiebe.

Irgendeine trifft es immer, sagt die Köchin, das ist bei den Hühnern so. Bei den Menschen auch, denkt Dawa. Diesmal hat es mich getroffen.

Die gut bewaffnete Schutztruppe reitet vor und hinter der Braut mit ihrem Gefolge – ihren Eltern, ihrer Dienerin und den Gesandten des Fürsten. Doch die Männer sind entspannt und plaudern miteinander, niemand fürchtet Räuber in den großen, dichten Bergwäldern. Es ist bekannt, dass kein Räuber, der gefasst wird, überlebt; und den gut geschulten Männern des Fürsten entgeht kaum einer. Selbst die frechen Goloks, die in der heiligen Stadt Lhasa ihre geraubten Waren auf den Märkten feilbieten, wagen sich schon lang nicht mehr in das Gebiet des Fürsten. Er ist hart, sagen die Leute, aber gerecht.

Es ist der dritte Reisetag und der Weg durch das felsige Gelände wird immer unwirtlicher. Ein Bergmassiv türmt sich vor ihnen auf. Sie dürfen eine kleine Rast einlegen und Buttertee trinken, bevor sie in die Schlucht eintauchen, den einzigen möglichen Weg auf die andere Seite der Berge, wie der Gesandte des Fürsten sagt.

Dawa wirft einen beunruhigten Blick auf ihre Mutter. Ein anderes Wesen sieht sie seit Beginn der Reise in ihr, nicht mehr die immer verfügbare Amala und respektierte Herrin des Hauses. Manchmal sieht sie, wie die Mutter seufzend die Schultern sinken lässt und ganz klein und schmal wird vor Erschöpfung. Dawa denkt an die Kinder, die diese Frau verloren hat, eines schon vor der Geburt, zwei weitere Söhne an einen der schrecklichen Krankheitsdämonen, von denen die Kleinen ständig bedroht sind. Und nun muss sie ihr einziges überlebendes Kind hergeben, das letzte, das sie geboren hat, ihre schöne Tochter, und sich einreden, dass sie glücklich werden wird oder doch zumindest nicht allzu unglücklich. Arme Amala. Tochter aus einem adligen Klan, die um alles in der Welt diesen Mann haben und hinunterheiraten wollte in die Händlerfamilie. Hat sie es bereut? Gab es einen anderen Grund, Lobsang abzulehnen, als die Armut seiner Familie, die bedeutungslos war angesichts des Reichtums, in dem Dawa lebte?

In der Schlucht brüllt das schäumende Wildwasser. Die steilen Felswände scheinen sich fast zu schließen in der fernen Höhe über der langen Prozession der Reiter und Lasttiere. Der kalte, sonnenlose Pfad zwischen Wasser und Fels wird immer schmaler. Schließlich müssen alle absteigen und die Tiere führen.

»Den Göttern sei Dank«, murmelt Dawa und reibt ihr schmerzendes Hinterteil. Wenn sie mit der Familie reiste, war es immer sehr gemütlich gewesen, mit viel Rast und tagelangen Pausen an Ufern von Bächen oder Flüssen. Dann sangen sie und tanzten mit den Dienern und Dienerinnen, ließen chinesische Papierdrachen steigen und spielten endlos das Sho-Spiel, bis die Handgelenke schmerzten vom vielen Würfeln.

Sie wird nach der Durchquerung der Schlucht einen Tag Unterbrechung fordern. Als der zukünftigen Frau des Fürsten steht ihr das zu. Man wird ja sehen, ob der Gesandte des Fürsten es wagt, ihr zu widersprechen. Einen Augenblick lang genießt sie das Gefühl der Macht. Es hält nicht lange an.

Ein Schrei, noch mehr Schreie, ein Lasttier ist abgestürzt mit seiner schweren Ladung. Das wütende Wasser wirft es umher, Beine fliegen, Augen rollen in Panik – und schon hat der tobende Fluss es fortgetragen, wirbelt es um Felsen, lässt es verschwinden und weit entfernt wieder auftauchen.

Alle bleiben stehen und viele murmeln das Mani-Mantra, möge das arme Tier nicht allzu sehr leiden müssen im Todeskampf und eine gute Wiedergeburt erleben. Noch folgen ihm die mitleidigen Gedanken, doch schon drängt der Gesandte darauf, weiterzugehen. Der Weg durch die Schlucht ist noch lang. Das Unglück ist geschehen und was verloren ist, ist verloren.

Am Ende der Schlucht, wo sich die Felsen endlich zu einem weiten, grünen Tal öffnen, stellen die Männer ein Zelt für die Brautgesellschaft auf und ein weiteres für die Truppe. Die Reisenden versammeln sich zu einer kleinen Puja und übergeben dem Fluss Opfergaben für die Nagas, die mächtigen Wassergeister. Der Gesandte ist beunruhigt. Vielleicht wurde etwas versäumt, so dass die Nagas in Wut gerieten und sich das Pferd holten. Das Opfer wird sie besänftigen. Die Männer der Eskorte kramen eine Reihe von Lungta-Fähnchen aus dem Gepäck und befestigen sie an einer Weide. Das bringt Glück. Dawas Mutter setzt sich auf ein Polster vor das Zelt und lässt die Mantra-Trommel kreisen. Sie sagt nichts, doch ihr Blick verrät ihre Gedanken: Ein Tod ist ein schlechtes Omen für eine Hochzeit.

»Schau nur, so wunderschöne Kleider hat der Fürst geschickt«, sagt Dölma und breitet im Schein der Butterlampen das Hochzeitsgewand aus rotem Brokat mit gelbem Drachenmuster und die seidenen Blusen aus und hält den kostbaren Silbergürtel hoch. »Und all der Schmuck – jetzt bist du reich.«

»Heirate du doch den Fürsten.« Wut und Selbstmitleid streiten in Dawa um die Vorherrschaft. »Du kannst ihn haben. Ich will ihn nicht. Ich will nicht, ich will nicht, ich will nicht!«

Und wieder einmal nimmt Dölma sie in den Arm und wiegt sie und murmelt: »Es wird alles gut, Lämmchen, es wird alles gut.«

Fast einen halben Mond lang waren sie mit den Männern des Fürsten unterwegs und der Sitz des Fürsten ist nur noch ein paar Stunden entfernt. Wangchuk, der Verwalter des Fürsten, ist ihnen entgegengeritten und hat sie im Haus des Dorfvorstehers im Nachbardorf des Dzong einquartiert, damit die Braut und ihre Eltern sich ausruhen und für den festlichen Einzug im Dzong am nächsten Morgen zurechtmachen können.

Dawas Mutter seufzt laut. Sie teilt das große prunkvolle Schreinzimmer, das die Schutzgottheit der Familie beherbergt, mit ihrer Tochter und der Zofe und liegt, nachdem Dölma und die Dienerinnen des Hauses sie entkleidet haben, erschöpft auf einem der niedrigen, mit edlem Stoff bezogenen Polster.

»Es wird nicht besser, wenn du dich wie ein ungezogenes Kind benimmst«, sagt sie ohne Nachdruck.

»Du darfst ja wieder nach Hause, Amala«, heult Dawa und wischt sich die Nase am Saum ihres seidenen Ärmels ab. »Nicht mal meinen Hund durfte ich mitnehmen.«

Die Mutter schweigt und lässt die Perlen ihrer Mala mit leisem Klicken durch die Finger gleiten.

»Du bekommst einen neuen Hund«, tröstet Dölma. »So ein Dzong ist voller Hunde. Komm jetzt, leg dich hin und schlafe.«

Geschäftig breitet Dölma brokatumsäumte Schaffelle auf den übrigen Polstern aus und hilft Dawa, sich ihrer schweren Reisekleidung zu entledigen. Sie werden am nächsten Tag sehr früh aufstehen müssen, um Dawas Haar erneut in den umfangreichen Kopfschmuck aus Bambusbögen, Türkisen und Korallen zu flechten. Von nun an wird es ihr nicht mehr erlaubt sein, sich ohne den Kopfschmuck zu zeigen, nicht einmal vor den Dienern. Den ganzen Nachmittag hat der Gesandte damit verbracht, ihr einzuhämmern, was ihre Pflichten sein werden und welches Betragen von einer Fürstin erwartet wird. Er ist ein starker und sanfter Mann, dieser Wangchuk mit der schönen, scharf geschnittenen Nase der Khampas.

»Merkt Euch das alles gut«, sagt er freundlich, »dann werdet Ihr schon zurechtkommen mit der neuen Rolle.«

Dölma löscht die Butterlampen bis auf eine vor den Statuen des Schreins und wünscht Mutter und Tochter einen guten Schlaf. Die Mutter antwortet nicht. Ein leises Schnarchen verrät, dass sie bereits eingeschlafen ist.

»Wünsch mir, dass ich nie mehr aufwache«, flüstert Dawa.

»Der Tod ist keine Lösung, das weißt du doch«, flüstert Dölma zurück.

Aus dem Zimmer nebenan, das man dem Vater und seinen Dienern zugewiesen hat, klingt das Knallen der harten Lederbecher und das Klicken der Würfel. Der Vater spielt mit Wangchuk und dem Befehlshaber der Garde das chinesische Ba-Spiel. Es ist gut, das komplizierte Spiel zu beherrschen, dann sehen die hohen Kushos gnädig über den niedrigeren Stand des

Händlers hinweg. All die hohen Herren sind leidenschaftliche Ba-Spieler.

Eines der Pferde im Stall unter den Wohnräumen ist unruhig, es stampft und schnaubt. Noch nie war Dawa so weit von zu Hause entfernt. Sie ist eine gute Reiterin und innig mit ihrer kleinen Stute vertraut; dennoch schmerzen ihre Schenkel vom langen Ritt. Die Luft im Zimmer riecht fremd, nach einem Räucherwerk, an das sie nicht gewöhnt ist. Wieder bedrückt sie der Gedanke an ihre Mutter. Zierliche Amala, immer noch schön, selbst vom allzu nahen Blickwinkel einer Tochter. Aber nicht mehr jung. Wie es sein mag, nicht mehr jung zu sein?

Es ist neu für Dawa, die Mutter nicht mehr vom Standpunkt des Kindes zu sehen. Zu ihrer Überraschung ist sie plötzlich kein Kind mehr. Noch nie hat sie über ihre Eltern als über eine Frau und einen Mann nachgedacht, die sich nacheinander sehnten, so, wie sich sich nach Lobsang gesehnt hat, die sich in die Träume des anderen stahlen, sich am Geruch des anderen berauschten. Hatten ihre Eltern dies erlebt? Sie seien verrückt nacheinander gewesen, hat die alte Mola erzählt, und es hat einen Riesenkrach in Mutters adligem Elternhaus gegeben. Haben sie vergessen, was sie damals fühlten? Warum haben sie ihrer einzigen Tochter das Glück verweigert, das sie für sich selbst beanspruchten? Hat es nicht gehalten, was es versprach?

Lege es nicht deinen Eltern zur Last, hört sie im Einschlafen Lama Pema sagen, sie sind nur Werkzeuge deines Karma. Der Wind deines Karma hat dich zu ihnen getrieben. Du verdankst ihnen diesen kostbaren menschlichen Körper. Klage sie nicht an. Wohin du auch gehst, es kann immer der Weg in die Freiheit sein. Es liegt bei dir.

KATHMANDU

Miriam

Das Taxi kam in einer Flut abenteuerlicher Vehikel zum Halten. Im grauen Nebel der Auspuffgase stand eine Kuh mit ihrem erbarmungswürdig mageren Kalb in der Mitte der Fahrbahn. Ein Stück Zeitung hing aus ihrem langsam kauenden Maul. Trauben von Menschen stürzten sich in unverhoffte Lücken zwischen Autos und Lastwagen und schwer beladene Fahrradrikschas. Fahrräder und Motorräder zwängten sich in jeden verbleibenden Zwischenraum, mit Hupen und Klingeln in allen Tonlagen verkündete ein jeder sein Recht auf die Straße. Schwaden von schweren, süßlichen und sauren Gerüchen stiegen von Müllhaufen am Straßenrand auf. Hunde wühlten darin, Fliegenschwärme stoben auf und ließen sich wieder nieder.

»Das ist ja grauenhaft«, sagte Miriam.

Ihre Begleiterin lachte. »Kathmandu ist Leben pur, meine Liebe, ohne Deo. Aber bald wird es Ihnen hier gefallen, ganz sicher.«

Miriam versuchte, ihre Gereiztheit nicht sichtbar werden zu lassen. Die freundliche, grauhaarige Frau hatte sie während des Flugs mit wertvollen Informationen versorgt und ihre Hilfe angeboten. Sie hatte für sie beide den Weg durch die bedrohliche Menge ungebetener Gepäckträger erkämpft, dem Taxifahrer den Weg zum besten Klostergästehaus erklärt und den Fahrpreis auf ein angemessenes Maß heruntergehandelt. Jetzt kramte sie ein Päckchen Papiertaschentücher aus ihrer Handtasche und drückte es Miriam in die Hand.

»Parfümiert, das hilft«, sagte sie heiter.

Miriam quälte sich ein dankbares Lächeln ab, entnahm pflichtschuldig ein Taschentuch und hielt es sich unter die Nase. Es machte nichts besser. Ihr war heiß in der bereits brennenden Morgensonne, sie war müde von der schlaflosen Nacht im Flugzeug, ihre Kleidung klebte am Leib. Sie wollte das Elend da draußen nicht sehen und war doch schon durchtränkt von der lauten, unordentlichen Atmosphäre dieser Stadt am Ende der Welt. Sie hatte ein Panorama klarer, reiner Schneeberge erwartet, doch lediglich bewaldete Vorberge umgaben das Tal und der Himmel war schmutzig weiß, als habe er alle Farbe vergessen.

Eine dunkle Kinderhand reckte sich durch das Fenster, ein winziges Gesicht folgte, fleckig von vielen Schmutzschichten. »Rupie, M'sah'b«, kreischte das armselige Wesen und führte die Finger der anderen Hand zum Mund, unmissverständliche Geste der Bitte um Nahrung. Der Taxifahrer schrie etwas und fuhr langsam los. Die Hand zog sich zurück.

»Rupie, Rupie!«, heulte die harte, kleine Stimme.

Das Taxi zwängte sich in die Lücke zwischen einem funkelnden Geländewagen mit dunklen Scheiben und einem bunt bemalten und mit allerlei Lametta geschmückten Omnibus. Vor ihm hüllte sich ein knatterndes, dreirädriges Tuktuk in dicke Auspuffwolken.

Erst in der Oase des Klostergästehauses wagte Miriam wieder tiefer zu atmen. Schützend umgab das einstöckige Gebäude an drei Seiten einen friedlichen Rasen mit verblassten roten Sonnenschirmen. In einem offenen Pavillon saßen ein paar Gäste beim späten Frühstück. Das Gras war nass; es musste heute schon geregnet haben.

Eine lachende Tibeterin mit unzähligen Falten im Gesicht und einer breiten Lücke zwischen den Vorderzähnen nahm Miriam in Empfang und führte sie zu einem der Zimmer, die man vom Garten aus betrat.

»Flugzeug hops hops?«, fragte sie fröhlich und deutete ein von Turbulenzen geschütteltes Flugzeug an. Ohne eine Antwort abzuwarten, fügte sie hinzu: »Elisabeth dabei, kein Problem!«, und klopfte Miriams Begleiterin mit liebevollem Nachdruck auf den Rücken. Dies sei Madame Yeshe, die Amala, die Mutter des Gästehauses, erklärte Elisabeth. »Sie hat ihre ganze Kindheit in einem chinesischen Arbeitslager in Tibet verbracht. Bis ihre Mutter starb. Das muss man sich einmal vorstellen.«

Während die beiden Frauen in der Tür ihres Zimmers eine laute Unterhaltung in grob gehacktem Englisch führten, ließ sich Miriam auf das Bett fallen und schloss die Augen. Sie komme am Nachmittag wieder, hörte sie Elisabeth sagen. Es war unhöflich, nicht zu antworten, doch es mochte als Erschöpfung durchgehen. Nicht zu antworten war der einzige Ausdruck der Gereiztheit, den die Situation zuließ.

Sie konnte die Augen nicht geschlossen halten. Wellen der Unruhe tänzelten in ihrem Kopf. Ihr Blick umkreiste einen Wasserfleck über dem Fensterrahmen, wo der Monsunregen die Wand durchweicht hatte. Banana-Land, hatte Greta gesagt. Wie froh wirst du sein, wenn du wieder zu Hause bist.

Einsamkeit senkte sich auf sie nieder, die vertraute Strafe, denn was anderes konnte es sein als Strafe? Strafe für ein falsch gelebtes Leben, für die falschen Hoffnungen, für ein undurchdringliches Gestrüpp von Fehlern; man macht so viel falsch und weiß es nicht. Von dieser Strafe hatte sie noch nie jemandem erzählt, nicht einmal Greta. Es war peinlich, einsam zu sein, ein Makel. Man sagte dann, man brauche »Zeit für sich«, gab gar vor, »die Ruhe zu genießen«, während jede Pore nach der Nähe eines Körpers schrie, nach Armen, die festhielten, nach Worten, die trösteten, einer Brust, deren Atembewegung man den eigenen Atem anpassen konnte, nach Händen, die sich ins Haar gruben.

Sie wandte den Blick von dem Flecken ab – er verstärkte die Einsamkeit. Doch die Fremdheit des Zimmers war nicht auszulöschen. Es roch nach Einsamkeit, seine Stille atmete Einsamkeit, seine Wände strahlten Einsamkeit ab. Und doch, beruhigte sie sich, ist das alles nicht so schlimm wie die einsame Qual einer künstlichen Zweisamkeit. Das nie wieder! Rudolf im Zimmer nebenan, nachdem sie in freiwilliger Verbannung in das leere Kinderzimmer gezogen war; die »Trauerarbeit« um das Kind gab ihr Freiheiten. Seine unausgesprochene Anklage drängte sich bis in die Bücher hinein, in die sie sich flüchtete. Denn sie war schuldig, die selbstsüchtige Verursacherin seiner Einsamkeit und damit zu doppelter Einsamkeit verdammt. Sie sprachen nie darüber. Über Einsamkeit spricht man nicht.

Wie lange lag sie schon auf diesem Bett? Keine Hoffnung auf Schlaf. Sie sollte aufstehen und hinausgehen, das Kloster nebenan besichtigen oder im Pavillon etwas trinken und vielleicht nette Leute kennen lernen. Oder den Weg zu der berühmten Pilgerstätte, dem weißen Stupa, suchen. Doch der Gedanke, sich der fremden Welt dort draußen auszusetzen, war voller Schrecken. Furcht und Lähmung ließen das einsame Zimmer als schützende Höhle erscheinen, als eine kleine Festung, gesichert durch hübsche schmiedeeiserne Gitter vor den Fenstern. Oder war es ein Gefängnis? Ein leichter Wind blähte die gelben Vorhänge.

Ein Gecko wanderte über die Wand und näherte sich dem Wasserfleck. Würde er darüberlaufen oder ihm ausweichen? Falls er ihn überquerte, würde sie aufstehen und hinausgehen, wenn auch nur bis zum Pavillon. Wich er ihm aus, würde sie im Schutz ihres Gefängnisses bleiben dürfen. Aber vielleicht würde sie den Handel gar nicht einhalten. Man konnte immer noch sagen: War nicht so ernst gemeint. Als die Mutter an Krebs erkrankte, flüsterte das Kind Miriam jeden Abend: Wenn du sie gesund machst, lieber Gott, dann werde ich gut sein und immer gehorchen und tun, was sie sagt. Gott machte sie gesund und das Kind Miriam gehorchte allzu oft nicht. Darum ließ Gott sie zwei Jahre später doch sterben. Nein, Greta, natürlich glaube ich das nicht. Nur, die Schuld bleibt, ob man glaubt oder nicht.

Der Gecko strebte der Decke zu, weit weg vom Fensterrahmen und dem Wasserfleck. Einen Augenblick lang wünschte Miriam, er wäre über den Fleck gekrochen. Ein Anstoß, ein kleiner Schubs, vielleicht hätte sie sich dann aufgerafft, wäre in den Fluss der Ungewissheit gesprungen und hätte sich ein Stück weit tragen lassen.

Irgendwann am Nachmittag stand sie auf, duschte und überlegte lange, was sie anziehen sollte, um sich unsichtbar zu machen. Leinenhose und Leinenhemd, natur, ohne Farbe,

Sandalen mit flachen Absätzen, kein Schmuck, die Uhr unauffällig, da bleibt der Blick nicht hängen. Ein wenig Make-up, auch dies ein Schutz. Im Pavillon setzte sich niemand zu ihr. Nur wenige Gäste waren da. Wer will schon im Monsun nach Nepal?

Die alte Tibeterin – vielleicht war sie gar nicht alt, vielleicht hatte ein schweres Leben ihr Gesicht so zerknittert – blieb kurz bei ihr stehen und sagte mit eifrigem, fröhlichem Nicken: »Wenn was brauchen, immer Yeshe fragen.«

Kaum hatte sie eine Kleinigkeit gegessen, begann es zu regnen, in dicken, satten Tropfen, die auf den Steinplatten des Pavillons zerplatzten, so dass ein feiner Nebel über dem Boden schwebte. Auf dem Rückweg zum Zimmer wurde sie augenblicklich durchnässt. Sie beeilte sich nicht. Es lag eine wütende Befriedigung darin, sich dem Guss auszusetzen, so dass das Haar triefte und die Bluse an ihrer Haut klebte.

Sie zog sich um, föhnte die Haare und legte sich wieder auf das Bett. Der Gecko saß noch immer an der Kante zwischen Wand und Decke. Manchmal fallen sie herunter, vor allem die kleinen, hatte Elisabeth erzählt. Einmal sei ihr nachts einer mitten ins Gesicht gefallen, nackt und kühl.

Miriam wollte schlafen. Und sie wollte träumen. Seit dem Besuch beim Lama hatten die Träume sie nicht mehr überfallen. Nur in Dawas Reise war sie eingetaucht, zu Hause, kurz vor dem Flug, in der Sicherheit des nächtlichen Schlafs.

Nun wurde ich lange genug geträumt, dachte sie, jetzt bin ich wieder dran. Obwohl sie auch im Wachen Dawas Ängste teilte, wünschte sie sich doch zurück in die verzauberte Welt, in der jeder Weg ins Reich der Freiheit führen konnte.

Dawa

Die Reisegruppe hat den letzten Bergzug vor dem fürstlichen Sitz überwunden. Dawa hält den Atem an. Vor ihr liegt ein weites, fruchtbares Tal voller Felder, von einem stattlichen Fluss durchschnitten und von Bergen umgeben. Auf einer felsigen Anhöhe am Talrand, von wenigen Büschen und niedrigen Bäumen bestanden, erhebt sich über einem ansehnlichen Dorf der Dzong, eine gewaltige Festung aus einer Zeit, als benachbarte Machthaber um die Vorherrschaft über dieses Gebiet stritten. Inzwischen herrscht Frieden und der Fürst hat auch die Räuberbanden aus dem Land gejagt. Hart ist er, wie Dawas Vater sagte, aber niemand hat etwas zu befürchten, der sich an sein Gesetz hält. Dass man sich erzählt, der Fürst habe einmal zur Abschreckung abgeschlagene Räuberköpfe auf der großen Mauer des Dzong zur Schau gestellt, weiß sie nicht vom Vater. Der Stallmeister hat es hinter vorgehaltener Hand beim Nähen auf dem Dach berichtet, und noch andere finstere Geschichten dazu.

Je näher sie dem Dzong kommen, desto verzweifelter versucht Dawa, an etwas Entferntes, Beruhigendes zu denken. Ihre kleine Hackhenne – wie wird es ihr ergehen, wenn keine Dawa mehr da ist, um sie zu füttern, sie auf den Arm zu nehmen, sie zu trösten? Die Cousinen stimmten zwar halbherzig zu, sich um das Huhn zu kümmern, doch sie sind hohlköpfige Mädchen und werden es vergessen. Den Hund wird die Köchin versorgen; sie hat sogar versprochen, ihn vor der Tür des Zimmers, das sie mit den Mägden teilt, schlafen zu lassen.

Eine lange Reihe von Menschen säumt den ansteigenden Weg zum Sitz des Fürsten. Sie müssen aus entfernten Dörfern gekommen sein, um ihre neue Fürstin zu sehen und ihr mit Katas, den weißen Glücksschleifen, zuzuwinken. Dawa versucht zu lächeln. Beengt von den vielen Blusen, die sie des festlichen Anlasses wegen übereinander trägt, und dem steifen Brokat ihres Brautkleids, sitzt sie mit erzwungener Würde wie eine Statue auf ihrem aufwändig geschmückten Pferd. Die überlangen goldenen Ohrringe zerren an ihren Ohrläppchen, ihre großen Halsketten, vom Fürsten großzügig durch prächtige Türkise und Korallen ergänzt, hängen schwer an ihrem Nacken, der ungewohnt wuchtige Kopfschmuck drückt.

Der Einzug in den weiten Haupthof des Dzong hat eine schauerliche Endgültigkeit. Die mächtigen Mauern kreisen sie ein, die vier Stockwerke des Haupthauses blicken sie abweisend an, die Eingänge zu den Ställen sind dunkle Löcher voller Drohung. Noch steht das große Eingangstor weit offen, doch das Gefängnis schließt sich bereits um sie.

Während Stallburschen die Kettenhunde im großen Haupthof des Dzong beruhigen, steigen die Gäste und ihre Begleiter von den Pferden, umringt von den Dienern des fürstlichen Haushalts. Man hat Dawa gesagt, dass alle Bräute weinen, wenn sie ins Haus des Bräutigams gebracht werden.

Das gehört sich so. Doch ihre Augen sind trocken wie ein Sandsturm. Ich träume, sagt sie sich verzweifelt, es ist nur ein Traum und ich brauche mir keine Gedanken zu machen. In Träumen macht man sich keine Gedanken. Der Traum geschieht einfach. Man muss hinter den Eltern die steile Treppe zur Eingangstür hinaufklettern und wird dann durch kaum beleuchtete Gänge und über weitere steile Treppen in eine große Schreinhalle geführt und dann zelebrieren ein hoher Lama im Festgewand und ein paar Mönche ein Ritual, das lange dauert. Auf dem Dach wird Lhasang, der heilige Rauch, entzündet und man muss durchgehen; das reinigt und bringt Glück. Danach wird man in einen prunkvollen Empfangsraum mit weit offenen Fenstern geführt und alle möglichen Verwandten des Fürsten und sein Haushalt werden einem vorgestellt. Man steht einfach da und die Dinge nehmen ihren Lauf.

Die Namen entgleiten ihr, sobald sie ausgesprochen sind, sie versucht gar nicht, sie zu behalten. Unmengen von Essen werden aufgetischt und zwei hübsche Mädchen, Töchter wichtiger Edelleute, schenken dem Vater neben ihr ununterbrochen Chang nach. Einmal greift Dawa heimlich nach seinem Becher und trinkt ihn ganz schnell aus; niemand hat es gesehen außer Wangchuk, dem Verwalter, doch der lächelt und sagt nichts. Vom Hof unten klingt Musik herauf und Singen und das Trappeln vieler tanzender Füße. Es ist der Auftakt zu einem Fest im Haupthof des Dzong und in der Zeltstadt zu Füßen der Festung. Es wird vom halben Mond bis zum Vollmond dauern, mit einem großen Pferderennen, Tänzen, Spielen und endlosen Mahlzeiten. Die Astrologen haben den glücklichsten Zeitpunkt für den Einzug der Braut in den Dzong gewählt und es ist eine Glück bringende Zeit für alle, die daran teilnehmen. Wangchuk hat ihr das alles während der Reise genau erklärt.

Am Nachmittag wird ihr Kopfschmuck noch einmal aufgefrischt, gelöstes Haar festgezurrt und die Brokatfalten des steifen Brautkleids werden gerichtet. Plötzlich ist er da, der furchtbare Mann mit den großen Händen und den roten Adern in den Augäpfeln. Dawa senkt eilig den Blick, nur ein flüchtiges Bild der schimmernden weißen Beinkleider und der bunten Bänder an den weichen Stiefeln bleibt haften. Sie will ihn nicht sehen. Noch einmal muss sie aufschauen, als der Fürst sie seiner Schwester vorstellt, der Dame Nyemo, einer dunkel gekleideten Frau in mittleren Jahren. Ihr Blick ist eisig wie die kahlen Ebenen des fernen Nordens.

»So wirst du sie ansprechen: Chemkusho Nyemo«, sagt der Fürst kurz. »Sie hat die Aufsicht über den Haushalt.« Die Frau neigt ihren Kopf kaum um Fingerbreite.

»Sei willkommen im Dzong, Dawa«, sagt sie. Ihr Ton ist hart und überheblich.

Im Hintergrund ihres vor Furcht gekrümmten Verstandes erkennt Dawa, dass man ihr im fürstlichen Haushalt die mindere Position der Händlerstochter zugewiesen hat anstatt den ihr gebührenden ehrenvollen Platz der Fürstin. »Nyemo« ist die liebevolle Bezeichnung für »die Herrin des Hauses«. Aus den Augenwinkeln sieht sie die wütend zusammengepressten Lippen ihrer Mutter. Die Dienerschaft schweigt bestürzt.

Man setzt sie auf dem großen Balkon im ersten Stock neben den Fürsten auf hohe, brokatbezogene Polster; unten im großen Haupthof singen und tanzen die Leute. Diener schenken Tee ein, Schalen mit Suppe und Platten voller Fleisch werden herbeigetragen. Plötzlich hat sie einen Becher mit Chang in der Hand; Wangchuk hat ihn ihr unauffällig gegeben und sie trinkt ihn eilig aus; ein zweiter, ein dritter Becher folgen. Eine wohlige, Schwindel erregende Wärme breitet sich in ihr aus und sie lässt sich beruhigt in eine Wolke von Farben und Tönen und Gerüchen sinken. Ein Traum. Nur ein Traum.

Es wird dunkel und Fackeln beleuchten den Hof. Irgendwann führt man sie ins Haus, in das Hochzeitsgemach, einen großen Raum mit mehreren kunstvoll bemalten Pfeilern. Man setzt sie wie eine steife Puppe auf das große Bett, die Diener zeichnen mit Weizenkörnern eine Swastika auf den Boden, ein wenig Chang wird verspritzt und dann singen sie und führen einen Tanz auf. Ich wollte, ich wäre tot, denkt Dawa.

Dölma und zwei weitere Dienerinnen entkleiden sie. Dawa kichert mit den Mädchen, ohne zu wissen, warum. Kaum liegt sie im Bett, stürmen die Musikanten und Spaßmacher ins Zimmer. Das ist so üblich, hat Dölma vorgewarnt, sie sollen die Braut aufmuntern und ihre Furcht vertreiben. Ein großer Spaßmacher steckt in Frauenkleidern und wird in einer rüden Pantomime von einem kleinen Männchen besprungen. Der als Frau verkleidete große Mann wirbelt das Männchen unsanft herum, wirft es in die Luft und fängt es im letzten Augenblick wieder auf. Schließlich kriecht das Männchen unter die Röcke des großen Mannes und rumort darunter herum, begleitet vom fröhlichen Kreischen der ungeschlachten Braut. Dawa und die Mädchen rollen auf dem Bett und lachen Tränen.

Der Verwalter und der oberste Diener führen den wankenden Fürsten herein, entkleiden ihn, lassen ihn ins Bett fallen und werfen eine Felldecke über ihn. Die Dienerinnen ziehen sich zurück, nur Dölma bleibt neben dem Bett hocken. Dawa hält den Blick unverwandt auf die Spaßmacher gerichtet. Es ist ein Traum, ein Traum, ein Traum. Die Spaßmacher purzeln mit obszönen Gesten auf dem Boden herum.

»Verschwindet alle!«, ruft Dölma. »Seht ihr denn nicht, dass man euch nicht braucht?«

Unter dem Schnarchen des betrunkenen Fürsten macht sich die Bande davon, um unten im Haupthof weiter zu feiern.

»Heute Nacht hast du deine Ruhe«, flüstert Dölma. Dawa kichert aus Verzweiflung. Das Bett schwankt, das ganze Zimmer schwankt. Ein Traum.

»Nie mehr aufwachen«, murmelt Dawa. Die Schwärze des Schlafs nimmt sie auf, bevor Dölma das Zimmer verlassen hat.

Etwas geschieht mit ihr. Ein schweres Gewicht drückt sie in die harten Polster des Betts, ein säuerlicher Geruch nimmt ihr den Atem. Der Fürst. Ihr ist übel. Ein gieriger Mund atmet Gestank in ihr Gesicht, Hände zerren an ihren Schenkeln; feuchte Haut überall. Sie wehrt sich, schreit, eine Hand verschließt ihr den Mund, ein feuriger Schmerz flammt auf in ihrem Leib, sie beißt zu. Ein wütender Schlag trifft ihr Ohr, ein weiterer Schlag, ihr Auge glüht auf. Sie schreit mit aller Kraft. Das Gewicht löst sich von ihr, sie erhält einen kräftigen Stoß und fällt aus dem Bett.

»Dummes Ding«, murmelt der Fürst und dreht sich zur Seite.

Eine Weile bleibt sie benommen auf dem Boden liegen, zusammengerollt gegen die Kälte. Schließlich tastet sie sich vorsichtig wieder ins Bett unter die Felldecke, ganz am Rand, so weit weg wie möglich von dem reglosen Körper des Mannes. Er schnarcht leise.

Warum hat sie nicht an Senge Döngma, ihre Beschützerin, gedacht? Dawa kriecht wieder aus dem Bett und sucht zwischen den Kleidern nach ihrer Mala, der Mantra-Kette, die Lama Pema vor ihrer Abreise von zu Hause gesegnet hat. Tief in das Fell vergraben, murmelt sie das Mantra der löwenköpfigen Gottheit, fast unhörbar, immer wieder. Denk nicht nur an dich selbst, hat Lama Pema gesagt, denk auch an die anderen, die leiden. Dawa denkt an die Frauen, die das schlechte Karma mit ihr teilen, einen weiblichen Körper zu haben. Nein, korrigiert sie sich, die einen weiblichen Körper haben und einen ekligen Mann. Der verzweifelte Gedanke ist so laut, dass sie fürchtet, man könnte ihn hören: Warum ist es nicht Lobsang? Ganz deutlich riecht sie Lobsangs Duft nach Pferd und Räucherwerk und Staub. Sie drängt das aufsteigende Schluchzen zurück. Die grauenhafte Endgültigkeit ihrer Heirat ist wie eine riesige Felswand, die langsam und unaufhaltsam auf sie herabstürzt, ihr die Knochen bricht, ihr Fleisch zermalmt, ihr das schöne Leben nehmen wird, das sie kannte, und es eintauscht gegen die Hölle des Dzong. Steif liegt sie im Bett, die Fäuste vor dem Gesicht geballt, den Mund dahinter weit aufgerissen in einem lautlosen Schrei, von dem sie erst die Erinnerung an das Mantra der zornigen, lachenden, tanzenden Gottheit erlöst.

Miriam

Sie versuchte, die Felldecke wegzuschieben, doch da war keine Decke. Sie lag angekleidet auf dem Bett, ihr Gesicht schweißbedeckt, die Haare klebten am Kopf. Regen trommelte auf die Steinplatten vor dem offenen Fenster. Sie riss die Augen weit auf und murmelte gegen die Beklemmung an: »Ich bin nicht Dawa. Ich bin Miriam. Ich bin Miriam.«

Es war nicht sicher. Nie gab es Sicherheit. Sie erinnerte sich an einen Zusammenlauf zweier Flüsse, der eine bläulich, der andere grünbraun. Zuerst war die Trennung eindeutig, eine klare Linie, doch je weiter man flussabwärts kam, desto mehr vermischten sich die beiden Ströme miteinander. Dawas Farben drangen in den Fluss ihres Denkens ein, starke, beherrschende Farben, die sich über ihr eigenes, nebliges Pastell zu legen versuchten, Verführung und Bedrohung zugleich.

Schritte, Stimmen. Elisabeth rief vor dem Fenster, vom Vorhang verdeckt: »Miriam, sind Sie da?«

Mit dem vertrauten Schmerz der Gereiztheit stand Miriam auf und entriegelte die Tür. Elisabeth schüttelte ihren Regenschirm aus. Unübersehbare gute Laune schien unter hohem Druck aus ihr herauszuschießen. Lauter grässliche Gutelauneflöhe, dachte Miriam, aufdringlich wie die Sonne an manchen einsamen Sommersonntagen mit ihren leeren Versprechungen vom Glück im Grünen.

»Ich habe David mitgebracht«, erklärte Elisabeth strahlend. »Er kann Ihnen helfen. Er weiß alles über Tibet und Buddhismus.«

Ein Mann stand in der Tür. Miriam schrak zurück. Ihr Blick begegnete einem leichten Lächeln, höflich, selbstsicher. Bedrohlich selbstsicher. Sie fuhr mit beiden Händen durch ihr Haar und suchte nach Worten, um sich zu entschuldigen, zu rechtfertigen. Wie peinlich es ist, am hellen Tag von Fremden beim Schlafen ertappt zu werden. Die dumpfe Hitze bereitete ihr Kopfschmerzen. Kein Windhauch trotz der offenen Fenster. Roch es im Zimmer? Man dünstet aus, wenn man schläft, es ist entsetzlich intim. Ihre Gereiztheit steigerte sich zu erbittertem Ärger über Elisabeths unentrinnbare Hilfsbereitschaft.

»Nun, ich bin … es ist …«, stammelte sie.

»Sie Arme, wir haben Sie sicher gestört«, sagte Elisabeth und stellte ihren Schirm mit einer munteren, geschäftigen Geste neben die Tür. »Ich vergesse immer, dass nicht jeder so frei von Jetlag ist wie ich. Jedenfalls, wenn ich hierherkomme. Wenn ich dann wieder zurückmuss, leide ich dafür doppelt. Ich hätte daran denken sollen. Jetzt habe ich Sie geweckt. Das tut mir ja so leid. Sollen wir später wiederkommen?«

»Nein, nein«, wehrte Miriam ab. Warum sagte sie nicht: Ja, geht in den Pavillon, ich komme nach? Warum fiel ihr nichts weiter ein, das sie sagen konnte, irgendetwas Kühles, der Situation Angemessenes? Eine abgelaufene Schallplatte hatte Rudolf diese Unfähigkeit genannt. Miriam, die abgelaufene Schallplatte.

Der Mann stand noch immer in der offenen Tür.

»Bitte nehmen Sie Platz«, murmelte Miriam und zog den einzigen Stuhl aus der Ecke. Sie setzte sich auf das Bett und bedachte Elisabeth mit einem ausdruckslosen Blick.

»Ich bleibe nicht, ich muss gleich weiter«, sagte Elisabeth mit einer Andeutung von Atemlosigkeit. »Das Waisenhaus, Sie wissen ja.«

»Ah ja, das Waisenhaus«, murmelte Miriam und stand wieder auf. »Ja, natürlich … und vielen Dank.«

Während sich Elisabeths Schritte mit energischem Stakkato entfernten, zog Miriam den Vorhang auf. Es hatte aufgehört zu regnen und die Wolken waren plötzlich einer grellen Sonne gewichen. Die gewundenen Gitterstäbe vor dem Fenster warfen lange Schatten über den Fußboden.

»Entschuldigen Sie«, sagte sie, »ich bin wirklich noch nicht ganz gelandet. Bitte, kommen Sie doch herein.«

Der Mann David machte einen kleinen Schritt ins Zimmer, zögernd, wie ein unvollendeter Satz.

»Ich möchte nicht stören.«

»Nein, nein, jetzt bin ich wach. Und es war ja so abgemacht, Elisabeth sagte, am Nachmittag …«

»Könnten wir Du sagen?«, schlug der Mann vor, während er vollends eintrat und aus seinen nassen Sandalen schlüpfte. Er sprach mit der Andeutung eines weichen, singenden Schweizer Akzents, seltsam beruhigend. »Man fühlt sich dann nicht gar so angefremdet. Ich heiße David.« Er streckte die Hand aus.

Miriam ergriff sie kurz und murmelte: »Miriam.« Der Druck der Hand war fest und zugleich achtsam.

»Angefremdet.« Sie ließ sich wieder auf der Bettkante nieder und lächelte vorsichtig. »Das passt. Ich fühle mich so fremd wie ein Fisch im Vogelkäfig.«

Sie hätte lieber hinter dem Sie Schutz gesucht. Doch es war wohl ein ungeschriebenes Gesetz, im fremden Land zusammenzurücken und Nähe zu spielen. Der Akzent milderte ihre Irritation; fast konnte sie sich vorstellen, es handle sich um eine fremde Sprache. In einer fremden Sprache war vieles möglich, sie blieb einem immer um Armeslänge vom Leib.

Er hatte sich auf dem Stuhl nach vorn gebeugt und die Hände zwischen den Knien ineinandergelegt. Mit kurzen, scheuen Blicken nahm sie seinen Anblick auf: ein schmales, langes Gesicht und lange Glieder, eine ausgeprägte Nase, scharf abgesetzte Jochbögen über den braunen Augen, die Stirn hoch, das dunkle Haar ein kurzer Pelz mit ein wenig Grau darin. Kleine Lachfältchen um den Mund. Eine leichte, weite schwarze Hose zum dunkelroten Hemd. Das, was man eine gepflegte Erscheinung nennt. Würde er einer alten Frau die schwere Einkaufstasche tragen?

»Feucht genug ist es für einen Fisch«, sagte er. »Aber ich mag den Regen.«

»Ich auch«, sagte Miriam. Sie zog die Beine auf das Bett und legte die Arme darum. »Manchmal denke ich, es wäre schön, in England zu leben oder irgendwo im Norden, wo es so oft regnet und nie richtig Mittag ist, immer nur Vormittag oder Nachmittag, sogar im Hochsommer.«

Der Mann David lächelte. »Stattdessen bist du jetzt südlicher als Kairo. Elisabeth sagte, du suchst einen bestimmten Ort in Tibet.«

Miriam verstärkte den Griff um ihre Beine. Da war sie, die

befürchtete Attacke des Du aus dem fremden Mund in diesem fremden Zimmer in dieser fremden Welt. Es gab nur wenige Du-Menschen in ihrem Leben. Ein paar Frauen. Rudolf gegenüber war ihr das Du selbst dann schwergefallen, nachdem er sie bereits geküsst hatte. Sie schauderte und versuchte, das Bild des Fürsten zurückzudrängen, das hinter der angelehnten Tür ihrer Erinnerung lauerte und jeden Augenblick auszubrechen drohte. Rudolfs Gewalt war nicht die Gewalt des Fürsten. Es war die leise Gewalt der Verachtung, ein gelangweilter Mann in einer langweiligen Ehe. Doch zum Fürchten waren beide.

Würde sie je von dieser grauenvollen Hochzeitsnacht, die sie mit Dawa teilen musste, erzählen können? Sie hatte sich immer darüber gewundert, dass es hieß, Frauen hätten große Schwierigkeiten, von Vergewaltigungen zu berichten. Jetzt begann sie es zu verstehen. Dawa trug ihre Wut wie eine Fahne; warum machte sich Miriam klein vor Scham? Der Schatten des Täters fiel selbst auf diesen fremden, freundlichen Mann vor ihr.

»Ich suche ein Heiligtum der löwenköpfigen Göttin«, erklärte sie unsicher. »Falls es überhaupt noch existiert. Ich kann nicht sagen, wo es liegt. Tibet ist natürlich sehr groß ... aber vielleicht lässt es sich doch finden. Es gibt ein paar geografische Anhaltspunkte. Ich träume seit einiger Zeit die Geschichte eines jungen Mädchens im alten Tibet. Ich weiß nicht, in welcher Zeit. Irgendwann. Seitdem lebe ich ihr Leben mehr als mein eigenes. Nun ja, kein Wunder, mein eigenes ist ziemlich bedeutungslos.«

Sie hörte sich selbst mit fremden Ohren zu. Eine unsichere und zugleich exaltierte Frau, nicht mehr ganz jung. Kompensiert Frustration mit abseitigen Träumen. Doch das Gesicht vor ihr nickte, sie sah Interesse darin, kein Urteil.

»Es ist wie eine Krankheit«, fuhr sie fort, »aber auch wie ein Geschenk. Diese Träume haben mein Leben völlig verändert. Ich lebte im Nebel, aber das wusste ich nicht. Jetzt ist immer noch Nebel da, aber ich sehe ihn. Das ist unheimlich. Ich weiß nicht, was mit mir geschieht. Es sind keine normalen Träume. In Träumen denkt man nicht nach. Aber ich bin dieses Mädchen und ich denke nach über das, was ich erlebe. Und ich erlebe schreckliche Sachen.«

Sein Interesse, die Offenheit mochten Schein sein; wie konnte man das wissen. Leichtigkeit fiel ihr schwer. Oft schossen die Worte in ihrem Kopf herum wie verstörte Vögel, die sich verflogen haben und den Ausgang nicht finden. Schon immer war es so gewesen. Sie ist verstockt, sagte der Vater, wenn die kleine Miriam ihre Worte nicht einfangen konnte. Dann schlug er sie.

Sie würde ihre Träume so kurz gerafft wie möglich erzählen. Kühl, unbeteiligt, wie einen Krankheitsbericht, als seien es die Träume von jemand anderem. Sie würde sich nicht ausliefern.

Zögernd begann sie mit der Geschichte, berichtete von Dawas Eltern, von Lobsang, von Lama Pema und dem kleinen Höhlentempel der löwenköpfigen Gottheit, von dem Fürsten. Es war eine kalte Geschichte. Als könnte sie die Zähne nur so weit auseinanderbringen, dass ganz Dünnes hervorkam, nichts Substanzielles.

»Ich weiß nicht, warum ich dieses Heiligtum finden möchte«, schloss sie ihren Bericht. »Da ist ein Gefühl, dass es mir helfen würde. Ich konnte nicht mehr so weiterleben wie zuvor … weiter im Nebel herumstolpern. Ich bin eine langweilige Person und das Reisen hat mich nie angezogen. Der Gedanke daran hat mich immer erschreckt. Aber plötzlich wollte ich unbedingt nach Tibet. Ein junger Lama, mit dem ich sprach, meinte, es sei eine gute Idee.«

Hatte sie jemals zuvor in ihrem Leben eine eigene Idee gehabt? Zum ersten Mal tat sie etwas, das niemand von ihr erwartet hatte, mehr noch – etwas, das andere eher bizarr fanden. Wie mochte dieser Mann sie sehen? Gaben diese Träume ihr Farbe? Sie fuhr wieder durch ihre feuchten Haare, verwirrt und ärgerlich über sich selbst. Warum mache ich mir Gedanken um meine Haare? Welche Rolle spielt es, wie ich aussehe? Ich bin nicht auf der Suche nach einem Mann. Ich bin auf der Suche nach einer Göttin.

Doch es gab eine Miriam in ihr, die wusste, dass es nicht angemessen war, der Sehnsucht Schubladen zuzuweisen.

»Wann hast du diese … Träume?«, fragte David.

»Nachts, wenn ich schlafe. Meistens. Am Anfang hatte ich Probleme damit, aber jetzt ist alles normal.«

Er sah sie auf eine Weise an, die vermuten ließ, dass er ihre Träume keineswegs für normal hielt.

»Deiner Beschreibung nach muss diese Senge-Döngma-Gompa irgendwo östlich liegen«, sagte er. »Ich werde mich erkundigen.«

Er erhob sich. »Möchtest du vielleicht mit zum Stupa gehen? Jetzt ist Khora-Zeit, da kommen die Leute und umrunden den Stupa. Es ist nicht weit. Das gute Wetter sollte man ausnützen, wahrscheinlich hält es nicht lang.«

Miriam nickte und sprang auf. Während sie im Badezimmer ihr Haar bürstete, hing sie dem missmutigen Gedanken nach, dass sie übereifrig auf seinen Vorschlag eingegangen war. Wie ein Kind allein in der Ecke des Schulhofs, das die ganze Pause lang darauf gewartet hat, dass jemand es zum Spielen holt. Der Makel der Einsamkeit. Er klebte an ihr, solange sie denken konnte. Sie war ihn nie losgeworden.

Ein kleines Tor führte durch die Mauer, die das Gästehaus umgab, zum Außenbereich des Klosters. Der Klang großer Trommeln, schriller Trompeten und ein tiefes Röhren umgab das Gebäude wie ein weites, wehendes Gewand. Über Miriams Nacken und Kopf lief ein Schauer, ein wenig wohlig, ein wenig aufregend. Eine Erinnerung ohne Worte stieg auf, wie ein vertrauter Geruch. Sie blieb stehen und horchte.

»Mahakala-Puja«, sagte David. »Der schwarze Beschützer. Willst du …?« Er machte eine Bewegung auf den Tempeleingang zu.

»Darf man …?«

Ohne zu antworten, ging er ihr voran und schlüpfte auf der breiten Treppe aus seinen Sandalen. Sie folgte ihm in die Dunkelheit des Tempels und ließ sich neben ihm auf einer Matte nieder. Vergebens versuchte sie, es ihm gleichzutun und die Beine so vor sich zu falten, dass die Knie den Boden berührten. Ein beschämendes Gefühl der Ungeschicklichkeit machte sich in ihr breit und warf den Schatten kommender Schmerzen voraus.

Plötzlich tauchte ein Junge im roten Gewand neben ihr auf und legte ein rundes Sitzpolster neben sie. Weiße Zähne leuchteten einen Augenblick lang auf in dem jungen Gesicht, dann war er wieder verschwunden.

Langsam wuchsen eckige, mit Ornamenten bemalte Pfeiler aus dem sanften Zwielicht. Die roten Gewänder ließen die

Mönche zu etwas Einheitlichem verschmelzen. Wie ein rot blühendes Feld. An der Stirnseite riesige, golden glänzende Statuen, in der Mitte der Buddha, jener Inder, der vor zweieinhalbtausend Jahren eine Lehre verbreitete, die man »das Gesetz der Wirklichkeit« nennt. Die anderen? Sie wusste es und sie wusste es nicht. Dawa wusste es. Dawa, wo bist du?

Der schnelle Herzschlag der großen Trommeln war außen und innen, als zwänge er ihr Herz und ihre Gedanken in den gleichen Rhythmus. In die tiefen Stimmen der Mönche mischte sich der grelle Gesang der Kinder, unbekümmert und lustvoll. Der Geruch nach Räucherwerk … Ihr Geist ging dem Geruch nach. Halte den Kopf ruhig, Dawa, sonst drückt dich der beladene Kopfschmuck. Noch vor dem Morgengrauen haben Dölma und Jangchub mit dem Flechten begonnen, denn die Fürstin muss schön sein beim Klosterfest. Neben ihr auf den erhöhten Polstern seitlich des Schreins sitzen der Fürst und sein dünner, kleingewachsener Sohn mit dem großen Kopf. Wie eine Puppe sieht er aus im steifen klerikalen Brokatgewand. Er ist kühl, dieser Sohn, aber nicht unfreundlich. Junge Mönche verteilen heißen Tee in der Pause. Trotz ihres warmen Umhangs fröstelt sie in dem großen, dunklen Lhakang. Die Mönche singen, aber sie hört nicht hin, sie will schlafen, wenigstens schlafen, wenn sie schon nicht aufwachen kann aus diesem endlosen bösen Traum.

»Miriam, was ist? Kannst du aufstehen?« Aus weiter Ferne hörte sie Davids Stimme, wie vom Wind herangetragen. Gehorsam stand sie auf. Ihr Kopf war leicht; kein Kopfschmuck. Eine Horde dunkelrot gekleideter Kinder schob sich an ihr vorbei. Der Tempel war fast leer.

»Alles in Ordnung?« Davids Hand umschloss ihren Arm.

»Ja, natürlich.«

»Du warst sehr weit weg. Soll ich dich zum Gästehaus zurückbringen?«

»Nein, nein, es geht mir gut. Wirklich, es geht mir gut. Ich bin nur ein bisschen eingenickt. Jetlag.«

Außerhalb der Klostermauern überfiel sie das endlose öffentliche Drama asiatischen Lebens. Ihre Sinne zogen sich unwillkürlich zurück, ließen nur Ausschnitte aus der Außenwelt in sie eindringen, einen nach dem anderen. Ein strenger Geruch aus einer schmalen Haustür, das zerfetzte Ohr eines streunenden Hundes, nackte, schmutzverkrustete Füße eines winzigen Kindes in einer Pfütze. Auf einer durchweichten Wiese, einem Spekulationsgrundstück, wie David erklärte, lagen die Reste einer Kuh. Unter den weiten, weißen Rippenbögen stritten schwarze Vögel um das, was die Hunde übrig gelassen haben mochten. Tiefe Dunkelheit starrte aus den Augenhöhlen des skelettierten Kopfes.

Eine bettelnde Frau mit wenigen Zähnen, auf dem Arm ein schlafendes Baby, leierte eine unverständliche Jammerlitanei herunter und schlug ihre Finger wie Krallen in Miriams Ärmel. David wies sie scharf zurecht. »Tsaina! Tsaina!« Sie ließ los und hielt pathetisch ihr Baby hoch. Ihre Stimme war flach und schrill. David steckte einen kleinen Geldschein in das bewegungslose Bündel und legte dann die Hand auf Miriams Rücken.

»Schnell weitergehen«, sagte er. »Die Bettler spüren die Unsicherheit der Neuen. Schimpfe, wenn sie dich anfassen. Das dürfen sie nicht.«

Ein Strom wohliger Energie floss vom Punkt der Berührung an ihrer Wirbelsäule entlang. Sie hätte gern die Augen geschlossen und sich an die Hand gelehnt. Manchmal hatte sie gedacht, dass Gott solch eine Hand sein könnte, damals, als sie noch gegen Ihn kämpfte und Ihm vorhielt, wie Er sein könnte, wenn Er doch nur wollte. Doch Er war Oma Hallers Gott, ein Kirchengott, Er stand auf der Seite der mächtigen, herzlosen alten Männer.

Hör auf, kindisch zu sein, sagte sie zu sich selbst und ließ zu, dass die Menschen um sie herum sie näher an den Mann David drückten.

Unerwartet öffnete sich eine enge Gasse und gab den Blick auf den riesigen weißen Stupa frei, ein Bauwerk in Stufen, gekrönt von der mächtigen Kuppel mit den scharf blickenden Augen darüber. Miriam blieb stehen, atemlos; diese Erscheinung war jenseits aller Vergleiche, irdisch und überirdisch in einem, so sanft in ihrer busengleichen Rundheit und so Ehrfurcht gebietend wie der Himmel selbst.

»Wunderschön«, flüsterte sie.

David legte die Hände zusammen und begrüßte den Stupa mit einem Ausdruck von Respekt und leiser Freude. Miriam tat es ihm nach. Man konnte nicht einfach so mit hängenden Armen vor diesem gewaltigen Wesen stehen. Was immer es bedeuten mochte, es forderte Achtung und Aufmerksamkeit heraus. Mindestens anderthalbtausend Jahre sei es alt, erklärte David, und einer der wichtigsten Pilgerorte in der buddhistischen Welt.

Wie langsam strömendes Wasser zog sich ein Band von Menschen um den Stupa. Alle schienen sich über die Richtung einig zu sein, niemand ging gegen den Strom. Selbst die Hunde hielten die Richtungsordnung ein. Hautfarben in allen Braunschattierungen. Saris, bunte nepalische Wickeltücher, T-Shirts, indische Baumwollhemden und tibetische Chubas, dazwischen wie Blumen die roten Roben der Mönche und Nonnen. Eifrige Hände brachten die vielen in die Wand eingelassenen Gebetszylinder zum Rotieren. Mantra-Ketten glitten durch raue und zarte Finger. Freunde begrüßten einander und plauderten im Weitergehen, drifteten wieder auseinander und gingen erneut dem heiteren Geschäft des murmelnden Rezitierens nach. Ein Tibeter mit knöchellanger Lederschürze und ledernen Handschuhen kniete nieder, streckte sich aus, ungeachtet der nassen Steinplatten, berührte mit der Stirn den Boden, faltete die Hände über dem Kopf, stand auf, ging einen Schritt weiter, fiel wieder auf die Knie, streckte sich aus, immer wieder, mit ruhiger Entschlossenheit, als spiele es keine Rolle, wie oft er sich niederwerfe, einfach immer weiter, ohne Unterbrechung, rundherum und rundherum. Der sanfte Menschenstrom teilte sich, umfloss ihn, vereinigte sich wieder, wie er um die Bettler herumfloss, die an der Mauer saßen und schweigend ihre bittenden Hände hoben.

»Khora«, sagte David. »Immer in der Morgen- und Abenddämmerung. Man umrundet den Stupa und wünscht allen Wesen Glück und Wohlergehen.«

Miriam lächelte. »Und sagt das Mantra des Mitgefühls. OM MANI PEME HUM. Das weiß ich von Dawa.«

David zog die Augenbrauen hoch.

»Von meinem tibetischen Alter Ego – in den Träumen«, erklärte sie.

»Das ist erstaunlich.«

»Ich weiß auch, wie man Teppiche webt. Na ja, vielleicht wissen es meine Hände nicht, nur mein Kopf. Und wie man reitet. Dawa hat eine kleine Stute. Sie redet mit ihr in einer eigenen Sprache, die niemand anderer verstehen kann. Wenn sie sagt, bleib da stehen, und geht weg, dann bleibt ihr Pferd genau an dieser Stelle stehen und rührt sich nicht vom Fleck.«

Als sie sich in das immer dichter werdende Band von Menschen einreihten, löste David die Mantra-Kette von seinem Handgelenk und reichte sie Miriam.

»Sag ein paar Mani-Mantras, das ist ein guter Start für dein Vorhaben.«

Die Perlen glitten durch ihre Finger, ein wunderlich vertrautes Gefühl. OM MANI PEME HUM, ein Mantra, eine Perle. Wohlergehen allen Wesen. Dem Hund mit dem zerrissenen Ohr. Dem Mann im Röntgenlabor, mit dem sie einmal verheiratet war. Der Bettlerin mit ihrem Baby. Was würde aus diesem Kind werden? Die Bettler brechen ihren Kindern manchmal die Beine, hatte Elisabeth berichtet, um sie zu Krüppeln zu machen, zu Objekten des Mitgefühls.

Mitgefühl nicht nur mit den Opfern, sondern auch Mitgefühl mit den Tätern, hatte Lama Pema gesagt. Die Täter schaffen sich schlechtes Karma, jede Untat vertieft das Muster negativer Gewohnheit und dann geht es immer weiter abwärts, immer tiefer hinein in Gier, Hass, Verblendung. Heiße Höllen. Kalte Höllen. Klagehöllen. Unendlich lange währende Höllen. Höllen für einen Tag. Manche Höllen heißen Ehe. Manche heißen Verzweiflung. Manche haben keinen Namen. Wohlergehen allen Wesen. Mir auch. OM MANI PEME HUM. Mir bitte auch.

»Hier bin ich wieder.«

Es war ihr nicht aufgefallen, dass sie David verloren hatte.

Unbekümmert war sie weitergegangen, gut aufgehoben in diesem magischen Kreis mit dem großen weißen Busen in der Mitte.

»Tauschen wir?« Er reichte ihr mit beiden Händen eine Mala aus kleinen hellen Kugeln mit feinen schwarzen Punkten. Im Reiseführer hatte sie gelesen, dass es in diesem Land unhöflich sei, ein Geschenk mit nur einer Hand entgegenzunehmen. Unschlüssig hielt sie Davids Mala in beiden Händen. Er lachte und hängte die neue Mala über ihre beiden Handgelenke, bevor er seine eigene an sich nahm.

»Lotossamen«, sagte er. »Wie die meine.«

»Oh, danke, das ist sehr lieb«, murmelte sie, rollte die Kette zusammen und schloss ihre Finger darum. Sie spürte Davids Blick und suchte nach Worten. »Ich meine – ich weiß nicht, was ich sagen soll. Geschenke machen mich immer verwirrt. Selber schenken fällt mir viel leichter.«

David ging voran zum Eingang in den inneren Bereich des Stupa, vorbei an ausgestreckten Händen und wässrigen, saugenden Augen. Beiläufig verteilte er schmutzige kleine Scheine, die ebenso beiläufig entgegengenommen wurden. Eine enge Treppe führte hinauf zur ersten der drei Ebenen, auf denen die Kuppel ruhte. Menschenkörper drückten sich vorbei, kleine Geruchswolken von Sandelholz, Patschuli oder lange nicht gewaschener Kleidung stiegen auf.

»Es gibt eine Zen-Geschichte zum Thema Geben und Nehmen«, sagte David, während sie die Kuppel des Stupa umrundeten. »Möchtest du sie hören?«

»Ja, gern«, murmelte sie dankbar. Sie fürchtete sich vor dem Schweigen mit diesem fremden Mann. Gab es irgendeinen Menschen in ihrem Leben, mit dem sie diese einschüchternde Intimität des Schweigens ertragen konnte? Sie musste sich eingestehen, dass es niemanden gab.

»Ein Zen-Meister bekam Besuch von einem reichen Mann«, erzählte David mit einem Lächeln in der Stimme, »und dieser reiche Mann gab dem Zen-Meister eine beträchtliche Spende. Der Meister nickte freundlich und legte das Geld wortlos beiseite. Beim nächsten Besuch brachte der reiche Mann eine noch größere Spende mit. Der Meister nickte wieder und legte sie beiseite. Na warte, dachte der reiche Mann, und als er den Zen-Meister das nächste Mal besuchte, überreichte er ihm eine umwerfend große Spende. Der Meister nickte und legte sie beiseite. Wie ist das eigentlich bei euch, fragte der reiche Mann, bedankt man sich hier nie? Der Meister schaute ihn fragend an. Oh, sagte er, der Gebende soll doch dankbar sein.«

Miriam lachte höflich. »Ich gebe dir also Gelegenheit, dankbar zu sein.«

»So ist es«, erwiderte David heiter. »Geben ist die Praxis der Großzügigkeit und Großzügigkeit ist ein wertvolles Mittel gegen Egozentrik. Man kann Geben und Empfangen auch als zusammengehörig auffassen, so wie Einatmen und Ausatmen, Zulassen und Loslassen.«

»Ich glaube«, erwiderte sie nach einem Augenblick des Nachdenkens, »dass fast alle Menschen, die ich kenne, das Annehmen eines Geschenks irgendwie als etwas Peinliches empfinden. Es ist leichter, ein Geschenk per Post zu bekommen – ohne den Gebenden. Allerdings muss man dann einen Dankesbrief schreiben …«

Es ist wie ein Überfall, man kann sich nicht wehren. Wer dürfte wagen, sich gegen ein Geschenk zu wehren? Niemand würde sich so entblößen. Man muss es nehmen, ob man will oder nicht, mitsamt der Verpflichtung, dankbar zu sein, und dann muss man sich schuldig fühlen, bis man zurückgeschenkt hat, möglichst ein bisschen besser, ein bisschen mehr. So habe ich es gelernt. Seit dem Ende der Kindheit überwog die Vorfreude auf Geburtstage selten die Angst vor der Last der Geschenke. Doch davon sagte sie nichts. Sie hatte schon mehr als genug preisgegeben für diesen Tag.

Gewaltige Wolkenberge türmten sich über dem Tal auf, während sie neben David die weiße Kuppel umkreiste. Mit jeder der drei Ebenen wurde der Kreis der Umgehung enger und der Überblick über die Stadt größer bis hin zu den Bergen, die das Tal umschlossen. Golden glänzten die Dächer der tibetischen Klöster im Rest des Tages. Sie ging langsam, vergrößerte den Abstand zu ihm, bis seine Anwesenheit ganz dünn wurde. Verdünnt, dachte sie, Miriam Angsthase mag das Leben nur verdünnt.

»Das sind die Beine des Buddha, auf denen wir hier spazieren gehen«, sagte David, als sie wieder aufgeholt hatte. »Die Kuppel ist sein Körper und der Aufbau mit den Augen ist sein Kopf.«

Sie blieb stehen und ließ sich auf die feuchte, ein wenig schräge Fläche nieder. »Jetzt sitze ich auf dem Schoß des Buddha. Das glaubt mir keiner.«

David lachte leise. Sie gestand sich ein, dass ihr dieses verhaltene Lachen gefiel. Es war kaum mehr als ein tönendes Schmunzeln, zwei, drei kleine Gluckser, tief aus dem dunklen Innern seines Körpers heraus.

Langsam schritten sie im Uhrzeigersinn auf der obersten Ebene des Stupa entlang. Die Augen über der Kuppel waren immer dabei; von dem viereckigen Aufbau schauten sie in alle vier Himmelsrichtungen.

Miriam legte den Kopf in den Nacken. »Gott sieht alles. Buddha auch?«

»Es sind die Buddha-Augen des Mitgefühls. Vollkommenes Verstehen. Vollkommene Klarheit.«

David wich zwei Jungen in roten Mönchsgewändern aus, die im Schatten schliefen, nah beieinander, zusammengerollt wie Kätzchen. Neben ihnen lagen die Hüllen von Schokoriegeln.

»Sie müssen schon um fünf Uhr morgens aufstehen«, sagte David und wies auf die beiden Kinder. »Klingt hart. Aber die Disziplin tut ihnen gut.«

»Also eine mitfühlende Regel?«

David nickte. »Eine mitfühlende Regel, ja.«

Die bunten Gebetsfähnchen an den langen, von der Spitze des Stupa bis zur Außenmauer reichenden Schnüren knatterten im aufkommenden Wind. Im Westen begannen sich die Wolken rot zu färben. David zeigte in die Richtung eines der goldenen Dächer.

»Dort liegt das Kloster, in dem ich den Rest meines Lebens verbringen werde.«

»Als Mönch?«

»Ja. Ich lasse mich ordinieren.«

Nach der Umrundung auf der obersten Ebene verabschiedete er sich und versprach, Erkundigungen nach dem Heiligtum der löwenköpfigen Göttin einzuziehen und am nächsten Nachmittag wieder zum Gästehaus zu kommen.

Ein Mönch. Miriam blickte der Gestalt des Mannes nach. Sie versuchte, sich ihn in derselben roten Bekleidung vorzustellen, wie die tibetischen Mönche sie trugen. Ohne sich dessen bewusst zu sein, wich sie jedem Gefühl aus, das aufsteigen mochte. Doch sie konnte nicht verhindern, dass der Flügelschlag der Einsamkeit sie schmerzhaft streifte, vertraut, gefürchtet, von kalter Schärfe.

Als sie ihr Zimmer betrat, hob ein unerwarteter Gast auf dem Bett den Kopf. Der Blick aus den gelben Augen war gelassen.

»Hallo, Katze, ist das dein Platz?«

Miriam hatte ihrer Stimme einen weichen, schnurrenden Ton gegeben und die Katze antwortete, indem sie genussvoll eine Pfote ausstreckte. Das kurze, sandfarbene Fell spannte sich über einen hageren, lang gestreckten Körper. Die großen Ohren interessiert und vertrauensvoll aufgerichtet, beobachtete sie Miriams behutsame Annäherung. Mit einer anmutigen kleinen Bewegung kam ihr zierlicher Kopf der zögernden Hand entgegen, drückte sich sanft in die Handfläche, übernahm nach Katzenart die Regie im Akt des Streichelns.

Nach der ersten Begrüßung öffnete Miriam ein Päckchen Käsecracker aus dem Flugzeug. Mit verhaltener Gier tauchte das Katzengesicht in ihre Hand. Eine kleine raue Zunge sorgte dafür, dass kein Krümel übrig blieb.

Schließlich legte sie sich neben die Katze auf das Bett. Ihre Gedanken begannen, um die Ernährung der Katze zu kreisen. Ob man hier Katzenfutter in Dosen kaufen konnte, in einem Land, in dem so viele Menschen nicht satt wurden? Die Katze stieg auf ihren Bauch und ließ sich nach ein paar Umdrehungen darauf nieder. Unter leisem Schnurren döste sie ein.

Ein Lächeln breitete sich in Miriam aus, sickerte in alle Glieder. Die Kälte der Einsamkeit verblasste zur Erinnerung, vertrieben vom Genuss freundlicher Besorgtheit um diese kleine, pelzige Person mit den gelben Augen. Rudolf würde sie der unverbesserlichen Sentimentalität zeihen, der Ignoranz gegenüber der Tatsache, dass die Katze in wenigen Tagen wieder ihrem harten Schicksal überlassen sein würde, zusätzlich belastet mit der Erwartung, Futter zu bekommen, wo es keines mehr gab. Er meinte es nicht böse, er hatte es nie böse gemeint, er würde es nie böse meinen, er war einfach nur ein Realist. Jawohl, ein Realist. Die Frauen haben so eine Art, die Dinge zu vernebeln mit ihrer Sentimentalität, aber davon wird die Welt auch nicht besser, ist doch wahr.

»Ein schöner Augenblick ist ein schöner Augenblick«, sagte Miriam zu der Katze, »und ein voller Bauch ist ein voller Bauch. Niemand kann das mehr ungeschehen machen.«

Die Katze, halb im Schlaf, schnurrte zustimmend unter der streichelnden Hand.

Davids Bemühungen, den Ort des Heiligtums in Tibet zu lokalisieren, waren erfolglos geblieben. Gerührt von ihrer Enttäuschung, umarmte er sie, als sie sich nach dem Abendessen im Pavillon am Tor zum Gästehaus trennten. Es erschien ihr als eine linkische, kantige Umarmung, bei aller Flüchtigkeit ein dramatischer Aufruhr erhoffter und gefürchteter Intimität.

Mit einem spröden »Gute Nacht, David, bis bald!« entzog sie sich und lief eilig durch die feuchte Dunkelheit auf den hell erleuchteten Eingang des Gästehauses zu. Dennoch vergaß sie nicht, ihre Handtasche mit dem Plastikbeutel voller Essensreste für die Katze aufrecht zu halten.

Dawa

Die Morgensonne wirft dichte, warme Strahlen durch das weit geöffnete Ostfenster in das Zimmer, das Dawa mit Dölma teilt. Es liegt neben dem des Fürsten, ist wie dieses nach Süden ausgerichtet und mit fast bis zum Boden reichenden Fenstern ausgestattet, und wenn es auch um zwei Pfeiler kleiner ist, hat es doch den Vorteil des zusätzlichen östlichen Fensters. Es ist ein schönes, fürstliches Zimmer; auch die frühere Frau des Fürsten hat darin gewohnt. Und ist darin gestorben, hat Dölma von der Dienerschaft erfahren.

Die strenge Ordnung prunkvoll bezogener Polster zum Sitzen und Schlafen an den Wänden und kunstvoll geschnitzter kleiner Tische und Schränkchen aus Walnussholz wird aufgelockert durch weiche Teppiche, erlesene Rollbilder mit Abbildungen von Siddhas in stilisierten Landschaften und elegante chinesische Wandbehänge. Der Fürst liebt es, Reisen ins westliche China zu unternehmen und alle möglichen Schätze des Kunsthandwerks mitzubringen. An den Südfenstern der fürstlichen Gemächer hat er zusätzlich zu den Läden bewegliche Holzgitter anbringen lassen, die mit festem, aber gut lichtdurchlässigem Reispapier bespannt sind, und in jedem Zimmer stehen mehrere chinesische Holzkohleschalen zum Wärmen.

»Ich sehe grauenhaft aus.« Mit geballten Fäusten steht Dawa vor dem Metallspiegel, der besonderen Zierde des Raums. Eine Gesichtshälfte ist immer noch angeschwollen und dunkel verfärbt. »Wie eine Dämonin.«

»So etwas darf man nicht sagen«, flüstert Dölma erschreckt. »Du weißt, das bringt Unglück.«

»Na und? Wie viel Unglück denn noch?«

Zwei Tage lang hat sie sich geweigert, das Zimmer zu verlassen. Am Morgen nach der Hochzeit ist der Fürst gekommen und hat ihr einen besonders schönen Silbergürtel gebracht. Sie hat ihm den Rücken zugewandt und die Fäuste vor ihrer Brust geballt. Nichts und niemand würde sie dazu zwingen können, diesen Dämon anzusehen. Ungerührt hat er den Silbergürtel um ihren Hals gehängt, sie zu sich hergedreht und mit einem Finger leicht über ihre verfärbte Wange gestrichen.

»War ein bisschen viel Chang gestern«, hat er gelassen gesagt, sich mit einem Klaps auf ihr Hinterteil abgewandt und ist hinausgegangen.

Am Abend des zweiten Tages hat er seinen obersten Diener geschickt und ihr sagen lassen, wenn sie am nächsten Tag nicht erschiene, beziehe sie Prügel. Dawa gehorchte. Stundenlang musste sie im Hof auf einer Plattform neben dem Fürsten sitzen, in ihren neuen, prachtvollen Kleidern und mit kostbaren Halsketten behängt, wobei ihr Hals immer steifer wurde von der Last des reich geschmückten Aufbaus auf ihrem Kopf. Man erwartete von ihr, dass sie sich zu den Frauen gesellte und mittanzte, doch sie hielt die Lider gesenkt, um den auffordernden Blicken der Gäste auszuweichen.

»Na los, tanz mit!«, befahl der Fürst schließlich.

»Nein, ich kann nicht, es tut weh«, fauchte Dawa.

Danach sagte er nichts mehr.

Jangchub, die jüngste Tochter des Verwalters, streckt den Kopf zur Tür herein. »Geht's besser?«, fragt sie leise. Sie hat die Ehre, der Fürstin als Zofe zu dienen.

»Schau mich an«, seufzt Dawa. »Komm, hilf Dölma mit dem Verhau auf meinem Kopf.«

Obwohl sie an diesem Tag davon befreit ist, neben dem Fürsten zu repräsentieren – der Fürst will heute und in den nächsten Tagen mit den Edelleuten seines Landes und Dawas Vater Ba spielen –, muss sie ständig den schweren Hochzeitskopfschmuck und die kostbaren Kleider tragen.

»Chemkusho-la«, sagt Jangchub, »wollt Ihr heute mit in die hinteren Höfe kommen? Ich hab eine Überraschung für Euch.«

Klein und fröhlich ist Jangchub und Dawa beneidet sie um ihre kleinen Füße mit den kurzen Zehen, die zierlichen Hände, die zarte Porzellanhaut ihres Gesichts. Und ein munteres Mundwerk hat Jangchub, sie lässt sich das letzte Wort nicht nehmen und regt sich über Ohrfeigen nicht auf. Sie mault, wenn der älteste der drei Mönche sie rügt, und selbst vor dem Fürsten hebt sie den Kopf und blitzt ihn mit ihren furchtlosen Augen an.

Vier Hände bringen den Kopfschmuck schnell in Ordnung. Jangchub führt Dawa und Dölma über eine Hintertreppe in einen der Höfe hinter dem Haupthaus und durch enge Durchgänge zu einem weiteren Hof, der an einer Seite von der hohen Mauer des Dzong begrenzt ist. Wo immer die Fürstin erscheint, verbeugen sich die Leute tief und strecken weit die Zunge heraus. Die Kinder verstecken sich hinter den Erwachsenen oder huschen in dunkle Eingänge. Dawa macht sich kleiner, so gut sie kann, zieht die Schultern nach vorn und senkt den Kopf. Es ist Jangchub, die den Leuten zulächelt, sie beschwichtigt, ihnen heitere Bemerkungen zuruft.

»Die meisten sind vorn im Haupthof beim Feiern«, sagt Jangchub. »Hier hinten in den kleinen Höfen ist jetzt kaum jemand.«

Ein dunkler Flur führt zu einer verrußten Küche, kleiner und schmutziger als die Küche im Haupthaus. Eine Frau mit Augen wie Flusskiesel sitzt neben dem Herd und dreht ihre Gebetstrommel. Dawas Augen werden feucht. Es könnte meine Mola sein. Hätte ich doch meine Mola mitnehmen dürfen! Kind, halt deinen Hintern hin und denk an was Schönes. Sie rückt die Welt zurecht mit ihrer hohen, rauen Stimme, die alte Mola.

»Das ist Ama Kelsang«, sagt Jangchub und öffnet eine kleine Tür neben der Küche. Dahinter, in einer winzigen Vorratskammer voller Gerümpel, liegt auf den Resten eines alten Fellmantels eine sandfarbene Katze mit ihren vier Jungen. Ein seltener Anblick. Die Mäusejäger in den Getreidespeichern sind scheu und immer auf der Hut vor den Hunden und wenig ist sichtbar von ihrem Katzenleben.

Eine schmale Luke in der Mauer lässt ein wenig Sonne ein. Dawa hält inne, atemlos, verzaubert. Staub tanzt golden im Sonnenlicht. Doch nicht nur der Staub tanzt – alles tanzt. Es ist, als sei der ganze Raum von Tanz erfüllt; eine unendlich zärtliche, berührende Bewegung ist in allem. Die beiden Mädchen beugen sich über die Katzen wie Gräser, die der Wind biegt, sanft und ohne Absicht, und tauchen ein in das schnurrende Glück. Die Dinge tanzen und das Licht singt. Es singt mit der Stimme Lama Pemas, und Dawas Herz ist der weite, blaue Himmel über dem kleinen Höhlentempel der Senge Döngma.

»Ah la la, sind die wunderschön!«, ruft Dölma und hebt eines der Kleinen hoch. Die Augen der Mutter folgen ihr aufmerksam, aber ohne Beunruhigung. Das kleine Kätzchen wacht auf und zeigt beim Gähnen seinen zarten rosa Gaumen.

Jangchub lächelt zufrieden und deutet zur Küche. »Ama Kelsang wacht über sie. Niemand darf ihre Katzen verjagen.«

Dölma bringt das kleine Kätzchen zu Dawa an die Tür. »Nicht weinen«, flüstert sie.

»Ich weine nicht«, antwortet Dawa. »Ich bin glücklich. Oder so was Ähnliches.«

Sie nimmt das kleine Tier entgegen und wischt eine Träne von ihrer Wange. Das Kätzchen schlüpft in ihren Ärmel und schlägt seine Krallen in den Stoff, als sie es herausholen will.

»Weißt du was – ich behalte sie«, sagt sie entschieden.

Jangchub hebt den Kopf. »Oh-oh. Wenn es nur Nyemo nicht bemerkt.«

Der Zauber bricht, zerfällt, vergeht. Man fällt hart, wenn man so in sich zurückfällt, in die Angst und die Abwehr und die dunklen Bilder.

»Lass sie lieber hier.« Dölmas Stimme ist freundlich und beschwörend und dennoch voller Strenge. Früher hatte diese Stimme Wirkung, denn die kleine Dawa wusste: Das ist Dölma, die mich beschützt. Doch nun wirkt Dölmas Schutz nicht mehr. Sie kann Dawa nicht vor dem Körper des Fürsten bewahren und nicht vor den Schlägen.

»Ich nehme sie mit«, wiederholt Dawa mit einer Festigkeit, die sie nicht fühlt. »Sie ist groß genug und braucht ihre Mutter nicht mehr.« Sie hält ihren Ärmel zu und alle drei huschen durch die Höfe zurück ins Haupthaus.

Das Kätzchen ist Dawas Freude. Es schaukelt an den Wandbehängen, schläft auf Dawas Brust und ist immer und jederzeit zum Spielen bereit. Das Glück dauert nicht länger als ein paar Tage.

Die zweite Woche des Hochzeitsfestes geht ihrem Ende zu. Der Fürst reitet mit seinen Getreuen und Gästen aus oder sitzt mit ihnen beim Ba-Spiel. Wenn die Frauen sich abends zurückziehen, gibt er Dawa ein Zeichen, falls er wünscht, dass sie in seinem Zimmer auf ihn wartet. Nach dem Abendessen wirft sie angespannt aus den Augenwinkeln Blicke zu ihm hin und wiederholt im Stillen das Mantra der löwenköpfigen Gottheit und bittet, er möge sie nicht beachten

»Chemkusho-la, der Kusho-la will Euch sehen.«

An diesem Abend hat er ihr kein Zeichen gegeben und sie hat sich erleichtert schlafen gelegt, doch nun steht sein Diener mit einer Butterlampe in der Tür. So schnell richtet sie sich auf, dass das Kätzchen aufwacht und einen empörten kleinen Schrei ausstößt. Sie kann nicht verhindern, dass der Diener im flackernden Licht der Lampe sieht, wie es über die Bettdecke springt. Er wird es herumerzählen. Nicht dass er ihr schaden möchte; doch keiner der Diener würde solch eine Neuigkeit bei sich behalten können. Die Chemkusho, die Fürstin, hat eine Katze in ihrem Zimmer! Das hat es noch nie gegeben. Katzen hält man nicht im Zimmer, ebenso wenig wie Pferde, Schafe oder Hunde. Nur arme Leute teilen ihren

Wohnraum mit Tieren. Es ist eine viel zu aufregende Neuigkeit, um verschwiegen zu werden.

Soll sie um des Fürsten Erlaubnis bitten? Er wird sagen, die Angelegenheiten des Hauses seien Nyemos Sache. Wenn Ihr schwanger seid, sagt Jangchub, wird alles besser. Der Fürst will nur eines: einen gesunden, starken Sohn. Wie wütend er war über die Totgeburten seiner ersten Frau und über seinen verkrüppelten Sohn, den Mönch. Betet darum, dass Ihr schwanger werdet, sagt Jangchub.

Im Zimmer des Fürsten riecht es nach Chang, er hat schwer getrunken. Vielleicht ist er zu gar nichts fähig, beruhigt sich Dawa und nähert sich leise dem Bett. Der Fürst schläft tief. Es ist leicht, sich vorzustellen, er sei tot. Nie zuvor hat sie den Tod eines Menschen gewünscht, doch in aller Stille ist dieser Wunsch in ihr gewachsen. Schwer und böse liegt er in ihr. Schnell huscht sie zurück in ihr Zimmer zu Dölma und der Hand voll Wärme, die das Kätzchen für sie bereithält.

Das Klingeln des großen Schlüsselbunds eilt Nyemo durch die Flure voraus. Dölma lässt den Jadekamm fallen, mit dem sie Dawas Haar bearbeitet hat, und Dawa greift eilig nach dem schlafenden Kätzchen auf ihrem Schoß und steckt es in ihren Ärmel. Der Klang der Schlüssel hat einen besonderen Ton, wütend, wild, voller Drohung. Er kommt näher. Dawa und Dölma erstarren, selbst das Kätzchen hält still, gebannt vom Schatten kommenden Unheils.

»Wo ist die Katze?« Nyemos Stimme ist unheilvoll leise. Ihre Nasenflügel arbeiten.

Als Dawa nicht antwortet, spricht sie lauter. »Ich weiß, dass sie hier ist.«

Es ist Dölmas flehendes Seufzen, das Dawas Erstarrung löst und ihren Zorn bloßlegt.

Mit allem Mut, den sie aufbringen kann, antwortet sie: »Es geht Euch nichts an, wo die Katze ist. Das ist meine Sache.«

»Sie gehört nicht ins Haus.« Nyemos Stimme ist kaum mehr als ein tonloses Zischen. »Hier habe ich die Aufsicht.«

»Und ich bin die Fürstin. Die Fürstin lässt sich nichts verbieten.« Das Schreien tut gut. Es gibt ihr Kraft, fast glaubt sie selbst, was sie sagt.

Nyemo zögert einen Augenblick. Das große zornige Mädchen bringt sie aus der Fassung. Plötzlich schießt ihre Hand vor. »Die Katze! Her damit!«

Die lauten Stimmen haben das Kätzchen erschreckt und es klettert aufgeregt in Dawas Ärmel hoch. Nyemo sieht die Bewegung, stürzt auf Dawa zu und zerrt so heftig an ihrem Gewand, dass der Ärmel reißt. Dawa schreit auf.

»Loslassen!«, kreischt Dölma und zerrt ihrerseits an Nyemos Gewand. »Lasst die Fürstin los!«

Das Kätzchen klettert unter der Bluse angstvoll mit blanken Krallen an Dawa empor. Es befreit sich und springt davon, während Dawa Nyemos schmerzhaften Griff von ihren langen Haaren zu lösen versucht.

Unerwartet steht der Fürst in der Tür. Er wirft einen ärgerlichen Blick auf die Streitenden und donnert: »Ruhe! Was ist hier los?«

Nyemo zieht augenblicklich ihre Hände zurück und wendet sich aufgebracht ihrem Bruder zu: »Sie hat eine Katze ins Haus geschleppt. Sie will sie nicht hergeben.«

»Na und?«, erwidert der Fürst. »Lass sie doch.«

»Katzen gehören nicht in die Zimmer, mit solchen Unarten

fangen wir hier nicht an«, wütet Nyemo. »Ich habe die Aufsicht. Das ist meine Pflicht. Alles war gut in diesem Haus …«

»Und so wird es auch bleiben. Beruhige dich.« Der Fürst legt den Arm um Dawas Mitte. »Lass ihr die Katze. Bald beginnt die Ernte. Dann hat niemand mehr Zeit für Unfug.«

Mit zusammengepressten Lippen verlässt Nyemo das Zimmer, steif vor Hass. Der Fürst verharrt einen Augenblick und sagt im Gehen mit leichter Schärfe: »Ich möchte, dass du dich mit Nyemo verträgst. Kein Streit in meinem Dzong!«

Am nächsten Tag verschwindet das Kätzchen, während Dawa auf dem Dach mit den anderen Frauen webt.

»Wir haben sie überall gesucht«, sagt Dölma unglücklich. »Sollen wir eine andere holen?«

»Es hat keinen Sinn«, flüstert Dawa. »Es wird sich nichts ändern. Ich bin machtlos in diesem Dzong. Nyemo hasst mich. Nichts wird sich ändern. Nichts.«

Eine unerwartete Stille breitet sich in ihr aus. Sie sucht nach der Wut, von der sie meint, dass sie in ihr sein müsse, doch sie findet sie nicht mehr. Da ist nichts, kein Gefühl, kein schlechtes, kein gutes. Sie könnte ein Stein sein oder ein Stück Eis. Sie setzt sich schließlich auf das Polster am Ostfenster, ihren Lieblingsplatz, der ebenfalls bedeutungslos geworden ist. Der Tag hat sein Licht verloren. Der Himmel ist flach.

Die Sonne steht tief über dem Feld, an dessen Rand Dawa die Erntearbeit überwacht. Es ist Zeit, die Leute zusammenzurufen und zum Dzong zurückzukehren, doch Nyemo am gegenüberliegenden Feldrand hat noch kein Zeichen gegeben. Sie pflegt das Ende der Arbeit hinauszuzögern, bis die

Dämmerung kalte Schatten wirft und die Männer und Frauen anfangen, ihr wütende Blicke zuzuwerfen.

Zwei Wanderer, an ihren langen Haaren und Meditationsgürteln als Yogis zu erkennen, kommen vom Fluss, den sie im Boot des Fährmanns überquert haben. Höflich hechelnd strecken sie die Zunge heraus und nähern sich Dawa mit gebeugtem Rücken.

»Möge Euch eine reiche Ernte beschert sein, Chemkusho-la«, sagt der Ältere. »Würdet Ihr die Güte haben, meinem Schüler und mir Nahrung und Unterkunft zu geben?«

»Ich habe hier nichts zu sagen«, antwortet Dawa. »Bitte geht hinüber zur Schwester des Fürsten dort drüben. Sie bestimmt hier.«

Die Yogis verneigen sich wieder und stapfen in ihren zerlumpten Stiefeln zu Nyemo hinüber. Kurz darauf kehren sie mit verwirrten Gesichtern zurück.

»Die Chemkusho hat gesagt, Ihr seid die Frau des Fürsten«, stammelt der Jüngere, »und sie sei nur die unbedeutende Schwester.« Er hält inne und fügt dann zögernd hinzu: »Und sie hat uns Heuchler und Diebe genannt. Doch das sind wir ganz gewiss nicht. Wir sind ehrliche Pilger. Mein Lehrer hier ist der ehrwürdige Lama Döndup. Im Grasland im Norden kennt jeder seinen Namen. Viele Leute kommen, wenn er Einweihungen gibt.«

Der junge Yogi hält die Hand seines Lehrers und hat Tränen in den Augen angesichts der Demütigung, die dem weisen Mann angetan wurde. Dawa verbeugt sich vor beiden. Nyemo wirft scharfe, missbilligende Blicke vom Feldende herüber. Die Leute auf dem Feld haben sich aufgerichtet und lassen sich das Schauspiel nicht entgehen.

»Geht schon voraus«, sagt Dawa, »wir kommen bald nach. Es wird sich auf jeden Fall ein Platz für euch finden und heute geht niemand im Dzong hungrig schlafen, das verspreche ich euch. Und vielleicht könnte der Lama, wenn er nicht zu müde ist, später noch ein paar Belehrungen geben.«

Die verhangenen Augen des Älteren werden plötzlich groß und klar. »Chemkusho-la wünscht Belehrungen?« Nicht Zaubereien, Segenssprüche, Schutzrituale, sagt sein Blick, nicht das, was die meisten wollen?

»Ich hatte einen Lehrer«, flüstert Dawa, obwohl niemand außer den beiden sie hören kann, »Lama Pema, der das Heiligtum der Senge Döngma bewacht. Habt Ihr von Lama Pema gehört?«

Lama Döndup schlägt die Hände zusammen und lacht voller Freude wie ein Kind. »Ja, ja, wir haben von ihm gehört. Er ist ein sehr weiser Lama, ein großer Yogi.«

»Geht zum Dzong«, drängt Dawa, »und sagt dem Torwächter, die Fürstin schickt euch.« Nyemo hat schon zu viel gesehen. Man soll sie nicht reizen. Wochenlang ist Dawa nach dem Streit um die Katze in Schweigen versunken und hat keinen Anlass zu Unruhe gegeben, still wie ein Blatt, das zu Boden gefallen ist. Wären nicht die Augen dieses Yogi gewesen, sie hätte sich schulterzuckend abgewandt und kein Wort gesagt. Diese wachen, scharfen, freundlichen Augen erinnern sie so sehr an Lama Pema. Lange hat sie nicht an ihn gedacht, doch jetzt weiß sie: Nicht an ihn zu denken, ihn zu vergessen, lässt sie in Traurigkeit ertrinken, bis sie sich verloren hat. Aber nun hat der fremde Lama sie zurückgeholt und sie ruft den Männern und Frauen zu: »Strengt euch noch ein kleines bisschen an, meine Lieben, wir sind gleich fertig mit dem Feld.«

Und die Frauen bücken sich wieder und sammeln hinter den Männern die abgeschnittenen Gerstenbündel auf, während die Sonne hinter den Horizont sinkt und die Kälte zu beißen beginnt.

Die Dungfeuer erfüllen den Haupthof mit herrlicher Wärme. Während des Abendessens im Freien haben die Yogis Neuigkeiten aus dem Norden berichtet, sich die Sorgen der Bewohner des Dzong angehört und ein Schutzritual zelebriert. Der Fürst, schwankend vom vielen Chang, hat sich zurückgezogen. Einige der Frauen singen, die Männer würfeln noch. Laut knallen die harten Lederbecher auf den gestampften Boden.

»Bitte, Lama-la, habt Ihr ein paar Belehrungen für mich?« Dawa hat sich neben die Yogis gesetzt und dem Lama noch ein Stück aufgekochtes Trockenfleisch in die hölzerne Schale gelegt. Der Lama beißt ein kleines Stück ab und gibt den Rest seinem Schüler.

»La so, la so, Chemkusho-la«, murmelt er und kaut auf dem faserigen Fleisch herum. »Gut, sprechen wir von den acht Freiheiten.«

»Was immer Ihr wollt, Lama-la. Seht mich an – ich bin wie ein trockenes Land, auf das endlos lang kein Regen mehr gefallen ist. Unsere Mönche rezitieren ständig Texte, die niemand versteht, und der Lama im Kloster redet nie. Wie lange habe ich keine Lehren mehr gehört. Nicht mehr, seitdem ich Lama Pema verlassen musste.«

Der Yogi säubert seine Finger umständlich mit einem Zipfel seines Gewands. »Aber Ihr habt Lama Pema nicht vergessen. Also habt Ihr ihn nicht verlassen.«

»Ich bin ihm keine gute Schülerin gewesen«, sagt Dawa leise. »Aber es gibt so viel Kummer in meinem Leben. Ihr habt vielleicht schon bemerkt, dass es kein Vergnügen ist, die Fürstin zu sein in diesem Dzong.«

Der Lama legt seine Hand einen Augenblick lang auf die ihre.

»Vorsicht«, flüstert Dölma hinter Dawas Schulter. »Nyemo schaut her.«

Dawa ergreift die leere Schale des Yogi und taucht sie mit zornigem Nachdruck tief in den Topf mit der dicken Fleischsuppe.

»Esst Tukpa, Lama-la«, sagt sie laut, »heilige Männer sind hier immer willkommen.«

Ihren Worten folgt ein beredtes Schweigen. Die Männer und Frauen in ihrer Nähe grinsen. Schnell hat sich im Dzong herumgesprochen, wie Chemkusho Nyemo die Yogis behandelt hat, und am nächsten Morgen wird es das ganze Dorf wissen. Manche werden einige Ausschmückungen hinzufügen, ein paar unfreundliche Worte mehr, und die Geschichte wird Schösslinge treiben, je weiter sie sich über das Land verbreitet. Zukünftige Missgeschicke im Dzong werden den Zauberkräften des Yogi zugeschrieben werden, den die Schwester des Fürsten zurückgewiesen hat. Denn so sind die Leute, hat Lama Pema einmal gesagt, glauben lieber an bösen Zauber als an guten Segen.

»Hört gut zu, Chemkusho-la, die Lehren von den acht Freiheiten sind sehr wichtig. Glücklich könnt Ihr sein, einen kostbaren menschlichen Körper zu haben«, sagt der Lama zwischen zwei Bissen Schmalzgebäck.

Dawa neigt sich ihm zu und flüstert: »Was hab ich davon?

Er gehört mir nicht einmal. Der Fürst verfügt darüber, wie er will.«

Der Lama wiegt den Kopf und brummt mitfühlend. »Äußere Unfreiheit spielt keine so große Rolle, mein Kind. Doch seht, Ihr wurdet nicht in den unteren Bereichen mit ihrem durchdringenden Leiden geboren, im Höllen- oder Hungergeister- oder Tierbereich. Und Ihr wurdet nicht im Bereich der Götter geboren, die ständig vom Vergnügen abgelenkt sind, oder bei den eifersüchtigen Halbgöttern mit ihrem Stolz und ihrer Eifersucht und ihrer Missgunst. Wäret Ihr in diesen ungeeigneten Bereichen geboren worden, hättet Ihr nie ein offenes Ohr für die Lehren des Buddha gehabt. Im Menschenbereich, zwischen Lust und Schmerz, wurdet Ihr geboren, im Besitz aller Eurer Sinne; und nicht etwa als unwissende Wilde, sondern in einem kultivierten Land und an einem Ort im Universum, wo ein Buddha gelehrt hat. Wenn all dies zusammenkommt, dann heißt es, wir haben einen kostbaren Körper gleich einem wunscherfüllenden Juwel.«

»Das gilt doch für alle hier«, erwidert Dawa. »Was ist daran so Besonderes?«

»Ja, das gilt für alle, Chemkusho-la, doch viele erkennen es nicht und irren weiterhin im Samsara herum. Nur diese kostbare Geburt im Menschenbereich, wo Freude und Schmerz sich abwechseln, ermöglicht die Befreiung des Geistes.«

Dawa dreht nachdenklich an einer der großen Türkisperlen auf ihrer Brust. »Ich habe alles Vertrauen verloren, Lama-la. Meine Eltern haben mich enttäuscht. Der Mann, den ich heiraten wollte, hat mich enttäuscht. Man hat mich von Lama Pema getrennt. Mein ganzes Leben ist eine einzige Enttäuschung. Mein Karma ist schlecht.«

Der Lama klickt mit der Zunge. »So sollt Ihr nicht denken, Chemkusho-la. Gutes Karma ist kein gutes Karma, schlechtes Karma ist kein schlechtes Karma. Macht Euch nicht so viel Sorgen. Die richtigen Begegnungen werden stattfinden. Die richtigen Ereignisse werden eintreten. Euer Vertrauen wird wachsen. Euer Verstand wird sich entfalten. Ihr werdet alles, was geschieht, als Euren Reichtum erkennen.«

»Das hat Lama Pema auch gesagt. Aber wann? Wann wird das sein?«

»Wenn Euer Karma reif ist.«

Dölma zupft an Dawas Gewand. »Die Leute gehen schlafen. Wir fallen auf.«

Dawa lässt die Yogis in den Tempelraum im obersten Stockwerk führen, eine Ehre, die sonst nur Gästen von hohem Rang gewährt wird. Unbekümmert, ob sie beobachtet wird, nimmt sie eine der kostbaren Ketten von ihrem Hals und legt sie dem Lama in die Hände. Sie würde ihn gern bitten, länger zu bleiben. Wäre doch Nyemo weit weg, denkt sie unwillkürlich. Das Leben im Dzong könnte erträglich sein.

Der Lama lächelt und enthüllt eine große Zahnlücke, wo einst seine beiden Vorderzähne waren. »Ihr habt ein gutes Herz, Chemkusho-la, und einen klugen Geist. Bemüht Euch darum, anderen keine Schuld zu geben. Es ist stets Euer eigenes Karma, das Euch widerfährt.«

Am frühen Morgen, noch bevor das Leben im Dzong erwacht ist, läuft Dawa unfrisiert und ungeschmückt in die Küche, um den Lama und seinen Schüler mit einem großen Beutel Tsampa, gepresstem Tee und getrockneten Früchten auszustatten.

»Vergesst nicht, Chemkusho Dawa«, sagt der Lama vor

dem Tor des Dzong, »alles Unangenehme, das geschieht, ist Euer Reichtum. Der Reichtum Eurer Erfahrung. Der Reichtum, der Euer Karma reinigt. Bittet Eure Meditationsgottheit täglich um Klarheit und Mitgefühl.«

Dawa seufzt. Der Lama zieht ihren Kopf zu sich heran und berührt ihre Stirn mit der seinen. Seine Hand auf ihrem Haar ist warm und tröstend.

Sie bleibt vor dem Dzong stehen, bis sich die beiden Gestalten im morgendlichen Grau aufgelöst haben.

»LAMA CHENNO, LAMA CHENNO«, flüstert sie, Lama, denk an mich.

Der Fürst und Nyemo erwarten sie im obersten Flur. Mit hartem Griff packt der Fürst sie am Arm.

»Chemkusho Nyemo hat schwere Vorwürfe gegen dich erhoben«, fährt er sie an. »Du hast, ohne sie zu fragen, diese Bettler im Tempelraum schlafen lassen. Du hast unsere Vorräte geplündert und du hast ihnen meinen kostbaren Schmuck nachgeworfen.«

»Und sie hat schöngetan mit den beiden«, keift Nyemo, »das schamlose Ding. Alle Leute reden über sie. Unehre hat sie über den Dzong gebracht. Schau sie an! Wer weiß, was sie heute Nacht getrieben hat.«

»Lama Döndup ist ein hoher Lehrmeister«, erwidert Dawa zornig. »Im ganzen Grasland kennt man ihn.«

Sie versucht ruhig zu erscheinen, doch sie kann nicht verhindern, dass ihre Lippen vor Empörung beben. »Und es war mein eigener Schmuck, der Schmuck meiner Mutter, den ich ihm gegeben habe. Und was würde man über uns sagen, wenn wir berühmte Lamas so schlecht behandeln würden, wie Chemkusho Nyemo es möchte? Sie ist missgünstig und eifersüchtig und jeder Vorwand ist ihr recht, um über mich herzufallen. Die Leute reden nicht schlecht über mich, sondern über sie, über ihren Geiz und ihre Unfreundlichkeit. Das ist die Wahrheit.«

»Muss ich mir das anhören?« Nyemos Gesicht beginnt zu glühen, Speichel sammelt sich in ihren Mundwinkeln. »Dafür, dass ich meine Pflicht erfülle? Was wäre dieser Dzong ohne mich?«

Ihr harter Blick hält den Fürsten im Griff. »Ich kann es auch lassen. Gut, schön, ich ziehe mich zurück. Soll deine vorlaute Frau sich um alles kümmern. Ich bin ja nur die Schwester. Sie ist die Fürstin. Gut wird es ihr gelingen, dem dummen Ding, ohne jede Erfahrung. Bitte, soll sie es tun. Ich werde ja nicht gebraucht.«

»Lass den Unsinn, Nyemo. Es geht nicht um dich, sondern um Dawas Fehler.«

Zu ersten Mal sieht Dawa den Fürsten in Bedrängnis. Seine Stimme schwankt in unsicherer Verteidigung, sein Zurückschrecken tarnt er unzureichend als Unmut. Er fürchtet sich vor seiner Schwester, denkt sie. Der große, starke Fürst, vor dem alle zittern, der Köpfe abschlagen lässt, der Schrecken aller Räuber, fürchtet sich vor der bösen Zunge seiner Schwester.

In der Küche des Haupthauses fällt mit lautem Getöse etwas zu Boden. Man kann den scharfen Aufprall eines großen Kochtopfs hören, ein Ton mit Verzögerung, mit leichtem Nachhall, den das Aufhüpfen des Topfs erzeugt. Und etwas anderes muss mitgerissen worden sein, ein trockenes Knacken spricht davon, wahrscheinlich ist ein Tongefäß zerbrochen. Die Pause, in der alle erstarrten, hat Dawas Mut wieder Raum gegeben. Die Schwäche des Fürsten ist offenkundig geworden. Diesmal wird sie sich zur Wehr setzen, anstatt sich mit gesenktem Blick klein und sprachlos machen zu lassen.

»Warum hat immer Chemkusho Nyemo Recht? Weil ihr Mund so groß ist? Und warum bin ich immer im Unrecht, was auch immer ich tu und sage? Weil ich die Tochter des Kaufmanns bin? Und wer wollte mich denn unbedingt haben? Ich wäre nicht hierhergekommen, wenn mich irgendjemand gefragt hätte. Aber mich hat niemand gefragt.«

Der Schlag gegen ihren Kopf kommt schnell und hart. Sie fällt zurück, doch der Fürst hält sie fest und reißt sie zu sich heran. Ein zweiter Schlag trifft sie ins Gesicht. Sie lässt absichtlich ihre Knie nachgeben; am Boden wird er sie vielleicht nicht mehr so gut treffen. Doch unerwartet lässt er sie los, stößt Nyemo aus dem Weg und stürmt aus dem Zimmer.

Man hätte meinen können, er sei auch auf Nyemo wütend, berichtet Dölma danach, so grob hat er sie gestoßen. Und Nyemo rennt hinter ihm her, keifend und schreiend, als fürchte sie insgeheim, es diesmal vielleicht zu weit getrieben zu haben.

Dawa sitzt reglos auf dem Boden; ob sie Dölma zuhört, ist nicht gewiss. Dölma hat ein nasses Tuch geholt und hält es an Dawas Wange.

»Halt es fest«, sagt sie, ergreift Dawas Hand und legt sie auf das Tuch. »Ach, mein Lämmchen, mein armes Lämmchen. Der Lama hat leicht reden. Wie soll man niemandem Schuld geben, wenn man grün und blau geschlagen wird?«

Miriam

Sie war halb wach, als sie Elisabeth hörte, wie sie vom Eingang des Gartens Madame Yeshe fröhliche Belanglosigkeiten zurief. Augenblicklich schoss die vertraute Gereiztheit in ihr hoch. Welche Plage waren sie doch, diese unerbittlich Heiteren, gut Gelaunten, wie die grellen, schmerzhaft strahlenden Sommertage, die so aufdringlich Freude fordern, dass man vor Verzweiflung schreien möchte.

»Miriam, sind Sie schon auf?« Elisabeths Gesicht erschien am schmiedeeisernen Gitter des Fensters, wo die Vorhänge einen Spalt klafften und ein wenig schattiges Morgenlicht einließen.

»Nein«, rief Miriam, um einen gelassenen Ton bemüht. »Ich komme zum Pavillon. Gleich.«

»Lassen Sie sich Zeit«, erwiderte Elisabeth. Ihre Stimme, alsbald in ein leichtes Gespräch mit einem anderen Gast verflochten, entfernte sich.

Miriam blieb auf dem Bett sitzen, gekrümmt, missmutig, nicht bereit aufzustehen. Sie wollte diesen Tag nicht, der sich ihr aufdrängte, sich feucht an sie klammerte, als habe er ein Recht auf sie. Und sie wollte Elisabeth nicht, den schrecklich guten Menschen Elisabeth, die ihre Rolle zu groß, zu laut, zu überbordend spielte. Oder hörte sie nur deshalb falsche Töne, weil sie in ihr selbst waren?

»Sie wollen doch sicher die Altstadt sehen«, erklärte Elisabeth nach dem Frühstück aus Tee, Porridge und Mangosaft. »Auf dem Weg dahin könnte ich Ihnen das Waisenhaus zeigen.«

Elisabeths wohlmeinende braune Augen, klein und rund wie Rosinen, warteten in unbescheidener Unschuld auf Zustimmung. Miriams tonloses »Ja, gern« beantwortete sie mit einem aufmunternden Tätscheln ihrer Hand: »Noch müde? Ja, Jetlag kann dauern.« Miriam zog in hilfloser Abwehr ihre Hand zurück.

Wolken zogen sich zusammen und milderten die Hitze ein wenig. Sollte sie erleichtert sein oder sich vor dem nächsten Regenguss fürchten? Der Weg zur Stupa, der zur Hauptstraße und den Taxis weiterführte, war nicht mehr unvertraut. Nun gehörte er ihr ein wenig und sie konnte es wagen, ihren Blick ein bisschen weiter zu öffnen, hie und da sogar einem fremden Blick zu begegnen. Den Augen des Hundes wäre sie ebenfalls ausgewichen, doch es war zu spät; der Abgrund jenseits aller Schmerzen hatte bereits nach ihr gegriffen.

»O Gott, sieh nur, was ist mit dem Hund?«

Er lag am Rand eines mit stinkendem Müll bedeckten Grundstücks zwischen zwei Häusern, kaum einen Meter vom Straßenrand entfernt. Ein abgemagerter Körper, filziges, verklebtes Fell, an manchen Stellen blasse, nackte Haut. Er röchelte.

»Da kann man nichts machen«, sagte Elisabeth, »er stirbt.« Sie ging schneller und zog Miriam mit sich. »Vielleicht Gift.

Hier werden viele Hunde vergiftet. Oder es sind die Würmer.«

Was mochte dieser zerbrechende Blick aus halb geöffneten Augen sehen? Tat Sterben weh? Sie fühlte sich auf eine zerstreute Weise schuldig, weil sie dieses Sterben geschehen lassen musste und nicht wusste, wie sie hätte helfen können. OM MANI PEME HUM. Das Mantra bewegte sich in ihrem Geist. Es war Dawa, die es bewegte. Miriam wickelte ihre Mantra-Kette vom Handgelenk und schob die Lotossamen im Rhythmus des Mantras weiter. Es fühlte sich so selbstverständlich an, als habe sie ihr Leben damit verbracht. Armer Hund. Mögest du schnell und friedlich sterben. Mögest du unter besseren Umständen wiedergeboren werden, bei Menschen, die dich lieben und gut mit dir umgehen. OM MANI PEME HUM. Möge kein Wesen leiden müssen.

Während der Taxifahrt stürzte der Regen aus den schweren Wolken auf die Stadt hernieder, als würde ein gigantischer Kübel ausgeleert. Auf den wilden Bächen am Straßenrand tanzte der Müll. Ein Fenster des Taxis ließ sich nur halb schließen und die beiden Frauen mussten eng aneinandergedrängt zur anderen Seite rücken, um nicht nass zu werden. Zur Entschädigung für das Ungemach drehte der Taxifahrer seine Musik laut auf und hielt die Kassettenhülle nach hinten. Die Gesichter eines dicklichen Mannes und einer hübschen jungen Frau mit großen Kajal-Augen waren darauf abgebildet, vielleicht die derzeitigen Stars der lokalen Schlagerszene. Die Musik spiegelte Asiens Selbstverrat: Fragmente der alten Musik in einem gefälligen Brei elektronischer Töne, klein gehackt von grobem Beat.

Kühe standen wie Statuen im Regen. Straßenkinder hockten in Hauseingängen und unter vorragenden Dächern, die sie nur ungenügend schützten. Miriams Blick blieb mit Entsetzen an einem Durcheinander von unzähligen Stromleitungen hoch oben zwischen zwei vierstöckigen Häusern haften. Sie waren abenteuerlich an zerbrochenen Porzellanträgern befestigt, baumelten vor Fenstern und hingen teilweise bis zum darunterliegenden Stockwerk durch. Sie sahen aus, als würden sie beim ersten leichten Luftzug herunterfallen.

Miriam verdrehte den Hals im Vorbeifahren. »Haben Sie das gesehen? Diese Stromleitungen?«

Elisabeth lachte. »Ich sehe das gar nicht mehr. Es ist ein Wunder, dass diese Stadt irgendwie funktioniert, aber man vergisst, sich zu wundern.«

Ist das wirklich zum Lachen?, dachte Miriam säuerlich und ärgerte sich über ihren Ärger.

Das Taxi bog in immer enger werdende Straßen ein, in denen es mit schwer beladenen Fahrrädern um den spärlichen Platz kämpfte, und entließ seine Passagiere schließlich in einer aufgeweichten Gasse. Es regnete nicht mehr. Elisabeth öffnete eine unauffällige Tür und tauchte in einen dunklen, niedrigen Durchgang ein, der tunnelartig durch ein Haus hindurchführte. Er endete in einem Innenhof, in dem hohe Kinderstimmen an alten, hohen Fassaden emporschlugen und wieder herabfielen. Vor einem schönen Newar-Tempel aus dunklem Holz in der Mitte des Hofs pickten zahllose Tauben an Opfergaben und Blumengirlanden herum; ihr Kot bildete eine weiße Patina auf Treppen, Vorsprüngen und steinernen Opferschalen, märchenhaft wie Zuckerguss.

Ein paar Kinder erblickten Elisabeth und rannten auf sie zu. »Elisba«, schrien sie, und Elisabeth nahm die ganze Schar in die Arme und gluckste liebevoll. Ein kleines Mädchen, sechs oder sieben Jahre alt, stand abseits und ließ seinen dunklen Blick in Miriams sinken. Eine schlecht vernähte Hasenscharte spaltete ihre Oberlippe; in tragischer Blässe blühte die Narbe in dem samtenen Gesicht. Tief eingelagertes Leiden lag in den kindlichen Zügen und machte das kleine Gesicht alt wie die Welt.

Unwillkürlich öffnete Miriam einladend die Arme; das kleine Mädchen kam vorsichtig ein paar Schritte näher. Miriam kramte aus ihrer Handtasche einen Schokoriegel hervor, der ihr im Flugzeug serviert worden war, und reichte ihn der Kleinen. Deren Hand schoss vor und ließ den Riegel blitzschnell verschwinden. Das Kind kam noch einen Schritt näher, und ohne den Blick abzuwenden, strich es sanft über Miriams Arm. Dann wandte es sich um und lief weg.

So unscheinbar war dieses kleine Ereignis, dass es die Tränen nicht zu rechtfertigen schien, die sich in Miriams Augen drängten. Sie lenkte Elisabeth mit anerkennendem Murmeln von sich ab, als sie durch die armseligen Räume des provisorischen Waisenhauses geführt wurde. Zwei Etagen im Hinterhaus, dämmrig und erfüllt von einem schweren Geruch nach moderndem Holz, Knoblauch und Patschuli. Die Kinderschar zog hinter ihnen her. Einige zupften Miriam am Ärmel und flüsterten »Rupie« oder »Bakschisch«. Elisabeth wies sie zurecht, doch ihrer Stimme fehlte die Schärfe.

»Sie haben nichts anderes gelernt«, sagte sie entschuldigend.

Zwei rundliche nepalesische Frauen, offensichtlich Mutter und Tochter, wie welke Blumen in ihren verblichenen Alltags-Punjabi, huschten zirpend herum. Schließlich scheuchten sie ihren Gast in das »Büro«, einen kahlen kleinen Raum mit einem Schreibtisch, einem durchgesessenen Sofa und zwei Küchenstühlen, um süßen, milchigen Tee aus einer riesigen Thermoskanne zu servieren. Eine Traube von Kindern hing an der offenen Tür, doch sie respektierten die unsichtbare Barriere.

Eine völlig unerwartete Verzauberung legte sich über Miriam. Im Schutz ihrer auffälligen Fremdheit – die sie zuerst gefürchtet hatte, jetzt aber als brauchbar erkannte, da sie aufdringlich und grell von ihr selbst ablenkte – konnte sich die Verwandlung vollziehen. Sie fühlte sich plötzlich sehr groß und sehr stark und sehr zart, wie ein riesengroßer Klatschmohn oder durchsichtige, windmühlengroße Libellenflügel. Und das, was diese Größe und Stärke und Zartheit ausmachte, war Liebe. Sie liebte. Es war nicht jene Liebe, die ein Objekt auswählt und Saugnäpfe daran anbringt. Es war eine Liebe, die durchdrang wie Gammastrahlen, die in alles einsickerte wie feiner Regen, ein wunderbares Gift, gegen das es kein Mittel gab. Sie liebte Elisabeth und das kleine Mädchen mit der Hasenscharte, die schäbigen Straßenhunde, deren Gebell ihren Schlaf störte, und die Moskitos, die juckende rote Beulen auf ihrer Haut hinterlassen hatten. Diese Liebe machte vor nichts Halt.

Das wahre Glück, hatte Lama Pema gesagt, ist bittersüß, so bittersüß.

Erschöpft von einem langen Rundgang durch die dampfende Altstadt mit ihren märchenhaften Pagoden und engen Gassen aus Tausendundeiner Nacht kehrte Miriam in das Gästehaus zurück. Dichte Rudel von kleinen Jungen in roten Roben spielten auf der Wiese vor dem Kloster, jagten einander, rollten mit begeistertem Geschrei im feuchten Gras. Miriam setzte sich auf die Treppe zum Klostertor. Zum ersten Mal fühlte sie sich angekommen in der fremden Welt, aufgenommen im fremden Traum.

Ein Drahtknäuel fiel vor ihre Füße, ein Topfputzer, den die Kinder als Ball benützten. Die Spieler drängten sich in einigem Abstand von ihr zusammen, einer wurde ausgesandt, das kostbare Spielzeug zurückzuholen. Miriam lächelte. Der Junge behielt seinen Ernst.

»Hallo«, grüßte Miriam und reichte ihm den Topfputzer.

»Tashi delek«, antwortete der Junge mit Würde und lief zu seinen Spielgefährten zurück. Eine Ecke seines Mönchsrocks hatte er hochgesteckt, so dass die dünnen Beine mehr Freiheit hatten. Die nassen Plastiksandalen klatschten bei jedem Schritt gegen seine Fußsohlen. Es waren die sehnigen, zarten, verletzlichen Kniekehlen zwischen den Falten des roten Stoffs, die das schmerzhafte Glück dieses Tages zum Höhepunkt brachten. Miriam eilte zu ihrem Zimmer, die Hände gegen die Brustmitte gedrückt, als gelte es, die Bruchstücke ihres Herzens festzuhalten. Einem Bettler an der Mauer, die das Gästehaus umgab, drückte sie zehn Rupien in die Hand. Nicht zu viel geben, hatte Elisabeth gewarnt, das verdirbt die Bettler. Es war zu viel und es kümmerte sie nicht.

Dawa

Es ist so kalt geworden, dass man nur fest in den Fellmantel gehüllt auf dem Dach sitzen kann und gut darauf achten muss, beim Weben die Sonne auf den Händen zu haben. Eine reichliche Ernte füllt die Vorratskammern des Dzong – Gerste, Buchweizen, Kartoffeln, Rüben, Linsen, Erbsen und dicke Bohnen. Das Fleisch von Schafen und Yaks hängt zum Trocknen im Freien. Im Fürstentum Shaa hat noch keiner hungern müssen, sagen die Leute, alles wächst gut und die Weiden sind saftig.

Die Mahlzeiten sind lang in dieser Zeit der Fülle. Die drei Mönche werden besonders gut gefüttert, ihren Gebeten ist die Fülle zu verdanken. Doch das größte Glück des Dzong ist der kommende Erbe.

Wie ein Schatten hat Dawa den Herbst verbracht, gehorsam, gefügig, leblos. Dölma hat oft geweint, hat sich vor ihr niedergeworfen, hat sie geschüttelt und gerufen: Schreie, schimpfe, stampfe, zerschlage Dinge, aber bitte, bitte nicht diese schreckliche Ruhe.

Nun ist alles anders geworden. Der Fürst ist guter Laune und ruft die Bewohner des Dzongs häufig zum Feiern im Haupthof zusammen. Gelegentlich vergnügt er sich damit,

mit seinen Männern zu einem der Märkte zu reisen und dort Schmuck, schöne Stoffe und alle möglichen hübschen Dinge für seine junge Frau zu erhandeln.

»Die Kerle und die Pferde werden fett und faul«, sagt er lachend. »Es ist zu friedlich in unserem Land. Sag, was möchtest du, was soll ich für dich kaufen?«

»Nichts kaufen«, antwortet Dawa, »aber ich habe einen Wunsch.«

Der Fürst stellt seine Essschale auf das Tischchen vor seinem Polster und streicht über ihren leicht gewölbten Bauch. Sie muss nicht mehr zu ihm ins Bett kommen. Eine schwangere Frau darf man nicht anrühren, das weiß jeder. Man soll das Kind nicht stören, es würde sich entsetzlich aufregen über die Belästigung. So begnügt er sich damit, über ihren Bauch zu streichen und sich des Wachstums seines Sohnes zu vergewissern. Denn ein Sohn ist es, hat der Astrologe verkündet, und er wurde reich beschenkt für die gute Nachricht.

»Ich möchte lesen und schreiben lernen, Kusho-la«, erklärt Dawa entschlossen.

Der Fürst lacht schallend. »Mein Schöne langweilt sich? Ich dachte, Frauen wollen spinnen und weben und schwatzen. Nicht mal die Nonnen tauchen ihre Nasen in Bücher. Hm, eine Fürstin, die lesen und schreiben kann, nun ja, warum eigentlich nicht. Tenzin soll dich unterrichten.«

Während er sich wieder seinem Essen zuwendet, lacht er vergnügt vor sich hin und murmelt: »Ei ja, sie werden in Lhasa über uns reden. Sie werden sagen, die Fürstin von Shaa hat nicht nur einen schönen Kopf, sondern auch viel drin.«

Am nächsten Morgen steht Wangchuk, der Verwalter des

Dzong, mit dem jungen Mönch Tenzin vor Dawas Tür und schlägt den Vorhang zurück.

»Euer Lehrer steht zu Eurer Verfügung, Chemkusho Dawa«, sagt Wangchuk mit offenkundiger Anerkennung. Der junge Mönch scheint über diese Beförderung nicht glücklich zu sein. Mit säuerlichem Ernst nähert er sich Dawa, verbeugt sich und legt ein in Tuch gehülltes Buch auf einen der kleinen Tische.

»Zu Euren Diensten, Chemkusho Dawa«, sagt er steif.

Dawa setzt ihr schönstes Lächeln auf. Du meinst wohl, mein Junge, wozu sollte eine Frau lesen und schreiben lernen, »die niedrig Geborene«, die erst als Mann wiedergeboren werden muss, um die Erleuchtung erreichen zu können? Ha! Lama Pema hat gesagt, das ist alles Unsinn. Eine Frau ist so gut wie jeder Mann. Der Geist ist jenseits vom Geschlecht, sagte er, lass dir von niemandem etwas anderes einreden. Und er sagte auch: Sieh zu, dass du lesen lernst. Lesen kann man unter allen Umständen, in der kleinsten Hütte und im Dzong eines Fürsten. Bitte die löwenköpfige Senge Döngma, dich zu den Büchern zu führen, die du brauchst.

Jawohl, Lama Pema, ich werde lesen und schreiben lernen, und alle werden sich wundern, wie schnell.

Bald ist es ein gewohntes Bild, wie die Fürstin auf dem Dach neben den webenden Frauen sitzt und ihren Finger von einem Wort zum nächsten rückt und laut liest oder wie sie im Hof mit einem Stock Wörter in den gestampften Boden ritzt. Die Frauen des Dzong sind stolz auf ihre kluge Fürstin. Schau unsere Fürstin an, sagen sie zu ihren Männern, wenn es wieder einmal heißt: Du hältst den Mund, Frauen sind dumm! Ha, unsere Fürstin beweist, dass Frauen nicht dumm sind, sagen sie, sie kann lesen und schreiben und wer von euch Männern kann das schon.

»Hier, Chemkusho-la, das habe ich aus dem Kloster geholt. Damit lernen die Kinder das Schreiben.«

Tenzin hat eine Holzplatte gebracht, auf die man mit einem Stumpen aus gepresstem Ruß schreiben kann. Danach wäscht man sie wieder ab. Reispapier und Tusche aus China sind zu kostbar, um damit zu üben. Nur Wangchuk, der im Kloster erzogen wurde, pflegt Pachtverträge und Ähnliches darauf zu schreiben. Eines Tages, wenn sie gut schreiben kann, wird sie ihn bitten, ihr ein wenig davon zu geben. Es muss ein herrliches Gefühl sein, die kostbaren Buchstaben auf das weiße, faserige Papier zu pinseln.

Dawa klatscht in die Hände. »Oh, Tenzin, wie wunderbar! Jetzt muss ich nicht mehr im Hof herumkriechen, wenn ich Schreiben üben möchte. Du kommst nach dem Tod bestimmt in ein Buddha-Land.«

Tenzin hat in den vergangenen Wochen lächeln gelernt. Seine Schneidezähne stehen ein wenig übereinander, das gibt seinem lächelnden Gesicht eine unerwartete Verletzlichkeit.

»Ah-tsi, ich kann es nur hoffen«, erwidert er verschämt.

Dölma hält ihm eine Schale mit Nüssen und getrockneten Aprikosen hin, seltene Leckerbissen für die Mönche. Allen geht es gut im Dzong, doch solche Besonderheiten gibt es nur an hohen Feiertagen als Teil des Festopfers.

»Ich denke, manchmal schafft es sogar ein Mönch, in ein Buddha-Land zu kommen«, kichert Dölma. »Nicht alle werden als Hunde wiedergeboren.«

»Jedenfalls hab ich kein Gelübde gebrochen und deshalb werde ich auch nicht als Hund wiedergeboren und unverschämt bin ich auch nicht wie gewisse Dienerinnen«, gibt Tenzin zurück, doch er lacht dabei und stopft Aprikosen in seine Robe.

Als er sich daranmacht, das Buch auszupacken, das auf dem Tischchen vor ihm liegt, bringt Dölma auf einen Wink ihrer Herrin ein anderes, in kostbaren Brokat gewickeltes Buch herbei.

»Ich mag deinen Text nicht«, erklärt Dawa und befreit ihr Buch von seiner Hülle. »Er ist so langweilig. Ich hab mir etwas anderes aus dem Lhakang geholt.«

Tenzin fährt hoch. »Das darf man nicht. Niemand darf einfach ein Buch aus dem Lhakang holen.«

»Ich schon, ich bin die Fürstin«, erwidert Dawa gelassen.

Seitdem sie schwanger ist, hat sie Privilegien, an die sie vorher nicht zu denken gewagt hätte. Selbst Nyemo muss sie gewähren lassen, ob sie in der Küche in den Vorratssäcken nach Leckereien wühlt oder beim Weben mit den Frauen des fürstlichen Haushalts ein Buch auf dem Schoß hält und daraus vorliest.

»Niemand darf das«, murmelt Tenzin, »und eine Frau schon gar nicht.«

Dölma nimmt die Schale mit den Aprikosen von seinem Tischchen und wirft ihm einen triumphierenden Blick zu. Beiläufig zieht sie auch den Topf mit Holzkohle von seinem Sitzpolster weg, tut so, als wolle sie nach der Glut sehen, und trägt ihn dann wie geistesabwesend ans andere Ende des Zimmers. Tenzin wickelt sich mit saurer Miene fester in sein dickes Tuch. Doch Dawa sieht und hört nichts, sie ist mit dem Öffnen ihres Buchs beschäftigt und beginnt vorzulesen, langsam zwar, doch nicht allzu stockend:

»Hört zu, was hier steht:
Suche nicht nach einer äußeren Einsiedelei,
der Körper selbst ist ein göttlicher Palast, ein Mandala.
Suche nicht woanders nach der Gottheit,
der Geist selbst, ungeboren und unvergänglich,
ist der Buddha und der Guru.
Wer dies nicht erkennt,
hat verwirrende Gefühle und ist unwissend.
Wer dies erkennt,
ist befreit und besitzt Mahakaruna, das Große Mitgefühl.
Die Fülle der Gedanken
sind die tausend Buddhas.
Die Heftigkeit zornigen Hasses hat keine Grundlage –
diese Erkenntnis ist die Gottheit Hayagriva.
Wünsche, von denen man sich so schnell hinreißen lässt,
haben keine Wurzel – diese Erkenntnis ist die Gottheit
Guhyajnana.
Die Scharen stolzer Emotionen:
Befreit von Selbstbezogenheit, werden sie zu Helden.
Eifersucht ist wie ein Wirbelsturm:
Wenn Hoffnung und Furcht zerstört sind,
dann sind dies die Heldinnen.«

Zwischen Tenzins Augenbrauen ist eine Falte erschienen und mit jeder Zeile tiefer geworden.

»Das dürft Ihr nicht lesen, Chemkusho Dawa«, sagt er und schlägt eine geballte Faust in die andere Hand. »Es ist ein Text für Fortgeschrittene. Anfänger könnten ihn missverstehen. Nicht einmal ich darf das lesen.«

»Ach, darum!«, meldet sich Dölma aus der Zimmerecke, wo sie sich mit dem entführten Kohletopf zurückgezogen hat.

»Ich darf das«, erklärt Dawa mit erhobener Stimme, die ihre Unsicherheit überdecken soll. »Dieses Buch gehört dem Fürsten. Und übrigens steht da nichts anderes drin als das, was Lama Pema mir bei der Einweihung gesagt hat.«

»Was für eine Einweihung?«

»Das ist meine Angelegenheit. Und ich lese, was ich will.«

Tenzin springt auf. »Der Lhakang ist unser Bereich, dort haben wir Mönche die Verantwortung.«

»Ha, du bist ja noch gar kein richtiger Mönch.« Dawa wirft triumphierend den Kopf zurück. »Du hast noch nicht die letzte Ordination.«

Soll sie bedauern, dass sie Tenzins Wunde getroffen hat? Er ist der Jüngste, mehr Diener als Mönch, das mag nicht leicht sein. Die beiden älteren Mönche haben einige harte Kanten. Doch ihr Zorn erstickt die Regung des Mitleids. Nimmt er nicht jede Gelegenheit wahr, sich aufzuspielen wie ein junger Yak? Man muss ja lachen über sein gerötetes Gesicht und seine zitternden Nasenflügel, so groß wie seine Ohren.

»Ich bin verantwortlich wie die anderen Mönche«, sagt er lauter als nötig. »Ich werde es dem Rinpoche melden.«

»Dann melde es dem Rinpoche«, schreit Dawa ihn an und rafft die Blätter des Buchs zusammen. »Das ist unser Buch, nicht seines.«

Plötzlich steht Dölma zwischen ihnen. »Wie hieß das? Keine Grundlage«, sagt sie nachdrücklich. »Die Wut hat keine Grundlage. So steht es in dem Buch. Schaut euch an. Was ist wichtiger – wem das Buch gehört oder was drinsteht?«

Dawas und Tenzins Blicke prallen voneinander ab. Unvermittelt lachen sie los, beide zugleich. Es ist ein befreites, wildes, stürmisches Lachen, das seinen Grund schnell vergessen hat, eine Sturzflut von Lachen, die mehr wegschwemmt als einen augenblicklichen Streit.

Der Raum ist klein und hat nur ein winziges Fenster zu einem der hinteren Höfe. Er ist völlig leer und von dumpfem Geruch erfüllt. Dawa tritt einen Schritt zurück. »Das soll das Geburtszimmer sein?«

»Das war es immer, seitdem ich denken kann«, antwortet Mola Chödon, Jangchubs Großmutter, und stülpt unwillig die Lippen vor.

Sie ist die oberste der Wehfrauen des Dzong und von allen hoch geachtet. Dawa wagt nicht, ihr zu widersprechen. Sie erinnert sich an einen verschlossenen Raum in ihrem Elternhaus, von dem es hieß, dies sei das Geburtszimmer, doch es wurde nie gebraucht. Die Frauen der Pächter brachten ihre Kinder in ihren eigenen Häusern zur Welt und Dawas jüngerer Bruder, der nicht einen einzigen Mondzyklus nach seiner Geburt überlebt hat, wurde geboren, als sie noch ein kleines Mädchen war.

»Wir werden es schön herrichten«, flüstert Dölma und drückt Dawas Hand.

»Man braucht es ja nicht lang«, sagt die Mola und schiebt die Tür wieder zu, »und Ihr habt noch viel Zeit.«

Die alte Mola hat schon vielen Kindern auf die Welt geholfen und die Leute im Dzong sagen, dass ihr bei weitem weniger Kinder weggestorben sind als anderen Wehfrauen.

Sie streiche den Neugeborenen die Butter und das Tsampa nur um den Mund herum anstatt in den Mund hinein, hat Jangchub berichtet, aber das soll man nicht herumerzählen, denn viele meinen, es muss richtig im Mund sein, um Glück zu bringen. Doch die Mola hat hinter vorgehaltener Hand gesagt, dass es den Kleinen nicht bekommt. Sie weiß viel, die alte Mola, sagt Jangchub, man hört besser auf sie.

»Mola Chödon sagt, ich hätte noch viel Zeit«, brummt Dawa am Abend, als Dölma und Jangchub ihr den Haarschmuck vom Kopf lösen. »Aber es kann jederzeit losgehen.«

»Bestimmt nicht, es hat sich ja noch nicht gesenkt«, behauptet Jangchub aufgeregt. Sie flattert herum wie ein großer Schmetterling, aufgestachelt von der Wichtigkeit, die sie als zweite Betreuerin der schwangeren Fürstin gewonnen hat.

Wie jeden Abend bindet Dawa den Vorhang vor dem Bild der löwenköpfigen Gottheit hoch, das der Fürst auf ihre Bitte im Kloster hat malen lassen. Nicht dass sie es brauchen würde, um sich an die Dakini zu erinnern; Senge Döngma wird lebendig in Dawas Geist, sobald sie ihre Gedanken auf sie richtet. Doch es ist schön, das Bild zu öffnen, die Butterlampen und das Räucherwerk anzuzünden und sich dem Schrein gegenüber auf den erhöhten Platz zu setzen, Dölma und Jangchub neben ihr auf ihren einfachen Polstern. Täglich hat die Gottheit ihre Angst um das Kind zerstreut, hat es eingehüllt in ihren Flammenkranz und Dawa Mut gegeben, wann immer die Angst vor dem Drama der Geburt in ihr hochstieg.

Es ist seltsam mit dieser Angst. Dawa fürchtet sich vor der Entbindung; wie sollte man sich nicht fürchten vor solcher Nähe des Todes. Doch die Kraft dieser Furcht hat nach einer langen, grauen Zeit der Erstarrung die Löwenköpfige wieder herbeigerufen, hat die Sehnsucht nach der Gottheit aufbrechen lassen, so dass es ihr nun leichtfällt, nach der Meditation mit aufrichtigem Gefühl allen Wesen Glück und Wohlergehen zu wünschen. Sie kann sogar Nyemo und den Fürsten in diesen Wunsch einschließen, ohne sich überwinden zu müssen.

Mola Chödon hat diesmal nicht Recht gehabt. Die Geburt setzt überstürzt ein. Dölma und Jangchub haben kaum genügend Zeit gehabt, das Geburtszimmer herzurichten, Tücher zu bringen und die Kohlebecken bereitzustellen, als Dawas Wehen beginnen und sich innerhalb weniger Stunden zum Höhepunkt steigern.

Die Mönche sind angewiesen, im Tempelraum Pujas abzuhalten, bis die Geburt glücklich vollendet ist. Die Mola Chödon massiert Dawas Rücken, wenn die Wehen kommen, und ihr beruhigendes Gemurmel vermischt sich mit dem tiefen Gesang der Mönche, der das Haus erfüllt. Wie immer ist Dölma zur Stelle, dreht die Mantra-Trommel und flüstert leidenschaftliche Anrufungen an Tara, die helfende und schützende Gottheit der Liebe und des Mitgefühls. Nicht die Schmerzen sind es, die Tränen aus Dawas Augen pressen; es ist Dankbarkeit über Dölmas stets verlässliche Gegenwart, ihre glühende, besinnungslose Treue.

»Wenn ich sterbe, musst du für meinen Sohn die Mutter sein«, flüstert sie Dölma zu. Sie braucht nicht zu fragen, sich nicht zu vergewissern. Sie spricht es nur aus, um sich daran lehnen zu können, sichtbar und spürbar.

»Du wirst nicht sterben«, sagt Dölma. »Du wirst deinen Sohn zur Welt bringen und der Fürst wird glücklich sein und dir alle Wünsche erfüllen.«

»Ich wäre nicht die Erste. Viele sterben beim Entbinden.« Dölma weiß so gut wie alle anderen, dass die frühere Frau des Fürsten an einer Geburt gestorben ist, kurz nach dem Kind, einem Sohn. Quer ist es gelegen, böse Geister haben es daran gehindert, sich zu drehen. Die zornige Enttäuschung des Fürsten war maßlos.

»Senge Döngma wird nicht zulassen, dass Euch etwas geschieht«, erklärt Dölma unbeirrt.

Die nächste Wehe bringt die Kraft, die Senge Döngma Gestalt gewinnen lässt. Ihr Löwenmund ist lachend aufgerissen, ihre großen Füße tanzen wild, ihr Flammenkranz knistert und sprüht Funken. Dawa schreit in der Ekstase des Schmerzes und des Triumphs. Der Schmerz ist das gewaltige Windpferd, das sie durch alle Himmel trägt, in den endlosen Raum hinaus, zum Palast der Dakinis. Es sind die Schwingen des Windpferds, deren Schlag in ihren Ohren braust, es sind seine weit ausholenden Sprünge, die ihren Leib zerreißen, und es ist sein Rasen durch den Raum, das sie aus der Zeit schleudert, in eine andere Welt, in der es nichts anderes gibt als das Jetzt.

Dölma hat sich hingekauert, so dass Dawa sich kniend auf sie stützen kann, wie die alte Mola Chödon es befiehlt. Im einen Augenblick erscheint der Schmerz völlig unerträglich, im nächsten überschreitet er alles und ist nicht mehr Schmerz noch sonst etwas Benennbares. Dawa ist nicht mehr Dawa. Sie ist der Tanz der Elemente. Sie ist das Wunder, aus dem das Sein geboren wird. Sie ist die Mutter aller Buddhas. Senge Döngma tanzt in ihr und um sie und trägt das Kind in die Welt.

Dawas Blick lässt das winzige, nackte Wesen auf ihrem

Leib nicht los, während Dölma ihr ein Polster in den Rücken schiebt und Mola Chödon den kleinen Körper mit einem weichen Tuch säubert.

»Alles dran«, sagt die Mola und lächelt zufrieden. »Schön groß. Kräftiges Kerlchen.«

»Jetzt wird alles gut«, flüstert Dölma in ihr Ohr, »du wirst sehen, jetzt bist du wirklich die Fürstin.«

Sie nimmt nicht wahr, wie Jangchub einer der Frauen, die sich an der Tür drängen, den Auftrag gibt, den Fürsten von der glücklichen Geburt seines Sohnes zu unterrichten. Nur die weit geöffneten Augen im uralten Gesicht des Neugeborenen sieht sie, die ihren Blick festhalten mit ihrer verschlüsselten Botschaft aus wortlosen Tiefen.

»Ich danke dir, Senge Dölma«, flüstert Dawa.

Irgendwann hat die Mola ihr das Kind von der Brust genommen, um es zum Fürsten zu bringen, und sie ist eingeschlafen und hat von ihrem Sohn auf einem weißen Pferd geträumt, ein Ritter, ein Herrscher, stark und mächtig und schön.

Miriam

Die Schmerzen trieben in der Dunkelheit ein verwirrendes Spiel mit ihr. Dieses scheußliche Geburtszimmer ohne Fenster, dachte sie mit wütendem Schrecken, und: Wo ist mein Kind?

Es gab etwas in ihr, das alles fragwürdig erscheinen ließ, das ihre Realität mit spitzen Fingern ergriff und bereit war, sie fallen zu lassen. Man konnte ja nie ganz sicher sein. Vielleicht träumte sie. Aber vielleicht war sie auch wach. Ein schwacher Strahl der Lampe vor dem Eingang des Gästehauses stieß durch das Fenster an die Zimmerwand und ließ Umrisse deutlich werden – den Kasten neben dem Bett, den kleinen Tisch vor dem Fenster, den Stuhl daneben, die offen stehende Tür zum Badezimmer.

Ein Aufruhr in den Eingeweiden und eine überwältigende Übelkeit drängten zur Eile. Als würden riesige Hände ihren Körper auswringen, spien Magen und Gedärme ihren Inhalt aus, bis sie zum Sterben bereit neben die Toilette sank. Dort lag sie lang, gedehnte dunkle Gedanken lang, zerlaufende Gedanken, die sich um den ekligen, sauren Geruch des Erbrochenen drehten und um die Schwierigkeit, das Bett wieder zu erreichen. Schließlich gelang es ihr, sich am Waschbecken hochzuziehen und die Dusche aufzudrehen, die einen unordentlich ausgefächerten Strahl über den größten Teil des kleinen Raums verteilte. Sie hockte lange auf dem Toilettendeckel und schaute zu, wie das Wasser ablief.

Mit Mühe erreichte sie schließlich das Bett und ließ sich darauffallen. Ein Fuß hing noch über die Bettkante. Sie würde den Fuß irgendwann heben und sich dann mit dem bedruckten Tuch zudecken, das zusammengeknüllt neben ihr lag; es musste nicht gleich sein. Wichtig war nur, dass sie liegen durfte.

Die Nacht war ungeheuer lang, ihr schmerzgeschüttelter Schlaf dünn, immer wieder unterbrochen von der Notwendigkeit, irgendwie zum Badezimmer zu gelangen, bis sie nur noch grüne Galle herauswürgte. Als es hell wurde, lockerten sich die Krämpfe. Erschöpft driftete sie in einen blassen, verregneten Morgen hinein. Ihre Wasserflasche war leer. In wachen Augenblicken wälzte sie schwer bewegliche Gedanken, wie sie sich Trinkwasser beschaffen sollte.

Tote Hasen im Hasenstall. Der Traum lag viele Jahre zurück, doch plötzlich trieben seine Bilder durch ihre Erinnerung. Mama, wie geht es den Hasen?, fragte sie. Die Mutter drehte den Kopf weg. Der Vater ging aus dem Zimmer. Sie lief in den Keller hinunter, lange, dunkle Gänge entlang und durch den Hinterausgang in den kleinen Hof hinaus zum Hasenstall an der Mauer. Die Hasen lagen tot auf ihrem Stroh. Du solltest sie doch füttern, Papa, schrie sie an der hohen, grauen Hauswand empor. Warum hast du sie nicht gefüttert? Wie konntest du sie nur verhungern lassen?

Ein Pochen an der Tür riss sie zurück in eine gnädige Welt, in der es keine toten Hasen gab. Mit einem erleichterten

Seufzer erinnerte sie sich daran, dass sie nach ihrem letzten Gang ins Badezimmer die Zimmertür entriegelt hatte.

»Herein, es ist offen!«, rief sie. Ihre Stimme war kraftlos.

Selbst der Gedanke, dass es im Zimmer schlecht riechen musste, hatte wenig Kraft. Die Schwäche war so durchdringend, dass sie Tränen in ihre Augen trieb.

David trat ein und ließ die Tür einen Spalt offen. Der Klang des Regens war ein willkommener Vorhang vor der Welt.

»Tut mir leid, ich bin krank«, murmelte sie.

David setzte sich an ihre Bettkante und legte die Hand auf ihre Stirn. »Der Tribut an den Monsun. Kein Vergnügen.«

Sie schloss die Augen unter dem Schutz der Hand. So sollte es bleiben, nah, schützend, einfach. Doch schon wollte die Hand sich wieder zurückziehen. Sie spürte den Impuls, bevor die Bewegung stattfand, und unwillkürlich griff sie danach, hielt die Hand fest, drückte sie auf ihre Stirn. Ein kindlicher Anspruch auf Tröstung, dann Beschämung.

David strich das Haar aus ihrem Gesicht. »Du brauchst Wasser und Tee. Und ich hole einen Arzt.«

»Es ist mir unangenehm, dass du dich bemühen musst«, sagte sie.

David schüttelte leicht den Kopf und stand auf. »Mach dir keine Gedanken darüber. Es ist selbstverständlich.«

Sie hätte ihn gern um Futter für die Katze gebeten. Würde er Verständnis dafür haben? Es war nicht sicher.

»Vielleicht noch Käsecracker!«, rief sie ihm nach, als er schon in der Tür stand.

»Alles klar, Käsecracker.« Er lächelte. »Aber Vorsicht, erst mal viel trinken.«

»Für die Katze«, sagte sie zur geschlossenen Tür.

Wenig später brachte er Wasser und Tee und Handtücher. Ein Arzt würde kommen, sagte er, gleich nach dem Abendessen. Der Tag war ihr irgendwie verloren gegangen, verschluckt von Schmerzen und halbem Schlaf. Die Krämpfe hatten sie erschöpft.

Sie war so müde. Es schien jedoch wichtig, etwas zu sagen, irgendetwas Höfliches. Man durfte nicht einfach nachgeben und die Augen zufallen lassen. Doch sie schlossen sich unerbittlich. Mit großer Anstrengung zog sie die Lider wieder hoch und murmelte: »Ich glaube, ich bin müde.«

Aus weiter Ferne nahm sie Madame Yeshe wahr, die Toast und Joghurt und eine Packung Käsecracker brachte. Dann kam ein nepalesischer Arzt, klein und freundlich, schrieb ein Medikament auf und erklärte mit melodischem Akzent, es würde ihr bald besser gehen.

Dann half ihr Dölma aufzusitzen. Sie verlangte nach dem Kind, das sie geboren hatte. Wo war ihr Kind? Warum wurde es nicht zurückgebracht?

Ich bin nicht Dawa. Vielleicht hatte sie das laut gesagt. Vielleicht hatte sie es gedacht. Sie wollte David dringend erklären, dass sie Miriam war. Sie brauchte seine Bestätigung, um sicher sein zu können. Doch er war nicht da. Es war also fragwürdig.

Die unüberhörbare Gegenwart Elisabeths holte sie zurück in eine eindeutigere Welt.

»Ach herrje, Sie Arme. David hat mich gestern Abend angerufen, aber da war es schon zu spät. Ich dachte, am besten komme ich am Morgen. Wie gut, dass er nach Ihnen schaute und sich um Sie kümmern konnte. Wussten Sie, dass er Medizin studiert hat, bevor er Psychotherapeut wurde? Ich denke, es ist schade, dass er nicht mehr praktiziert, finden Sie nicht auch? Wie geht es Ihnen jetzt? Das Schlimmste ist überstanden, hat er gesagt. Wo sind Sie denn nur essen gegangen? Man kann hier nicht in jedes Lokal gehen. Aber das ist Karma, wie sie hier sagen. Wenn Sie wieder zu Hause sind, müssen Sie sich untersuchen lassen. Was man da alles mit heimbringen kann! Manche Amöben setzen sich in den Organen fest, wussten Sie das? Und dann hat man sie fürs Leben.«

Während die Sätze unaufhaltsam aus ihr herausflossen, räumte sie geschäftig Geschirr und beschmutzte Handtücher weg, rückte das Mobiliar zurecht und holte einen nassen Lappen, ein frisches Handtuch und die Haarbürste aus dem Bad.

»Aber lassen Sie doch, ich kann das schon selbst«, wehrte Miriam ab, doch sie hatte nicht genügend Kraft, um sich Elisabeths unnachgiebiger Nächstenliebe entgegenzustellen. Sie wurde gewaschen, gebürstet und mit ihrem zweiten Nachthemd bekleidet. Schwankend zwischen Abwehr und Dankbarkeit ließ sie es geschehen. Wie konnten Menschen nur so beunruhigend tüchtig sein. »Tüchtig« war eines der unangenehmsten Wörter, die sie kannte. Kein Wunder, dachte sie, dass man es ausspucken muss, um es ordentlich auszusprechen. »Ungemein tüchtig« nannte Papa seine Sekretärin. Fräulein Tüchtig, maulte die junge Miriam und wurde mit scharf geschliffener Verachtung bestraft.

Der Nachhall von Elisabeths guten Taten hing lange in der feuchtwarmen Luft. Miriam fühlte sich schuldig. Sie würde es nie schaffen, ein guter Mensch zu sein.

»Ich habe ein paar Bücher über Buddhismus mitgebracht.« Mit einer beiläufigen Geste, wie um zu verbergen, dass er eher sich selbst als ihr einen Gefallen tat, legte David die Bücher auf den Tisch. »Yeshe sagt, es geht dir besser.«

Miriam nickte. »Sie behauptet, so eine Magen-Darm-Infektion sei eine gute Reinigung.«

David hatte ermutigende Nachrichten. Er hatte von einem alten Mönch gehört, der aus der Gegend des früheren Fürstentums von Shaa stammte. Von ihm würde man vielleicht den Ort des Heiligtums der Senge Dölma erfahren können.

»In Tibet verschwindet ein Heiligtum nicht«, erklärte er. »Selbst wenn es zerstört wird, lebt es in den Köpfen der Menschen weiter.«

Ja, er sei einmal in Tibet gewesen, vor mehreren Jahren. Er lebe schon lange in Kathmandu, mit Hilfe der nötigen Beziehungen und Bakschisch. Auch Tibetisch habe er gelernt, lerne es immer noch, es sei ein langwieriges Unterfangen.

Während David zum Pavillon ging, um Reis für sie zu holen, wankte Miriam ins Badezimmer und bürstete ihr Haar. Sie bürstete verzweifelt, als ließe sich die Fremdheit wegbürsten, die aus allen Winkeln kroch. Obwohl sie die Krämpfe nicht zurückwünschte, erschien ihr das Gesundwerden nicht erstrebenswert, und die Aussicht, in Tibet auf die Suche nach einem winzigen Tempel zu gehen, nahm immer mehr die Form eines Alptraums an. Warum hatte sie sich etwas so Verrücktes in den Kopf gesetzt? Sie wollte nach Hause, in ihre kleine Wohnung, in ihr eigenes Bett mit dem heiteren blauen Bild von Dufy darüber. Wäre wenigstens die Katze wiedergekommen.

Erschöpft vom Gang ins Badezimmer ließ sie zu, dass David ihr die Schale mit Reis vor den Mund hielt, während sie aß.

Er schüchterte sie ein – die Selbstsicherheit in seinen Bewegungen, die Kanten in seinem Gesicht, die allzu tiefen Falten um seinen Mund. Wer war er? Wie wirklich war ihr Bild von diesem Mann? Wie wirklich war ihr Bild von irgendeinem Mann?

»Bleibst du noch ein bisschen da?« Sie hatte das nicht sagen wollen; die Angst vor dem Alleinsein hatte es aus ihr herausgepresst. »Ich meine, falls du Zeit hast, ich möchte natürlich nicht …«

»Ich habe Zeit.« Er lehnte sich auf dem Stuhl zurück und streckte die Beine aus. »Möchtest du, dass ich von mir erzähle? Wie ich hierherkam?«

Miriam nickte erleichtert. David begann zu erzählen, auf eine leichte, beiläufige Weise, als sei es die Geschichte einer anderen Person. Von seinem Leben in Basel, seiner kinderlosen Ehe, die langsam verwelkt war, ohne Drama, eher so, wie es Herbst wird und die Blätter fallen. Von dem müden Gefühl, als Psychotherapeut ein blinder Blindenführer zu sein, ein Hochstapler, eine Fälschung. »Ich schaute mir zu, wie ich meine Rolle spielte – hoch oben auf meinem Therapeutenthron. Ein kleiner, freundlicher Gott. Ich machte es gut, ich war geschickt und kannte mich in vielen verschiedenen Methoden aus. Ich konnte zuhören, ich konnte mitfühlend, kritisch oder erwartungsvoll schweigen, ich predigte nicht, ich war an den richtigen Stellen humorvoll. Ich übte vor dem Spiegel, mit Wärme zu lächeln und Ehrlichkeit auszustrahlen. Ich hatte Erfolg; es war ein einträgliches Geschäft. Man sah es meinem Auto an.

Das Aufwachen war entsetzlich. Das Schlimmste war, als ich entdeckte, dass ich die meisten meiner Patienten nicht mögen konnte. Vor manchen hatte ich Angst, ich glaubte eine gewisse heimliche Überlegenheit bei ihnen zu spüren. Ihr Leiden gab ihnen eine Würde, die ich selbst nicht hatte. Manche verachtete ich. Manche begehrte ich. Mitgefühl hatte ich nie.«

Sein Gesicht zerfloss. Der Rest des Tageslichts, der sich mit dem blassgelben Licht der Lampen im Garten mischte, ließ alle Konturen zerfallen. Sie konnte sich noch immer nicht abfinden mit der Hast, mit der die subtropischen Tage sich in die Nacht stürzten, ohne sich Zeit für eine sanfte, beruhigende Dämmerung zu lassen.

»Und was brachte dich zum Aufwachen?«

David beugte sich vor und verschränkte die Hände zwischen den Knien. Eine Erinnerung stieg in ihr auf, wortlos, wie ein Geruch. So hatte ihr Vater dagesessen, die verschränkten Hände wie Steine, angefüllt mit etwas, das herauswollte, aber nicht konnte. Es war zutiefst unerträglich, ihn so sitzen zu sehen, leer, wie ausgelaufen. Als sie weggehen wollte, streckten sich diese steinernen Hände nach ihr aus und zogen an ihr. Sie wurde mit in die Leere hineingerissen und verstummte in der Umklammerung, die ihr angetan wurde. Das war der Todestag ihrer Mutter.

Sie wandte den Blick von David ab. Aus den Augenwinkeln sah sie, wie er die Hände voneinander löste und eine Hand die andere zu streicheln begann. Ein großer, erleichterter Seufzer wollte sich aus ihr befreien. Sie hustete, um ihn zu verdecken.

Davids Stimme floss langsam durch die Zeit, beruhigend

tief. Es war angenehm, ihr zu folgen. Miriam spürte, wie sie schwerer wurde.

»Ich begegnete einem Lama, dem Rinpoche meines Klosters. Er sagte, wir sollten ein bisschen sterben lernen, das sei gesund. Es ist eine sehr wirkungsvolle Übung. Man stellt sich vor, dass alles zerstört wird, was man besitzt. Ich hing sehr an meinem schönen Auto. Dann stellt man sich vor, dass man alle Menschen verliert, die einem etwas bedeuten. Ich stellte fest, dass mir niemand viel bedeutete. Das Auto verlieren war schlimmer. Es war ein Schock. Ich hoffte, dass der Lama nicht Gedanken lesen konnte.«

Er hielt inne. Inzwischen hatte er seine Hände ineinandergelegt, so dass die eine die andere festhielt.

Ich liebe Dölma und Jangchub und Amala und Pala, dachte sie. Und natürlich meinen Sohn. Und meine kleine Prinzessin mit den goldenen Haaren. Blaue Schleifen um mein Herz, damit es nicht auseinanderfällt.

»Dann stellt man sich vor, dass man sich von seinem Körper trennt«, fuhr David fort. »Zuerst dachte ich nur, wie eitel ich war, wie wichtig es mir erschien, welche Kleider ich trug, wie ich auftrat, wie andere mich von außen sahen. Doch dann stand diese ungeheuerliche Möglichkeit im Raum, dass dieser Körper mit Händen, Füßen, Kopf, Gesicht zerfallen, sich auflösen, völlig verschwinden könnte. Und es wurde plötzlich klar: Das würde geschehen, ich würde sterben müssen. Ich glaube, meine Zähne klapperten.«

David richtete sich auf und lehnte sich zurück. »Schließlich sagte der Rinpoche: So, und jetzt der Rest. Und er lachte. Wir sollten uns vorstellen, leer zu sein, ohne Inhalte. Natürlich konnten wir das nicht. Der Rinpoche lachte Tränen.«

Stimmen im Garten, Gäste, die heimkamen, junge, lebenshungrige Stimmen. David stand auf.

»Du brauchst Ruhe. Ich habe zu viel geredet.«

»O nein«, wehrte sie ab. »Es war gut, es war ein Geschenk.«

Sie schwitzte, als würde ihr Körper schmelzen. Es war nicht unangenehm. Vielleicht hatte Madame Yeshe Recht. Eine große Reinigung.

Er wolle am nächsten Morgen wiederkommen, sagte er.

Morgen. Sie würde ihm morgen alles erzählen und er würde zuhören, ohne zu urteilen. Würde er das? Wie sollte sie sicher sein? Man musste es darauf ankommen lassen.

Dawa

»Schau nur, Shika, so schön ist die Welt«, flüstert Dawa dem kleinen Jungen ins Ohr und küsst den weichen, schwarzen Flaum auf seinem Kopf. Der Rinpoche des Klosters hat ihm den Namen Yongdu Pawo gegeben, doch sie nennt ihn Shika, Frühling, ihr Frühlingskind. Sie hat ihn vor sich aufs Pferd genommen, hübsch gekleidet in Seide und Brokat, wie es sich ziemt für den Sohn des Fürsten. Es ist der erste Ausflug am Fluss in diesem Jahr. Der Sommer hat gerade begonnen, die Wiesen und Felder im weiten Tal sind sattgrün. Der hohe Berg in der Ferne trägt eine Haube von Schnee, leuchtend in den tiefblauen Himmel getupft; sie wird nicht lange bleiben.

Shika jauchzt vor Vergnügen, Arme und Beine zappeln in ungezügelter Lebensfreude. Dawa lächelt zufrieden. Das Kind ist der Reichtum ihres äußeren und inneren Lebens. Sie ist für den Fürsten eine andere geworden: Die Tochter des Händlers, die Zuchtkuh, ist hinter der verehrungswürdigen Mutter des fürstlichen Erben verschwunden. Ihre Wünsche werden gehört, die Dienerschaft respektiert sie. Nyemo schweigt in machtloser Eifersucht.

»Es wird ein wunderschöner Tag!«, ruft Dölma von ihrem

Pferd herüber. Eine Strähne hat sich aus ihrem Haarschmuck gelöst und flattert um ihr fröhlich gerötetes Gesicht. Tenpa, des Verwalters ältester Sohn, ist nicht weit entfernt. Ich werde ihn bekommen, hat Dölma in der Verschwiegenheit nächtlichen Geflüsters gestanden, und ich werde mich nicht sehr dafür anstrengen müssen.

Mit liebevoller Belustigung sieht Dawa den Blick des jungen Mannes immer wieder an Dölma hängen. Nur der Beste soll ihre Dölma bekommen. Sie hat ihn genau beobachtet, seitdem sich Dölma ihr anvertraut hat. Einen guten Ruf hat er im Dzong; freundlich und gut gelaunt ist er, das Lachen lauert in seinen Mundwinkeln. Der Fürst schätzt ihn als einen der Verlässlichsten seiner persönlichen Garde. Und seine kluge Mutter hat ihm ein gutes Verhalten den Frauen gegenüber beigebracht.

Dawa lenkt ihr Pferd näher zu Dölma heran. Shika streckt die Arme nach ihr aus und zieht sie mit aufgeregtem Vergnügen wieder zurück.

»Schau ihn an«, kichert Dölma. »Er fängt schon an, das Spiel mit den Frauen zu üben.«

»Ich sehe jemanden, der hätte auch Lust auf dieses Spiel«, erwidert Dawa halblaut.

Dölmas Augen funkeln. »Der Tag ist noch lang und die Nacht noch länger.«

Schon vor der Morgendämmerung haben die Diener im Schein der Fackeln die fürstlichen Zelte in einiger Entfernung vom Flussufer aufgebaut. Daneben reihen sich die Zelte der Dzong-Bewohner aneinander. Die Feuer brennen bereits und das Wasser kocht für den Tee. Auf der großen Uferweide werden die Startpflöcke für die Pferderennen aufgestellt. In einer lockeren Gruppe nähern sich die Angehörigen des fürstlichen Haushalts auf ihren geschmückten Pferden dem Festplatz, plaudernd, lachend, voller Vorfreude auf ein paar ausgelassene Tage voller Spiele, gutem Essen und Chang.

Dölma ist zurückgefallen, doch plötzlich lenkt sie ihr Pferd ganz nah an Dawa heran. In ihrer Haltung liegt die wilde Anmut eines gespannten Bogens.

»Hast du Jangchub gesehen? Ich kann sie nicht finden. Wo könnte sie sein? Ich brauche sie.«

Beunruhigt zieht Dawa die Augenbrauen hoch. Die Verwandlung ihrer besonnenen Dölma in eine Göttin des Feuers macht ihr Freude und Kummer zugleich. Die immer ruhige, immer ausgleichende Dölma war das einzig Sichere inmitten all der Veränderung, seitdem sie ihr Zuhause hat verlassen müssen. Keine Veränderungen mehr! Nicht jetzt. Es tut gut, dass ein Tag wie der andere ist. Nachts ist sie sicher vor dem Fürsten, solange das Kind noch klein ist. Die Geschehnisse des Haushalts sind fast alle voraussagbar. Nichts Unregelmäßiges ist zu befürchten. Doch nun bringt Dölma Unruhe in dieses Gleichmaß.

»Was ist mit Jangchub?«

»Ich brauche sie. Für eine Botschaft.«

»Was für eine Botschaft?«

»Für Tenpa.«

Dawa lacht. »Das Fest wird noch lange dauern.«

»Aber diese Gelegenheit nicht. Jetzt gerade reitet er allein.«

Wie alt sie sich fühlt, so fern dieser ungeduldigen Leidenschaft, die jeden Gedanken in Flammen taucht. Doch ein winziges Stückchen Mutwilligkeit ist noch geblieben, ah, sie möchte sich mit Dölma freuen, ihre Aufregung teilen, verschwörerisch tuscheln, Geheimnisse flüstern.

»Gut. Nimm Shika. Was soll ich ihm sagen?«

Mit Mühe hält Dölma ihr Pferd neben Dawa; es spürt den Aufruhr in seiner Reiterin, tänzelt beiseite, schüttelt den Kopf.

»Nach dem Pferderennen hinter dem Weidengehölz flussabwärts. Ich warte dort auf ihn.«

»Bist du dir seiner so sicher?«

Dölma lacht triumphierend. »So sicher wie morgens die Sonne aufgeht. Gib mir den Kleinen.«

Mit sanftem Druck lenkt Dawa ihre kleine Stute zu dem jungen Mann am äußersten Rand der Gruppe. Er hält Abstand zu den anderen, als wolle er seinen eigenen Gedanken nachgehen. Nur wenige neugierige Blicke richten sich auf Dawa, als sie an seiner Seite ihr Pferd ein wenig zurückhält und ihn mit einem Blick auffordert, dasselbe zu tun. Doch die Haltung der Fürstin ist kühl und ihr Ausdruck so nichts sagend, dass das Interesse augenblicklich wieder erlischt.

»Ein schöner Tag, Tenpa. Wie geht es dir? Man sieht dich selten beim Sho-Spiel mit dem Fürsten.«

Der junge Mann lacht verhalten. Breite, weiße Zähne leuchten in seinem flachen Gesicht mit der breiten Nase und der Narbe auf der Stirn.

»Das Spielen überlasse ich meinem Vater, Chemkusho-la. Ich bin kein guter Spieler, vielleicht deshalb, weil ich im Kloster aufgezogen wurde.«

Wie sich der Klosterzögling fühlen mag, wenn der Fürst anordnet, Gefangene zu enthaupten und ihre Köpfe auf der Dzong-Mauer zur Schau zu stellen?

»Ich habe eine Botschaft für dich, Tenpa. Nach dem Rennen solltest du flussabwärts zum Weidengebüsch kommen. Dort wartet ein verborgener Schatz auf dich.«

Tenpa errötet und versucht unbeteiligt auszusehen.

»Und jetzt machst du eine Verbeugung«, sagt Dawa leise, »und tust so, als hätte ich dir einen langweiligen Auftrag gegeben. Mach ein missmutiges Gesicht.«

Tenpa zieht die Mundwinkel herab und spielt seine Rolle zur Zufriedenheit. Dawa lenkt ihr Pferd wieder zur Spitze der Gruppe.

»Eine gute Wahl«, erklärt sie heiter. »Ein Wunder, dass man ihn noch nicht verheiratet hat.«

»Seine junge Frau ist an irgendeiner Krankheit gestorben und danach wollte er nicht mehr heiraten. Das weiß ich von Jangchub. Als seine Eltern ihm eine neue Frau anboten, drohte er, ins Kloster zurückzugehen, und von da an ließen sie ihn in Ruhe. Doch jetzt hat er es sich anders überlegt, wie du siehst.«

Eilig nimmt Dawa ihr Kind wieder in den Arm. Bei aller Mitfreude tut es weh, Dölmas Glück zu sehen.

»Dafür habe ich dich«, flüstert sie in Shikas Ohr. »Du bist wunderschön und du riechst so gut.«

Schon seit langem hat sie nicht mehr an Lobsang gedacht und sie wird diesem Gedanken auch jetzt nicht nachgeben. Doch ihre Nase ist eigenwillig und hängt an ihren Erinnerungen, will den Geruch des Geliebten nicht loslassen und holt ihn von Zeit zu Zeit hervor, allen Vorsätzen zum Trotz.

Der Fürst ist guter Laune. Er trägt seinen Sohn herum und lässt ihn von seinen Männern bewundern. Keiner versäumt zu sagen, was für ein kräftiger und viel versprechender Junge er ist.

»Einen schönen Sohn hast du mir geboren«, lobt er Dawa, als er zum fürstlichen Zelt zurückkehrt. Dölma und Jangchub nehmen das Kind in Empfang und es erkundet mit fröhlichen kleinen Schreien den Inhalt der Picknickkörbe.

»Es ist bald Zeit, dass du wieder schwanger wirst.«

»Ich stille ihn doch noch«, sagt Dawa vorsichtig. »Es wäre nicht gut für die Milch …«

»Na, dann im Winter«, brummt der Fürst gutmütig. Er hat sich ein williges Mädchen in einem der Höfe des Dzong zur Gespielin genommen. Dawa weiß es, wie alle Dzong-Bewohner, und sie ist froh darüber. Sie beschließt, die gute Stimmung des Fürsten zu nutzen.

»Kusho-la, ich habe eine Bitte.« Mit einem schnellen Blick hat sie sich vergewissert, dass Nyemo in einiger Entfernung bei ein paar Frauen steht. »Wäre es nicht möglich, Chemkusho Nyemo nach Lhasa zu schicken? Ihr habt dort Verwandte und es wäre doch in der Stadt viel schöner für sie. Wir haben so oft Streit und sie ist empfindlicher als je zuvor, seitdem ich Euch mit einem Sohn erfreuen konnte. Das schmerzt sie sehr.«

Wider Erwarten weist der Fürst auf die erhöhten Polster vor dem Zelt und setzt sich dann neben sie. Nachdenklich wandert sein Blick über die geschäftige Menge zu seiner Schwester bei der Gruppe der Frauen.

»Der Dzong ohne meine Schwester …«, sagt er schließlich. »Das kann ich mir nicht vorstellen.«

»Eine Pilgerreise in die heilige Stadt ist doch etwas sehr Verdienstvolles. Und dann könnte sie ja etwas länger bleiben, ein Jahr oder zwei.«

Der Fürst senkt nachdenklich den Kopf. »Vielleicht, ja,

vielleicht würde sie eine Pilgerreise machen wollen. Ich würde sie natürlich begleiten. Doch eine Reise nach Lhasa dauert lang …«

»Ihr habt gute Männer, die sie beschützen könnten.«

Mit einer ungeduldigen Geste winkt er ab. »Nein, das ist unmöglich. Wenn sie reist, muss ich sie begleiten. Ich werde darüber nachdenken, ob ich so lange abwesend sein kann.«

Es ist außergewöhnlich, dass der Fürst sich auf ein Gespräch dieser Art mit ihr einlässt. Kannst du ihm nicht ein bisschen schöntun?, hat Dölma immer wieder gefragt, dann hättest du es viel leichter mit ihm. Doch das hat Dawa entrüstet zurückgewiesen. Ich bin keine Heuchlerin, hat sie geantwortet. Und außerdem kann ich es nicht ertragen, wie er riecht. Solange er mich nicht schlägt, ist alles gut. Es ist mir nur recht, wenn er mich nicht mag, dann rückt er mir nicht so oft auf den Leib.

Doch nun darf sie die günstige Gelegenheit nicht verpassen, den Fürsten auf ihre Seite zu ziehen.

»O bitte, bitte«, sagt sie in sanftem, vertraulichem Ton, »sie macht mir das Leben so schwer. Ich gebe mir alle Mühe, eine gute Fürstin zu sein …«

»Du machst das sehr gut«, unterbricht sie der Fürst, »die Leute sagen viel Gutes über ihre Fürstin.«

»Aber Nyemo nicht.«

»Lass sie. Ich weiß, sie ist manchmal ungeduldig. Leg dich einfach nicht mit ihr an.«

Shika räumt Picknickkörbe aus, Dölma und Jangchub packen alles fröhlich schimpfend wieder ein. Mit Wohlgefallen folgt der Blick des Fürsten seinem kleinen Sohn. Dawa drängt wütende Tränen zurück.

»Bitte, hört mir zu, Kusho-la. Ihr wisst nicht, wie es wirklich ist. Ihr seid ja nie dabei. Nichts kann ich ihr recht machen, an allem findet sie etwas auszusetzen. Sie ist vom Eifersuchtsdämon besessen und sie hat nichts anderes im Kopf, als mich zu demütigen. Das ist nicht nur meine Meinung. Ihr solltet hören, was man über sie sagt. Niemand im Dzong kann sie leiden.«

Noch während sie es ausspricht, erkennt sie, dass sie das Falsche gesagt hat. Die Stirn des Fürsten senkt sich über seine Augen, die Mundwinkel fallen herab, die Kiefermuskeln werden hart.

»Du hast über Chemkusho Nyemo mit dem gebührenden Respekt zu sprechen, Krämertochter. Man hat dir nicht allzu viele Manieren beigebracht im Haus des Händlers. Kein Wunder, wenn Nyemo manchmal die Geduld mit dir verliert.«

Er steht auf und geht mit langen Schritten davon.

Das Fest hat seinen Glanz verloren, noch bevor der erste Tee ausgeschenkt wird.

»Gräm dich nicht, Lämmchen«, tröstet Dölma, »du weißt doch, wie schnell die Launen des Fürsten wechseln.«

Doch an diesem Tag würdigt der Fürst seine junge Frau keines Blickes mehr. Er sitzt bei seinen Männern, sie würfeln und erzählen Abenteuergeschichten von ihren Feldzügen gegen wilde Räuberhorden. Beim Tanzen reiht er sich nicht ein, ein Zeichen für den fürstlichen Haushalt, besonders aufmerksam und höflich zu sein und die Zungen zu hüten. Nach den Pferderennen legt er, wie es der Brauch ist, allen Teilnehmern des Rennens eine Kata um den Hals. Mehr als: »Gut gemacht, mein Junge!« für die Schnellsten unter den Reitern ist jedoch nicht von ihm zu hören. Die Frauen singen besonders laut, um den Hauch der Missstimmung zu übertönen, der über dem Fest liegt, und die Männer lassen die Würfelbecher knallen, dass die Pferde scheu werden.

Am Abend kehrt auf Befehl des Fürsten die fürstliche Familie mit Dienerschaft und Garde in den Dzong zurück. Nur Wächter werden bei den Zelten gelassen. Das ist ungewöhnlich. Die übrigen Dzong-Bewohner und die Dorfleute, die am Fluss bleiben, stehen schweigend an den Feuern, bis der letzte Diener aus dem Lichtkreis verschwunden ist.

»Was ist nur los?«, flüstert Dölma, als Tenpa an ihr vorbeireitet. Er schüttelt den Kopf. Niemand weiß etwas. Selbst der Verwalter schweigt ratlos. Dawa glaubt, in Nyemos steifer Haltung und ihrem knappen, bösen Lächeln, das sie nicht unterdrücken kann, eine bedrohliche Zufriedenheit zu entdecken.

Die stampfenden Schritte des Fürsten und das Rasseln der Schlüssel an Nyemos Schürze sind schon von weitem zu hören. Fast ist es eine Erleichterung, wie wenn der Sturm endlich losbricht nach all der Drohung der schwarzen Wolken. Den ganzen Abend lang hat Dawa sich gesagt, dass es keinen Grund für ihr Unbehagen gibt. Nach dem Essen hat sie das Kind schlafen gelegt und sich im Schein der Butterlampen mit Dölma und Jangchub vor den Schrein gesetzt, um sich mit der Anrufung der Senge Döngma zu beruhigen.

Mit zorniger Gewalt reißt der Fürst den Vorhang vor der Tür zur Seite und stürmt ins Zimmer. Nyemo folgt ihm wie ein Schatten und stellt die große Butterlampe auf einen Kasten neben die Tür.

Die Mädchen springen auf und bleiben höflich gebückt stehen. Dawa erhebt sich langsam und gefriert in einer empörten Haltung verletzter Würde. Mag er nur herumstampfen wie ein gereizter Yak. Wenn sein Sohn aufwacht und schreit, wird er sich besinnen. Sie hat nichts zu befürchten. Sie ist die Mutter seines Erben.

Der Fürst packt sie hart am Arm. »Du bist zu weit gegangen, Krämertochter!«, brüllt er. »Du meinst wohl, du kannst dir alles erlauben. Ich war zu nachsichtig mit dir. Aber das hat ein Ende.«

Dawa weicht nicht zurück. Der Griff des Fürsten an ihrem Arm ist schmerzhaft.

»Was hat sie sich jetzt wieder ausgedacht?«, fragt sie mit erhobenem Kopf. Einen Augenblick lang scheint der Fürst zu zögern.

»Ich hab dich mit Tenpa gesehen«, fährt Nyemo schrill dazwischen. »Oder willst du das leugnen? Willst du leugnen, dass du dich an ihn herangemacht hast? Und willst du leugnen, dass er dir nach dem Pferderennen ein Zeichen gegeben hat? Ich hab es mit meinen eigenen Augen gesehen. Mir machst du nichts vor.«

Der Fürst schüttelt sie wütend. »Nyemo hat dich gesehen. Es hat keinen Zweck, zu leugnen.«

»Chemkusho Nyemo träumt üble Träume am hellen Tag«, entgegnet Dawa mit verhaltener Wut. »Wer sich zu sehr mit seinen Fantasien beschäftigt, glaubt schließlich, sie seien Wirklichkeit.«

»Leugnest du?«, fragt der Fürst. Er gibt ihren Arm nicht frei, doch der Zweifel hat seinen Griff gelockert. Dawa reißt sich zornig los.

»Es gibt keinen Grund, mich zu packen wie eine freche Dienstmagd. Ich habe nichts getan.«

Sie begegnet dem Blick des Fürsten mit aller Kraft. Diesmal wird er sie nicht niederzwingen. Sie wird ihren Platz als Fürstin behaupten und nie wieder wird irgendjemand sie Krämertochter nennen.

»Sie lügt, das schamlose Ding!«, schreit Nyemo, außer sich über das unschlüssige Verhalten des Fürsten. »Ich hab sie mit meinen eigenen Augen gesehen.«

Der kleine Junge wacht auf und beginnt zu weinen. Als Dawa sich abwendet, hält der Fürst sie fest und weist Dölma an, sich um das Kind zu kümmern.

»Du bleibst hier und stehst Rede und Antwort«, knurrt er. »Nennst du Nyemo eine Lügnerin?«

»Was sie gesehen hat, ist richtig, aber ihre Unterstellung ist grundlos.«

»Was soll das heißen?«

Dölma nähert sich mit dem Kind auf dem Arm, tief gebückt. »Chemkusho-la hat es wegen mir getan. Wegen mir hat sie mit Tenpa gesprochen.« Sie richtet sich auf und streichelt beruhigend den Kopf des kleinen Jungen. Dawa nimmt ihn ihr aus dem Arm und trägt ihn zu seinem Schlafpolster zurück.

»Ich wollte ihn nach dem Rennen treffen«, erklärt Dölma und streift Nyemo mit einem kurzen Blick voll glühender Abneigung, bevor sie die Augen wieder niederschlägt, wie es sich vor dem Fürsten gehört. »Wir werden heiraten.«

»Und jetzt möchte Kusho Shika schlafen«, ruft Dawa aus dem Hintergrund. Der Triumph in ihrer Stimme ist durchdringend wie der Klang der großen Becken, mit denen die Mönche ihre Rituale begleiten.

Der Morgen sieht einen verwandelten Fürsten. Beim Frühstück in der großen Küche neckt er Dawa, lacht mit seinem kleinen Sohn, legt den Mädchen Fleischbrocken aus seiner Tukpa, der dicken Suppe, in ihre Schalen. Nyemo geht ihm aus dem Weg. Sie bleibt im Haus, als alle wieder zum Fluss ziehen, um erneut zu feiern und zu tanzen und sich im eiskalten Wasser des Flusses abzukühlen. Die Schauspieler des Dorfes und die Refrain-Sänger spielen eine Geschichte aus dem Leben des großen Ritters Gesar von Ling. Ein paar Pflöcke mit Bändern, ein Stück schwarzes Zelttuch und angedeutete Kostüme, mehr ist nicht nötig für das Spiel, das viele Stunden dauern wird.

Unter einem großen Sonnendach beobachten Dawa, der Fürst und die obere Dienerschaft das langatmige Theater. Der Vorsänger rezitiert den Ablauf der Geschichte und die Schauspieler setzen je nach Bedarf verschiedene Masken auf. Gesar von Ling hat eine auffallende Ähnlichkeit mit dem Fürsten, und der Maske seines Ratgebers hat ein geschickter Künstler unverkennbar die Züge seiner Schwester verliehen. Als Gesar von Ling gereizt über die Wiese trampelt und über falsche Informationen seines Ratgebers schimpft, lachen und kreischen die Zuschauer ausgelassen. Der Fürst lacht mit. Er stößt Dawa leicht in die Seite, hebt seinen Becher mit Chang und sagt prustend: »Nachrichten wandern offenbar schnell ins Dorf. Diese Halunken!«

Dawa lächelt großzügig. Dies ist der geeignete Zeitpunkt, ihm ihre lang gehegte Bitte vorzutragen. Er ist kein böser

Mensch, ihr fürstlicher Ehemann. Grob, ja, und unbeherrscht, doch hat er das nicht mit vielen Männern gemein, vor allem den wilden Kerlen des Ostens? Sie war ein junges, dummes Ding, als sie in den Dzong kam, unerfahren wie ein junges Kätzchen. Doch nun ist sie eine Frau und Mutter. Ihr Lächeln vertieft sich, satt von Befriedigung über ihren Sieg am vorigen Abend. Ja, jetzt ist der richtige Zeitpunkt.

»Kusho-la, wenn die Picknicktage vorbei sind, möchte ich meine Eltern besuchen«, sagt sie beiläufig, noch immer mit dem breiten Lächeln und einem kleinen Hauch von Forderung in der Stimme. »Sie sind nicht mehr jung und haben ihr Enkelkind noch nie gesehen. Und ich sehne mich so sehr nach ihnen.«

Der Fürst zieht die Brauen zusammen.

»Später. Das Kind ist zu klein«, sagt er beiläufig und wendet ihr den Rücken zu. Dawa gibt Dölma unauffällig ein Zeichen, den Kleinen herbeizubringen. Auf unsicheren Beinen, die Hand fest um Dölmas Finger geschlossen, geht er auf seine Eltern zu. Plötzlich lässt er den Finger los und plumpst mit einem fröhlichen Schrei in den Schoß seines Vaters. Der Fürst brummt entzückt. Das Unheil ist abgewendet, die Gefahr finsterer Laune gebannt. Dawa atmet auf.

Zwei Männer in Schneelöwenkostümen füllen eine Pause zur Belustigung der Zuschauer. Sie jagen die Kinder, die sich auf die Spielfläche gewagt haben, und heben den Frauen die Röcke. Tollpatschig fallen sie über die eigenen Beine und werden ihrerseits von den Frauen gejagt. Shika wedelt mit den Ärmchen und gibt schrille Töne des Entzückens von sich. Der Fürst lacht Tränen und klopft vergnügt auf Dawas Knie.

Dawa kann Wangchuks Blick einfangen und hebt ein wenig ihre Teeschale. Kurz darauf steht ein Becher mit Chang hinter ihr. An diesem Tag gießt sie reichlich Chang auf ihre Wut. Das Getränk beruhigt sie und lässt sie kichern, bis ihr nichts mehr der Besorgnis wert erscheint. Sie nimmt Dölma mit auf den Weg hinter die Büsche, um sich nicht durch ihren unsicheren Gang zu verraten.

»Der Chang wirkt komisch«, sagt sie.

Dölma lacht und drückt sie an sich. »Nicht reden, nicht bewegen, dann geht's schon.«

Still und schweigend sitzt die junge Fürstin an diesem Tag vor dem prunkvollen Zelt, lächelnd und mit leicht verschleiertem Blick.

Sie ist jung, aber sie ist eine richtige Fürstin, sagen die Leute. So viel Haltung.

Miriam

Der Gecko saß an seinem Lieblingsplatz über dem rückwärtigen Fenster.

»Adieu, Gecko, bis später«, sagte sie und packte ihren Schirm ein. Das kleine Tier war ihr während der Tage der Krankheit ein vertrauter Zimmergenosse geworden, verlässlicher als die Katze mit ihren unregelmäßigen Besuchen. Die Katze! Sie hatte das Futter für die Katze vergessen! Schuldgefühl wie Essigsäure. Kranke heilen, Kinder der Dritten Welt retten, Katzen füttern – die dumme kleine Miriam hat nie etwas Brauchbares zustande gebracht.

David stand mit Madame Yeshe plaudernd im Garten zwischen den Tischen mit den roten Sonnenschirmen. Es dauere noch ein paar Minuten, rief er, sie solle aufs Dach gehen, man habe von dort einen guten Ausblick. Das Dach des Gästehauses war der Fußboden eines weiteren Stockwerks, das irgendwann gebaut würde, wenn Geld dafür vorhanden war. Solarkästen für warmes Wasser reihten sich aneinander, krumme Stangen hielten Wäscheleinen. Eine niedrige Brüstung bot halbherzigen Schutz. Nicht weit enfernt ragte die weiße Kuppel der Stupa über die Dächer der umgebenden Häuser. Bauschige weiße Wolken schoben sich über den tiefblauen Himmel und ließen hin und wieder ein wenig Sonne durch.

Auf einem der gegenüberliegenden Balkone trat ein dicker Mann aus der Tür. Er hielt einen engen Vogelkäfig mit winzigen Vögeln über die Brüstung und öffnete die kleine Tür. Einer nach dem anderen flatterten die Vögel aus dem Käfig, hielten sich kurz in der Luft und stürzten dann in den Hof. Einige landeten auf der Plane eines Lastwagens, andere waren weniger glücklich.

Fassungslos starrte Miriam auf die wunderliche Szene, dann begann sie zu lachen. Es war ein leises, schmerzendes Lachen, das sie krümmte und Tränen in ihre Augen trieb, nah am Weinen. Hör auf, wollte sie rufen, das hat doch keinen Sinn. Oder hatte es Sinn? War ein Ende als Hunde- und Katzenfutter besser als das qualvolle Leben in winzigen Käfigen?

Einige Vögel wollten den Käfig nicht verlassen. Der Mann ergriff sie sacht und warf sie in die Luft. Sie fielen wie Steine.

Später erzählte sie David davon. »Denken die Leute denn nicht nach?«, fragte sie.

»Tiere freikaufen ist ein alter Brauch«, erklärte David. »Bräuche sind mächtig. Sie leben lang über ihre Logik hinaus.«

Sie sah den Bettler von weitem an der Stupa-Mauer sitzen und hätte gern einen Bogen um ihn gemacht, doch David ging neben ihr und sie befürchtete, es könne gar zu auffallend sein, wenn sie plötzlich zu seiner anderen Seite wechselte. Die Bettler erschreckten sie, ließen peinliche Gefühle in ihr aufsteigen, stießen sie ab mit ihrer Hässlichkeit. Geld zu verteilen machte es nicht besser. Sie schämte sich.

Der Bettler hatte einen aufgeschnittenen grauen Plastikmüllsack über sich gestülpt; ein weiteres Stück Plastik bedeckte seine Beine. Ein flüchtiger Blick machte deutlich, dass in dem Gesicht die Nase fehlte. Miriam schaute zur Seite und kramte in ihrer Tasche nach ein paar Rupien. Eine dunkle Hand kam ihr entgegen – wie der nachlässige, unvollständige Entwurf einer Hand, ein Klumpen Fleisch mit amorphen Stumpen daran. Zögernd hielt sie die Scheine hin, doch die Hand vermochte sie nicht zu ergreifen. Sie musste das Geld zwischen die deformierten Finger drücken und konnte nicht vermeiden, sie zu berühren. Entsetzt zog sie die Hand zurück und wischte sie heftig an ihrer Hose ab.

David war stehen geblieben und schaute zu.

»Lepra ist nicht sonderlich ansteckend«, sagte er gelassen.

Miriams Fingerspitzen brannten. Mit unterdrückter Aufregung sah sie sich um. Es gab keinen Brunnen, keine Möglichkeit, die Hände zu waschen. Er behauptet, es sei nicht gefährlich, sagte sie sich, er muss es wissen, er lebt ja hier. Nicht sonderlich ansteckend, hat er gesagt. Ein bisschen reicht.

Wenn sie doch nur die Hände waschen könnte. Sie bestand nur noch aus Händen. Großen, glühenden, kontaminierten Händen. Sollte sie eine neue Durchfallattacke vortäuschen? Dann könnte sie in das kleine Restaurant gehen, an dem sie soeben vorbeigingen.

Sie befahl den paranoiden Gedanken, aufzuhören. Ohne Erfolg. Sie dröhnten in ihrem Kopf. Der Mann neben ihr erschien ihr groß und überlegen, zu groß und zu überlegen. Möglicherweise konnte er ihre lauten Gedanken hören. Wie gern würde sie zurücklaufen zum Gästehaus, die Zimmertür hinter sich abschließen, die Vorhänge zuziehen, sich ganz still verhalten, als sei niemand da.

»Ich möchte die Hände waschen«, sagte sie mit Anstrengung, als sie an einem weiteren kleinen Restaurant vorbeikamen.

David hob fragend die Augenbrauen. »Wie bitte?«

»Toilette«, flüsterte Miriam, deutete auf den Eingang des Restaurants und drückte sich hinein. Ihr war übel. Man wies sie zu einem dunklen Flur. In der winzigen, stinkenden Toilette gab es zwar ein Waschbecken, doch aus der Leitung kam kein Wasser. Neben den Trittsteinen stand ein rostiger Eimer mit ein wenig Wasser zum Nachspülen. Sie beugte sich darüber, tauchte die pochende Hand hinein und trocknete sie am Rand ihres Hemdes ab. Es war lächerlich. Sie schämte sich.

David wartete vor der Tür.

»Du bist blass«, sagte er sanft. »Willst du umkehren? Ich kann allein hingehen.«

Sie wehrte ab, zu ihrer eigenen Überraschung überstürzt, fast aufgeregt: »Nein, nein. Es geht mir gut. Ich habe hier noch so wenig gesehen.«

Sie waren auf dem Weg zu dem alten Mönch, der möglicherweise Auskunft geben konnte über die Lage des Heiligtums der Löwenköpfigen. Dazu mussten sie der Hauptstraße vor dem Tor der Stupa stadtauswärts folgen, auf einem schmalen Gehsteig im zähen Strom von schlendernden Menschen und herrenlosen Hunden, die in Abfällen nach Fressbarem suchten. Es war laut. Es stank. Alte Autos, neue Autos, Lastwagen, Uraltbusse mit Menschentrauben an den Türen, Fahrräder, dreirädrige Tuktuks. Abgase, Verfaultes, Patschuli, Fäkalien.

David betrat einen Hof voller Gerümpel und tauchte in einen engen Durchgang zwischen zwei Häusern. Er musste an mehrere Türen klopfen, bis er den richtigen Eingang fand, denn die Straßen hatten keine Namensschilder, die Häuser keine Nummern. Wer Post erhalten wolle, erklärte David, habe ein Postfach oder benütze das eines Nachbarn. Aber man bekam keine Post in diesem Viertel. Die wenigsten konnten schreiben.

Ein runder, geschorener Kopf erschien im Türspalt, schwarze Mandelaugen, eine breite, flache Nase, ein Mund wie eine große Kirsche. Mondgesicht, dachte Miriam. Dawa, der Mond. Doch Dawas Gesicht ist eher wie die Sonne, so stark und direkt und strahlend.

Davids Erklärung auf Tibetisch führte dazu, dass die Tür einladend geöffnet wurde.

»Gelong-la ist da«, sagte Mondgesicht auf Englisch und nickte Miriam zu. Sie trug den langen, dunkelroten Rock der Nonnen und ein gelbes T-Shirt mit den aufgedruckten Augen der Stupa. »Ich frage ihn, ob er euch empfängt.«

Miriam folgte Davids Beispiel und schlüpfte aus ihren Schuhen. Eine nackte, schwache Glühbirne verbreitete Dämmerlicht im schmalen Flur.

Die kleine Nonne kehrte zurück und führte sie zum hintersten Zimmer, einem schmalen, langen Raum. Wenig Licht fiel durch das Fenster, das die Wand des Nachbarhauses zeigte. Der alte Mönch saß auf seinem Bett am Fenster, einem Holzgestell mit einer dünnen Matte und einem Gewühl von Decken darauf. Gegenüber ein Schrein mit Fotos, ein paar Seidenblumen und Butterlampen aus blankem Messing. Ein dünner Teppich, Matten, aufgehäufte Decken, an den Wänden billige Drucke von Thangkas, tibetische Rollbilder.

David verbeugte sich vor dem alten Mönch, ließ sich vor seinem Bett auf die Knie nieder und legte zusammen mit einer Kata ein paar Geldscheine in seinen Schoß. Der Mönch lachte vor Freude und entblößte dabei einen mageren Rest dunkler Zähne.

Miriam setzte sich neben David auf den Boden und legte die Arme um die Knie, um sich Halt zu geben. Mit Bewunderung sah sie die Nonne neben sich niedersinken, anmutig wie eine Katze. Niemals würde sie sich mit solcher Leichtigkeit zusammenfalten können. Dawa konnte es.

Eine weitere Nonne drückte sich in das Zimmer und setzte sich auf eine Matte an der Wand. Ihr dunkles Gesicht war auf eine hagere, traurige Weise schön, wie eine Novemberlandschaft. Sie lächelte Miriam kurz zu. Ihre Vorderzähne fehlten.

»Er spricht einen Dialekt, den ich schwer verstehe«, sagte David und wandte sich an Mondgesicht. »Habe ich richtig verstanden, dass er glaubt, das Senge-Döngma-Heiligtum zu kennen?«

Die Nonne wiegte bejahend den Kopf. »Im Osten. Südosten.«

Sie holte ein Stück Papier, um die Lage nach der Beschreibung des Alten aufzuzeichnen. Er stellte ein paar Fragen nach den Details der Landschaft. Miriam beschrieb ihr Dorf, Lama Pemas Berg, den Reiseweg zum Dzong.

Bäume gebe es kaum mehr im Osten, berichtete der Mönch, die hatten die Chinesen gefällt, aber wenigstens die Berge und Flüsse seien noch so wie eh und je. Es konnte nicht ausbleiben, dass Miriam die Geschichte ihrer Träume erzählen musste, und der Alte sagte: »La so, la so.«

Ein Kind hatte Tassen, eine Thermoskanne mit Buttertee und einen Teller voller Kekse gebracht. Miriam nippte mit einigem Widerwillen an dem salzigen, suppenartigen Gebräu. Erst nach und nach verband sich der Geschmack mit der Erinnerung an Dawas Genuss, an die Geborgenheit in der dunklen Küche bei Amala und Pala und Mola, an das heimelige, schmatzende Geräusch des Teebutterns im schmalen, hohen Trog.

Sie sei in Kathmandu geboren und habe Englisch in der Schule gelernt, erzählte die kleine Nonne Mondgesicht, und sie sorge für den alten Mönch und die andere Nonne.

»Ani-la ist erst vor kurzem aus Tibet gekommen«, erklärte sie, »aus dem Drapchi-Gefängnis. Es geht ihr nicht gut. Man hat sie bei einer kleinen Demonstration in Lhasa gefangen genommen. Sie und ein paar andere Nonnen hielten vor einer Gruppe von westlichen Touristen ein Tuch hoch mit der Aufschrift ›Free Tibet‹. Sie sah noch, wie ein Tourist ein Foto machte, doch ein Polizist riss ihm den Apparat aus der Hand und nahm den Film heraus. Dann kam sie ins Gefängnis Nummer eins. Das ist das schlimmste von allen. Man nennt es das Foltergefängnis. Sechs Jahre war sie dort. Sie hat es überlebt. Eine andere Nonne aus dieser Gruppe ist an den Foltern und der Unterernährung gestorben. Die war schon zum zweiten Mal dort.«

David sprach mit der tibetischen Nonne. Miriam fühlte sich ausgeschlossen wie ein weggestellter Tisch, und obwohl sie sicher war, dass David ihr von dem Gespräch berichten würde, blieb das Gefühl haften, eine nur mäßig geduldete Außenseiterin zu sein. Die kleine Nonne hielt ihr den Teller mit Keksen hin, bis sie schließlich einen davon nahm. Sie steckte ihn in die Brusttasche ihrer Bluse; später konnte sie ihn der Katze geben oder, falls diese ihn verschmähte, einem der streunenden Hunde. Auch ihre Tasse füllte die Nonne nach.

»Gut?«, fragte sie.

Miriam nickte und lächelte angestrengt. Sie musste sich wohl daran gewöhnen, den tibetischen Tee mit Butter und Salz gut zu finden. Sie würde ihn in Tibet vermutlich noch oft trinken müssen.

Die tibetische Nonne sprach schnell, fast überstürzt, als wolle sie alles loswerden, was zu sagen war, um dann nie mehr sprechen zu müssen – oder nie mehr aufzuhören, wer mochte das wissen. Miriam versuchte, sich das gleichmäßige Gesicht mit guten Zähnen, längeren Haaren und ein bisschen Make-up vorzustellen. Sie hätte eine schöne junge Frau sein können, mit dem langen, geraden Hals, den feinen Gliedern, den eleganten schmalen Händen. Einige Knöchel und ein Handgelenk waren verdickt, wahrscheinlich schlecht geheilte Brüche. Was mochten sie ihr alles angetan haben?

»Ich wollte wissen, ob sie wieder nach Tibet zurückgehen würde«, sagte David. »Die Nonnen sind unglaublich mutig. Manche überleben zwei oder drei Gefängnisaufenthalte. Doch diese Ani sagt, sie sei zu krank. Innere Organe sind durch die vielen Schläge, die Folter verletzt worden und ihr Herz ist geschädigt. Sie sagt, wenn sie jetzt noch irgendeine schwere Infektion wie Hepatitis bekommt, wird sie nicht mehr lange leben. Hepatitis ist hier sehr verbreitet.«

Miriam wandte sich an die kleine Nonne. »Ob ich die Ani wohl fragen darf, was für Gefühle sie als Buddhistin ihren Folterern gegenüber hat?«

Die Antwort der Nonne war kurz. »Sie hat Mitgefühl mit ihnen, wenn sie daran denkt, was für ein entsetzlich schlimmes Karma sie sich schaffen«, übersetzte die kleine Nonne. Nach einem kurzen Zögern fügte sie hinzu: »Und manchmal, sagt sie, kann sie vor Hass kaum mehr atmen.«

Die tibetische Nonne sagte etwas und sah Miriam dabei an.

»Sie sagt, es sei gut, dass du den Tempel der Senge Döngma suchst«, übersetzte David. »Senge Döngma habe dich gesucht, deshalb sei es richtig, dass du jetzt sie suchst.«

»Aber ich verstehe doch von alledem gar nichts.«

David übersetzte. Die Nonne lachte. Trotz der fehlenden Zähne war es ein entzückendes Lachen, offen und zärtlich. Ihre Erwiderung brachte die kleine Nonne zum Kichern und David ließ sein leises, weiches Lachen aus der Tiefe seines Körpers aufsteigen.

»Sie sagt, es ist nicht nötig, dass du etwas verstehst. Sie sagt, wenn du dich in einen Mann verliebst, weißt du das, ohne es verstehen zu müssen. Und wenn du Senge Döngma begegnest, weißt du das noch viel stärker. Das Verstehen ist im Herzen.«

Die Nonne beugte sich vor und legte ihre Hand auf Miriams Brustmitte. Miriam schossen Tränen in die Augen und sie blinzelte schnell, um sie loszuwerden. Sie hätte gern gesagt: Ich will aber verstehen. Ich habe Fragen und ich hätte gern Antworten. Warum hat Senge Döngma nicht verhindert, dass Dawa dem Fürsten in die Hände fiel? Ist sie nicht eine Beschützerin? Warum fragte sie nicht? Sie fühlte sich wie ein trotziges Kind, unsicher und nörgelig unter den Erwachsenen.

Wieder sprach die Nonne, schnell und eindringlich, und David übersetzte: »Die Löwenköpfige beschützt deinen Geist. Manchmal vielleicht auch deinen Körper, wenn es im Sinne deines Karmas ist. Aber vor allem deinen Geist.«

Als sie gingen, reichte David der tibetischen Nonne und ihrer kleinen Betreuerin ein paar Geldscheine. Miriam war ärgerlich, weil sie sich nicht vorher erkundigt hatte, wie man sich bei solch einem Besuch zu verhalten hatte. Es gab so viele Details des sozialen Lebens in dieser fremden Welt, die sie nicht kannte. Als dränge man sich durch dorniges Gestrüpp, an dem man sich bei jeder Bewegung verletzte.

Auf der Hauptstraße fanden sie ein Tuktuk für die Rückfahrt. David erklärte, sie sehe erschöpft aus und müsse sich schonen. Ein paar Tage Ruhe solle sie sich noch gönnen. Er würde sich um die Reisevorbereitungen kümmern.

»Was würde ich nur machen ohne dich?«, sagte sie. »Warum tust du das alles?«

»Jeden Tag eine gute Tat«, sagte er heiter. »Ich gehöre zu Buddhas Heilsarmee.«

Miriam überließ sich dem sanften Nebel der Müdigkeit. Sie haben dieses Gelübde, anderen zu helfen. Nicht meinetwegen. O nein, Miriam, bilde dir nichts ein. Es hat nichts mit dir zu tun. Es ist exotisch. Wie das fromme Drehen der Mantra-Trommeln an der Stupa. Wie der barmherzige Akt des Freikaufens von Vögeln, die zu diesem Zweck gefangen werden.

Das Tuktuk gab knatternde Geräusche von sich und kam mit ein paar heftigen Rucken zum Stehen. Der Fahrer drehte sich um, lächelte gequält und hob hilflos die Schultern. Das Gästehaus war noch ein paar Minuten entfernt.

»Aussteigen«, sagte David und steckte dem Fahrer ein paar Rupien zu. »Es sind die besseren Tage, an denen man mit einem Tuktuk ohne Panne ans Ziel kommt.«

Dawa

»Hier, dieser Vers ist schön, hör zu.« Dawa schwenkt ein Blatt des Buches, das vor ihr liegt. Tenzin hat es aus der Klosterbibliothek geholt wie schon einige zuvor. Sie hat Tenzin das Staunen gelehrt, diese junge Fürstin aus der Händlerfamilie. Derart beeindruckt ist er von ihrem Lerneifer, dass er nichts mehr dagegen hat, sie zu unterrichten, sondern im Gegenteil ungeduldig auf die Unterrichtsstunden wartet. Jeden zweiten oder dritten Tag steigt er die steilen Treppen hinauf, im Sommer ins luftige oberste Geschoss oder auf das Dach, jetzt im Winter hingegen in das warme, dunklere Stockwerk darunter. Lesen und Schreiben hat er sie gelehrt und sie versteht die Hochsprache der Bücher. Bald wird er ihr alle Kenntnisse der tibetischen Sprache beigebracht haben, über die er selbst verfügt, sogar einige Feinheiten der Dichtkunst.

Nach Losar, dem Neujahrsfest, soll ein junger Mönch von hoher Geburt ihn im Dzong ablösen. Der Fürst hat beschlossen, dass sein Sohn einen angemessenen Lehrer bekommen soll. Tenzins Einwand, die Fürstin brauche ihn noch, wurde zurückgewiesen. Zu lange schon habe er das gute Leben genossen, meint der Klosterleiter. Es sei an der Zeit, dass er sich wieder an die Härte und Disziplin der Klosterlebens gewöhne.

»Hörst du zu?«, fragt Dawa. »Du träumst ja. Ich fang noch einmal an:

Die gefährlichen Tiger im Süden
Und die wilden Yaks im Norden
Kann man zähmen, wenn man sich Mühe gibt.
Doch Stolz und Egoismus zähmen, das ist schwer.

Die Mäuse unter der Erde
Und die Vögel am Himmel
Kann man fangen, wenn man sich Mühe gibt.
Doch einen streunenden Geist einfangen, das ist schwer.

Ein Sohn mag seinen Vater verlassen
Und auch seine liebevolle Mutter.
Doch ein übles Temperament hinter sich zu lassen, das ist schwer.«

Sie seufzt und legt die Hand leicht auf die grünlich verfärbte Seite ihres Gesichts. »Das ist wohl wirklich schwer.«

Tenzin senkt den Kopf und nagt schweigend an seiner Unterlippe.

»Chemkusho-la«, sagt er schließlich leise, »ich bete jeden Tag zu Arya Tara, dass sie Euch beschützt. Oben im Kloster sagt man, dass die erste Frau des Fürsten … dass sie …«

»Dass sie was?«

Tenzin zögert. »Er hat sie auch geschlagen. Zu oft.«

Dawa fragt nicht weiter. Sie will die Gerüchte nicht hören.

Sie schleichen herum, diese Gerüchte, wie Würmer, und sie nisten sich ein und brüten Dämonen aus. Der Fürst ist manchmal grob, doch dann kann er wieder sehr freundlich sein und bringt ihr die schönsten Geschenke. Sie hat gelernt, ihn nicht zu reizen und Nyemo auszuweichen; sie ist vorsichtig geworden, wenn auch noch nicht vorsichtig genug. Vielleicht wird sie bald wieder schwanger sein und einen weiteren Sohn gebären. Dann gibt es wieder eine gute Zeit. Diesmal muss sie nicht einmal fürchten, dass es eine Tochter wird. Jetzt würde der Fürst sich sogar über ein Mädchen freuen, nachdem Shika ein so prächtiger, starker Junge geworden ist. Es ist besser, als es sein könnte. Sie will nicht, dass man über sie redet, sie bemitleidet und ihr damit die Würde einer Fürstin nimmt.

»Ich danke dir für deine Gebete«, sagt sie mit kühler Höflichkeit, legt nachdrücklich das Blatt ins Buch zurück und schlägt es an anderer Stelle auf.

»Ah la la, hier geht es um Mönche. Hör zu:

Der Kopf eines beherrschten jungen Mönchs
ist hart wie Stein.
Obwohl die Leute ihn als diszipliniert bezeichnen,
spielt er doch nur eine Rolle.
Es ist schwer, einen Menschen zu finden,
der wirklich beharrlich ist.

Wie findest du das?«

Tenzin lächelt schief. »Ist mein Kopf hart wie Stein?«

»Oh, dich bezeichnet doch niemand als diszipliniert.« Mit einem Kichern rückt Dawa die Schale mit den getrockneten Aprikosen zu ihm hin.

»Ich kenne ein paar Steinköpfe droben im Kloster«, murmelt Tenzin, »die wollen mich zurückholen.«

»Du sollst ins Kloster zurück?«

»In zwei Monaten. Sobald Losar vorbei ist.«

»Das lasse ich nicht zu«, fährt Dawa auf. »Ich werde dem Fürsten sagen, dass ich dich weiterhin brauche. Wir haben noch gar nicht richtig mit der Philosophie angefangen.«

Tenzin schiebt seine Hände tiefer in die langen Ärmel seiner Fell-Chuba. Er hat die Aprikosen nicht angerührt.

»Dafür gibt es viel bessere Lehrer als mich. Und es ist nicht gut, wenn Ihr Euch bei Seiner Exzellenz für mich einsetzt. Er ist ein misstrauischer Mann.«

»Aber du möchtest doch nicht ins Kloster zurück. Oder gefällt es dir dort?«

»Ein Kloster ist ein Kloster. Man fragt nicht, ob es einem gefällt. Es ist eine Ehre, im Kloster zu sein.«

»Es ist auch eine Ehre, im Dzong zu sein.«

»Ja. Und viel bequemer.« Über Tenzins Gesicht streift ein jungenhaftes Lächeln, das er sich nur selten erlaubt. »Als es hieß, ich dürfe im Dzong leben, damals, als der alte Mönch gestorben war und sein Platz frei wurde, konnte ich es gar nicht glauben. Ich dachte, ein Wunder sei geschehen. Aber es war natürlich kein Wunder. Mein Vater hat es eingefädelt.«

Dawa zieht die Augenbrauen hoch und beugt sich ein wenig vor. Noch nie hat Tenzin über etwas anderes als ihre Lektionen gesprochen. Immer kommt er mit einer leichten Verbeugung herein, legt seine Bücher auf den Tisch und daneben den angespitzten Bambus, und manchmal reibt er geschickt die Tusche an, bis sie zum Schreiben auf das kostbare Reispapier geeignet ist. Dölma bringt den Teller mit Aprikosen und einen weiteren Topf mit Glut zum Wärmen, und dann nimmt sie Shika mit in die Küche oder in den Hof, damit er nicht stört.

Manchmal lachen sie, wenn Dawa Fehler macht, manchmal streiten sie, wenn Dawa behauptet, sie wisse etwas besser als Tenzin, denn Lama Pema habe es gesagt. Ein einziges Mal hat er erzählt, wie er heimlich mit ein paar anderen Kindern im Kloster Würfel schnitzte und verbotene Würfelspiele spielte, bis sie ertappt wurden und schlimme Prügel bezogen.

»Und wie hat dein Vater es eingefädelt?«

»Meine Familie ist mit Wangchuk verwandt. Und die Mönche im Dzong sind Wangchuks Angelegenheit. Nun ja, und natürlich hat er dem Kloster ein großes Geschenk gemacht.«

Dawa schlägt fröhlich auf sein Knie. »Gut, dass ich das weiß. Mach dir keine Sorgen, du wirst hierbleiben.«

Sichtlich erleichtert greift Tenzin in die Schüssel mit Aprikosen, schenkt Tee nach und beginnt, eines der Bücher auszupacken.

»Heute will ich nicht arbeiten«, erklärt Dawa. »Erzähl mir, wie es im Kloster ist. Ich sehe immer nur den Lhakang oder höchstens das Zimmer des Rinpoche, wenn der Fürst ihn besucht. Fang von vorn an, als du ins Kloster kamst.«

Mit Sorgfalt wickelt Tenzin das Buch wieder ein. »Da gibt es nicht viel zu erzählen. Das Klosterleben ist ziemlich langweilig.«

Dawa muss einige Mühe aufwenden, bis er zu berichten beginnt. Er reiht Sätze aneinander wie unhandliche Steine, nicht gewohnt, von sich zu sprechen. Er ist der jüngste Sohn der Familie eines der Pächter des Fürsten, nach drei Mädchen und einem Stammhalter. Acht Jahre ist er alt, als man ihn ins Kloster bringt. Er hat Glück, die Kinder haben einen freundlichen Lehrer. Es wird nicht viel geschlagen in diesem Kloster. Er ist klug und lernt schnell. Die Familie ist stolz auf ihn. Jedes Jahr freut er sich auf die Erntezeit, wenn er nach Hause darf, um zu helfen. Dann wird die Verwandtschaft eingeladen und der Schatz der Familie, der Mönch, vorgezeigt, und alle verbeugen sich, obwohl er noch gar kein richtiger Mönch ist mit allen Weihen. Ja, und seine älteste Schwester ist eine Nonne. Aber die lebt zu Hause und hilft der Mutter.

»Sie machen ein großes Getue um euch Mönche«, sagt Dawa. »Auf eine Nonne ist niemand stolz.«

»Nonnen sind dumm«, erwidert Tenzin. »Wieso soll man stolz auf sie sein?«

»Du meinst, Frauen sind dumm?«

»Ja … nein.«

»Sind sie nun dumm oder nicht?«

Tenzin rückt mit seinen schmalen, langen Händen die Tusche und das Bambusröhrchen zurecht.

»Ihr seid natürlich nicht dumm, Chemkusho-la.«

»Ich bin nicht nur nicht dumm, sondern gescheiter als viele Mönche«, erklärt sie mit Nachdruck. »Sag mir, hat deine Schwester Lesen und Schreiben gelernt?«

»Wie denn?«, antwortet Tenzin verlegen. »Im Kloster lernen sie das nicht und bei uns zu Hause kann es niemand.«

Dawa wirft ihm einen triumphierenden Blick zu. »Dumm oder nicht dumm?«

Tenzin windet sich. »Ihr seid eine Ausnahme«, sagt er schließlich. Erleichtert wendet er sich der Tür zu, deren Vorhang sich bewegt und das runde Gesicht des fürstlichen Erben freigibt. Dawa winkt ihn herein.

Beglückt hält ihr Sohn Pfeil und Bogen hoch und verkündet: »Amala, schau, was Pala mir geschenkt hat. Ich bin Gesar von Ling und besiege alle meine Feinde. So!«

Er legt den Pfeil an und zielt auf Tenzin. Dölma, die ihm gefolgt ist, nimmt ihm mit einem ärgerlichen Aufschrei den Pfeil weg. »Schluss damit, Shika. Du weißt genau, dass du auf niemanden zielen darfst. Verzeih, Tenzin-la. Er ist ein schrecklich unfolgsames Kind.«

Wütend stampft der Junge auf und schlägt mit den Fäusten auf Dölmas Bauch. »Gib mir den Pfeil!«, brüllt er. »Pala hat ihn mir gegeben.«

Dawa springt auf und zieht das Kind von Dölma weg. »Benimm dich, Shika, sonst wird Pala dich erziehen.«

»Pala haut mich nicht!«, schreit der Junge wütend. »Er haut nur dich.«

Mit unnachgiebigem Griff packt Dölma ihn am Ohr und führt ihn unsanft zum Ende des Zimmers. Shika schreit und schlägt um sich, bis Dölma ihn fest in eine dicke Decke eingerollt und ein Band darum geknotet hat. So lässt sie ihn liegen, ungerührt von seinem Geschrei.

Sie hat eine Kanne mit heißem Tee gebracht und schenkt Dawas und Tenzins Becher voll.

»Shika hat heute seinen wilden Tag«, erklärt sie heiter. »Vielleicht braucht er Prügel. Ich glaube, Gesar von Ling brauchte auch reichlich Prügel, als er klein war.«

Dawa seufzt. Alle sagen, es sei ein gutes Zeichen, dass ihr Sohn so wild ist. Große Lamas und große Krieger seien meist unbändige Kinder, heißt es. Und der Fürst ist glücklich.

»Komm her, Dölma«, sagt sie und schlägt ihr Buch wieder auf.

»Unser Tenzin braucht eine Belehrung. Lies ihm vor, was hier steht.«

Dölma setzt sich neben Dawas hohem Polster auf den Boden und nimmt ehrfürchtig mit beiden Händen das Blatt entgegen. Mit Vergnügen beobachtet Dawa Tenzins ungläubigen Blick.

»Lies das von dem Mädchen Sadhe Ani.« Ihr Finger weist auf die Textstelle.

Ohne zu stocken, liest Dölma:

»Manchmal dachte ich bei mir selbst:
Was soll gut daran sein,
sich selbst zu geben, dazu der Eltern Mitgift,
an jemanden, der dich dein Leben lang versklavt?«

Sie schaut auf und lächelt. »Meinst du, er wird mich versklaven?«

Liebevoll legt Dawa den Arm um ihre Schultern. »Wer weiß. Aber ich werde es nicht zulassen.«

»Es kommt noch schlimmer«, kichert Dölma mit einem Blick auf das Blatt. Hört nur:

»Am Anfang ist der Liebste ein Engel,
doch dann wird er zum Dämon, Furcht erregend und empörend.
Und schließlich wird er zum Elefanten,
der dich zu zertrampeln droht.«

Sie beugt sich vor, um den Titel des Buchs zu lesen. »Ah la la, Jetsün Milarepa denkt nicht gut über die Ehe.«

»Ich werde dich zertrampeln, wenn ich hier rauskomme.« Shika hat sich unbemerkt herangerollt und funkelt Dölma wütend an. Sie wickelt ihn aus und droht, dass er nicht lange frei bleiben würde, wenn er sich nicht gut benehme.

Sorgsam packt Dawa das Buch zusammen.

»Bin ich eine Ausnahme unter den dummen Frauen, Tenzin?«, fragt sie mit herausforderndem Lächeln. »Oder ist Dölma auch eine Ausnahme? Sollen wir Jangchub rufen? Sie ist auch eine Ausnahme. Vielleicht würden sich alle Frauen als Ausnahmen erweisen, wenn man sie lernen ließe.«

Tenzin schweigt. Schließlich lächelt er vorsichtig. »Vielleicht.«

Als er geht, verpflichtet ihn Dawa zum Stillschweigen. Er verspricht es grinsend, die Verschwörung scheint ihm zu gefallen. In seinen Mundwinkeln ist an diesem Tag eine heitere kleine Falte erschienen, die Dawa nie zuvor bemerkt hat.

»Ich glaube, wir haben einen Verbündeten gewonnen«, sagt sie nachdenklich, nachdem seine Schritte auf der knarzenden Treppe nicht mehr zu hören sind. »Ausgerechnet Tenzin. Wer hätte das gedacht.«

Miriam

Endlich hatte sie das dicke Heft aus ihrem Koffer hervorgeholt, das sie mitgenommen hatte, um eine Art Tagebuch zu führen, vielleicht auch die Träume aufzuschreiben, obwohl das unnötig war, da jeder Augenblick der Träume – waren es Träume? – wie eingebrannt war in ihrem Gedächtnis. Mit Verwirrung erkannte sie, dass die Züge des Mönchs Tenzin ihr gegenwärtiger waren als Davids Gesicht, das sie seit ihrer Ankunft täglich gesehen hatte. Wie vertraut war ihr dieser Mund mit den übereinanderstehenden Schneidezähnen, die ausgeprägte, eher lange Nase und die großen, ein wenig abstehenden Ohren. Oder Dölma. Der Gedanke an Dölma gemahnte sie an die fein ziselierten Silberschälchen, die auf den Schreinen standen. Sie kümmern sich nicht darum, dass ihre Schönheit nur von unten zu sehen ist, bieten dem Beschauer ihr schlichtes, nützliches Inneres, das mit Wasser oder Reis gefüllt wird. Stapelt man sie, fügen sie sich leicht ineinander, als sei es höchstes Glück, so fügsam zu sein, so gut zu passen, eins zum anderen zu gehören.

Ich bin kein Schreinschälchen, dachte Miriam, bei mir ist etwas verrutscht bei der Herstellung. Da ist irgendjemand nicht recht bei der Sache gewesen.

Lange brütete sie über der ersten Seite des Hefts, die nicht mehr enthielt als das Datum des Tages. Der Gecko saß unbeweglich an seinem Lieblingsplatz über dem Fenster. Die Katze beherrschte das Bett, zeigte sich in ihrer vollen Länge, die Vorderpfoten anmutig übereinandergelegt, die Hinterbeine weit von sich gestreckt. Miriams Blick wurde mit einem ausgiebigen rosa Gähnen beantwortet, gefolgt vom genüsslichen Anziehen und Einrollen der Hinterfüße.

Es war ein klarer Morgen und Miriam wunderte sich über den Anflug von Heiterkeit, der sich anstatt der vertrauten morgendlichen Verzweiflung einstellte. Die Sonne hatte sie früh geweckt. In der Wärme des Zimmers lag noch eine Spur von zarter nächtlicher Frische. Es schien eine so passende Gelegenheit, um die Gedanken auf dem Papier zu sammeln und einen neuen Anfang zu planen, nun, da die Reise nach Tibet so kurz bevorstand. Sie fragte sich, ob sie sich fürchten sollte. Der Jeep zweier Touristen sei kürzlich wegen einer Reifenpanne von einer Bergstraße gerutscht und in die Tiefe gestürzt, hatte Elisabeth erzählt. Und man dürfe um Himmels willen keine Fotos des Dalai Lama mitnehmen, das sei absolut verboten. Überhaupt, es sei gefährlich in Tibet. Nicht dass sie ihr Angst machen wolle, nein, natürlich nicht, aber es sei eben doch wirklich ein problematisches Abenteuer, auf das sie sich da einließe. Elisabeths Sinn für die dramatische Seite der Existenz war ansteckend. Doch, ja, Miriam fürchtete sich.

Sie brachte nur einen trockenen Überblick über die Geschehnisse der vergangenen Tage zustande. Genug, um Greta einen chronologischen Bericht geben zu können. Sie sehnte sich einen Augenblick lang nach Greta und beschloss, ihr eine Postkarte zu schicken. Liebe Greta, ich dachte manchmal, es wäre gut, einfach ans Ende der Welt zu gehen. Schließlich tat ich es. Aber das Ende der Welt scheint jetzt eher dort zu sein, wo ich früher war. Wie man sich täuschen kann.

»Ich bring dir Frühstück mit«, erklärte sie der Katze, während sie aufstand und einen Geldschein in die Brusttasche ihres Hemdes steckte. Die Katze öffnete ein Auge und schloss es wieder.

»So selbstverständlich ist das nicht, Katze«, murmelte sie. Doch die Katze hatte sie als einen der Götter erkannt, die gelegentlich erschienen und Futter anboten; deshalb war es selbstverständlich. Ach, die unbescheidenen Erwartungen der Frommen.

»Porridge?«, fragte der Junge im Speisepavillon. Jeden Morgen fragte er »Porridge?«, und jeden Morgen antwortete Miriam: »Nein. Tee, Toast und Ei. Verstanden?«

»Verstanden«, erklärte der Junge und zeigte fröhlich seine großen, weißen Zähne.

»Ein Porridge-Fan. Er versucht jedem Porridge anzudrehen.« Katjas Stimme. Mit zerstreuter Selbstverständlichkeit zog die junge Frau den Stuhl neben Miriam vom Tisch weg und setzte sich. »Oder vielleicht ist es einfach seine Art von Morgengruß.«

Für Katja war Miriam ihresgleichen. Für Miriam war Katja etwas so Wunderliches wie eine verlorene und zu spät wiedergefundene Tochter. Würde jemals dieser Schmerz aufhören, wenn sie »Tochter« dachte? Man hatte eine Tochter oder man hatte keine. Man wurde geliebt oder man wurde nicht geliebt. In Miriam regte sich hungriger Neid wie ein Keim, der bei den ersten Sonnenstrahlen aus der Erde drängt. Katja wurde geliebt. Tom liebte Katja, oder es war auf jeden Fall etwas zwischen ihnen, über das sich beide einig waren und das sie vermutlich Liebe nannten. Tom legte seine Hand auf Katjas Pobacke. Katja rieb ihre Hüfte an der seinen. Sie lachten miteinander und schienen unangebrachte und unsensible Bemerkungen des anderen nicht wahrzunehmen. Aber vielleicht war es auch nur so, dass sie geübt hatten, sie nicht zu bemerken.

Sie seien wegen eines bestimmten Rinpoche nach Kathmandu gekommen, erklärte Katja, und zugleich sei es ihre nachgeholte Hochzeitsreise, denn sie seien schon seit zwei Jahren verheiratet. Es sei die Erfüllung eines lang gehegten Traums. Dem Rinpoche seien sie in Deutschland begegnet, und als sie ihn sah, habe sie weinen müssen, und Tom habe einen ganz ungewöhnlichen Traum von ihm gehabt. Dieser Rinpoche sei sehr berühmt und sie seien jetzt seine Schüler.

»Wie macht ihr das – seine Schüler sein?«, fragte Miriam.

Katja fuhr durch ihr kurzes, blondes Haar, um den stacheligen Eindruck, den es vermitteln sollte, zu verstärken. »Wir gehen zu seinen Vorträgen«, antwortete sie, »und er sagt uns, welche Bücher wir lesen sollen. Und er erklärt uns, wie wir meditieren sollen. Gestern sprach er über die zwei Seiten der Wahrheit, die relative und absolute, und dass erst beide zusammen die wirkliche Wahrheit sind. Wie eine Münze immer zwei Seiten hat. Wenn er das alles erklärt, erscheint es mir so verständlich, aber hinterher habe ich das Gefühl, dass ich überhaupt nichts verstehe. Haben Sie auch einen Lehrer?«

Miriam wandte den Blick ab. »Ja«, antwortete sie kurz.

Katja beugte sich vor. »Wie heißt er? Vielleicht kenne ich ihn.«

»Ich glaube nicht, dass Sie ihn kennen. Er heißt Lama Pema.« Und er ist ein ganz besonders fantastischer Lama, der beste, flüsterte eine schäbige kleine Stimme in ihrem Kopf, die sie fast zum Lachen brachte.

»Es ist wichtig, einen guten Lehrer zu haben«, erklärte Katja nachdrücklich und lehnte sich zufrieden zurück.

Inzwischen war auch Tom erschienen, groß, blass, das halblange, dunkle Haar noch feucht von der Dusche und hinten zu einem Pinsel zusammengebunden. Das junge Paar hatte sich seit seiner Ankunft vor zwei Tagen mit unbeschwerter Bedenkenlosigkeit durch Miriams Schutzschild hindurchgearbeitet und sich im Hoheitsgebiet ihrer Mahlzeiten ausgebreitet. Sie mögen mich, dachte Miriam erstaunt. Warum? Ich möchte wissen, warum.

Sie hätten vor, zum Pashupatinath-Tempel zu gehen, sagte Tom, an den Fluss zu den Gats, wo die Toten verbrannt werden. »Wir haben gedacht, Sie möchten vielleicht mitkommen.«

Das Nein stand schon da, bereit, nach außen zu treten, kein überlegtes Nein, nur eine gewohnte Geste der Abwehr: Nein, lieber nicht, müde, keine Zeit, Wichtiges zu tun, schon verabredet. Es war dumm. Sie brauchte Abwechslung. Sightseeing war heilige Pflicht. Sie wollte die Gats sehen.

»Ja, gern«, erwiderte sie mit angestrengter Munterkeit.

»Die Armen gehen zu diesem Tempel, um zu sterben.« In Katjas Stimme lag Begeisterung. »Sie legen sich dort hin und warten auf den Tod, weil es ein besonders heiliger Platz ist, und sie denken, sie bekommen eine bessere Wiedergeburt, wenn sie dort sterben. Nur die Gläubigen dürfen hinein, aber man kann angeblich von der anderen Seite des Flusses rüberschauen. Die einfachen Leute werden außerhalb verbrannt, da kann man ganz nah ran.«

Katja war zappelig angesichts des aufregenden Ziels. Auf dem Weg zur Hauptstraße und im Taxi redete sie ununterbrochen. Tom schwieg gelassen, als sei es ihm angenehm, Katja das Stopfen aller vielleicht auftretenden Schweigelöcher zu überlassen. Miriam schaute zum Fenster hinaus. Mit sanftem, hungrigem Blick stand eine magere Kuh auf der Straße und ließ Fladen fallen. Der zahme Feiertagsverkehr teilte sich vor ihr und schloss sich hinter ihr wieder.

»Ich liebe diese Stadt«, sagte Katja. Ihre Stimme war eine Oktave zu hoch. Gleich wird sie sagen: Ich liiiiiebe den Tod, dachte Miriam. Sie hoffte, die beiden würden den Geruch ihrer Gedanken nicht wahrnehmen, den Geruch ihrer Gereiztheit. Mit festgeklebtem Lächeln hörte sie Katja zu. Der Tag hatte sie betrogen, hatte sein Versprechen nicht gehalten. Sie fühlte sich hässlich und ungelenk und hatte Kopfschmerzen. Vielleicht lag es nur daran, dass sie noch nicht gesund war.

»Pashupatinath«, jubelte Katja, ließ den Namen genussvoll auf der Zunge zergehen.

»Grillfest«, murmelte Miriam.

»Also wirklich«, sagte Katja. Sie lächelte, entschlossen, nicht empört zu sein.

Die Geborgenheit des Taxis verlassen hieß, in eine wilde Welt der Farben, Gerüche und Klänge einzutauchen, die man nur mit einer zusammengezogenen, zum Guckfenster verengten Wahrnehmung ertragen konnte. Orange, rote, türkisfarbene, gelbe, grüne, golddurchwirkte Saris und Tücher,

Granatäpfel, Bananen, Mangos, Äpfel, Patschuli, Sandelholz, Holzkohle, Urin, Hundekot, Abgase, das schrille Winseln der Bettler, streitende Hunde, Rufe der Händler, der scharfe, grelle Ton der Tempelglocken, Kinderstimmen, das Hupen der Taxis und über allem das Summen vieler Stimmen, ein Drängen und Schieben am Zugang zum Tempelbereich und zur steinernen Brücke, die über den Fluss zu den breiten Stufen voller Affen und Sadhus am gegenüberliegenden Steilufer führte.

Mit gesträubten Gefühlen hielt Miriam Abstand von den nackten, hageren, mit Asche beschmierten Leibern der heiligen Männer. Sie waren bedrohlich in ihrer blind entsagungsvollen Würde. In welcher Welt mochten sie leben? Es sei immer eine relative Welt, hatte sie in einem der Bücher von David gelesen, die der normale, nicht erwachte Geist sich erschafft, aus kulturellem Konsensus, aus Glaubenssätzen und Ängsten und Wünschen.

Wie in Schnappschüssen nahm sie ihre Umgebung auf: ein Affe auf der Schulter eines Sadhu, klick, lange, graue Finger, die suchend im filzigen Haaraufbau wühlten, klick, eine Frau im rotgoldenen Sari, die Früchte und Blumen auf einen offenen Schrein legte, klick, Katja und Tom, die einander fest an der Händen hielten gegen den Ansturm der befremdenden heiligen Nacktheit der Sadhus.

Es war Tom, der als Erster die kleine Prozession entdeckte, die dem Scheiterhaufen auf einem der Gats am anderen Ufer zustrebte. Ein paar weiß gekleidete Trauernde folgten den beiden Trägern mit dem schmalen, in weißes Tuch gewickelten Bündel, handlich auf zwei Stangen gebunden. Während sich das Paar mit Miriam von der Menge über die Brücke schieben ließ, wurde der Leichnam auf den vorbereiteten Scheiterhaufen gelegt. Vom flachen Dach eines angrenzenden Gebäudes aus konnte man auf die Verbrennungsstätte hinabschauen. Einige Touristen standen an der Brüstung. Ein junger tibetischer Mönch schob seine Mala durch die Finger und murmelte Mantras. Flammen schlugen aus dem Scheiterhaufen und stürzten sich auf das Leichentuch. Es musste ein kleiner Körper sein, der darin lag, ein Kind oder ein sehr alter Mensch.

Rauch stieg auf und mit ihm der Geruch nach verbranntem Fleisch.

»Habt ihr das gesehen?«, flüsterte Katja mit wohligem Grausen. »Der Arm …«

Hitze in den Muskeln hatte einen Arm hochschnellen lassen. Er ragte weit auf über dem Scheiterhaufen und ein halb nackter Bestattungshelfer im weißen Lendenschurz versuchte, ihn mit einem Stock wieder an seinen Platz zu schieben.

In unregelmäßigen Schwaden zog der Rauch über das Dach. Der junge Mönch versuchte, ihm auszuweichen. Miriams Herz begann wild zu trommeln. Die Gegenwart des Todes wurde spürbar wie ein kalter Wind. Sie würde sterben, unausweichlich. Atemnot, würgendes Verstummen, das grausame Drama des Herzens, das um die letzten Kontraktionen kämpft. Friedliches Einschlafen? Sie glaubte nicht daran.

Auch die fröhliche kleine Katja würde sterben. Der stille Tom würde sterben, der junge Mönch, die Sadhus, die Touristen, sie würden sterben, früher oder später, plötzlich oder langsam. Die Wahrheit des Todes brach durch alle Abschottungen, fiel über sie her, entfachte Panik. Schwindelgefühl. Schwarz.

Sie kannte die Straße nicht, doch alles war sehr deutlich – ein großes, rostiges Fahrrad mit zu hohem Sitz, die Beine sind zu kurz, der Sattel stößt in den Rücken, Hupen, noch mehr Hupen, der riesige Kühler eines alten Lastwagens, ein Aufschrei, der im Hals stecken bleibt, ein ungeheurer Schlag, ein Dröhnen, das mit rasender Geschwindigkeit durch das Universum jagt und es ausfüllt. Vergangenheiten eines fremden Kinderlebens, dann der Scheiterhaufen, aus einem anderen Winkel mit anderen Augen gesehen, voller Verwirrung, wer liegt da unten, wer verbrennt da, das kann nicht ich sein.

Sie sah ihre weißen Hände, fest in die Mauer der Brüstung gekrallt, als drohe sie zu fallen, hinunter auf den laut lodernden Scheiterhaufen, auf dem der Körper eines Jungen verbrannte, von dem sie mehr wusste, als sie wissen wollte.

»Was ist, Miriam, ist Ihnen schlecht?« Katja legte ihren Arm um sie, auch Tom hielt sie fest. Ihre Knie waren zu weich. Man durfte nicht nachgeben. Nachgeben wurde bestraft. Miriam, nimm dich zusammen, Miriam, lass dich nicht so gehen.

Toms Gesicht war ganz nah. »Sollen wir Sie heimbringen?«

»Nur ein kurzer Schwindel«, sagte sie abwehrend. »Es geht gleich wieder.«

Doch der tote Junge war noch immer da, sie spürte ihn, seine Verwirrung trieb in Schwaden um sie herum. Sein von Angst genährter Hunger nach Nähe bedrohte sie. Sie wickelte ihre Mala vom Handgelenk und begann, das Mantra des Mitgefühls zu murmeln, OM MANI PEME HUM, eine gleichmäßige Kette von Wörtern, durch die alle Bewegungen ihres Geistes abgesichert waren.

Sie wolle ein Taxi nehmen, erklärte sie Katja und Tom, die

sie mit beunruhigten Gesichtern ansahen, bereit, ihr jede Beschwichtigung zu glauben. Sie wollten nicht weggehen. Diese Verbrennung war ihr Programm, sie war unterhaltsam und aufregend und ein bisschen schauerlich. Sie hatten sich gradlinig auf dieses Abenteuer eingestellt.

Mit ungewissen Schritten strebte sie den Taxis zu. So mochte es sein, wenn man alt wurde, dieses Gefühl von Gebeugtsein und Unsicherheit, von Fragilität und unaufhaltsamem Driften in eine Sackgasse. Mit leisem Entsetzen spürte sie das kommende Alter in sich herumkriechen, wie sehr kleine, unauffällige Würmer, die langsam wachsen und ihre Kraft auffressen würden. Sie fraßen Tag und Nacht.

Dawa

Dawa, Dawa, ein Naljorpa ist am Tor!« Außer Atem stürmt Dölma ins Zimmer. Mit beiden Händen stützt sie ihren großen Bauch.

Dawa schaut kaum von ihrem Buch hoch. »Na und?«

»Ich glaube, er ist kein gewöhnlicher Pilger. Wahrscheinlich ist er ein Ngakpa, vielleicht sogar ein hoher Meister. Er sieht zwar aus wie ein Bettler und er hat einen Affen dabei wie die Bettler aus Kongpo. Aber mich täuscht er nicht. Er sagt, er war in Lhasa. Soll ich ihn zu Ama Kelsang bringen?«

Dawa brummt zustimmend. Den ganzen Winter über war sie müde, sie weiß nicht, warum. Der Amchi sagte, es würde im Frühling besser werden. Doch es wurde nicht besser. Nur noch selten setzt sie sich mit den Frauen des Dzong zusammen, um zu weben und zu singen. Lieber bleibt sie in ihrem Zimmer und liest wahllos die Bücher, die sie in der Schreinhalle findet. Tenzin hat es längst aufgegeben, sie davon abhalten zu wollen.

Ein Ngakpa wäre eine Abwechslung. Man verehrt die Ngakpas und man fürchtet sie, die Zauberer und Dämonenbeschwörer, die man nachts auf Schädelstätten trommeln und auf Knochentrompeten blasen hört. Sie sollen Menschen in Tiere verwandeln können und imstande sein, sich unsichtbar zu machen. Von manchen heißt es, sie können fliegen. Es mag sich lohnen, ihn anzuschauen.

Der Torhüter hat sich von Jangchub beschwatzen lassen, gemeinsame Sache mit ihr zu machen und ihr zu melden, wenn ein Wandermönch oder ein Yogi ans Tor kommt, so dass sie ihn heimlich, ohne Nyemos Wissen, zu Ama Kelsangs Küche im hinteren Hof führen kann. Dort halten sie stets ein paar Säckchen Tsampa und einige Teeziegel für die heiligen Pilger bereit.

Dawa wickelt sich in einen Fellumhang und nimmt ein großes Stück Stoff mit, um eine Ausrede zu haben, denn Ama Kelsang ist eine geschickte Schneiderin. Niemand beachtet sie, als sie mit schnellen Schritten in den hinteren Hof eilt. Ama Kelsang, Jangchub und zwei Mägde haben sich um eine gebeugte Gestalt geschart, die beim Herd sitzt und fette Tukpa schlürft. Lange, dunkle Finger fischen Fleischbrocken und Nudeln aus der Brühe und schieben sie in den Mund des kleinen Affen, der auf seinem Schoß sitzt und ungeduldig an der Schale zupft, bis er gefüttert wird.

Es ist stets dunkel in Ama Kelsangs Küche. Nur wenig Licht fällt aus dem schattigen Hof durch das kleine Fenster. Doch es ist warm und der Schein des Herdfeuers ist sanft und freundlich. Vom Gesicht des Pilgers ist wenig zu sehen. Eine große Fellmütze bedeckt seine Stirn und hängt ihm über die Ohren. Den feinen, glatten Bart hat er zu mehreren Knoten geknüpft. Als beachte sie ihn nicht, wendet sie sich an Ama Kelsang und hält den Stoff hoch. »Ama Kelsang, der kleine Fürst braucht ein neues Gewand. Sieh nur, dieser Stoff hier ist schön weich und doch fest.«

»Wen haben wir denn da?«, fügt sie hinzu, als bemerke sie den Besucher erst jetzt. »Du hast wohl Besuch, Amala?«

Ama Kelsang, die alt und klug ist und weiß, welche Rolle von ihr verlangt wird, antwortet heiter: »Ja, seht nur, Chemkusho-la. Im Winter hat sich kaum einmal jemand zu unserem Dzong verirrt. Dieser Pilger bringt uns Neuigkeiten aus Lhasa.«

»Meine Neuigkeiten sind nicht mehr sehr neu«, brummelt der Pilger mit vollem Mund. »Sie sind schon drei Monde alt.«

»Dann kommst du aus der Richtung der untergehenden Sonne«, stellt Dawa fest. »Du hast sicher viele Pilgerstätten besucht.«

»Gewiss, Chemkusho-la«, brummt der Pilger höflich.

»Dann hast du vielleicht das Heiligtum der löwenköpfigen Dakini besucht?«

»O ja«, antwortet der Pilger und lässt den Affen den Rest der Brühe aus seiner Schale trinken. »Nicht zum ersten Mal war ich in der Höhle der Senge Döngma.«

Ama Kelsang schiebt zwei Polster ans Feuer, so dass die Fürstin höher sitzen kann als die anderen.

»Und hast du Lama Pema gesehen?«, fragt Dawa und hält den Atem an.

Der Pilger hebt den Kopf. Sie hat ein altes Gesicht erwartet. Das Gesicht ist nicht alt. Es ist scharfkantig und gefurcht und der Blick, in den der Pilger sie einhüllt, hat Macht. Dölma hat richtig gesehen, das ist kein gewöhnlicher Pilger.

»Lama Pema hat nicht viele Besucher«, antwortet er, »doch wer zu ihm findet, hat ein besonderes Karma. Es geht ihm gut. Er betet für die schöne Fürstin, damit sie nicht vergessen möge, was er sie gelehrt hat.«

Dölma hat Dawa den Stoff abgenommen und hält ihn hoch. »Sag, Pilger, was für Bordüren trägt man in Lhasa? Das ist ein schöner grauer Stoff. Ich habe gehört, blauer Brokat ist üblich bei den Edelgeborenen.«

»Blauer Brokat, ja, grünblauer Brokat auch. Roten und gelben Brokatrand sieht man seltener. Die Kragen trägt man ziemlich hoch. Sehr unbequem, würde ich sagen.«

»Das macht nichts, der Fürst liebt es, wenn sein Sohn schön ist«, sagt Dawa mit dem zerstreuten Lächeln, das sie für den Fürsten bereithält, »und Shika bemüht sich, seinem Vater zu gefallen.«

»Erlaubt, dass wir Euch einen Augenblick allein lassen, Chemkusho-la«, erklärt Dölma und rollt den Stoff zusammen. »Wir gehen zu Jangchub hinüber und werden dem kleinen Fürsten das neue Gewand anpassen. Komm, Amala!«

Das sei nicht nötig, wendet Ama Kelsang ein, sie wisse sehr wohl, wie groß der kleine Fürst sei, doch Jangchub besteht darauf. Ein Vierjähriger wachse so schnell.

»Und ihr Mädchen solltet Holzkohle für die fürstliche Küche holen«, weist sie die Mägde nachdrücklich an. »Später könnt ihr dem Pilger zuhören, wenn eure Arbeit getan ist.«

Plötzlich haben alle die Küche verlassen. Der Pilger richtet sich aus seiner gebückten Haltung auf und nimmt die Mütze ab. Das Haar ist zum Knoten der Ngakpas hochgebunden. Die dunkel gebräunte Haut liegt straff über den breiten Wangenknochen und der hohen Stirn. Sein Fellmantel klafft auf und gibt zauberische Dinge frei, die um seinen Hals hängen. Wie eine unsichtbare Verkleidung fällt das Bild des Bettlers von ihm ab und es erscheint die machtvolle Gestalt eines Pilgers des Weißen Ordens.

»Wer seid Ihr?«, flüstert Dawa.

»Nennt mich Lama Purba«, erwidert der beunruhigende Gast und reicht ihr den Becher mit Chang, der neben ihm steht. »Trinkt, schöne Fürstin, es hilft, mehr zu sehen.«

»Ich sehe schon mehr, als ich glauben kann.«

Doch sie nimmt den Becher entgegen und trinkt ihn aus, greift nach der großen Kanne und schenkt nach. Lama Purba lacht leise. Er trinkt den Becher halb aus und hält ihn wieder Dawa hin. Sie zögert nicht, ihn entgegenzunehmen. Der Chang verbreitet Wärme und Lebendigkeit in ihrem Körper und in ihrem Geist. Selbst Ama Kelsangs dunkle Küche wird davon erfüllt und alle Dinge darin bekommen sanfte, glühende Ränder, die Kessel neben dem Feuer, das Brennholz, das hohe Fass zum Buttern des Tees, der Reisigbesen, die aufgestapelten Teeziegel und die Säcke mit Gerste, Kichererbsen und Salz an der Küchenwand. Der Ausschnitt des kleinen Fensters ist gelb von der nachmittäglichen Sonne und im Rauchloch ganz oben in der Küchenwand ist ein Klecks tiefer Bläue zu sehen.

Ama Kelsangs Küche, in der man wandernden Mönchen und Yogis heimlich Gastfreundschaft gewährt, ist für Dawa zu einem Zufluchtsort geworden, in dem sie manchmal kleine Erfüllungen findet, eine Geschichte oder Lieder aus einem anderen Teil des Landes, ein offener Blick ohne Hintergedanken, ein kleines Geschenk aus einer schmutzigen Pilgerhand. Gelegentlich vielleicht sogar ein Schutzritual oder ein Mo, ein Orakel für eine dringliche Frage. Das sind die Höhepunkte der einfachen Leute des Dzong. Niemand erwartet, dass die Fürstin daran teilnimmt, und wer es weiß, behält es für sich.

»Warum seid Ihr traurig, Chemkusho-la?«, fragt der Lama nach langem Schweigen. »Ihr seid schön und die Fürstin dieses Landes und Ihr habt einen gesunden Sohn …«

»Da könnte ich ebenso gut ein fettes Dri mit einem gesunden Kalb sein«, erwidert Dawa. »Dann wäre ich glücklicher.«

Der Fremde scheint eine weitere Schale abzuwerfen und darunter kommt etwas Zartes hervor, weich und warm und zutiefst vertrauenswürdig. Die Verlockung ist groß, die Worte freizulassen in den weiten Raum dieses Mitgefühls.

»Ich bin eingesperrt, Lama-la, nicht nur in diesem Dzong, auch in mir selbst. Als ich ein junges Mädchen war, dachte ich nicht weiter als bis an den Rand unseres Tals. Ich wollte einen hübschen jungen Mann heiraten. So viel Hoffnung! Aber meinen Eltern war er nicht gut genug. Seine Familie war arm. Dann kam der Fürst und wollte mich haben. Ich dachte, ich würde sterben vor Verzweiflung. Ich wurde in den Dzong gebracht und musste dem Fürsten zu Willen sein und wurde geschlagen. So viel Furcht! Der Fürst wollte unbedingt einen Sohn, also hoffte ich auf einen Sohn. Dann würde das Leiden ein Ende haben, dachte ich. So viel Hoffnung! Ich bekam den Sohn und alles schien besser zu werden. Mit dem Kleinen war ich glücklich und der Fürst war zufrieden. Ich hatte ein gutes Leben. Aber es hält nicht, was es verspricht. Manchmal werde ich verwöhnt, manchmal werde ich geschlagen. Die Schwester des Fürsten hasst mich. Ich hänge an meinem Sohn, aber er ist wild und ungebärdig wie sein Vater.

Ich vergeude mein Leben. Lama Pema hat gesagt, ich solle lesen lernen. Also lernte ich lesen. Weise und gelehrte Bücher hab ich gelesen. Sie haben mich immer trauriger gemacht, weil ich immer hungriger wurde nach Befreiung. Da Ihr ein

Lama seid, könnt Ihr mir wohl sagen, was ich tun soll, um mein Leben nicht hier zu vergeuden.«

Der Blick des Nagkpa ist so liebevoll, dass Dawas Augen zu brennen beginnen.

»Habt Ihr schon einmal daran gedacht, wegzugehen?«

Dawa schüttelt den Kopf. »Wohin? Der Fürst würde mich verfolgen lassen. Jeder wäre in Gefahr, der mich aufnehmen würde.«

Der Ngakpa ergreift ihre Hand und streicht leicht darüber. Es ist, als fließe ein mächtiger Strom durch ihre Finger in die Mitte ihres Seins. Sein Gesicht kommt näher, ganz nah, die Welt besteht aus Augen, die in sie hineingreifen, tief in ihre Gedanken hinein, und aus einem Mund, von dem sie verschlungen werden möchte, um sich aufzulösen in einer nie endenden Geborgenheit. Erschrecken, Erstaunen, herzzerreißendes Begreifen in einem: Der Mann, der vor ihr sitzt, ist alles, was ihre Sehnsucht je in der Lage sein würde zu gestalten – Geliebter, Gefährte, Vater, Bruder, Lehrer und Diener. Und er ist mehr als all das, denn was sie fühlt und weiß, ist so groß, dass es in keiner Vorstellung Platz hat. Zugleich ist da auch der Wunsch, die weibliche Spiegelung all dessen für ihn zu sein – Geliebte, Gefährtin, Mutter, Schwester und Magd, Empfangende und Gebende in einem ekstatischen Wechselspiel.

Der Mund berührt sie, warm und fest, einige Augenblicke lang. Es ist unerträglich, als er sich wieder löst.

»Lama-la, Lama-la«, sagt sie halb schluchzend und hält sich fest an der langen, dunklen Hand, die in ihr Gefängnis hineinreicht, von irgendwoher, wo es Freiheit gibt. »Bleibt hier, geht nicht weg! Ich sterbe, wenn Ihr geht.«

Mit einer tiefen, zärtlichen Stimme beginnt der Ngakpa zu singen:

»Meine Schöne, meine Schöne,
Weißt du, wie einsam er ist,
Der Vogel der Freiheit?
Mein Schöne, meine Schöne,
Weißt du, wie glücklich du bist,
Tochter des Buddha?
Sag nicht: Ich liebe dich!
Es ist die Formel deiner Furcht.
Sag nicht: Ich brauche dich!
Es ist das Siegel deiner Verzweiflung.
Sag nicht: Komm! Sag nicht: Bleib!
Denn darin liegt auch: Geh!
Mein Schöne, meine Schöne!
Hörst du den Schrei des Garuda,
Wirst du erwachen.«

Schritte im Flur schrecken sie auf. Dawa zieht ihre Hand zurück. Der Ngakpa scheint zu schrumpfen, sein Rücken krümmt sich, ein alter Mann sitzt am Herd.

»Amala, Amala, ich bekomme ein neues Gewand.«

Dölma und Ama Kelsang folgen dem kleinen Jungen in die Küche. Dawa will ihn an sich ziehen, doch er reißt sich los und streckt seine Hände nach dem Affen aus, der halb im Gewand des Lama verborgen ist und ärgerlich über die Störung die Zähne zeigt.

Der Ngakpa ergreift den Jungen unter den Armen und hebt ihn hoch. »Nicht so stürmisch, kleiner Prinz!«

Das Kind schaut ihn mit großen Augen an, ohne sich zu wehren und um sich zu treten, wie es sonst seine Art ist. Der Ngakpa hält seinen Blick eine Weile fest und stellt ihn dann wieder zu Boden. Shika rührt sich nicht. Er ist verwirrt. Das Bild des alten Mannes und die geheime Macht passen nicht zusammen.

»Du wirst einmal der Fürst sein«, sagt der Ngakpa mit großem Nachdruck, »und dann wirst du deine Feinde besiegen müssen. Du glaubst gar nicht, wie viel Disziplin du lernen musst, um ein guter Krieger zu werden. Am besten fängst du jetzt gleich damit an.«

Shika geht vorsichtig einen Schritt zurück, bis er die Hand seiner Mutter ergreifen kann.

»Wer ist der Mann?«, fragt er mit kleiner Stimme.

Dawa lächelt. »Ein Pilger, mein Sohn. Man weiß nie, wer hinter dem Äußeren eines schlichten Pilgers steckt. Es kann ein gewöhnlicher Mann sein oder ein Zauberer oder ein Buddha. Es ist gut, für alle Fälle respektvoll zu sein.«

»Er ist bestimmt ein Zauberer«, sagt der kleine Junge und zieht die Brauen zusammen. »Wenn ich der Fürst bin, hol ich mir einen Zauberer in den Dzong. Einen mit ganz vielen Affen.«

Der Ngakpa lacht lauthals, beugt sich vor und gibt dem Kind einen leichten Schlag auf den Rücken. Shika nimmt ihn mit Haltung an, als handle es sich um eine Auszeichnung.

Mit leisem Gemecker klettert der Affe auf die Schulter seines Herrn. Ama Kelsang schürt das Feuer im Herd. Rauch steigt auf und beißt in den Augen. Aus dem Schreinzimmer erklingen die schnellen Trommelschläge der nachmittäglichen Beschützer-Puja. Auf einem der Dächer singen ein paar Frauen im letzten Schein der Abendsonne mit den Männern ein freches Lied.

Dölma beugt sich zu Dawas Ohr hinab. »Gefahr! Ich habe Nyemo draußen im Hof gesehen. Geh lieber heim, bevor es dunkel wird.«

Shika hat eine getrocknete Aprikose in seiner Tasche gefunden und reicht sie dem Affen. Er schreit vergnügt auf, als eine kleine Affenhand in seinem Gewand nach Nachschub wühlt. Eilig steht Dawa auf und nickt dem Ngakpa zu. »Ich danke Euch für Euren Bericht, Lama-la«, sagt sie förmlich. »Bitte, bleibt im Dzong, solange es Euch gefällt.«

Ohne auf eine Antwort zu warten, strebt sie zur Tür. »Bis später«, murmelt sie den Frauen zu.

Im Haupthof begegnet ihr Wangchuk. Sie muss stehen bleiben und ein wenig mit dem Verwalter über das kommende Enkelkind und über den bevorstehenden Besuch von Dölmas Familie sprechen. Sie hört seine Stimme wie von weit her, hat Mühe, den Worten zu folgen. Sie lächelt angestrengt und sagt: Ja, wie schön, und: Sicher ist es ein Junge. Und findet es doch schrecklich, bangen zu müssen, dass Dölma ein Mädchen gebären könnte.

»Aber ein Mädchen wäre auch gut«, sagt Wangchuk lächelnd. »Wer sollte denn sonst all die Söhne gebären?«

»Wangchuk, du bist ein Juwel«, flüstert sie und geht hinauf in ihr Zimmer, das nun nur noch Jangchub mit ihr und Shika teilt. Bald werden alle zum Abendessen in die große Küche kommen und es wird laut werden im Haus. Die Mönche haben ihre Puja beendet. Sie möchte allein sein mit ihrem schmerzhaften Glück und zieht sich in das leere Schreinzimmer zurück. Es ist noch ein wenig warm, erfüllt vom Duft des Räucherwerks.

Sie setzt sich neben den Schrein, wickelt sich fest in ihre große, brokatgesäumte Schaffelldecke und lässt das Bild des Ngakpa aufsteigen. Es ist umso lebendiger, als sie weiß, dass er nicht weit entfernt in der Küche der Ama Kelsang sitzt, den kleinen Affen im Arm. Wie gern würde sie ihm eine ihrer dicken, mit Yakhaar gestopften Schlafmatten bringen. Sie möchte ihre schönste Felldecke über ihn breiten, seinen Kopf in ihren Schoß betten und seinen Schlaf bewachen. Hoffentlich wird Ama Kelsang ihm eine gute Strohmatte geben, anstatt ihn auf dem gestampften Boden neben dem Herd liegen zu lassen, wie es üblich ist. Sie hätte daran denken sollen.

Ihr Geist webt Wärme und Wohlgefühl um ihn und beschwört jedes Detail seiner Gestalt und seiner Züge herauf, dessen sie sich entsinnen kann. Jeder Augenblick dehnt sich lustvoll-qualvoll aus und sickert in einen weiteren endlosen Augenblick, bis es ihr schließlich gelingt, die löwenköpfige Gottheit zu rufen und deren Flammenaureole mit dem Brennen in ihrer Brust zu nähren.

Sie kann nicht schlafen in dieser Nacht. Der Pilger würde am nächsten Morgen weiterziehen, hat Jangchub verkündet, und Shika war ärgerlich und verlangte, jemand müsse das verbieten, denn er wolle noch mit dem Affen spielen.

Kurz vor der Morgendämmerung steht Dawa leise auf, ohne Shika und Jangchub zu stören, schlüpft in ihre Kleider und schlingt das lange Haar zu einem einfachen Knoten. Im winzigen Schein einer Butterlampe steigt sie die knarzenden Treppen hinunter und huscht in den Hinterhof zu Ama Kelsangs Küche. Die Ama schnarcht laut. Kaum hat sie die Küchentür vorsichtig geöffnet, erhebt sich der Ngakpa, als habe er auf sie gewartet. Eine der beiden Mägde neben dem kalten Herd bewegt sich unruhig unter ihrem Fell.

Wortlos geht Dawa voraus in den kleinen Vorratsraum neben der Küche und zieht sorgfältig die Tür zu. Hastig stellt sie die Butterlampe ab und zieht eine ihrer großen Halsketten aus der Chuba.

»Bitte, nehmt diesen Schmuck an, Lama-la«, flüstert sie. »Leider habe ich nichts Besseres für Euch. Obwohl ich die Fürstin bin, gibt es wenig, das ich geben kann.«

Der Ngakpa zieht das protestierende Äffchen aus seinem Mantel und schiebt es auf seinen Rücken, wo es sich festklammert. Weich und zugleich mächtig sind seine Hände, die sich um Dawas Gesicht schließen, und die Berührung seiner Stirn an der ihren ist voller Zärtlichkeit. Er legt die Arme um sie und hält sie fest. Es ist wie ein Versprechen. Eine kleine Affenhand tastet sich in ihr Haar und wühlt sanft darin.

Nie zuvor hat sie sich so verzweifelt von Abschied durchdrungen gefühlt. Es war schwer gewesen, das Elternhaus zu verlassen, die Freundinnen, den Hund, die kleine Henne. Und wie entsetzlich traurig, von Lama Pema Abschied zu nehmen. Doch nie war es, als würde sie in Stücke gerissen, im Feuer verbrannt, im Wasser ertränkt. Nie war es ein so großer Schmerz. Sie möchte ihn bitten, sie mitzunehmen, und weiß doch, dass sie ihn dieser Gefahr nicht aussetzen darf. Selbst wenn er es wollte, dürfte sie nicht zulassen, dass er ihr hilft.

»Denk immer daran, meine Himmelstänzerin: Was auch geschieht, es ist ein Traum«, flüstert er in ihr Ohr.

»Ich werde daran denken«, erwidert sie und weiß doch, dass es ihr nicht gelingen wird.

Sie hört schnelle, heftige Schritte im Flur. Die Tür fliegt auf und ihren Rahmen füllt eine glühende Maske der Wut – das Gesicht des Fürsten. Er brüllt auf, reißt Dawa am Arm in den Flur, packt sie an den Haaren und zerrt sie in den Hof. Nyemo hat draußen gewartet und schaut mit nadelspitzen Blicken zu, gierig nach der Erniedrigung ihrer Feindin. Dawa versucht, den Kopf zu drehen, um den Hof zu überblicken. Der Ngakpa ist nicht zu sehen. Ein Schlag lässt sie taumeln. Sie hört den wilden, keuchenden Atem über sich und ist stumm und halb blind vor Panik.

»Ein Dämon bist du, scheinheiliges Weib. Ich werde dich lehren, wie sich eine Fürstin zu benehmen hat.«

Besinnungslose Wut macht seine Stimme rau und tonlos; es klingt schlimmer als sein vertrautes schnaubendes Brüllen. Spitze Schreie erfüllen den Hof. Ama Kelsang und die Mägde ringen hilflos die Hände.

Dawa hebt schützend die Arme vor ihr Gesicht. Ein wuchtiger Schlag lässt sie stolpern, sie verliert den Halt, fällt nach hinten, schlägt auf. Ein scharfer Schmerz, dann erfüllt ein donnerndes Krachen den riesigen Raum ihres Kopfes. Tiefe Dunkelheit nimmt sie auf.

Einen unmessbaren Augenblick später stürzt sie in eine von Aufregung und Angst erfüllte Welt. Sie spürt Arme, die sie hochheben und tragen, und hört Stimmen, ohne die Worte zu erkennen, die sie sprechen. Dann wird sie wieder losgelassen und zugedeckt. Das ungeheure Gewicht der Decke erdrückt sie und ihr immer kälter werdender Körper kann durch nichts gewärmt werden. Etwas Nasses berührt ihr Gesicht, vielleicht Tränen. Sie möchte mehr wissen, doch sie ist qualvoll eingeschlossen in eine matte, eisige Dämmerung, durch die zusammenhanglose Bilder treiben. Als Lama Pemas Gestalt erscheint, versucht sie vergeblich, ihn zu halten. Es ist, als könne sie ihren inneren Blick nicht festigen; er schweift ab und verliert sein Ziel. Doch sie ruft ihm nach: Hilf mir, Lama-la, hilf mir! LAMA CHENNO, LAMA CHENNO!

Funken stieben, Flammen schießen auf und in den Flammen tanzt die löwenköpfige Gottheit. Wild lachend und mit einem scharfen Ruck schleudert Senge Döngma sie aus dem Körper heraus. Schwebend, dahintreibend, kann sie endlich wieder klar sehen. Unter ihr auf dem Bett liegt ihr Körper, daneben sitzen die drei Mönche und rezitieren die Sterbetexte des Totenbuchs. Hinter ihnen drängen sich Dölma und Jangchub zusammen, den schlafenden Jungen in eine Felldecke gehüllt auf ihrer beider Schoß. Sie drehen ihre Mantra-Trommeln und singen leise Bittgebete, bemüht, nicht zu schluchzen, um die Sterbende nicht zu stören.

Der Fürst sitzt auf einem Polster an der gegenüberliegenden Wand, erstarrt in Fassungslosigkeit. Neben der Tür steht Nyemo, unschlüssig, ob sie bleiben oder gehen soll. Sie erscheinen Dawa als arme, bedauernswerte Wesen, diese zwei in ihre wüsten, aufgeregten Alltagsträume verstrickten Menschen, bei weitem bedauernswerter als Dölma und Jangchub, die weinen können in einer natürlichen Trauer.

Das Zimmer vergeht, taucht unter in einem Universum überwältigenden roten Lichts, und die gewaltige, Furcht erregende Gestalt Yamas, des Richters, des Herrn des Todes, erscheint vor ihr, nur eine Ahnung zuerst, dann immer mehr Form, Reißzähne wie Schwerter, glühende Dämonenaugen und mächtige Krallen, in denen er den Spiegel des Karma schwingt. Doch so groß ist die Ähnlichkeit des Herrn des Todes mit der Löwenköpfigen, der wunderbaren Schwester, dass er als geliebter Freund erscheint, und schon ist die Verwandlung vollzogen und Yama offenbart sich als die strahlende Gottheit, die Mutter aller Buddhas.

Träume wehen wie Wolken vorbei, Seinsbereiche, in denen die Wesen sich selbst gefangen halten durch Dumpfheit, Gier und Wut, Opfer ihrer tagtäglichen Träume, in Höllen gefoltert, in Tierwelten gebannt, in Himmeln des Vergnügens verloren, rastlose Schöpfer ihres endlos kreisenden Schicksals. Und doch sind dies alles nur durchsichtige Schleier, in denen man sich verfangen kann. Sieht man genauer hin, bestehen sie aus Licht, denn nichts anderes sind sie als das Lichtspiel der Dakinis, der machtvollen Schwestern mit ihrem furchtbaren Frieden und ihrer bedenkenlosen Liebe.

Im grundfarbenen Licht der Elemente fächern sich die Dakinis auf wie Blütenblätter. Sie betten Dawa – oder das, was Dawa jetzt ist, so schwebend und traumhaft, ohne den Rückhalt und die Beschränkung der Elemente – in Regenbogenlicht und geleiten sie durch den schmerzhaften Prozess der Rückkehr in die kleine Welt, in der Trennung herrscht und das Unermessliche zu Namen schrumpft und die Dunkelheit der Preis ist für das Licht.

Miriam

Einen großen Augenblick lang weiß sie, dass sie Dawa und Miriam zugleich ist, und natürlich wissen es die Dakinis, denn auch die Dakinis und sie selbst sind nicht getrennt. Sie ist der Raum und das, was den Raum erfüllt. Sie ist der durchdringende Klang der Glocke und das Donnern der Trommel. Der endlose Raum ist der eine Klang, der alle Klänge ist, die eine Zeit, die alle Zeiten ist. Zeitlose Zeit im raumlosen Raum, so einfach, so einfach.

Doch die Schwierigkeit des Atmens ließ den Augenblick zerbrechen wie feines Glas und nun musste sie die Splitter einatmen, den feinen, scharfen Staub des Getrenntseins. Die Dakinis vergingen und an ihrer Stelle war nur noch ein Jemand, ein fremdes Sein, das durch die Elemente drang, als seien sie Luft, das am Rand der Existenz entlangraste und an sich riss, was es ergreifen konnte. Jemand jagte sie. Jemand fing sie ein.

Das war ein Ziehen und Zerren und Quetschen, es riss an Armen und Herz und Gedärmen und Kopf und sie wollte schreien und um Erbarmen bitten, doch mehr als ein Röcheln brachte sie nicht zustande. In der dichten Schwere vor ihren Augen schwebte ein dunkles, wildes, von einem vielfarbigen Kopfschmuck umrandetes Gesicht mit zu großen Augen. Aus dem Gesicht kam ein Gesang, jemand sang ebenfalls und die mächtigen Gesänge umarmten einander wie Giganten.

Der Jäger war nun in den großen Augen, forderte, verlangte den Preis, verlangte ein Opfer für die Freigabe. Sie warf ihm zu, was sie fand, ihren Hochzeitsring mit dem Brillanten, die blühende Kaktee aus ihrem Schlafzimmer, ihren ersten wunderbaren Opernbesuch mit dreizehn Jahren, den bizarr teuren Schal, den sie in Rom gekauft hatte, die Sandburg am Nordseestrand, als ihre Mutter noch lebte. Sie schenkte und schenkte und wollte nicht mehr aufhören zu schenken. Was für ein großes Glück in all dem Schmerz.

»Miriam, hörst du mich?«

Auch diese Stimme war ein Glück, als schaffe sie Ordnung, ohne die Unordnung zu stören. David.

Sie nickte ein wenig und bewegte Augen und Kopf, sogar die Finger bewegten sich. David, komm her, sagten die Hände, komm her und sei nicht mehr fremd, nichts ist so entsetzlich wie Fremdsein.

»Kannst du mich verstehen, Miriam?«, fragte er.

Miriam nickte erneut. Kann er meine Hände nicht verstehen? Sie hätte gern ihre Stimme benützt, doch der Jäger hatte sie noch nicht völlig freigegeben. Jetzt sangen sie nicht mehr zusammen, das hagere Gesicht und der Jäger in ihm. Offenbar war der Jäger dabei, sich zurückzuziehen. Er schüttelte das hagere Gesicht des Zauberers, so dass die Teile des Kopfschmucks flatterten wie wütende kleine Drachen, und er schüttelte die Arme und den ganzen Körper, die zu dem Gesicht gehörten, als fiele es ihm nicht leicht, sich herauszuwinden. Schließlich war der Dunkle allein, die Augen zogen sich zurück in ihre Schlitze, das Gesicht füllte sich hier und dort aus, die Nase flachte ab und heitere, alterslose Züge blieben übrig. Miriam überließ sich ihrer Schwäche. Der Jäger war weg. Sie wollte nichts mehr mit ihm zu tun haben.

Der Zauberer, ein dünner, kleiner Mann mit wenigen Zähnen, der mit gekreuzten Beinen am Fußende ihres Bettes saß, ließ den Kopfschmuck mit den langen bunten Bändern, ähnlich dem Schmuck eines Indianerhäuptlings, von seinem geschorenen Schädel gleiten. In der blanken Metallscheibe auf seiner Brust spiegelte sich jede Bewegung seiner Brokatärmel.

Miriam versuchte sich aufzurichten, doch sie war schwach und vermochte lediglich den Kopf ein wenig zu heben.

»Nicht anstrengen«, flüsterte David. Das Flüstern war Nähe und Wärme, doch sie sah auch die Rückseite – Ferne und Kälte. Dies war neu, noch nie zuvor hatte sie die Rückseite der Erfahrungen gesehen. Die Rückseite gab es immer. Die Trauer der Freude. Der Abschied des Willkommens. Die Furcht der Hoffnung.

Der Schamane hatte wieder angefangen zu singen. Sie spürte, dass dieser Gesang wichtig war, um Ordnung und Unordnung zusammenzuhalten. Man durfte sie nicht auseinanderfallen lassen. Sonst wäre vielleicht der Gecko an der Wand festgefroren oder in unzählige Stücke zersprungen. Oder jemand hätte ihn von seinem Platz über dem Fenster genommen und ihn seziert, um das Wesen der Geckohaftigkeit zu erforschen, das man doch nur kennen lernen konnte, wenn man ihm lange, lange zusah, mit ihm lebte und beobachtete, ob er dem Wasserfleck ausweichen oder mitten durch ihn hindurchgehen würde.

»Ich war tot«, sagte sie und schloss die Augen. David hielt ihre Hand. An der Nabelschnur dieser Hand überließ sie sich der Unsicherheit der Existenz, irgendwo im Niemandsland zwischen Schlaf und Wachen.

Plötzlich sickerte große Kälte in sie ein. Ihre Hand, gerade noch warm umhüllt, lag bloß, schweißkalt, verlassen. Der Schamane hatte begonnen, Trommel, Glocke und Metallscheibe in einen Stoffbeutel zu packen. David stand am Tisch und füllte ein Wasserglas aus einer Wodkaflasche und reichte sie dem kleinen Mann. Der Inhalt verschwand augenblicklich in dem schmalen Mund. Mit einer schnellen Bewegung rutschte der Mann von Miriams Bett und legte eine Lage Brokat nach der anderen ab, bis nur noch ein skelettartiger Körper in einem schmutzig weißen Hemd und dünn gewaschenen blauen Trainingshosen übrig blieb, ohne einen Tropfen Schweiß trotz der dampfenden Monsunhitze. Er setzte sich auf den Stuhl neben den Tisch und hielt auffordernd sein geleertes Glas hoch. Ein breites Lächeln enthüllte rosa Zahnfleisch mit einem langen, einsamen Schneidezahn im Oberkiefer.

David öffnete das Fenster. Das Prasseln des Regens kreiste die Wirklichkeit ein und machte sie zu etwas Unausweichlichem. Vor allem der Druck in Miriams Blase war über alle Maßen unausweichlich. Schwankend eilte sie ins Badezimmer. Die Hemdbluse und die weite Hose waren zerknittert und ihre Haare hatten sich teilweise aus der Haarspange gelöst.

»Wie spät ist es?«, fragte sie, als sie sich wieder der zweifelhaften Geborgenheit ihres Betts anvertraut und das Kissen hinter ihrem Rücken zu einem festen, stützenden Ball zusammengeknüllt hatte.

David antwortete mit leichtem Lächeln: »Frag lieber, welcher Tag es ist. Du warst seit gestern nicht bei Bewusstsein. Jetzt ist es Mittag.«

Miriam wollte fragen, ob jemand die Katze gefüttert habe, doch es schien nicht die richtige Frage zu sein. Zuerst musste der kleine Mann erklärt werden und was geschehen war, während sie – oder vielmehr Dawa – sich in der körperlosen Welt aufhielt.

»Du bist nicht aufgewacht«, erklärte David. »Ich habe den Schamanen geholt. Mein Rinpoche bestand darauf.«

»Danke«, murmelte Miriam.

Sollte sie klarstellen, dass die Dakinis Dawa ohnehin zurückgebracht hatten? Doch wie passte Dawas Zeit zu ihrer Zeit? Wie passte ihre Zeit zu Davids Zeit? Wie sicher konnte sie sein, jedes Mal wieder rechtzeitig zurückzukommen? Welche Zeit war die richtige Zeit? Es schien ihr, dass nicht nur Dawas Zeit und ihre Zeit völlig verschieden waren, sondern sogar die Zeit auf der gewohnten Zeitebene unzuverlässig sei.

»Könntest du bitte den Schamanen fragen, welche Zeit er hat?«

David hob die Augenbrauen. »Ich glaube, er trägt gar keine Uhr.«

»Das meine ich nicht. Frag ihn bitte.«

Der Schamane beantwortete Davids Frage ohne Zögern und leerte erneut sein Glas.

»Er sagt, seine Elemente hätten eine andere Zeit als unsere.«

»Was soll das heißen? Könnte er es bitte erklären?«

Der Schamane sage Nein, er könne es nicht erklären, übersetzte David. Der kleine Mann lachte mit weit offenem Mund.

»Und er sagt«, fuhr David fort, »seine Zeit und deine Zeit würden ganz gut zusammenpassen, besser als meine und deine. Wenn ich ihn recht verstanden habe, deutete er an, ich solle nach Hause gehen.«

Der Schamane klatschte in die Hände und machte eine unmissverständliche Bewegung mit seinem Becken.

»Er soll selber nach Hause gehen«, erwiderte Miriam. »Bitte bezahle ihn. In meiner Tasche ist Geld.«

Ihr schien, als wollte ihr Gesicht, einer alten Gewohnheit folgend, in säuerliche Züge entgleisen. Doch es geschah nicht, denn augenblicklich schoss eine frische, helle Fröhlichkeit in ihr hoch, die ihr keine andere Wahl ließ als zu lachen.

»Verstehst du das mit der Zeit?«

»Nach tibetischer Anschauung haben die fünf Elemente eine bestimmte Zeit«, antwortete David zögernd. »In einer Person ist diese Zeit vom Geisteszustand abhängig. Unausgeglichene Menschen haben unausgeglichene Elementezeiten, oder man könnte sagen: Zeitgewohnheiten. Erleuchtete Menschen sind nicht von solchen Zeitgewohnheiten abhängig und überschauen deshalb alle drei Zeiten – Vergangenheit, Gegenwart und Zukunft. Mehr weiß ich nicht, und ich bin mir auch nicht sicher, ob ich es wirklich verstehe.«

Der Schamane hatte währenddessen ein kleines, fest verschnürtes Säckchen aus seinem Beutel gekramt und drückte es nun fest in Miriams Hand. Auch ohne Davids Übersetzung verstand sie, dass es ein Schutz war, ein Objekt der Macht, eine Kostbarkeit.

»Er sagt, damit kannst du leichter zurückkommen«, erklärte David. »Und du sollst vor dem Schlafen immer Senge Döngma anrufen, die löwenköpfige Dakini.«

Nachdem der Schamane gegangen war, blieb eine erschöpfte Stille zurück. Wie zarter Staub, Zeitstaub, dachte Miriam, der sich auf den Augenblick senkt und allem den Anschein von Vergangenheit gibt. David saß auf dem Stuhl, den er näher zum Bett herangezogen hatte, gerade so, wie er bei seinem ersten Besuch gesessen hatte, vorgebeugt, die Beine übereinandergeschlagen, die Hände leicht ineinandergelegt. Sie fragte sich, warum sie bisher die Müdigkeit nicht bemerkt hatte, die unter der Oberfläche seiner kühlen, knitterfreien Zuwendung lag. Wie eine Pfahlwurzel, dachte sie. Er hat den sichtbaren Teil abgeschnitten, doch die Pfahlwurzel reicht tief. Wenn sie wieder treibt, wird Trauer blühen. Sie wird treiben. Sie treiben immer.

»Wie geht es dir?«, fragte er.

Sie griff nach dem Glas Wasser, das er auf das Kästchen neben dem Bett gestellt hatte, und trank.

»Wasser hat einen wunderbaren Geschmack«, sagte sie. »Es ist … man kann es nicht beschreiben.«

»Du bist so lange nicht aufgewacht. Was war los?«

»Ich weiß nicht. Ich war tot. Ich meine, Dawa war tot. Also war auch ich tot.«

Sie trank das Glas leer und hielt es David hin. »Ein bisschen Wodka?«

Er stand auf und goss zwei Finger breit davon ein. Der Alkohol machte sie wach. Sie wollte reden, sie wollte erzählen, doch es erschien unmöglich, diese Vielfältigkeit in Worte zu fassen. Sie zupfte an Davids Ärmel, dass er sich auf die Bettkante setzen solle.

»Ich war tot, David. Ich bin mit Dawa gestorben. Und ich bin mit ihr zurückgekommen. Sie ist eine Delog, verstehst du? Ich war drei Tage lang tot. Ich war im Bardo. Dawa wurde zurückgebracht. Vielleicht wollten sie mich auch zurückbringen und der Schamane ist ihnen zuvorgekommen.«

»Von wem sprichst du?«

»Von den Dakinis.«

David öffnete den Mund und schloss ihn wieder, ohne etwas zu sagen.

»Hör zu«, sagte sie. »Bitte hör zu. Ich habe erlebt, was Dawa erlebt hat. Was ich als Dawa erlebe, verstehe ich irgendwie, während ich es erlebe. Aber als Miriam verstehe ich es immer weniger und ich vergesse es so schnell. Das ist so, als hätte Dawa ein Gefäß für ihre Erfahrungen, ich aber nicht. Es dauert nicht lang, dann fällt mir alles aus den Händen. Ich würde es dir so gern erzählen, wenn ich nur könnte. Du würdest es vielleicht besser verstehen und nicht vergessen. Ich möchte nicht, dass es verloren geht.«

David beugte sich vor. »Miriam, solche langen Absencen sind sehr ungewöhnlich. Ich mache mir Sorgen. Vielleicht solltest du untersucht werden.«

»Alles in Ordnung«, wehrte Miriam ab. »Dawa hat auch ohne EKG überlebt.«

David strich sich über die Stirn, angespannt, unerreichbar. »Verstehst du nicht, was geschehen ist? Du bist nicht aufgewacht. Heute Morgen musste ich die Tür mit dem Hauptschlüssel öffnen lassen. Hätte Yeshe nicht den Schamanen gefunden, wärest du jetzt im Krankenhaus.«

»Ich bin jedes Mal wieder aufgewacht«, erwiderte sie und

lehnte den Kopf gegen die kühle Wand. »Jedes Mal. Aber trotzdem vielen Dank für den Schamanen.«

David seufzte und stand auf. »Und wie soll das weitergehen? Du kannst in diesem Zustand nicht durch Tibet reisen.«

Warum stand er da mit den Händen locker auf der Stuhllehne, als ziehe ihn etwas hinaus und er stemme sich nur halbherzig gegen diesen Zug?

»Ich muss«, flüsterte sie. »Was soll ich denn sonst tun? Könnte ich doch Lama Pema fragen.« Sie begann plötzlich nervös zu kichern. »Vielleicht läuft seine soundsovielte Wiedergeburt irgendwo da draußen herum ... Aber mach dir bitte keine Sorgen. Ich komme schon zurecht. Ich bin ein erwachsener Mensch – ziemlich erwachsen.«

Mit einer Andeutung von Ungeduld wandte er sich zur Tür. »Ich werde mit meinem Rinpoche darüber sprechen. Wenn du mich brauchst, sag Yeshe Bescheid. Sie kann einen Jungen zu mir schicken. Ich habe deinen Flug nach Lhasa noch nicht fest gebucht. Warte wenigstens noch ein paar Tage.«

»Wann geht der nächste Flug?«

»Übermorgen. Dienstag.«

»Sag mir, wo ich ihn buchen muss. Ich will fliegen.«

Er hob die Schultern. »Vernünftig ist das nicht. Aber ich kümmere mich darum. Wir gehen morgen zur Agentur.«

Erst als sich die Tür hinter ihm geschlossen hatte, bemerkte sie, dass sie noch immer die Kleider vom Tag an den Gats trug, ihr silbergraues Hemd und die dunkler schattierte Hose. Irgendwann würde sie duschen. Nicht gleich. Ihr Kopf schmerzte. Sie war müde. Mit Anstrengung streifte sie die Hose ab und stieß sie mit den Füßen ans Bettende. Das Leintuch war angenehm kühl. Sie sehnte sich nach der Katze. Wenigstens der Gecko war da, weit weg von dem Wasserfleck.

David hatte sie nicht wissen lassen, wo er wohnte. Wohnten Mönchsanwärter im Kloster? Lebte er zur Untermiete? Hatte er eine Wohnung? Tabu für Frauen? Es ging sie nichts an. In zwei Tagen würde sie in Tibet sein. Auf dem Weg zu Senge Döngma.

Sie sah ein wild lachendes Löwengesicht vor sich, bevor sie einschlief.

Dawa

Es riecht nach Blumen, die im Land des Schnees nicht wachsen. Sanft setzen die Dakinis sie nieder. Flieg, Garuda, flieg, singen sie, breite die Flügel deines Geistes aus, du kannst es!

Nicht, nein, nicht zurück, versucht sie zu sagen, diese Welt ist so eng, so schwer, lasst mich bei euch bleiben. Doch nun ist alles wieder in Worte gepresst, die durch ihren Körper rasen, in ihre Muskeln, in ihren Mund, in ihre Kehle, in ihren Atem.

»Blei-ben.« Zitternd hängen die Silben zwischen ihren Lippen. Sie muss die Augen öffnen, es ist nicht mehr möglich, durch die geschlossenen Augenlider zu schauen. Die Schwere umarmt sie wieder, der sichere, vertraute Käfig des Körpers.

»Huhu Haha«, flüstert sie, »RULU RULU HUNG.«

»Ich wusste es!«, ruft Dölma. »Ich wusste, dass sie zurückkommt.«

Sie nimmt Dawas Hand und reibt ihr tränennasses Gesicht daran. Dawa murmelt: »Die Dakinis – hast du sie gesehen?«

»Das Licht«, erwidert Dölma. »Alle haben es gesehen. Das Licht in allen Farben.«

»Der Fürst auch?«

Dölma zögert. »Er muss es gesehen haben. Er war da.«

»Und Nyemo?«

»Sie ist seit Tagen nicht hier drinnen gewesen«, erwidert Dölma. »Sie sagte immer, du seist tot. Aber die Mönche wussten, dass das nicht stimmte. Dein Herz war warm.«

Tenzin hat sich mit gefalteten Händen vorgebeugt. »Ihr wart drei Tage lang verschwunden, Chemkusho-la. Aber wir bewachten Euch. Unser Rinpoche hat das Orakel befragt und gesagt, wir sollten warten, bis Ihr zurückkommt.«

»Und Ihr habt wunderschön ausgesehen«, fügt Jangchub hinzu, die sich neben Dölma herangedrängt hat, »ganz durchsichtig und leuchtend.«

Schritte nähern sich im Flur, lange, schwere Schritte und ein kurzes, aufgeregtes Trippeln.

»Amala, meine Amala!« Shika stürzt zum Bett und wirft sich auf seine Mutter. Sie nimmt ihn in die Arme und hält ihn fest und ihre Haut saugt die Süße seiner Anwesenheit mit allen Poren auf. Der Kindergeruch seines Haars macht sie benommen vor Glück. Sie küsst seine Stirn, die kleine breite Nase, die kalte Muschel seines Ohrs. Nein, es ist nicht nur eine Welt der Enge und Schwere, in die sie zurückgestoßen wurde, es ist auch eine Welt der Wunder und des glückseligen Herzzerbrechens.

Wie schön ist es, vor Glück zu weinen, ohne jeden Gedanken!

Die Frauen und die Mönche weichen zurück vor dem Fürsten, der neben ihrem Bett niederkniet. »Allen Buddhas sei Dank, du bist zurückgekommen. Ich habe schon fast die Hoffnung aufgegeben. Drei Tage lang warst du tot. Verzeih mir, Dawa, bitte verzeih mir. Ich wollte das nicht. Es war ein Missverständnis, ein Versehen. Ich wusste nicht, was ich tat. Es hatte ja niemand eine Ahnung, dass du ein hohes Wesen bist.«

Dawa setzt sich schweigend auf und bettet den Jungen in ihren Schoß. Mit einem Blick, der sich in unendlichen Fernen zu verlieren scheint, sitzt sie da, gerade wie die Flamme einer Butterlampe. Unwillkürlich weichen alle zurück; selbst der Fürst scheint kleiner zu werden. Dölma schlägt bestürzt die Hände vor den Mund. Ist diese große, entschlossene, furchtlose Gestalt, die vor ihnen sitzt, wirklich ihre Dawa, die traurige junge Fürstin, die Tochter des Händlers?

»Wer ist das?«, fragt der Fürst die Mönche. Obwohl er drohend die Brauen zusammenzieht, ist seine Furcht offensichtlich. »Ist sie ein Rolang, ein böser Geist, der sich ihrer Leiche bemächtigt hat?«

Der älteste Mönch verneigt sich und antwortet mit höflich atemlosen Murmeln, ohne den Blick zu heben: »Nein, Kusho-la, auf keinen Fall. Ihr warmes Herz, der Blumenduft, das Licht … Nein, sie ist eine Delogma, eine, die gestorben ist und zurückkehrte, ein hohes Wesen, eine Dakini. Ich flehe Euch an, behandelt sie gut, bringt kein Unglück über diesen Dzong.«

Nur halb beruhigt setzt sich der Fürst auf die Polster, die Jangchub ihm zugeschoben hat.

»Ich wurde zurückgeschickt, um den Weg des Buddha zu gehen zum Wohl aller Wesen«, sagt Dawa mit fester, klarer Stimme. »Kusho-la, lasst mich gehen. Ich muss als Schülerin eines Meisters leben wie die Prinzessin Yeshe Tsogyal. Das ist der Auftrag der Dakinis, die mich zurückgebracht haben.«

»Das ist unmöglich«, fährt der Fürst auf. »Du bist die Fürstin und die Mutter des Erben. Das Karma hat uns verbunden. Du hast deinen Platz hier auszufüllen.«

Dawa lächelt leicht. »Wie kurzsichtig, Fürst. Ich bin ein kostbares menschliches Wesen, nichts anderes; und meine Taten sind mein Karma, nichts anderes. Und mein Platz ist zu Füßen der Mutter aller Buddhas, sonst nirgends. Lasst mich zu einem Meister gehen. Das wird Euch und diesem Dzong Glück bringen und man wird Euch dafür ehren.«

Der Fürst windet sich unter den Blicken der Mönche.

»Hast du denn kein Mitgefühl?«, sagt er mit dem Versuch, seiner Stimme ihren gewohnten fordernden, herrischen Klang zu nehmen. »Willst du dein Kind, das seine Mutter braucht, verlassen? Willst du die Menschen von Shaa verlassen, die ihre Fürstin lieben? Wenn dir die Religion wichtig ist, solltest du dann nicht vor allem mitfühlend sein? Wie viel Kummer würdest du über uns bringen, wenn du weggingest.«

»Amala, geh nicht weg!«, heult Shika auf. »Tante Nyemo hat gesagt, du bist tot, aber jetzt bist du nicht tot, und ich will, dass du bei mir bleibst. Du darfst nicht weggehen, Amala! Pala, sag Amala, dass sie nicht weggehen darf. Sie muss bei mir bleiben.«

Die Arme des kleinen Jungen umklammern ihren Hals, sie spürt seine heiße Schläfe an der ihren. Er ist kein Sohn, der Bitte sagen kann, kushi kushi; er fordert wie sein Vater. Sie liebte ihn allzu sehr und hatte nicht genügend Kraft, seinen Geist in eine andere Richtung zu lenken.

»Nicht weinen, Shika«, flüstert sie, wiegt den harten kleinen Körper und küsst seine tränennasse Wange. »Du hast Dölma und Jangchub und die ganze Familie, die dich liebt.

Hast du nicht selbst schon oft gesagt: Böse Amala, geh weg, ich brauch dich nicht?«

»Kinder sagen so etwas«, knurrt der Fürst. »Lassen wir das. Das Kind braucht seine Mutter. Das Fürstentum braucht seine Fürstin. Wir wollen nicht mehr darüber reden. Doch ich verspreche dir, dass alles anders wird. Es ist ein Segen und eine große Ehre für diesen Dzong, dass unsere Fürstin eine Delogma ist. Wir alle werden dir unsere Ehrerbietung erweisen. Wer auch immer es an Respekt der Chemkusho Dawa gegenüber fehlen lässt, wird schwer bestraft.«

Ohne sich umzudrehen, hebt er mit einer kleinen, gebieterischen Geste die Hand und sagt in scharfem Ton: »Nyemo, komm her!«

Zögernd gehorcht die Schwester des Fürsten. Die langen Ärmel verbergen ihre verschlungenen Hände, doch man kann sehen, wie der Stoff zittert. Ungeduldig zerrt der Fürst sie zu sich herunter, so dass sie vor Dawa knien muss.

»Chemkusho Nyemo wird geloben, den Streit zu beenden.« Er nickt Nyemo auffordernd zu.

Mit bebenden schmalen Lippen murmelt Nyemo: »Ja, natürlich. Wir sind alle sehr froh, eine Glück bringende Delogma in unserer Familie zu haben. Es wird keinen Streit mehr geben.«

»Meine Delog-Ama«, sagt Shika stolz und hebt den Kopf. »Ich hab eine Delog-Ama.«

Mit beiden Händen umfasst er ihr Gesicht. »Delog-Amala, du bleibst bei uns, ja? Du gehst nicht weg.«

Dawa schließt die Augen. Sie hebt die Hand und tastet nach der Wunde an ihrem Kopf. Blutverklebtes Haar ist hart wie Stroh.

»Sie braucht Ruhe«, sagt Dölma höflich gebückt, aber nicht ohne anklagenden Nachdruck. »Ihre Verletzungen müssen heilen. Man sollte sie jetzt nicht bedrängen.«

»Seit wann bestimmen Zofen?«, zischt Nyemo.

Der Fürst steht abrupt auf und zieht sie unsanft mit hoch. »Dölma hat Recht. Ich wünsche geholt zu werden, wenn die Fürstin wieder bei Kräften ist.«

Alle, die sich neugierig an der Tür zusammengedrängt haben, verschwinden augenblicklich. Jangchub nimmt den widerstrebenden Jungen auf den Arm und trägt ihn hinaus, gefolgt von den Mönchen.

»Leg dich hin«, flüstert Dölma, »sie sind alle weg.«

Dawa fällt innerhalb eines Augenblicks in sich zusammen, als weiche das Leben wieder aus ihr. Sie spürt, wie Dölma sie sanft zurechtlegt und zudeckt. Durch eine dicke Schicht von Müdigkeit hört sie beruhigendes Gemurmel: »Ruh dich aus, mein Kindchen, niemand wird dich stören. Schlaf dich gesund. Jetzt wird alles gut. Glaub mir, jetzt wird alles gut.«

Sie legt ihre Hände sanft auf Dawas schmerzenden Kopf und rezitiert leise das Mantra der heilenden Tara. Dawa gleitet in einen lichten Schlaf und das Pochen in ihrem Kopf verwandelt sich in die Zauberklänge der Tempeltrommeln, das Klirren der Becken, das Dröhnen der Langhörner und die durchdringenden Rufe der Trompeten.

Später kommt Jangchub und berichtet, dass ihr Vater den Fürsten überredet hat, Dawa mit dem Kind zu ihren Eltern reisen zu lassen. »Der Fürst hört auf seinen Verwalter«, sagt sie fröhlich. »Er weiß, dass er von ihm immer weise beraten wird.«

»Ich werde warten, bis Dölma ihr Kind geboren hat«, entscheidet Dawa.

Als hätten ihre Worte das Ereignis ausgelöst, kommt Dölmas Tochter ein paar Tage später zur Welt.

Mit wilden, glücklichen Sprüngen jagt der Hund den Berg hinauf und wieder zurück, umkreist Dawa, dreht sich um sich selbst, springt an ihr hoch und rennt wieder weg. Seine Freude hat sich so vorbehaltlos auf ihr Herz gestürzt, dass es fast schmerzt. Immer wieder hält sie inne und nimmt seinen breiten Kopf in die Arme. Er antwortet mit begeisterten, hohen Tönen, lässt sich fallen, wirft sich auf den Rücken, springt wieder auf und dreht eine weitere aufgeregte Runde.

Die Sonne brennt an den freien Stellen des Berges und es ist kalt im Schatten der Bäume. Obwohl Dawa schon zu Beginn der Morgendämmerung losgezogen ist, dehnt sich der Weg noch lang vor ihr aus. Früher erschien ein Besuch bei Lama Pema viel weniger beschwerlich. Sparsam sind ihre Bewegungen in den Höfen des Dzong geworden, ein Leben wie eine kalte Lampe. Es steht der Fürstin nicht an, sich herumzutreiben, sagt Nyemo. Hin und wieder ließ man sie auf ihrer kleinen Stute ausreiten, doch nur in Begleitung zweier Männer der Garde und stets in feinster Kleidung. Einmal hat sie sich davongemacht und sich verirrt. Die Männer fanden sie nicht und alarmierten den Fürsten. Er schlug sie, als sie heimkam. Seitdem ist sie nicht mehr ausgeritten.

Lama Pema sitzt vor dem kleinen Tempel und klopft mit der altbekannten Geste neben sich, dass sie sich setzen möge, so als seien nicht Jahre vergangen seit Dawas letztem Besuch. Ist er kleiner geworden, der Einsiedler ohne Alter mit seinen besorgten Augen? Er könnte sterben. Er wird sterben. Einen Augenblick lang spürt sie den vertrauten Schrecken des Todes, dann verfließt er zum sanften Schmerz unbestimmter Zärtlichkeit.

Sie hat das Säckchen mit Tsampa, die Teeziegel, die Butter, die Beutel mit Salz und Trockenfleisch ausgepackt und auf den Boden vor den Lama gelegt. Zuletzt wickelt sie ein Stück Tuch auf. »Ich habe noch etwas für Euch – aus China.«

»La so«, sagt Lama Pema und nimmt mit glücklichem Lächeln die kleine Statue der Arya Tara aus blasser Jade entgegen. Sie hat die Größe von Dawas Hand und ist mit großer Feinheit gearbeitet. Lang ruht Lama Pemas Blick auf der Statue und geht dann hinaus in die Weite des Himmels.

»Ich habe dem Fürsten einen Sohn geboren. Bevor ich zurückreise, bringe ich ihn zu Euch herauf, damit Ihr ihn segnet, Lama-la. Der Rinpoche unseres Klosters hat ihm den Namen Pawo Yongdu gegeben.«

»Ein schöner Name«, nickt Lama Pema, »der Krieger mit der Kraft magnetischer Anziehung. Er wird ein guter Fürst werden, dein Sohn. Man wird ihn lieben und Respekt vor ihm haben. Mach dir keine Sorgen um ihn. Mach dir Sorgen um dich selbst.«

»Ich weiß, Lama-la.«

Ließe man ihr doch die Freiheit, bei Lama Pema zu bleiben. Sie würde bereitwillig auf dem Boden schlafen, sich mit den groben Kleidern der einfachen Leute begnügen und mit dem Lama Buttertee und Tsampa teilen.

»Bitte unterweist mich im Dharma«, bittet sie. »Ich habe lesen und schreiben gelernt. Es gibt viele Bücher im Lhakang des Dzong. Und ich bin klüger geworden, glaubt mir. Jetzt weiß ich, dass es nicht um Lobsang oder den Fürsten ging. Ich beginne den Weg zu verstehen.«

»Mehr als das«, erwidert der Lama. »Du bist eine Delogma.«

»Ihr wisst es?«

Lama Pemas Blick umfasst sie, trifft sie und geht zugleich durch sie hindurch und weit über sie hinaus. Plötzlich kehrt sich alles um – sie sieht sich selbst durch die Augen des Lama, ein junges, verwirrtes Wesen, das in einem Labyrinth nach einem Ausgang sucht, und zugleich durchdrungen von etwas Überwältigendem, das sie erschrecken würde, wäre sie nicht durch den Tod hindurchgegangen, durch das Nichtgetrenntsein. Liebe. Mehr als Liebe: Mahakaruna, das Große Mitgefühl. Kein Gegenteil, keine Rückseite. Sie möchte Lama Pema sagen, dass sie ganz und gar einverstanden ist, doch sie kann nichts weiter tun als sich seinem Blick ausliefern, geschüttelt von einem übermächtigen Zittern, als würde die Erde beben.

»Hör zu, mein Kind, höre die Worte der großen Dakini Machig Lapdrönma.«

Mit seiner weichen, tiefen Stimme beginnt der Lama zu singen:

»Wenn du verstehst,
dass alle Gedanken Illusionen sind,
wenn du dich nicht
an die illusorische Wirklichkeit hängst,
dann, ja dann erscheint das Wissen,
das freie, offene Wissen überall.
Kein Ziel hat es, erscheint spontan.

Hast du erst diese tiefe Einsicht gewonnen,
verlässt sie dich nicht mehr …«

Schließlich steht er auf, nimmt Dawa bei der Hand und führt sie in den kleinen Lhakang. Eine Butterlampe brennt zu Füßen der löwenköpfigen Dakini. Mit einer zärtlichen Geste stellt er die Jadestatue auf den Schrein und zündet mit einem Holzspan weitere Butterlampen an. Die Löwenköpfige beginnt zu tanzen; sie tanzt in Dawas Armen und Beinen, in ihrem Blut, in ihren Sinnen, in ihrem Herzen. Ihr Flammenkranz umgibt Dawa und den Lama und er füllt den ganzen Himmel aus, denn die Grenzen der Höhle gibt es nicht mehr.

Irgendwann beginnt Lama Pema zu sprechen und sie versteht, was er sie lehrt. Er spricht von der Zähmung des Geistes und der Entwicklung des Mitgefühls, von der Vielheit und von der Einheit und von der Einheit in der Vielheit. Er spricht von den Gottheiten, den friedlichen und den zornvollen, den Spiegelungen des reinen Geistes. Und er spricht von der Auflösung der Elemente im Sterben und dem geheimen Geschenk des Todes, der Befreiung, das nur jene annehmen können, die vollkommene Hingabe gelernt haben.

»Ja«, sagt Dawa glücklich, »ja, natürlich, ich weiß, so ist es.«

Nach einer unendlich langen, zeitlosen Zeit kehrt sie ins Dorf zurück. Ihre Füße berühren kaum den Boden, sie ist sehr leicht, ein Windstoß könnte sie davontragen. Es ist eine verwandelte Welt, durch die sie schwebt, so viel schöner als alles, was sie bisher schön genannt hat. Die anmutigen Gräser, die wunderbaren Landschaften der Baumrinden, die geschwungenen, atmenden Bergrücken – alles spricht zu ihr, tanzt mit ihr, umhüllt und umarmt sie und bricht ihr das Herz.

»Yangchen wurde auch schon verheiratet«, sagt Nangsa und seufzt. »Nur für mich haben sie noch keinen gefunden.«

»Sei froh«, murmelt Dawa und verzieht das Gesicht.

»Ich will aber heiraten und so einen schönen Sohn wie du will ich auch haben.« Nangsa beugt sich zu dem kleinen Prinzen hinunter, der sich nach einem langen Spiel mit Dawas unnützem Hund in Jangchubs Schoß geworfen hat.

Dawa hat ihren alten Webrahmen im sonnenwarmen Hof aufstellen lassen, ein wenig entfernt von den Mägden, und sich darangemacht, an dem halb fertigen Webstück weiterzuarbeiten, das sie beim Aufbruch zum Dzong zurücklassen musste. Ihre Mutter hat es all die Jahre unberührt gelassen. Meine Tochter wird es bald fertig weben, hat sie häufig gesagt, meine Tochter kommt uns bald besuchen. Niemand hat erwartet, dass es so lange dauern würde.

Jangchub wiegt vergnügt den Kopf. »Ich hab gehört, die beiden Söhne des Ortsvorstehers sind noch frei.«

»Zwei will ich nicht, das gibt Ärger«, erwidert Nangsa mit empört gespitztem Mund.

»Wieso?«, fragt Jangchub und stößt sie mit dem Ellenbogen an. »Das ist doch gut. Einen für die Arbeit und einen fürs Vergnügen.«

Gelächter wirbelt auf wie eine Schar Tauben. Die Männer bei den Ställen werfen den jungen Frauen freche kleine Sprüche zu und werden mit fröhlichem Geschimpfe belohnt.

»Unsere Jangchub hat leicht reden«, kichert Dawa. »Sie

war schneller als ihre Eltern. Sie weiß schon, welchen sie haben will.«

Jangchub streckt genüsslich die Arme hoch und lässt ihren Schmuck klingeln. »Aber gewiss doch. Wenn wir wieder im Dzong sind, wird geheiratet. Der Astrologe hat den Tag schon festgelegt.«

»Huh«, ruft Nangsa und klatscht in die Hände. »Wieder eine Braut, die nicht weinen wird, wie es sich gehört. Ihr müsst wissen, Yangchen war der Skandal des Frühlings. Sie hat sich auf dem Weg zum Haus des Bräutigams ein Tuch ins Gesicht gedrückt und gelacht, anstatt zu weinen, und sie konnte nicht aufhören zu lachen und wäre fast vom Pferd gefallen.«

Lachen wie früher, ausgelassen und sorglos. Alles scheint noch zu sein, wie es war, das Kichern der Freundin, die Geräusche, die Gerüche, das blaue Morgenlicht und der Schein des Küchenfeuers am Abend. Doch die Veränderung dringt in alle Winkel, nichts kann sie aufhalten. Nangsas Großvater ist gestorben und einige andere Alte des Dorfs ebenfalls. Die kleine Hackhenne ist nicht mehr da. Einer der Stallburschen des Hauses ist verunglückt und hat nun ein krummes Bein.

Dawa zieht flink die Fäden durch das Gewebe.

»Ich habe auch nicht geweint«, sagt sie. »Aber nur deshalb, weil es selbst zum Weinen zu traurig war.«

Nangsa schüttelt den Kopf. »Ich versteh dich nicht, Dawa. Du hast es doch so gut getroffen. Alle Mädchen im Ort beneiden dich. Dein Mann ist der Fürst, niemand steht über ihm. Und du bist die Fürstin und die Mutter des Erben. Keine Frau im ganzen Land hat so schöne Kleider und so viel Schmuck wie du.«

»Für jeden Türkis ein Schlag ins Gesicht«, erwidert Dawa,

»für jede Koralle schwarze Flecken an den Armen, für jedes Stück Silber ein Peitschenhieb. Für all die Pracht den Tod. Ein allzu teurer Schmuck. Und keine Schlüssel an meinem Gürtel. Die hat die Schwester des Fürsten. Als Tochter des Händlers hatte ich Rechte. Als Fürstin hab ich keine.«

Wie ungläubig die Freundin sie anstarrt. Es passt nicht zum schönen Bild, aber wie selten passen die Dinge des Lebens zu den schönen Vorstellungen. Verstehst du, warum der Buddha sein Königreich verlassen hat? fragte Lama Pema. Verstehst du, warum er seine Brokatgewänder zurückließ? Nangsa versteht es nicht. Aber ich verstehe es. Ich verstehe es. Er tat es um der wahren Freiheit willen. Frei wie der Garuda, und sein Schrei weckt alle auf und schürt auch ihre Sehnsucht nach Freiheit.

»Wenn du mich fragst, Nangsa: Der schönste Palast ist Lama Pemas Einsiedelei. Der schönste Schmuck ist der Flammenkranz der Senge Döngma. Du kannst mir glauben, ich wäre lieber eine Yogini in Lumpen als eine Fürstin in Seide und Brokat.«

Am Mittag werden die Feuer im Hof entzündet und Verwandte und Freunde drängen sich darum. Die Männer des Fürsten sind angewiesen, über Tod und Rückkehr der Fürstin Stillschweigen zu bewahren. Dawa hat es nur den Eltern erzählt und auch sie zum Schweigen verpflichtet. Doch sie zittern ohnehin vor dem Fürsten. Niemand kommt auf den Gedanken, sich seinen Befehlen zu widersetzen.

Die Gäste singen und tanzen und feiern die Tochter des Dorfs, die das wunderbare Karma hat, ihre Fürstin und die Mutter des Erben zu sein. Doch die Augen der Eltern sind voller Bestürzung.

»Amala, Pala, lacht«, flüstert Dawa ihnen zu. »Ihr seht aus wie zerschlagene Krüge. Die Gäste werden sich Gedanken machen.«

Am Abend, als die Gäste gegangen sind, sagt die Mutter: »Ich hab euch heute Morgen reden gehört, dich und die Mädchen.«

Das Feuer in der Küche ist klein, fast nur noch Glut, und die Mola ist auf ihrem Platz neben dem Herd eingeschlafen, die Mantra-Trommel im Schoß. Bald werden die Mägde kommen, um sich auf den Matten an der Wand schlafen zu legen. Dawa hat sich neben ihre Mutter gesetzt. Selten sind sie allein miteinander und haben doch so viel zu bereden.

»Es tut mir schrecklich leid, Kind, dass alles so schlimm gekommen ist. Wer konnte das denn wissen. Wir wollten doch nur dein Bestes.«

Beruhigend legt Dawa den Arm um die Mutter. »Du hattest keine Wahl, Amala. Das wusste ich früher nicht. Jetzt weiß ich es. Das Karma sucht sich seine Form, so oder so. Niemand kann sagen, wie mein Leben mit Lobsang verlaufen wäre, glücklich oder unglücklich.«

Sie ergreift ein Stück Holzkohle und legt es ins Feuer. »Lama Pema hat gesagt, es geht manchmal aufregend zu, wenn das Karma gut am Reifen ist. Hoffentlich bin ich bald eine schöne, reife Aprikose und falle, plumps, vom Baum.«

Mit rauem Gehuste wacht die Großmutter auf. »Wer plumpst?«, mischt sich ihre Stimme ein, brüchig wie altes Neujahrsgebäck.

»Du, Mola«, erwidert Dawa fröhlich. »Mitten in das Reine Buddha-Land. Bald. Sobald du stirbst. Ich kenn mich aus.«

Der Blick der alten Mola wird plötzlich sanft und klar.

»Wie bald, Kindchen? Nicht wahr, du weißt es. Delogs wissen das.«

»Nein, Mola, ich weiß es nicht«, antwortet Dawa, beugt sich vor und legt ihre Hand auf die Wange der Großmutter. »Frag du deine Zeit.«

»Ha«, schreit die alte Mola fröhlich. »Du hast immer noch dein feines, freches Mundwerk. Nur gescheiter. Ha, frag du deine Zeit! Ja, ich frag meine Zeit. Das kannst du mir glauben. Aber das mit dem Buddha-Land, das weißt du?«

»Das weiß ich, Mola.«

Die Mola lächelt zufrieden, setzt ihre Mantra-Trommel schwungvoll in Bewegung und kichert vor sich hin. »Plumps, ins Buddha-Land. Ha! Jawohl!«

Unauffällig ist die Mutter ein Stück von der Alten weggerückt und winkt Dawa auf den Platz neben sich. »Hör zu, Kind, es hat keinen Sinn, wenn du von einem Dharma-Leben träumst. Das ist nichts für Frauen. Du hast einen wunderbaren Sohn und du bist jung und stark und wirst noch weitere schöne Söhne bekommen. Es wird besser werden mit dem Fürsten, wenn er älter wird.«

Dawa seufzt. »Du verstehst mich nicht, Amala. Ich will keine Söhne mehr bekommen. Ich will nicht mehr in den Dzong zurück. Alles, wonach ich mich sehne, ist der Dharma-Weg. Wenn es für euch und Lama Pema keine Gefahr gäbe, würde ich den Lama bitten, bei ihm in der kleinen Gompa bleiben zu dürfen. Oder ich würde in seiner Nähe ein kleines Haus bauen. Vielleicht lässt mich der Fürst eines Tages gehen. Ich möchte so leben können, wie ich es will. Wie meine Tante Ani Chödon.«

»Meine Schwester Ani Chödon bedient Mönche«, sagt die

Mutter ärgerlich. »Ich verstehe nicht, warum sie sich zum Nonnenleben entschlossen hat. Sie hätte es schön haben können. Es gab mehr als einen wohlhabenden Freier für sie. Stattdessen rutscht sie vor den hochnäsigen Mönchen auf den Knien und niemand dankt es ihr.«

»Aber sie lebt so, wie sie es will. Vielleicht ist Ani Chödon glücklicher als du, Amala.«

»Unsinn, Dawa. Du weißt nicht, was du redest. Sieh doch ein, es ist nicht gut, wenn du dein Leben nicht annimmst, wie es ist. Das Leben der Nonnen ist so hart. Schau doch nur, wie arm die Nonnenklöster sind. Es ist ehrenvoll, ein Mönch zu sein, aber Nonnen werden verachtet. Als Mutter eines Sohnes wirst du geehrt. Frauen haben die Aufgabe, Kinder zu bekommen und für das Heim zu sorgen. So wie die Mutter des Buddha.«

Mit leisem Triumph in der Stimme fügt sie hinzu: »Wo wäre der Buddha, wenn seine Mutter ihn nicht geboren hätte?«

Miriam

Die blauen Augen des Stupa versuchten, ihren Blick einzufangen. Ein leichter Wind strich über die Dachterrasse des kleinen Restaurants und trocknete den feinen Schweißfilm auf ihrem Gesicht. Eine sanfte graue Wolkendecke schützte vor der Hitze der Sonne. David saß still da, als warte er auf etwas, das möglicherweise nie geschehen würde.

»Ich weiß nicht, ob du das verstehen kannst«, sagte sie. »Es macht mir Kummer. Wenn ich aufwache, ist alles noch da, ganz lebendig, wie wenn man aus einem Traum aufwacht, aber noch mit dem Traum verbunden ist. Dann wird die Verbindung schwächer und ich habe wieder meine alte Brille auf. Ich weiß nicht, wie ich zwei Paradigmen zugleich gerecht werden soll. Dawa ist gestorben und zurückgekommen und jetzt ist sie eine Delogma. Für sie ist das einfach. In Tibet gibt es Delogs, niemand zweifelt daran. Dawa versteht den Tod. Sie versteht die Wirklichkeit der Dakinis. Sie versteht, dass der Totengott Yama nicht nur eine, sondern mehrere Gottheiten zugleich ist, weibliche und männliche. Dawa ist glücklich mit ihrem Verstehen. Für sie ist das so einfach.«

Sie klopfte mit dem Knöchel gegen ihren Kopf. »Ich ticke anders. Wie ist das – verstehst du das alles?«

David strich über seinen kurzen Haarpelz und schwieg. Es war ihr angenehm, dass er sich Zeit ließ für seine Antworten. Er hört mir wirklich zu, dachte sie. Ich bin es nicht gewöhnt, dass man mir zuhört. Als würde ich die anderen ungeduldig machen, als könnten sie es nicht erwarten, dass ich endlich aufhöre mit meinem unbedeutenden Gerede. Als würde ich so Vorhersagbares sagen, dass es sich nicht lohnt, zuzuhören. Oder liegt es nur daran, dass ich endlich einmal etwas Unvorhersagbares zu erzählen habe? Dawas Geschichte, nicht Miriams Geschichte. Miriam hat keine Geschichten. Miriam ist nur da, weil Dawa da ist.

»Du verlangst, dass du so denken und fühlen kannst wie Dawa«, sagte David, »einfach so, von einem Tag auf den anderen. Nachdem du fast vierzig Jahre lang anders gedacht hast. Verlange es nicht. Wir haben uns so lange daran gewöhnt, etwas Bestimmtes für Realität zu halten und etwas anderes nicht. Man braucht Zeit, um solche Gewohnheitsrealitäten aufzuweichen.«

Mattes Wolkenlicht gab dem goldenen Dach des Stupa einen sanften Glanz. Miriams Blick glitt darüber und versank in einem inneren Bild, goldenes Haar vor einer winterblauen Dämmerung hinter dem Fenster. Im Stillen bat sie darum, dass er ihr weiter zuhören möge.

»Als meine kleine Tochter etwa sechs Jahre alt war, stand sie am Heiligen Abend am Fenster und sagte: Vielleicht seh ich das Christkind vorbeifliegen, wenn es die Geschenke bringt. Ich dachte damals, sie sei zu groß, um noch ans Christkind zu glauben, und sie müsse anfangen, die wirkliche Realität zu begreifen, und erklärte ihr, dass es nicht das Christkind sei, das die Geschenke bringe, und dass es das

Christkind eigentlich gar nicht gebe. Ohne sich umzudrehen, antwortete sie: Das weiß ich doch. Ich werde nie die leise Ungeduld in ihrer Stimme vergessen. Und dann schaute sie weiterhin eifrig zum Fenster hinaus, um das Christkind zu sehen. Sie hatte keine Mühe, sich auf beide Wirklichkeiten einzulassen.«

»Ich glaube, ich verstehe, was du meinst«, erwiderte er lächelnd.

»Also glaubst du mir, dass ich als Dawa gestorben bin?«

David beugte sich vor und stützte die Arme auf den Tisch, um seine Ernsthaftigkeit zu unterstreichen. »Ich glaube dir, dass du das geträumt hast, oder wie man deine Absencen nennen mag. Und die Erfahrungen, die du als Dawa gemacht hast, klingen glaubwürdig, gemessen an dem, was in den Lehren vermittelt wird.«

»Ich bin gestorben. Dawa ist wirklich gestorben. Ich erinnere mich an den unvorstellbaren Schrecken, an die Panik, an dieses Zerreißen, schlimmer als jeder vorstellbare Schmerz. Und ich erinnere mich an den verzweifelten Widerstand, als ich zurückgebracht wurde. Dazwischen gab es einen wunderbaren Zustand, obwohl es kein Zustand war – keine Zeit, kein Raum, aber doch eine Wahrnehmung –, und ich weiß, es war unbeschreiblich erschreckend und unbeschreiblich schön, aber jetzt kann ich es mir nicht einmal mehr vorstellen. Wie Farbe, die verblasst ist. Verstehst du?«

David nickte.

»Und die Dakinis – sie waren so wunderschön und wild und sie sagten mir viele wichtige Dinge in ihrer Sprache, der Sprache des Zwielichts – und jetzt erinnere ich mich nicht mehr. Ich verstand es, als sie es sagten, und jetzt habe ich es vergessen. Geblieben ist nur dieses traurige Gefühl, dass ich es wissen müsste.«

Sie schwieg. David legte seine Hand beruhigend auf die ihre.

»Eines ist gut«, fuhr sie fort, »ich fühle mich wie zu Besuch auf dieser Welt. Früher sehnte ich mich immer danach, irgendwo dazuzugehören. Diese Sehnsucht ist nicht mehr da. Vielleicht werde ich jetzt gerade erwachsen … Für Besucher ist alles flüchtig; man weiß, es ist bald vorbei. Die Wichtigkeiten schrumpfen. Als junges Mädchen war ich sehr einsam und dachte, ich sei auf dem falschen Planeten gelandet. Ich fragte mich, ob es irgendwo im Universum eine Welt gab, in die ich passen würde. Doch dieses Gefühl, Gast zu sein, ist anders. Es lässt sich besser damit leben.«

Miriam trank ihr Bierglas aus und bestellte eine weitere Flasche. »Früher konnte ich Bier nie leiden. Hier mag ich es. Du nicht?«

»Ich übe für den Mönchsstand«, antwortete David und hob sein Glas mit Zitronensaft.

Ein Schweigen folgte, als sei eine Tür zugefallen. Nicht beabsichtigt, nicht willentlich zugestoßen, eher wie von einem unvermuteten Luftzug ins Schloss geworfen. Miriam hielt ihr erneut gefülltes Glas mit beiden Händen vor die Brust.

»Ich erinnere mich an einen Spruch von Lama Pema«, sagte sie. »Er soll von einem Weisen aus Indien sein. Lass mich überlegen:

Wie das Wasser der Salzseen süß wird,
wenn die Wolken es getrunken haben,
so verwandelt ein unerschütterlicher Geist,

der zum Wohl anderer tätig ist,
das Gift der Sinnesobjekte in Nektar.

Etwa so. Bei Lama Pema hat es sich gereimt.«

»Saraha«, sagte David. »Der Schatz der Dohas.«

»Du kennst den Spruch? Ah ja, du liest viel.«

»Aber?«

»Kein Aber.«

»Es klang nach einem Aber.«

»In deinem Kopf. In meinem nicht.«

Ein Anflug von Spannung zog einen Mundwinkel in Davids Gesicht nach unten.

»Entschuldigung«, murmelte Miriam. »Jetzt habe ich dich geärgert.«

Davids Lachen ließ sie aufschauen. »Du musst dich nicht entschuldigen, Miriam. Man kann nicht jemand anderen ärgern. Wenn ich mich ärgere, weil du eine mir unbequeme Wahrheit aussprichst, liegt das in meiner Verantwortung. Selbst wenn du nicht Recht hättest, wäre es mehr meine als deine Sache.«

»Das sehen die meisten Leute anders.«

»Buddhisten sehen es so. Oder sollten es so sehen.«

Mit einem langen Zug leerte Miriam ihr Glas und wischte den Schaum vom Mund. »Ich fürchte, mein Geist ist selten für das Wohl anderer tätig, meistens nicht mal für mein eigenes. Und unerschütterlich ist er schon gar nicht. Also keine Verwandlung von Bier in Nektar. Vielleicht sollte ich auch Zitronensaft trinken.«

Sie stimmte in Davids Lachen ein und schüttelte ihr Haar aus dem Gesicht. Sie hatte es nicht wie üblich zusammengebunden, sondern es nach dem Duschen feucht hängen lassen. Nun wellte es sich in ungewohnter Weise um ihr Gesicht und ihren Hals und wehte im sanften Wind, der über die Dachterrasse strich. Hatte sie ihren Haaren ebenso wenig Raum gegeben wie sich selbst?

Einen Augenblick lang tauchte die Erinnerung an den Ngakpa auf, so hautnah, so voller glühender Intimität, dass rote Hitze in ihren Kopf stieg. Sie hatte diese Begegnung David gegenüber nur beiläufig erwähnt, als habe sie keine Bedeutung. Und doch war sie durchdringend gegenwärtig in diesem Schütteln des Haars, in der zarten Irritation lockerer Strähnen in ihrem Gesicht.

»Beer good. More?«, fragte der junge Mann mit dem runden, dunklen Gesicht, der sie bediente, und zog seine weiße Jacke glatt.

»Warum nicht«, antwortete Miriam kichernd. Es war an der Zeit, ihrem Leben eine neue Wendung zu geben.

Der Regen schlug auf das Dach des Taxis, Sturzbäche rannen an den Fenstern herunter. Sie hielt ihre Handtasche fest an sich gedrückt. Ihr Ticket war darin, ihr Visum für Tibet, die Beschreibung des Wegs zum Heiligtum der löwenköpfigen Gottheit, wenn es denn dort war. Ihr Schlüssel zu – was?

»Ich komme mit nach Tibet«, hatte David vor dem Eingang zur Agentur gesagt und dann schnell und endgültig die Tür geöffnet.

»Aber du kannst doch nicht …«, hatte sie überrascht hinter ihm gestottert, verwirrt angesichts des Übergriffs und heimlich erleichtert, nicht allein reisen zu müssen. Der Blick, den er ihr zuwarf, war kühl. Die Antwort konnte unausgesprochen bleiben: In deinem Zustand kann man dich nicht allein reisen lassen.

Warum wurde immer über sie verfügt? Es war ihre Krankheit, dieses Über-sich-verfügen-Lassen. Wie ein leeres Blatt Papier, auf das jeder schreiben kann, was er will. Er hätte sie fragen, es mit ihr besprechen sollen. Doch er hatte bereits alles arrangiert, ihrer beider Visa, die Flugtickets, die Hotelbuchung. Sie hatte ihn alles abwickeln lassen, hatte zu allem geschwiegen, hatte ihre Reiseschecks in die Waagschale ihres Abenteuers gelegt, lammfromm, lammdumm.

Und sie hatte die Haare wieder zusammengebunden, straff, mit der Strenge zusammengepresster Lippen. Ihr Bauch schmerzte und brütete Angst aus.

Dawa

»Bitte, Tenzin, du musst mir helfen. Es gibt niemand anderen, den ich bitten könnte.«

Tenzin beugt sich tiefer über das Buch, das in seinem Schoß liegt, Vorwand für das heimliche Gespräch. Die webenden Frauen am anderen Ende des Dachs singen so laut, dass Dawa seine geflüsterte Antwort kaum versteht.

»Chemkusho-la, das ist unmöglich. Ich kann das nicht tun. Wenn man uns einfangen würde …«

»Man wird uns nicht einfangen, Tenzin. Ich sage dir doch, wir nehmen einen Weg, den niemand vermuten wird. Und wir haben alles sehr gut vorbereitet, Kleider und Vorräte und alles. Du sollst mir nur helfen, bis zum Karawanenweg im Norden zu kommen. Ich kann nicht hierbleiben. Der Fürst kommt bald von seiner Reise zurück. Er wird sofort bemerken, dass ich fast all meinen Schmuck hergegeben habe. Doch ich konnte die armen Nonnen nicht ihrem Schicksal überlassen. Ein ganzes Kloster war am Verhungern.«

»Er wird es verstehen, Chemkusho-la.«

»Vielleicht würde er es verstehen, wenn Nyemo nicht wäre, doch sie wird ihn aufhetzen. Sie hat so viel Macht über ihn. Und sie hat nie aufgehört, mich zu hassen. Ich hatte gehofft, ich könnte ihnen glauben, als sie schworen, dass alles besser würde. Aber du weißt selbst gut genug, dass sich nichts geändert hat. Und jetzt habe ich keine Wahl mehr. Ich muss hier weg, Tenzin. Schnell. Morgen früh.«

Der erschreckte Blick des jungen Mönchs huscht über das Dach. Niemand beachtet sie und der Gesang der Frauen hüllt sie schützend ein. Er wendet ein Blatt des Buches um.

»Euer Sohn, Chemkusho-la. Er wird weinen.«

»Tenzin, du redest Unsinn. Wann hast du Shika zuletzt weinen sehen? Wenn er einmal weint, dann höchstens aus Wut. Er ist ein großer Junge und braucht mich nicht mehr. Und er hat Dölma und Jangchub. Versuche nicht, es mir auszureden.«

»Wenn wir es nicht schaffen – der Fürst würde mich töten.«

»Mich auch. Und ein zweites Mal würde ich wohl nicht zurückkommen.«

»Aber …«

»Aber für mich ist es einfach, ich weiß ja schon, wie es geht, das Sterben. Meinst du das?«

Tenzins Hände krampfen sich ineinander. »Nein, natürlich nicht. Aber mein Kloster – man würde mich nie wieder aufnehmen. Oder sie würden mich dem Fürsten ausliefern müssen. Wo soll ich sonst hingehen?«

»Du wirst nicht lang wegbleiben. Ich brauche deine Hilfe nur bis zur Karawanenstraße. Und du kannst sagen, dass ich dich gezwungen habe. Du musst den Befehlen der Fürstin gehorchen. Ich befehle es dir.«

Im Schutz des Buchs legt Dawa ihre Hand kurz auf die seine. Sie spürt ein Zittern wie das eines verängstigten Vogels.

»Verzeiht mir, ich kann das nicht tun, Chemkusho-la. Ich kann nicht.«

Dawa nimmt das Buch an sich und wickelt es ein.

»Denk darüber nach. Wenn du mir nicht hilfst, geh ich allein. Was bleibt mir anderes übrig.«

Gelassen steht sie auf und setzt sich an ihren Webrahmen bei den Frauen. Sie hat wenig Zweifel an Tenzins Treue. Seit acht Jahren kennt sie ihn nun. Sie sahen einander fast täglich, ausgenommen in den Zeiten, die er im Kloster verbrachte, oder wenn er zu Hause beim Bestellen der Felder und bei der Ernte helfen musste. Obwohl sie immer noch gelegentlich streiten, sind sie gute Freunde geworden. Er wird einsehen, dass sie auf seine Hilfe angewiesen ist.

Sie wundert sich ein wenig über die Zuversicht, die in ihr stetig gewachsen ist, seitdem sie den Entschluss zur Flucht gefasst hat. Als sie ein Jahr zuvor von ihrem Besuch bei den Eltern zurückgekehrt ist, war sie noch voller Hoffnung, dass sich der Fürst und seine Schwester für die Inspiration des Todes geöffnet hätten. Sie wollte ihnen erzählen, was sie gesehen hatte in der Zwischenwelt des Bardo, und sie warnen vor dem entsetzlichen Leiden, das auf sie wartete, wenn sie sich nicht darum bemühten, aufzuwachen aus ihren alltäglichen kleinen Höllen. Doch der Fürst wollte nichts davon hören und verbot ihr, »solch hässliche Geschichten im Dzong zu verbreiten«.

Seit dem Winter haben Dölma und Jangchub in der Rumpelkammer neben Ama Kelsangs Küche alles zusammengetragen, was für die Flucht nötig ist. Zwei abgetragene, aber innen gut ausgebesserte Fellmäntel, die sie warm halten werden; alte, dunkle Kleider; unscheinbare, aber gute Stiefel mit einem dicken Bündel Ersatzsohlen für beide; kostbare Nadeln und feste Wollfäden und Lederstreifchen zum Nähen; einen topfartigen Hut mit Fellrand für Tenzin und ein warmes Tuch, das Dawa um den Kopf wickeln kann; Säckchen mit Tsampa, Tee, Butter, Salz, Nüssen, getrockneten Aprikosen und ein Bündel Trockenfleischstreifen als Wegzehrung; zwei Wasserbeutel, ein Büschel Werg und Feuersteine; zwei einfache Mantra-Trommeln; eingenäht in Dawas Pilgerkleid der Rest ihres Schmucks. Niemand würde Schätze darin vermuten. Es sieht kaum besser aus als der Haufen Lumpen, auf dem die Katzen schlafen.

»Chemkusho-la, darf ich stören?«

Tenzin schlägt den Vorhang ein wenig zurück, so dass nur ein kleiner Spalt entsteht, wie es sich gehört.

»Komm herein!«, ruft Dawa ihm zu.

In der kühlen Abenddämmerung hat sie sich mit Dölma und Jangchub in ihr Zimmer zurückgezogen. Jangchub stillt leise singend ihr Baby. Dölma räumt das Zimmer auf, obwohl das längst nicht mehr ihre Aufgabe ist. Ihre kleine Tochter ist bei ihrer Amme im Haushalt des Verwalters geblieben, zu dem Dölma nun gehört. Während Dawa die Butterlampen auf dem Schrein entzündet, fällt ihr Blick auf Shikas leeres Schlafpolster. Vielleicht wird sie ihren Sohn nie wiedersehen. Sie wird schon weit vom Dzong entfernt sein, wenn er mit seinem Vater von der Rundreise durch das Fürstentum zurückkehrt.

Tenzin bleibt unsicher an der Tür stehen, ein mit gelbem Stoff umwickeltes Buch wie ein Schutzschild vor der Brust.

»Chemkusho-la, ich habe nachgedacht.«

Dawa setzt sich auf ihr hohes, brokatbezogenes Polster und weist mit einer leichten Geste neben sich. Trotz der Anspannung liegt das abwesende Lächeln um ihren Mund, das sie seit ihrer Rückkehr von den Toten trägt wie einen Schmuck, der halb unter dem Gewand versteckt ist.

»Komm her und sag mir, wohin dich dein Nachdenken geführt hat.«

Tenzin lässt sich zögernd nieder. Dölma schiebt ihm die Schale mit getrockneten Aprikosen hin und er greift aus Gewohnheit hinein und steckt eine Hand voll in sein Gewand.

»Ich habe beschlossen, Euch zu helfen«, sagt er leise, für den Fall, dass jemand hinter dem Vorhang an der Tür lauscht. Es wäre nicht gehörig, die Tür zu schließen, solange der Mönch sich im Zimmer befindet. »Tausendfältig sind die Früchte guter Taten. Ich glaube, es ist gut, wenn ich ein paar Verdienste sammle.«

Er lächelt schief. Dawa schlägt belustigt die Hände zusammen.

»Oh Tenzin, wie klug von dir. Lama Pema sagt auch immer: Nichts bringt einen so schnell auf dem Weg voran, wie Gutes für andere tun.«

Dölma und Jangchub haben sich dazugesetzt. Erleichterung wischt ihre Gesichter blank. Sie hatten mehr Zweifel als Dawa, dass er sich würde überreden lassen.

»Hör zu, Tenzin-la«, wendet sich Dölma an ihn, »wir haben alles gut durchdacht. Neumond ist gerade erst vorüber, die Nächte sind also dunkel. Du musst morgen früh vor der Dämmerung den alten Tsering in seiner Wachstube am Tor wecken. Bring ihm eine Kanne Tee, dann freut er sich. Während du ihm erklärst, dass du zum Kloster gehen musst, um ein Buch für die Fürstin zu holen, schleicht sich Chemkushola zum Tor hinaus.«

»Vorher legst du das Bündel mit unseren Kleidern und Vorräten neben das Tor und ich nehme es dann mit hinaus«, mischt sich Dawa ein. »Sieh zu, dass du vor dem Wächter am Tor bist. Dann musst du schnell den Querbalken packen, damit es so aussieht, als würdest du das Tor öffnen. Wir treffen uns nahe dem Felsen neben den Latrinen. Dort werden wir niemandem begegnen.«

»Sag den anderen Mönchen«, fährt Dölma fort, »dass die Chemkusho-la darauf besteht, morgen ein bestimmtes Buch aus der Klosterbibliothek zu bekommen. Das werden sie verstehen. Und wenn du am Abend noch nicht zurückgekommen bist, wird sich niemand etwas dabei denken.«

»Und dann geht ihr nach Norden«, sagt Jangchub. »Ich weiß von meinem Vater, dass es einen Weg zur Karawanenstraße gibt. Aber haltet euch immer ein bisschen abseits und vermeidet die Dörfer, dann wird niemand wissen, in welche Richtung ihr gegangen seid. Keiner wird euch im Norden suchen. Sie werden glauben, dass Dawa nach Westen zu ihren Eltern flüchtet. Und hoffen wir, dass der Fürst noch nicht so schnell zurückkommt.«

Tenzins heroische Neigungen schrumpfen unter dem Ansturm seiner Ängste.

»Ich kenne den Weg nach Norden nicht«, erwidert er missmutig.

Jangchub stößt ihn unsanft in die Seite. »Sei ein Mann, kleiner Mönch. Verdienste erwirbt man nicht mit Kleinmütigkeit.«

»Ich habe nur gesagt, dass ich diesen Weg nach Norden nicht kenne«, brummt Tenzin und zieht die langen Ärmel über seine Hände.

»Aber ich kenne ihn«, erwidert Jangchub ungeduldig.

Ausführlich berichtet sie über alle Orientierungspunkte auf dem Weg zur Karawanenstraße, die sie in vorsichtigen Gesprächen mit ihrem Vater und den Männern des Fürsten hat sammeln können. »Chemkusho-la hat alles aufgezeichnet, Tenzin. Ihr könnt nicht fehlgehen. Und du bist mit einer Delogma unterwegs«, setzt sie ihren letzten Trumpf ein. »Alle Beschützer wachen über euch.«

Ob Tenzin sich dessen ebenso sicher ist, bleibt unklar. Er erhebt sich, murmelt: »Bis morgen«, und verlässt mit einer sparsamen Verbeugung das Zimmer. Dölma und Jangchub umarmen Dawa und einander und unterdrücken ihr Lachen und gleichzeitiges Weinen. Das Baby wacht auf von der Unruhe und beginnt zu jammern. Dawa drängt die Freundinnen zum Gehen und rollt sich auf ihrem Bett zusammen. Es ist gut, nicht zu wissen, was geschehen wird.

Noch bevor die erste zarte Helligkeit im Osten erscheint, tastet sich Dawa im Dunkeln die steilen Treppen hinunter. Tiefe Stille liegt über dem Dzong, selbst aus den Ställen ist kein Laut zu hören. Einer der Wachhunde hebt den Kopf und schaut ihr nach, als sie, in den alten Fellmantel gemummt, zum Tor eilt. Aus dem Wächterhaus dringt ein wenig Licht von einer Butterlampe. Sie kann Tenzins Stimme hören und die verschlafen brummenden Antworten des Wächters. Entschlossen hebt sie den Querbalken aus seinen Haltern. Die Hunde werden unruhig, als ihr der Balken aus der Hand rutscht und auf dem Boden aufschlägt. Sie huscht in den Mauerschatten und wartet mit angehaltenem Atem. Die Stimmen im Wärterhaus haben sich nicht verändert.

Mit der Last des Bündels auf dem Rücken zwängt sie sich durch die enge Lücke hinaus und zieht das Tor vorsichtig hinter sich zu. Der Weg zur steilen Seite des Bergvorsprungs, auf dem der Dzong errichtet ist, führt über einen felsigen Abhang. Sie stolpert immer wieder in ihren Filzschuhen. Die Zehen schmerzen. Mit jedem Schritt scheint das Bündel schwerer zu werden. Trotz der scharfen Morgenkälte kommt sie ins Schwitzen.

Der Geruch verrät die Nähe der Latrinen, kleine, mit Löchern versehene Balkone, die über den felsigen Steilhang ragen. Keuchend setzt sie sich auf einen Stein und tauscht ihre leichten Schuhe gegen die robusten Stiefel. Bald zeichnet sich ein Schatten gegen den heller werdenden Himmel ab; Tenzin ist ihr gefolgt. Leise ruft sie nach ihm. Als er sie erreicht hat, greift sie nach seinen Händen. Sie zittern wie die ihren.

»Alles gut gegangen?«

»Ja«, keucht er. »Der alte Tsering hat das Tor hinter mir verschlossen. Er hat nichts bemerkt.«

Sie verteilen die Last der Vorräte, ein Drittel für Dawa, zwei Drittel für Tenzin, und klettern eilig den Hang an seiner unwegsamen Seite hinunter. Im Tal schlagen sie einen weiten Bogen um das Dorf, und als es hell wird, steigen sie bereits im Schutz des mageren Waldes den nördlichen Hang hinauf. Ohne den Fluss ihrer gemurmelten Mantra-Rezitation zu unterbrechen, wirft Dawa einen letzten Blick zum Dzong zurück, bevor sie den Kamm des Berges überschreiten. Erst als die Sonne hoch am Himmel steht, macht sie Halt. Ihre Knie zittern von der ungewohnten Anstrengung. Vor ihnen liegt ein wildes Land. Steile, bewaldete Hänge und tief eingeschnittene Täler, in denen man sich verirren kann, wechseln einander ab. Tenzin ist ihr wortlos gefolgt, seine leise keuchende Rezitation und das Geräusch seiner gleichmäßigen Schritte hat ein stetiger Wind mit sich fortgetragen. Anders als Dawa ist er das Wandern gewöhnt von den vielen Gängen zwischen seinem Kloster und dem Dzong.

»Wir müssen uns mehr nach Westen halten«, sagt Tenzin. »Hier kommen wir nicht mehr weiter.«

Dawa zieht die Kleider aus ihrem Bündel, die sie von nun an tragen wird, denn noch schaut der verräterisch gute Stoff ihres fürstlichen Kleides – ihr einfachstes – unter dem Mantel hervor. Sie beginnt sich auszuziehen und Tenzin wendet ihr den Rücken zu. Das Kleid, das Jangchub für sie gefunden hat, lässt seine ursprüngliche blaue Farbe nur noch ahnen, so ausgewaschen ist es. Doch wenigstens ist es weich und angenehm zu tragen.

Tenzin hat ein wenig Erde genommen, daraufgespuckt und sein Gesicht, sein kurzes Haar und seine Hände damit eingerieben. Dawa zögert, seinem Beispiel zu folgen. Ihr Haar hat sie zu hundertundacht Zöpfen geflochten. Wie kann sie verhindern, dass es verklebt und sich verwirrt? Und wer weiß, wie sie die Zöpfe dann wieder lösen soll.

Tenzin kratzt erneut ein wenig Erde zusammen und hält sie ihr mit beiden Händen hin. »Chemkusho-la, Ihr müsst Euch unkenntlich machen. Ihr seht immer noch wie eine Fürstin aus, selbst in den alten Kleidern.«

Seufzend nimmt sie das zweifelhafte Geschenk entgegen, spuckt darauf und reibt die braune Paste auf Gesicht und Hände.

»Du darfst mich nicht mehr so nennen«, sagt sie eindringlich. »Ich bin jetzt Nyima, deine Schwester. Und du bist

Sherab, mein Bruder. Wir sind auf der Pilgerschaft in die heilige Stadt Lhasa, weil unser Vater von Räubern erschlagen wurde. Und so, wie wir aussehen, wird niemandem ein Mangel an Familienähnlichkeit auffallen.«

Sie schauen einander an und beginnen zu lachen. Zwei schmutzige Pilger mit ihren armseligen Bündeln, so unauffällig wie zwei Steine am Wegrand. Niemand wird eine Fürstin auf der Flucht und einen Mönch in ihnen vermuten. Sie kauen an ein paar trockenen Aprikosen und ziehen weiter. Die Aufregung hat ihnen den Hunger genommen und sie begnügen sich damit, immer wieder aus einem der zahlreichen Bergbäche zu trinken.

Bevor es dunkel wird, facht Tenzin ein kleines Feuer an und kocht Tee in dem einzigen Topf, den sie dabeihaben. Sie genießen das fette, salzige Getränk und vermischen einen Teil davon mit Tsampa zu einem dicken, sättigenden Brei. Gemeinsam singen sie die Anrufung der Beschützergottheiten und stellen einen kleinen Rest ihrer Mahlzeit für die örtlichen Geister bereit.

»Tenzin, hast du Angst vor der Nacht?«

»Ja, natürlich. Wer hat keine Angst vor der Nacht?«

Dawa nimmt ein fein ziseliertes silbernes Amulett an einer schmalen Lederschnur vom Hals und hält es Tenzin hin. »Hier, ich möchte, dass du das umhängst. Es ist mein bestes Ga-u.«

Tenzin zögert, das kostbare Geschenk anzunehmen. Dawa hängt es ihm um den Hals und streicht mit der Hand darüber.

»Von Lama Pema«, sagt sie leise. »Er hat einen mächtigen Geist.«

Ihre Blicke, die einander berühren, sehen durch alles Gewohnte hindurch und wagen sich einen furchtlosen Augenblick lang in den bodenlosen Raum, in dem es keine Trennung gibt. In diesem Augenblick ändert sich etwas und sie wissen es, auch wenn sie keine Worte dafür haben.

Der Rand des Bachbetts mit einer steil aufragenden Felswand bietet den besten Platz für die Übernachtung, den sie finden konnten. Zufrieden legt Dawa den Kopf auf ihr zusammengerolltes gutes Kleid und zieht die Beine unter den weiten Fellmantel. Zwischen ihr und Tenzin liegen die kostbaren Vorräte. Die Flucht, vor der sie sich so sehr gefürchtet hat, erscheint ihr wie ein Ausflug, eine Aneinanderreihung von Festen im Freien.

»Es geht alles gut«, sagt sie zu Tenzin.

»Mal sehen«, erwidert der Mönch. »Möge Euer Schlaf Euch in ein Buddha-Land führen, Chemkusho-la.«

»Du sollst doch Nyima zu mir sagen. Und benütze um Himmels willen nicht mehr diese höflichen Formulierungen. Sag einfach: Schlaf gut. Wir müssen üben, bevor wir unter Leute kommen.«

»Schlaf gut«, murmelt Tenzin. »Schwester Nyima.«

Plötzlich weckt sie ein wiederholtes, scharfes Geräusch. Es ist fast noch dunkel, nur die Bergkante an der anderen Seite des schmalen Tals trägt einen hellen Rand. Es dauert einige bange Augenblicke, bis sie erkennt, dass Tenzin auf der Stelle stampft, die Arme schwenkt und in die Hände klatscht, so laut er kann.

»Tenzin, was ist?«

»Wahrscheinlich ein Bär. Er wird unsere Vorräte gerochen haben. Tapste herum wie ein Dämon.«

Dawa springt auf. »Ah-tsi! Meinst du, er ist weg?«

»Ich hoffe es.«

Sie halten still. Das eifrige Plätschern des Bachs, ein paar Vogelstimmen, in der Ferne das Rollen von kleinen Steinen. Es mag der Bär sein, der sich davontrollt.

»An Bären hatte ich nicht gedacht«, sagt Dawa.

»Ich auch nicht. Ich meinte zuerst, es sei ein Geist. Aber so grunzt und schnüffelt kein Dämon.« Tenzin setzt sich nahe an die Felswand. »Bald ist es hell genug zum Weitergehen.«

Dawa ist beeindruckt von seiner mutigen Haltung. Als Delogma sollte sie keine Angst vor Geistern haben. Jedenfalls nicht mehr Angst als vor Menschen. Aber sie fürchtet sich vor Geistern wie jeder vernünftige Mensch. Geister sind mächtig.

Als sei nichts geschehen, stimmt Tenzin die klösterliche Morgenrezitation an. Dawa, die diese Liturgie nicht kennt, beschränkt sich auf die Wiederholung des Siebenzeilengebets an den Buddha Guru Rinpoche und das Gebet für Lama Pemas langes Leben.

LAMA CHENNO, mein Lama, denk an mich, schick uns alle Schutzgottheiten, steh mir bei, bis ich bei dir bin.

Denn Lama Pema ist ihr Ziel, wohin sollte sie sonst gehen? Wer könnte ihr sonst raten und helfen? Alles wird gut werden, wenn sie erst bei Lama Pema ist. Tenzin weiß nichts davon, dass sie zu Lama Pema gehen will, sie hat es niemandem gesagt. Sie hat Lhasa als ihr Ziel genannt, denn in der heiligen Stadt kann man sich unter all den vielen Pilgern verstecken.

An diesem zweiten Tag bleibt ihnen nichts übrig, als dem engen Tal westlich zu folgen, bis die Berghänge weniger steil werden und sie sich wieder nach Norden wenden können. Jangchubs Angaben waren vage. Irgendwo nördlich muss es Hochwiesen geben, auf denen die Nomaden im Sommer leben.

»Versprich dich um Himmels willen nicht, wenn wir zu den Nomaden kommen!«, warnt Dawa.

Tenzins schmutziges Gesicht ist voller weißer Zähne. »Aber nein, Schwester. Und du hältst den Mund, wie es sich für eine Schwester gehört.«

TIBET

Miriam

»Wir sind in Tibet, Miriam.«

Sie setzte einen Fuß vor den anderen und versuchte, nicht auf ihr wild klopfendes Herz zu achten. Das kahle, weiße Flughafengebäude bewegte sich mit den Wellen ihrer Übelkeit.

»Tief atmen«, sagte David und legte den Arm um ihren Rücken, »ganz tief atmen.«

Es hätte irgendein Flughafen irgendwo auf der Erdkugel sein können, mit seinen Schlangen wartender Menschen, den Schaltern mit unfreundlichem Personal, den schmucklosen, funktionalen Räumen. Selbst die nackten Berge erschienen austauschbar, wäre nicht das dunkle, außerirdische Blau des Himmels gewesen.

Eine lange Fahrt im Bus. Die Berge rotbraun oder sandfarben, manche mit einem feinen, dunkelgrünen Pelz kleiner Felsgewächse überzogen. Ein schwerer, grünbrauner Flussleib, der sich mit wunderlicher Schnelligkeit in seinem Bett voranwälzte. Der Kyichu, wie David sagte. Dann Straßen, Kasernen, Militär, Wohnblöcke. Dawas Tibet war fern.

»Wo sind wir«, sagte Miriam. Es war keine Frage.

»Es könnte Abu Telfan sein«, antwortete David.

Miriam nickte. »O ja. Viel Weinen und wenig Lachen.«

»Du kennst Abu Telfan?«

»Mein Vater mochte Wilhelm Raabe. Ich las alles, was in seinem Bücherschrank stand, und hoffte, er würde mich dafür lieben. Vielleicht hätte er es sogar getan, wenn er dazu fähig gewesen wäre.«

»Tut er dir leid?«

»Ich glaube, es ist Dawa in mir, die ihn bedauert. Ich nicht.«

Der riesige Betonleib eines Hotels lag träge in der Mittagssonne.

»Wir sind da«, sagte David. »Das Holiday Inn. Sie nennen es Lhasa-Hotel.«

Wieder Beliebigkeit, Austauschbarkeit. Wo war Dawas Tibet?

»Vielen Dank für deine Begleitung.« Sie sagte es schnell, wie beiläufig, so dass er es möglicherweise hätte überhören können. Er überhörte es nicht.

»Es war der Rat meines Rinpoche. Er hat sein Retreat zweimal unterbrochen, um mich anzuhören. Ich solle dich nicht allein lassen, sagte er.«

»Ach so.« Sie wandte sich ein wenig ab. Ein breiter, satter Sonnenstreifen zog sich vom Eingang zu den blumig gepolsterten Sitzgruppen in der Mitte der Lobby. Gegenüber, hinter Glaswänden, lag ein Garten. Wo war sie? Irgendwo. Nirgendwo. Träume, alles Träume. Könnte man sich doch an etwas, an jemandem festhalten. David war niemand zum Festhalten. Er hatte sie nicht begleitet, weil er es wollte, sondern weil ein anderer es wollte. Gut, nicht irgendein anderer, korrigierte sie sich, sondern sein Rinpoche, vielleicht jemand wie Lama Pema. Hätte Dawa nicht alles getan, was Lama Pema wollte?

»Hat dein Rinpoche noch etwas gesagt? Über meine Träume?«

»Nein. Nur, dass es gut für dich sei, das Heiligtum zu suchen.«

Eine chinesische Familie besetzte den Sonnenstreifen, Eltern und ein Kind und wahrscheinlich die Großeltern. Der kleine Junge zerrte an der Hand der Mutter, die ihn am Arm festhielt. Die chinesischen Mädchen hinter dem Empfangstresen plauderten miteinander; ihr Lächeln galt nur einander, nicht den unwürdigen westlichen Gästen.

Sie stand neben David wie stehen gelassenes Gepäck. David kümmerte sich um alles. Immer kümmert sich der Mann. Es war bequem. Der Vater: Ich mache das, Miriam! Rudolf: Ich mache das, Miriam! Warum konnte sie nie sagen: Ich mache das? Hatte sie ihre eigene Entmündigung betrieben?

David nahm die Schlüssel entgegen. David drückte auf den Knopf am Lift. Durch ein Fenster im Flur des zweiten Stockwerks deutete er auf eine hohe Mauer mit dichten Baumkronen darüber. »Dort drüben ist der Norbu Lingka, der Park mit den Sommervillen der Dalai Lamas.«

Der Name ließ in Miriam ein süßes kleines Gefühl anklingen, etwas in Dawas Erinnerung, mit der zarten Schärfe unbestimmter Sehnsucht.

»O ja, Norbu Lingka. Dawas Vater hat davon erzählt. Er sah die Prozession, die den Dalai Lama zum Sommerpalast brachte. Er war ganz außer sich vor Glück darüber.«

In der Tür des stereotypen Hotelzimmers schreckte sie zurück. »Könnten wir nicht irgendwo anders … Ich meine, ein richtiges tibetisches Hotel, selbst wenn es nicht so sauber wäre …«

David hob bedauernd die Schultern. »Nur für eine Nacht. Tut mir leid, das ist alles pauschal.«

Er sagte nicht: Stell dich nicht so an. Er sagte nicht: Du wirst es überleben. Sie seufzte vor Dankbarkeit. Davids Hand lag leicht auf ihrem Rücken, eine jener freundlichen, unverbindlichen Gesten, die aus ihm heraustraten wie kleine, unscheinbare Blüten.

»Findest du es so schlimm?«

Es gelang ihr zu lachen. »Nein. Entschuldige. Ich bin … nur irritiert. Ich bin oft irritiert. Aber nun ja. Glücklichsein ist schließlich keine Entscheidung.«

Immer mehr schien sie sich unter Wasser zu bewegen. Tiefgrüne Schatten fielen von den Bäumen am Straßenrand, lösten die Fassaden der hässlichen modernen Bauten an der Peripherie der Stadt in Tupfen auf. Stimmen zwitscherten durch den Kleinbus, der sie ins Zentrum Lhasas brachte, ob tibetisch oder chinesisch, konnte sie nicht unterscheiden. Der graue Zopf einer Tibeterin vor ihr hing bis zur Mitte des Sitzes herab.

Ein Polizist regelte einen Verkehr besonderer Art. Tibetische Pilger – Männer, Frauen, Kinder – überquerten die Straße gelassen in der Form von Niederwerfungen, in den Händen Holzklötze, die sie auf dem Boden vor sich herschoben, bis sie Arme und Beine völlig ausgestreckt hatten. Dann ließen sie die Klötze liegen und gingen die zwei, drei Schritte weiter, bis ihre Fußspitzen die Klötze berührten. Damit hatten sie die Ausgangsposition für die nächste Niederwerfung erreicht.

»Auf diese Weise bewegen sie sich wochenlang fort«, sagte David, »oder monatelang, vielleicht ein Jahr lang, bis sie die heilige Stadt erreicht haben. Die Chinesen nahmen beim Straßenbau keine Rücksicht auf den heiligen Pilgerweg um die Stadt. Aber die Pilger haben ihn nicht vergessen.«

Der Polizist hatte eine andere Zeit. Ungeduldig versuchte er eine Familie auf die andere Seite zu scheuchen. Die Frau blieb stehen, sah ihn an, hob langsam ihre gefalteten Hände über den Kopf, vor den Hals und zur Brustmitte, sprach die Zufluchtsformel und ging zur nächsten Niederwerfung in die Knie; jede Bewegung war so vollkommen, wie nur etwas vollkommen sein konnte.

»Wie heilig sie ist«, murmelte Miriam. »Ich meine nicht heilig im Gegensatz zu unheilig, sondern urheilig, grundheilig, bevor das Unheilige stattfinden konnte. Ich wäre gern so wie sie.«

»Ja, ich auch«, erwiderte David.

Der Polizist sah der Frau zu und vergaß einen Augenblick lang den Verkehr.

Über der Kreuzung, an der Fassade eines modernen Geschäftsgebäudes, schwebte das gewaltige Logo des VW-Konzerns. Gegenüber ragten träumerisch die goldenen Dächer des Potala, des riesigen Palasts der Dalai Lamas, in den tiefblauen Himmel. Vor einer langen Mauer stiegen sie aus. Die Tibeterin mit dem langen Zopf begegnete Miriams Blick und ließ ihr Gesicht freundlich auseinanderfließen; zärtliche Anerkennung eines Augenblicks natürlicher Nähe. Miriam legte unwillkürlich die Hand auf die Brust. Die Frau nickte.

Ein Wolkenschatten wanderte über die Front des Potala und tauchte ihn noch tiefer in Unwirklichkeit. Zugleich schien er mit jedem Schritt, den sie näher herankam, mehr zu einem lebendigen Wesen zu werden, Verkörperung derer, die ihn einst bewohnt hatten und deren Strahlung immer noch da war. Langzeitwert unendlich.

Sie hielt David am Ärmel fest und nickte zu den unzähligen Fenstern hinauf. »Die tausend Augen des Mitgefühls.« Ihre Stimme war dünn vor wunderlicher Rührung.

Enge Flure, steile Treppen, von bemalten Pfeilern gestützte Räume erinnerten an den Dzong. Ein toter Dzong. Leichenruhe. Der Drang, zu flüstern.

Auf der obersten Dachterrasse des gewaltigen Palastes mit den tausend Räumen wies David über die eintönige Ausdehnung der Neustadt, die das ganze Flusstal ausfüllte, zu einem hellen Fleck am Fuß der kahlen Berge.

»Das berüchtigte Foltergefängnis Nummer eins, Drapchi. Wer dort lebend herauskommt, hat meistens nicht mehr viel Leben übrig. Die kranke Nonne von Kathmandu war dort.«

Wie viele Nonnen und Mönche mochten jetzt, in diesem Augenblick, dort leiden? Bilder von geschundenen Menschen tauchten auf, krank, unterernährt, von Foltern verletzt. Eine Träne lief über Miriams Wange. Unversehens stimmte ihr Geist das Mantra der Gottheit des Mitgefühls an, OM MANI PEME HUM, wie Dawa es immer tat, wenn sie Leiden begegnete.

David legte seine Hand auf ihren Rücken. »Das ist Tibet«, sagte er. »Viel Weinen und wenig Lachen.«

Selbst Komik war zum Weinen. Ein Grüppchen Soldaten der Roten Volksarmee hatte tibetische Mäntel angezogen und Fellmützen aufgesetzt, die es zu leihen gab, um sich in dieser Verkleidung als Tibeter auf dem Dach des Potala fotografieren zu lassen. Ihre Stimmen waren zu laut, ihre Bewegungen zu grob, ihre grinsenden Gesichter zu leer. Wie hätte man lachen können.

Dann tauchte sie wieder ein in das Halbdunkel der Hallen und Grüfte und Gänge des Potala, in seiner unzerstörbaren, toten Schönheit ein riesiger, konservierter Leib, in dem kein Herz mehr schlug.

Sie würde nie den Augenblick vergessen, an dem es begann. David ging ein paar Schritte vor ihr auf dem holperig gepflasterten Weg, der von einem Seitenausgang des Potala nach unten führte und früher den Reitern und Sänftenträgern vorbehalten war, links die Außenmauer der gewaltigen Festung, rechts eine schützende Brüstung über steil abfallenden Felsen. Kleine, weiße Wolken am tiefblauen Himmel dämpften immer wieder das starke Licht der Sonne.

Davids abgetragene Lederjacke glänzte an den Ärmeln und am Schulterrand. Ein wenig Kopfhaut schimmerte durch das sich lichtende Haar an seinem Hinterkopf. Der muschelrosa Schimmer seiner Ohren ließ ihr Herz flattern.

Er wandte sich halb um, ihrer gewahr, aufmerksam, schutzbereit. Sie hatte ihr Haarband verloren, der warme Sommerwind griff sanft in ihre Haare. Sie fühlte sich wunderlich frei und stark und heiter, vielleicht sogar ein bisschen schön.

»Sieh nur, wie die Wände gebaut sind«, sagte er. »Immer ein großer Stein in der Mitte und kleine darum herum. Erdbebensicher. Der Potala hat seit Jahrhunderten jedes Beben unbeschadet überstanden.«

Sie nickte und lächelte. Ein feiner Goldschimmer lag über seiner Haut, schmerzhaft anziehend. Sich von der gewaltigen

Welle dieser Sehnsucht davontragen lassen, das wäre schön, dachte sie. Sich in Hingabe auflösen. In die strahlende Helle unbegrenzter Glückseligkeit fallen.

Eine Eidechse auf der Brüstung fing ihren Blick ein und sie blieb stehen, schwach vor Glück. Es war nicht nötig, zu sagen: Wie schön sie ist, wie vollkommen! Oder gar: So soll es bleiben, immer und ewig. Die Gewissheit, dass der Augenblick sich unbegrenzt erfüllte, ohne Vergangenheit und Zukunft, ohne Vergleichen und Bewerten, war der Kern dieses Glücks. Es war nicht der wütende Sturm der Hormone, ungeduldig und besitzergreifend, auch nicht der atemlose, fast schmerzhafte Rausch befriedigter Sehnsucht. Viel eher ein Verfließen und Verschmelzen mit nicht mehr Getrenntem, nahezu ziellos; ein aufgebrochenes, bloßgelegtes Herz, bittersüß.

»Alles in Ordnung?« Ein besorgter Blick, eine leichte Bewegung der Hand, als wolle er sie stützen. Sie blinzelte, lächelte, strich die Haare aus dem Gesicht, war in sich und außer sich und leicht, unendlich leicht.

»Geordnetes Chaos«, sagte sie.

Sie gingen zu Fuß zur Altstadt. Ein paar Straßen lang die flache Armseligkeit chinesischer Provinz, dann die mittelalterliche Schönheit der noch übrig gebliebenen tibetischen Häuser, durchsetzt vom chinesischen pseudotibetischen Stil, lieblos und billig.

»Bald haben sie auch die Altstadt beseitigt«, sagte David bitter. »Internationales Geld liegt bereit, sie zu retten. Die Kader lassen es nicht zu. Real existierende Barbarei. Und die Tibeter wehren sich nicht mehr. Ein junger tibetischer Funktionär sagte: Was wollt ihr nur mit dem alten Gemäuer? Neue Häuser sind viel besser.«

Überwachungskameras an den Straßenecken wiesen den Weg zum Jokhang-Tempel, dem wichtigsten Heiligtum Tibets. Der Große Bruder sieht alles. Miriam zog unwillkürlich die Schultern hoch.

»Unter der Oberfläche der Normalität lauert hier ständig die Gewalt«, sagte David.

»Ja«, nickte sie, »ich spüre es.«

Ein weiter, kahler Platz, die unauffällige Front des Tempels mit Teppichen aus scharzer Yakwolle verhängt, davor große, vasenartige Öfen zum Verbrennen von getrocknetem Wacholder. »Heiliger Rauch«, um alles Negative zu vertreiben. Menschen mit sanften, gesammelten Gesichtern, die sich niederwarfen vor der Behausung des Jovo-Buddha, der heiligsten Statue in Tibet. Die unregelmäßigen Steinplatten glänzten, blank geschliffen von unzähligen Pilgern, die hier jahrhundertelang dem inneren Buddha ihre Niederwerfungen geopfert hatten.

David hatte sich zu einer freien Stelle begeben, seine Jacke neben sich gelegt und begann ebenfalls mit Niederwerfungen; natürliche, vertraute Bewegungen, locker und fließend. Ohne nachzudenken, hob Miriam ebenfalls die Hände über den Kopf, ließ sich hineinziehen in den Fluss der Bewegung. Dawas Bewegung, Dawas Erinnerung. Lama-la kyab su tchi-o, sangyela kyab su tchi-o – ich nehme Zuflucht zum Lama, ich nehme Zuflucht zum Buddha … Ihr Mund murmelte die Formel der Zuflucht, ihre Hände hoben sich, ihre Knie beugten sich, ihr Körper streckte sich aus auf dem Boden, als habe sie es tausend Mal so gemacht, hunderttausend Mal, wie Dawa als junges Mädchen.

Plötzlich entstand ein Tumult an der Seite der Eingangstore. Eine Gruppe von Uniformierten stürzte sich auf eine Frau, ein Plakat wurde von dem geschlossenen Tor gerissen, die Frau wurde abgeführt. Alles war so schnell vorbei, dass man sich fragen konnte, ob es überhaupt geschehen war. Gleichzeitig begannen Lautsprecher über dem weiten Platz chinesische Parolen zu brüllen, kreischend und pfeifend, über ihre Kapazität hinaus aufgedreht.

»Das kleine, alltägliche Heldentum Tibets«, sagte David. »Wahrscheinlich hat sie ›Freies Tibet‹ auf ihr Plakat geschrieben oder ›Tibet den Tibetern‹, und sie wusste, was sie erwartet. Das Gefängnis Nummer eins.«

Er schlüpfte wieder in seine Jacke. »Gehen wir. Die Tibeter dürfen erst am späten Nachmittag für eine Stunde in ihren Tempel. Nur Touristengruppen lässt man jederzeit ein.«

Er führte sie zur Umgehungsstraße um den Tempelkomplex. Marktstände mit Pyramiden bunter Gewürze, Brokaten, Statuen, Devotionalien, Kleidern, Plastikeimern, tibetischen Türkisen und Lapislazuli, Rollbildern, Töpfen, Porzellan. Der typische Basar Asiens und alle Besucher gingen in der Uhrzeigerrichtung, denn dies war der Barkhor, der heilige Rundweg, auf dem sich Profanes und Sakrales freundlich vermischt. Und auch hier wieder Pilger, die sich mit Niederwerfungen voranbewegten, arme Leute in abgeschabten tibetischen Kleidern und mit hingebungsvollen Gesichtern, wie aus einem anderen Jahrhundert gefallen.

Der Geruch des Glücks hing als eine große, köstliche Ruhe noch in ihr und sie trieb durch das Gewühl wie getragen. Sie hielt sich ein paar Schritte hinter David, um seine Gestalt vor sich zu sehen und dem Zauber des Nichtgetrenntseins nachhängen zu können, damit er nicht so schnell verblasste. Vielleicht würde sie das alles am Abend im Hotelzimmer aufschreiben; doch was sollte sie schreiben?

David führte sie in den dämmrigen Raum eines kleinen tibetischen Gasthauses. Träge, transparente Drachen blauen Zigarettenrauchs trieben über die Tische, der Geruch von gebratener Butter hing schwer von der niedrigen Decke. Eine beglückte Müdigkeit ließ sie auf eine der Holzbänke sinken.

Eine gegenüberliegende gelbe Hauswand fing Sonnenlicht auf und gab es weiter, in die tief liegenden Fensternischen und auf die rohen Holztische des Lokals. Am Nebentisch aß geräuschvoll ein tibetisches Paar mit einem kleinen Mädchen, weiter hinten würfelten ein paar Männer. Miriam lächelte beim vertrauten Klang der knallenden Lederbecher und dem fröhlichen Geschrei, das guten Würfen folgte. In der dunkelsten Ecke des Raums saß eine alte Frau mit untergeschlagenen Beinen auf einem Sofa und drehte unermüdlich ihre Mantra-Trommel.

David bestellte Chang und gebratene Momos bei einer kleinen Frau mit klugen, lebhaften Augen. Er sprach Tibetisch und sie schlug erfreut die Hände zusammen, beugte sich vor und begann eifrig auf ihn einzureden. Er wehrte sie lachend ab: »Tut mir leid, Chemkusho-la, mein Tibetisch ist nicht gut.«

»La so, Kusho-la, la so«, antwortete sie lachend mit ihrer klangvollen, rauen Stimme und verschwand in einer offenen Tür zum hinteren Bereich des Hauses.

»Aber dein Tibetisch ist doch gut«, wandte Miriam ein.

»Es reicht aus«, erwiderte er. »Aber es ist besser, wenn hier niemand weiß, dass ich Tibetisch verstehe.«

»Du hast sie Chemkusho-la genannt«, sagte Miriam aufgeregt. »Das ist ein Adelstitel. Dawa wurde so genannt, Chemkusho-la. Kennst du diese Frau?«

»Ich weiß nur, dass sie aus einem hohen tibetischen Adelshaus stammt«, antwortete David. »Sie ist eine Berühmtheit, der Engel vieler Dissidenten, denen sie geholfen hat, sich zu verstecken. Ihr Englisch ist hervorragend. Sie ging in Kalkutta zur Schule. Als Tibet noch frei war, wurden viele adlige Kinder, auch Mädchen, nach Indien in britische Internate geschickt.«

»Chemkusho-la«, sagte Miriam, als die Wirtin ihre Bestellung brachte, »wer ist diese alte Frau in der Ecke?«

Die Wirtin richtete einen wachen, interessierten Blick auf sie. »Das ist meine Tante. Eine Delogma. Das bedeutet ...«

»Ich weiß«, unterbrach Miriam. »Sie kam von den Toten zurück. Sie ist eine weise Frau. Eine Dakini.«

Eine seltsame, stille Aufregung pochte in ihrem Hals. Sie konnte nur wenig essen und trank stattdessen den säuerlichen Chang, der die Erinnerung an die Gerüche des Dzong und an des Verwalters freundliche Züge in ihr weckte.

David hob sein Glas und sagte: »Einen Toast auf Künga Legpa, den heiligen Narren, und seine Linie Drugpa-Kagyü.«

Im Dzong hatte man oft über Künga Legpa aus dem Land im Süden gesprochen, den liederlichen Weisen, dessen anzügliche Weisheitsgesänge viele kannten. War er vielleicht ein Zeitgenosse Dawas gewesen?

»Wann hat er gelebt?«

»Im sechzehnten Jahrhundert«, antwortete David. »Und er hat in der Zwischenzeit nichts von seiner Popularität verloren.«

»Ah la la, Künga Legpa«, sagte die Wirtin, die bei ihnen

stehen geblieben war und zugehört hatte. »Ja, Verehrung sei Künga Legpa, dem großen Dichter. Kennt ihr seine frechen Lieder?«

Sie setzte sich auf einen freien Stuhl und begann mit ihrer rauen, eindringlichen Stimme zu singen. Nach jedem Vers machte sie eine Pause, in der sie den Inhalt übersetzte.

»Segne uns, oh Kagyü-Lama, der du mein Vater bist.
Gold, Silber und Juwelen sind kein wirkliches Glück
und der Verlust des Reichtums ist kein wirkliches Elend.
Nehmt Zuflucht zu dem, der frei ist von Reichtum und Besitz.

Eine schöne Gefährtin, die einen immer begleitet,
ist kein wirkliches Glück,
und die Trennung von Menschen, die einander lieben,
ist nicht wirklich traurig.
Nehmt Zuflucht zu dem, der ohne Freunde und Familie ist.

Der Erwerb allen Reichtums, den man begehrt,
ist kein wirkliches Glück,
und wird dir deine Habe von andern entrissen,
ist das kein wirkliches Missgeschick.
Nehmt Zuflucht zu dem, der alles verschenkt, was er besitzt.

Das Ziel dieses Lebens zu erreichen ist kein wirkliches Glück,
und die Trennung von Körper und Geist im Augenblick

des Todes ist kein wirklicher Schrecken.
Nehmt Zuflucht zu dem, der die immerwährende
Zuflucht verwirklicht hat.«

Unbemerkt hatte sich die alte Tante genähert und blieb gebeugt neben der Wirtin stehen. Miriam sprang auf und verneigte sich mit gefalteten Händen.

»Chemkusho-la«, sagte sie und zog unwillkürlich geräuschvoll den Atem durch den Mund ein, wie sie es von den Menschen im Dzong kannte.

David erhob sich ebenfalls, verneigte sich und wies mit ein paar tibetischen Worten auf einen freien Stuhl. Die Wirtin half der alten Frau, sich zu setzen. Ein verwittertes Gesicht, ein langer, grauer Zopf, der Körper schwer in der Mitte, die kleinen Hände knorpelig wie Wurzeln.

»Was darf ich für Ihre verehrte Tante bestellen?«, fragte Miriam und die Wirtin gab die Frage auf Tibetisch weiter.

Die alte Frau antwortete lachend und zeigte einen Rest gelber Zähne und die Wirtin übersetzte: »Sie freut sich über Gäste mit so offenem Herzgeist und möchte mit ihnen Chang trinken. Ich möchte Ihnen sagen, dass es sehr selten vorkommt, dass meine verehrte Tante mit Gästen spricht.«

»Es ist uns eine große Ehre«, erwiderte Miriam. Stille Aufregung berauschte sie mit wunderlicher Beglückung. Das zerfurchte, von einer breiten, hellen Narbe quer über Wange und Nase gezeichnete Gesicht mit Funken sprühenden Augen war wie ein Schleier, ein dünnes, durchscheinendes Gewand, unter dem sich eine wärmende, kühlende, aufregende und besänftigende Schönheit nur halb verbarg. Miriams Blick hing an ihr, glückselig und selbstvergessen. Dakini, sang es in ihrem Geist, Khandro, Himmelstänzerin, Herrin des Raums.

Die Wirtin brachte Chang für die alte Frau und erklärte leise in respektvollem Ton: »Meine Tante trägt den Namen Sumchok, nach einer Gefährtin des Künga Legpa. Sie kennt alle seine Lieder. Ich denke, sie wird eines für uns singen. Ich habe meinen Enkel geschickt, um den Musikanten zu holen. Er wohnt eine Straße weiter.«

Die alte Sumchok verspritzte mit der rechten Hand ein paar Tropfen Chang, lehrte dann ihr Glas mit einem einzigen Zug und hob es danach auffordernd hoch. Zugleich deutete sie mit dem Boden des Glases auf die beiden ausländischen Gäste, fast beiläufig, mit der leichten Geste einer Königin, die nicht daran zweifelt, dass ihre Befehle ausgeführt werden. Eilig stand die Wirtin auf und brachte drei weitere gefüllte Gläser. Bald gesellte sich ein hagerer junger Mann mit einem einfachen dreisaitigen Instrument zu ihnen, leerte ebenfalls ein Glas Chang und zupfte ein paar einleitende Töne.

»Ah la la«, lachte die alte Frau, klatschte in die Hände und begann rhythmisch zu singen:

»Wir werfen uns nieder vor dem Herrn der Lebewesen,
Djö-che Künga Legpa.
Er trägt das kleine Schild der Liebe, des Mitgefühls und der Geduld.
Einen Jagdhund führt er mit sich, um die fünf Geistesgifte zu töten.
Pfeil und Bogen, die Einheit von Erkenntnis und geeigneten Mitteln in der Leerheit der Essenz, hält er in den Händen.«

Sie trank wieder, während die Wirtin übersetzte, kicherte ein wenig und sagte ein paar Worte zu ihrer Nichte.

»Sie wird jetzt Befreiung aus Samsara singen, ein Gebet der Zuflucht, das Künga Legpa einem einsamen alten Mann beibrachte«, erklärte die Wirtin und brach in prustendes Gelächter aus. Der junge Musiker lachte mit weit offenem Mund und ging zu schnellen, übermütigen Tönen über.

Die alte Frau sang und in den kleinen Pausen zwischen den Strophen übersetzte die Wirtin flink die Inhalte, offenbar nicht zum ersten Mal.

»Ich nehme Zuflucht, ich nehme Zuflucht
zur weichen Muschi einer alten Frau.
Ihre bodenlose Tiefe gleicht einem Abgrund.

Ich nehme Zuflucht, ich nehme Zuflucht
zum schlaffen Schwanz eines alten Mannes.
An der Wurzel vertrocknet, liegt er da wie ein toter Baum.

Ich nehme Zuflucht, ich nehme Zuflucht
zum starken Vajra eines kräftigen Jünglings.
Stolz richtet er sich auf, ohne den Tod zu fürchten.

Ich nehme Zuflucht, ich nehme Zuflucht
zum Lotos eines jungen Mädchens.
Ist sie frei von falscher Scham, gehen die Wogen der
Verzückung hoch.«

Mehrere Gäste hatten sich unbemerkt um die Tischrunde versammelt und klatschten und stampften fröhlich im Takt.

Auf einen Wink der alten Frau veränderte der Musiker die Färbung seiner Töne, schlug die Saite mit Nachdruck an und verstummte dann, so dass nur noch die erstaunlich starke Stimme der Alten zu hören war:

»EMAHO. Wir werfen uns nieder zu Füßen des heiligen Narren Drukpa Künga Legpa.
Er, der berauscht ist vom Antlitz der Göttin der Wonne und Weisheit
und der alles, was geschieht, mit ungeniertem Vergnügen beim Namen nennt,
ist der Narr, der die Lüge in dieser Welt der Eitelkeiten entlarvt.«

Die Gäste jubelten und klatschten und verbeugten sich mit höflichen Lobsprüchen vor der Sängerin. Ohne ein sichtbares Zeichen, wie Vögel, die in geheimnisvoller Übereinstimmung auffliegen, stimmten die Gäste ein Lied an, das Miriam erkannte. Es war die siebenzeilige Anrufung an den Buddha Guru Rinpoche, Padmasambhava, und die Erinnerung stieg in ihr auf als vertraute Laute, vertraute Töne und vertrauter Sinn. Sie sang mit, lauthals und mit einer Stimme, die sie im ersten Augenblick nicht wiedererkannte.

Dawas Stimme.

Davids erstaunter Blick blieb an ihr hängen wie festgeklebt, selbst als er ihn längst wieder auf die Sängerin, die Wirtin, den Musikanten gerichtet hatte. Sein Erstaunen hatte ihr unvermuteten Raum gegeben, in dem sie viel, viel mehr sein durfte als Miriam-im-Kokon. Doch es war ungewiss, ob sie wagen würde, mehr zu sein.

Ein wenig zögernd kehrten die Gäste schließlich auf ihre Plätze zurück und der junge Musikant wurde zu einem anderen Tisch mitgezogen. Die alte Frau leerte ein weiteres Glas Chang, das Miriam ihr hingeschoben hatte, nickte den beiden Fremden zu und begab sich schwerfällig wieder zu ihrem Platz in der Ecke.

»Woher hat sie diese große Narbe im Gesicht?«, fragte Miriam.

Die Wirtin beugte sich vor und strich mit dem Zeigefinger Tränen von Miriams Wange, deren Miriam sich nicht bewusst gewesen war. Einen Augenblick lang strahlte ein zärtliches Lächeln auf, so wie man einem kleinen Kind zulächelt.

»Meine verehrte Tante war fünf Jahre lang in einem chinesischen Arbeitslager eingesperrt. Sie hat schon seit langem Wasser in der Lunge, ein Wunder, dass sie immer noch lebt. Aber sie sagt, es ist noch nicht Zeit zu sterben. Die Narbe nennt sie ihren Erinnerungszauber. Damals wurde sie eine Delog.

Sumchok-las Mann war ein hoher Regierungsbeamter und sie hatte einen kleinen Sohn und zwei jugendliche Töchter. Ihr Mann ging in den Osten und kämpfte mit den Khampas, die von der CIA mit Waffen versorgt wurden. Als er fiel, machten die Chinesen Jagd auf seine Familie. Sumchok-la und die Kinder waren monatelang auf der Flucht, dann wurden sie gefasst. Die Kinder verschwanden. Wir wissen noch heute nicht, ob man sie nach China verschleppt oder ermordet hat. Sumchok-la kam in eines dieser furchtbaren Arbeitslager, in denen so viele Menschen verhungerten. Als sie zwei Tage lang nichts mehr zu essen bekommen hatten, ging sie zu einem chinesischen Offizier und bat um Tsampa für ihre

Mitgefangenen. Dass das lebensgefährlich war, wusste sie. Der Offizier schlug sie mit der Peitsche. Er traf sie im Gesicht, die Haut platzte auf und alles war voller Blut. In diesem Augenblick betete sie darum, dass dank ihrer Schmerzen die anderen in diesem Lager von Schlägen verschont würden. Sie stand ganz ruhig da, ohne Wut und Rachegefühle, weil sie wusste, dass dieses Leiden negatives Karma aufzehrte. Den Offizier brachte ihre ruhige Haltung so sehr auf, dass er sie zu Boden schlug und mit seinen Stiefeln so lange trat, bis sie sich nicht mehr bewegte. Sie wurde in eine Grube geworfen, aber ein paar gefangene Nonnen holten ihren Körper heraus und versteckten ihn in ihrer Baracke. Einer Nonne war nämlich Arya Tara im Traum erschienen und hatte ihr gesagt, Sumchok-la sei nicht tot.

Fünf Tage lang lag Sumchok-la in der Baracke. Sie atmete nicht mehr, aber sie fiel auch nicht in die Totenstarre. Dann kam sie zurück und erzählte von ihren Reisen durch die Welten des Lebensrads, vor allem vom Leiden in den Höllenbereichen. Ihr glaubt nicht, wen sie dort alles getroffen hat. Und sie erzählte von Arya Tara und den Dakinis, die sie begleiteten. Die Leute im Lager lernten ihre Erzählungen auswendig und später hat ein Mönch alles aufgeschrieben. Der chinesische Offizier ist sehr krank geworden, sterbenskrank. Als es ihm wieder besser ging, begegnete er Sumchok-la im Lager. Sie lächelte ihn an und er verbeugte sich vor ihr. Er sorgte dafür, dass die Gefangenen genug zu essen bekamen, und schließlich konnte er sogar ihre Freilassung durchsetzen. Er bat sie, für ihn zu beten. Das tut sie heute noch.«

Es war wie ein Leuchten in dem dämmrigen Raum. Ohne zu überlegen, stand Miriam auf, ging zu der alten Frau in der

Ecke und kniete neben dem niedrigen Sofa auf den rauen Fußboden.

»Chemkusho-la«, sagte sie mit gefalteten Händen. Ein eindringlicher Blick blitzte aus dem zerknitterten Gesicht hervor, die Hand ließ die Mala in den Schoß gleiten, legte sich um Miriams Nacken und zog ihren Kopf näher heran. Die Stirn der Alten berührte Miriams Stirn. Dann trat eine große Stille ein. Miriam befand sich am Rand eines Abgrunds und die alte Delogma flüsterte: »Spring, flieg!«, und stieß gegen ihre Schulter. Ein Stürzen, Fallen, Ausbreiten, Getragenwerden; sie flog, schreiend vor Freude.

Davids Hand an ihrem Arm schreckte sie auf. Die alte Frau nahm ihre Mala und setzte die Mantra-Trommel wieder in Bewegung. Ihre Augen schauten in eine Ferne, in der es keine Grenzen gab.

Dawa

»Hier geht's nicht mehr weiter.«

Tenzins Stimme hallt zwischen den Felswänden wider, die den Fluss zu einem wirbelnden, kochenden Band zusammendrängen. Einen halben Tag lang haben sie sich auf dem unwegsamen Ufer vorangearbeitet, umsonst, sie müssen umkehren, bis sie das Flusstal wieder verlassen können.

Schweigend klettert Dawa über die großen, vom Fluss rund geschliffenen Steine, mit schmerzenden Füßen und vor Anstrengung zitternden Knien. Tenzin holt auf und hält sie am Mantel fest.

»Wir sollten etwas essen, Chemkusho-la.«

»Gewöhne dich endlich daran, mich Nyima zu nennen«, knurrt sie, ohne anzuhalten. »Iss Aprikosen. Wir haben das richtige Tal verpasst. Die Zeit ist knapp.«

Nach einer Weile blickt sie sich um. Es ist nicht Tenzins Art, sich schweigend abzufinden, solange es brauchbare Einwände gibt. Er ist nicht mehr hinter ihr. In einiger Entfernung sieht sie ihn am Fluss hocken, kaum zu unterscheiden vom Gestein. Eine heiße Flamme des Ärgers schießt in ihr hoch. Dieser Eigensinnsdämon bringt sie beide in Gefahr. Der falsche Weg hat viel kostbare Zeit verschlungen, und es bleibt ihnen nichts anderes übrig, als die Richtung zum Weg am großen Fluss entlang einzuschlagen. Vielleicht ist der Fürst bereits heimgekommen und hat seine Männer losgeschickt. Er ist schlau, der Fürst, und er hält sie nicht für dumm. Sie muss damit rechnen, dass er alle Richtungen absuchen lässt. Der Gedanke regt sich, was geschehen mag, wenn sie eingefangen werden, doch sie drängt ihn schnell zurück. Man wird sie nicht finden. Sie werden gut aufpassen. Und Senge Döngma, die sie jeden Morgen und Abend anruft, wird sie beschützen.

Schließlich geht sie zu Tenzin zurück und hockt in seiner Nähe nieder. Er hat bereits aus trockenem Schwemmholz Feuer gemacht und das Teewasser aufgesetzt. Nach und nach rückt sie näher zum Feuer heran, denn es ist kalt im Schatten der Schlucht. Aus den Augenwinkeln schaut sie nach ihm, ärgerlich und beschämt zugleich angesichts seiner gefrorenen Miene. Natürlich hat er Recht. Sie müssen sich bei Kräften halten, um die ungewohnte Anstrengung aushalten zu können.

»Wir müssen zum großen Fluss«, sagt sie und trinkt den heißen Tee in schnellen, kleinen Schlucken. »Hier kommen wir nirgends weiter.«

Ohne zu antworten, dreht Tenzin kleine Knödel aus dem dicken Brei, den er mit den Fingern aus Tsampa und Tee angerührt hat, und steckt sie in den Mund. Dawa streut ebenfalls eine Hand voll Tsampa in den Rest ihres Tees.

»Gib zu«, sagt sie, »du weißt auch nicht, wo wir sind.«

Schweigend löscht Tenzin das Feuer, spült den Topf und seinen Becher aus und packt das kleine Bündel zusammen. Die Vorratssäckchen sind klein geworden.

»Sag was«, murrt sie.

Er richtet sich auf und schaut auf sie hinunter. »Gut, Nyima, du bist jetzt nicht mehr die Fürstin. Du bist jetzt Nyima. Also benimm dich auch so. Ich hab mich überreden lassen, dir zu helfen. Und das mache ich, so gut ich kann. Deine Launen brauche ich nicht.«

Er spricht ruhig, doch Ärger verdunkelt sein Gesicht. Dawa erhebt sich und reckt das Kinn hoch, um den Größenunterschied ein wenig wettzumachen.

»Ich habe gesagt, du sollst mich Nyima nennen, aber ich habe nicht gesagt, du sollst vergessen, dass ich deine Fürstin bin«, fährt sie ihn wütend an. »Denn das bin ich immer noch. Und ich verlange den nötigen Respekt von einem kleinen Mönch, dessen Vater ein kleiner Bauer ist.«

»Und was ist Euer Vater anderes als ein Händler, Chemkusho Gyalmo? Ist das besser? Sein Geld kann man nicht essen. Mein Vater sorgt dafür, dass wir Tsampa und Butter haben.« Er schlägt heftig auf das Bündel mit den Vorräten, das er in der Hand hält.

Es ist mein Hintern, auf den er jetzt gern hauen würde, denkt Dawa. Vielleicht hat er sogar Recht? Sie sieht zwei wütende Gestalten einander gegenüberstehen wie zwei Yaks mit gesenkten Hörnern, bereit, aufeinander loszustürzen, angestachelt von substanzlosen Gedanken; kleine, krähende Hähne auf dem Mist kleinlicher Emotionen; Traumfiguren, Kinder der Illusion. Ein unbändiges Lachen steigt in ihr auf, frisch und offen wie ein früher Morgen, den noch kein Alltag beeinträchtigt hat. Und Tenzin stimmt mit ein, mitgerissen von dem köstlichen Vergnügen der Einsicht, hinein in den weiten Raum einer kleinen Erleuchtung.

»Gehen wir weiter«, stöhnt sie schließlich, als sie wieder genügend Luft für Worte hat. »Sonst machen wir noch die Berggeister aufmerksam und dann lachen sie so sehr über uns, dass die Berge zusammenfallen.«

Drei Tage lang versuchen sie, dem großen Fluss näher zu kommen, klettern steile, waldige Hänge empor und auf der anderen Seite wieder hinab, ohne genau zu wissen, ob sie auf dem richtigen Weg sind oder nicht. Zwei Dörfer und ein Kloster müssen sie umgehen. Sie wagen nicht, jemanden nach dem Weg zu fragen, die Grenze des Fürstentums ist noch weit entfernt.

Irgendwann treffen sie auf einen Pfad, dem sie in Richtung Sonnenuntergang folgen. Er führt zu einem tief in den Berg geschnittenen Fluss, den man nur mit Hilfe zweier Seile überqueren kann, eines, um darauf zu gehen, ein weiteres, um sich daran festzuhalten. Ein drittes Seil verbindet das obere mit dem unteren in einem weiten Zickzack, so dass man sich seitwärts Schritt um Schritt vorarbeiten muss.

»Man soll auf keinen Fall nach unten schauen«, erklärt Tenzin mit dünner Stimme.

Dawas Blick schaut durch ihn hindurch. Sie kennt das Gefühl des Fallens, ohne je anzukommen, diesen völligen Verlust jeglicher Hoffnung auf Sicherheit. Vielleicht fällt sie in Ohnmacht.

»Wir müssen hier weiter, es gibt keinen anderen Weg.«

Sie kann Tenzins Stimme hören, auch das Wasser unten in der Schlucht kann sie hören, sie ist nicht ohnmächtig. Doch sie ist sehr leicht und plötzlich steht sie auf dem Seil, tastet sich mit den Füßen voran – ein Schritt in einen Zwischenraum zwischen den Querverbindungen, den anderen Fuß nachziehen, ein Stück greifen, mit der anderen Hand nachrücken, und wieder einen Schritt weiter in einen Zwischenraum … Die Brücke schaukelt, die Bewegung bekommt einen Rhythmus, eine Melodie, eingewoben in das Grün, das Grausilber der nassen Felswände. Doch plötzlich fegt ein Sturm von Angst durch die Schlucht, ergreift sie, schüttelt sie, fährt in ihre Beine, in ihre Hände, schwer und hilflos hängt sie an den Seilen, wie ein nasses Fell.

»Senge Döngma!«, schreit sie auf, übertönt vom Donnern des Wassers unter ihr, »Senge Döngma, Senge Döngma!« Und immer weiter schreit sie den Namen der Gottheit hinaus, bis ihr endlich das Mantra wieder einfällt, und dann hat sie das Ende der Brücke erreicht und lässt sich ins feuchte Gras fallen. Danke, Senge Döngma, danke, danke, danke, danke, danke. Und Senge Döngma rollt die Augen und fletscht die Zähne und lacht.

Tenzin erreicht kurz nach ihr ebenfalls das Ufer, mit blassem Gesicht und klappernden Zähnen. Er ist tapfer, dieser dünnlippige Mönch, das muss man ihm zugestehen. Er ist tapfer und hat Humor.

»Um unser Kloster gibt es einen Rundweg«, erzählte er im Weitergehen, »der führt ein Stück den Berg hinauf. Dort gibt es eine Schlucht und der Rundweg führt über eine natürliche Brücke, ein schmales Stück Fels, das in dieser Spalte stecken geblieben ist. Wir mussten als junge Mönche oft über diesen Rundweg gehen. Das erste Mal war entsetzlich. Dann ging es immer leichter. Aber ich frage mich, ob ich mich jemals an diese grässliche Brücke gewöhnen könnte.«

Ich gehe nie mehr zurück, denkt Dawa. Und einmal

mehr schießen ihr Tränen in die Augen und der Schmerz würgt sie über das verlorene Kind, den wilden kleinen Sohn. Gib auf ihn Acht, Senge Döngma, bitte, bitte, meine wunderbare Schwester, achte auf ihn. Das ist wichtiger als mein Leben.

Der Mann mit seiner Ziege an einem kurzen Strick taucht auf wie aus dem Nichts, ein armer Mann in einem abgerissenen Mantel, noch schäbiger als die Mäntel, die sie selbst tragen. Dawa hat glücklicherweise ihr Gesicht und ihre Hände frisch mit einer Mischung aus Erde und Butter eingerieben. Zu Tenzins Zufriedenheit sind ihre Zöpfe schon beachtlich filzig geworden in den kalten Nächten auf dem nackten Boden, in denen die Angst vor den Geistern und den wilden Tieren sie nur schwer Ruhe finden lässt.

»Wohin geht es, guter Mann?«, sagt Tenzin, scheinbar hocherfreut, im Dialekt seines Heimatdorfs. »Wie schön, dass wir jemanden treffen. Wir sind auf der Pilgerschaft. Ich glaube, wir haben uns ein bisschen verirrt. Wir suchen den Weg zum großen Fluss.«

Der Mann lässt den neugierigen Blick seiner kleinen Augen zwischen den beiden Fremden mit ihren kleinen Bündeln hin und her schnellen. Tenzin setzt sich einladend nieder und stürzt sich umständlich in seine Geschichte vom ermordeten Vater und der kranken Mutter und der Pilgerschaft, untermalt von jammervollen Tönen der Schwester, die seine Geschichte händeringend bestätigt.

Sie seien auf dem richtigen Weg, erklärt der Mann. Er führe zu einem Dorf, dann noch zu einem Dorf, dann zu einem Kloster, dann ein langes Flusstal entlang bis zum großen

Fluss. Tenzin dankt ihm mit all den Segenswünschen, die von einem Pilger erwartet werden. Als der Mann außer Sichtweite ist, schlägt er eine schnellere Gangart an.

»Wenigstens war er allein«, sagt er besorgt.

»Du meinst, er …?« Sie beendet den Satz nicht. Sie will nicht an noch mehr Schwierigkeiten denken. »In unserem Fürstentum werden Pilger nicht mehr ausgeraubt.«

»Denkst du!«, erwidert Tenzin. Hat sie in seinem trockenen Ton eine Spur von Verzweiflung entdeckt?

»Aber der Fürst hat schlimme Strafen dafür angedroht.«

Tenzin brummt: »Hinterher. Wenn es zu spät ist.«

Er geht noch schneller und sie muss sich anstrengen, um mit ihm Schritt zu halten. »Warte. Vielleicht sollten wir uns eine bessere Geschichte ausdenken.«

Doch Tenzin scheint plötzlich und überzeugend das Kommando zu haben. »Die Geschichte ist gut so. Er hat uns keine Schätze zugetraut.«

Er wählt den beschwerlichen Weg an einem felsigen Abhang entlang anstatt den Trampelpfad unten im Tal, der zum Dorf führt. Wacholderbüsche und kleine Nadelbäume bieten ein wenig Schutz. Wolken haben sich zusammengezogen und bald ist es so dämmrig, als käme die Nacht. Dawa richtet ihre gesamte Aufmerksamkeit auf die Beschaffenheit des Bodens, um nicht auf scharfe Steine zu treten. Die dünnen Ledersohlen ihrer Stiefel werden nicht mehr lang halten. Glücklicherweise hat sie genügend Ersatzsohlen dabei. Vielleicht sollte sie versuchen, mehrere übereinanderzunähen, dann würden ihre Füße nicht mehr so sehr schmerzen.

Mit den ersten Blitzen und Donnerschlägen beginnt es zu regnen. Ein Stück schräger, nackter Fels ist die einzige Zuflucht, die diese wenig einladende Gegend gewährt. Sie stülpen die Schaffellmäntel wie Zelte über sich, so dass der Regen an der fettigen Lederhaut ablaufen kann.

Das Tal versinkt im Grau des Regens. Auch die schneebedeckten Berge in der Ferne sind nicht mehr zu sehen. Die wunderbare sonnige Weite ist den bedrückenden Schleiern kalter Nässe gewichen. An solchen Tagen hockte die kleine Dawa bei der Mola und ließ sich wilde Geschichten zuraunen vom großen Krieger Gesar von Ling oder von der machtvollen Göttin Lhamo, die Weissagungen in die Träume bringt und Krankheitsdämonen vertreibt.

Das Gewitter macht Dawa Angst, ihr Herz trommelt wild. Der Gewittergott, der Herr des Sturms, bringt Krankheit und Tod, kein vernünftiger Mensch tritt ihm entgegen. Lama Pema hat gesagt, die Götter und Geister hätten zwar teil an unserer oberflächlichen Wirklichkeit, gehörten jedoch andererseits nicht weniger zur Welt unserer alltäglichen Illusionen als alles andere, das wir als wirklich empfinden. Nicht wirklich, nicht wirklich, sagen ihre Gedanken neben dem Mantra der Senge Döngma her, doch auch dies kann den Aufruhr in ihrem Körper und Geist nicht bändigen. Ein gewaltiger Donnerschlag erschreckt sie so sehr, dass die Mala aus ihren Händen fällt und sie sich mit einem kleinen Aufschrei an Tenzin klammert. Tenzin zittert.

»Habt Ihr Angst?« Die Herausforderung in seiner Stimme lässt sie wieder abrücken.

»Natürlich. Du doch auch.«

»Ihr seid doch eine Delogma«, sagt er. »Ihr wart schon tot. Wieso habt Ihr dann Angst?«

»Ich hab eben Angst«, antwortet sie unwirsch. »Alle Leute

haben Angst vor Gewittern. Man muss sich nicht dafür schämen.«

»Das meine ich ja auch nicht.«

Tenzins Zähne klappern so sehr, dass sie ihren kleinen Triumph nicht genießen kann. Sie rückt wieder näher an ihn heran.

»Lama Pema hat einmal erzählt, wie der Sohn des großen Meisters Marpa gestorben ist. Marpa war schrecklich unglücklich und weinte sich das Herz aus dem Leib. Seine Schüler fragten, warum er so unglücklich sei. Ein Ehepaar, dessen Sohn vor kurzem gestorben war, habe er doch mit der Belehrung getröstet, das sei nichts anderes als ein Traum, eine Illusion. Genau das sei es, antwortete Marpa. Und der Tod seines Sohnes sei eben ein Riesentraum, eine Riesenillusion.«

»Ich kenne die Geschichte«, sagt Tenzin.

»Und hast du sie auch verstanden?«

»Jetzt schon.« Er reicht ihr sein schiefes Lächeln wie ein Geschenk. Und beim nächsten gewaltigen Donnerschlag fügt er hinzu: »Wirklich, ein Riesengewitter.«

Miriam

Ein lautes Klopfen an der Tür schreckte sie auf.
»Miriam! Kommst du zum Abendessen?«

»Oh! Ja, natürlich. Gleich.«

»Ich warte unten.«

Ihre Hand hielt noch den Schutzbeutel des Schamanen umklammert, so, wie sie eingeschlafen war. Sie hatte nicht schlafen wollen, nur ein wenig ausruhen vor dem Abendessen. Es war nicht Müdigkeit gewesen. Seitdem sie in Tibet war, strebten die beiden Welten, die des Tags und die des Traums, aufeinander zu, wollten sich ineinander verhaken wie die Finger zweier Liebender. Leichter als zuvor driftete sie von der einen in die andere, weniger irritiert.

»Es ist so«, erklärte sie David beim Abendessen, »wie wenn man mit einem Fuß auf dem Gehsteig und mit dem anderen auf der Straße geht. Hast du das nicht auch als Kind getan? Bei jedem Schritt wirst du größer oder kleiner, wie zwei verschiedene Personen.«

David lächelte höflich. Verstand er sie? Konnte sie erwarten, dass er sie verstand?

»Dawa hat Angst vor Gewittern«, sagte sie. »Obwohl sie den Tod kennt, hat sie immer noch Angst. Ist das nicht seltsam?«

David dachte ein wenig nach. »Sie hat etwas Außergewöhnliches erlebt. Das ist eine große Inspiration. Aber damit werden ihre Gewohnheitsmuster nicht einfach gelöscht. Wahrscheinlich müssen Erfahrungen reifen.«

Miriam lächelte. »In der Sonne des Gewahrseins.«

»Wie Äpfel.«

»Tomaten.«

»Zitronen.«

»Kokosnüsse.«

Sie lachten und aßen eine Weile in einverständigem Schweigen. Miriams Gedanken kreisten langsam. Würde das Glück reifen, das der Tag ihr gegeben hatte?

»Irgendwie leben wir wohl immer hinter uns her«, sagte sie, »hinter unserer Buddha-Natur her. Bis wir sie eingeholt haben. Sofern wir sie einholen wollen.«

Sie erzählte vom Gewitter und von Marpas Trauer. Doch währenddessen dachte sie über Dawa und Tenzin nach, über die sie nicht sprechen konnte, weil dies zu nah an Miriam und David herangeführt hätte. Sie wusste mehr über Dawa als Dawa selbst und sie sah mehr von Tenzin, als Dawa sah. Wie hätte wohl Dawa sie selbst, Miriam, gesehen? Wie hätte sie Miriam und David gesehen?

Mit diesem seltsam losgelösten Blick von außen folgte sie David in den Garten hinter einer Bar des Hotels. Ein paar leere Tische standen zwischen Oleanderbüschen in Kübeln, geschützt vom weitläufigen Gebäude. Der kühle Augustabend verlangte nicht mehr als ein warmes Tuch um die Schultern. Sie bestellte ein chinesisches Bier und legte die Füße in den teuren neuen Wanderschuhen auf einen der Plastikstühle. Um wie viel wirklicher erschien ihr die Welt in der Altstadt, die Welt der hingebungsvollen Pilger vor dem Jokhang, die Welt der alten Sumchok, als dieses gesichtslose Hotel auf irgendeinem Punkt des Planeten.

»Ich fürchte, wir können morgen noch nicht losfahren«, sagte David. »Bei der Agentur hieß es, man müsse unseren Antrag für die Fahrt nach Osten noch einmal prüfen.«

Eine Mischung aus Dankbarkeit und Beschämung ließ sie erröten. Wie selbstverständlich hatte er die Planung und Durchführung dieser Reise in die Hand genommen; und er hatte ihr nicht erlaubt, seinen Anteil der Reise zu bezahlen. Warum gelang es ihr nicht, seine Hilfe zu genießen?

»Bist du enttäuscht?«, fragte er.

»Meistens«, antwortete sie. »Von mir selbst.«

Er schwieg. Sie wollte nicht weitersprechen, doch er wartete darauf, ließ die Lücke klaffen. Würde sie es aushalten, sie nicht zu füllen? Sie hatte Angst vor dieser Lücke, sie stellte alles in Frage. Der Kellner erlöste sie, ein dünner, eifrig lächelnder junger Mann mit großen, weißen Zähnen. Die hübschen Mädchen vom Empfang mochten von ihm träumen.

»Vielleicht genießt du es, noch einen Tag lang hier zu sein«, sagte David sanft. »Es gibt viel zu sehen in Lhasa, den Jokhang-Tempel, den Park hinter dem Potala mit dem Tempel der Wassergeister, den Höhlentempel, den Norbu Lingka … vieles.«

Das chinesische Bier schmeckte ihr nicht. Dennoch leerte sie das Glas entschlossen mit einem Zug und wartete auf die Wirkung des Alkohols. Sie hätte lieber Whisky getrunken. Warum hatte sie gezögert? Hatte sie die Missbilligung des zukünftigen Mönchs befürchtet? Nervös fuhr sie mit der Hand durch ihr Haar.

»Ich werde mich schon nicht langweilen.« Ihre Stimme war wie Sand. Sie fürchtete sich davor, allein in der fremden Stadt unterwegs zu sein.

Sie konnte zurück in die Altstadt gehen, in die andere Welt, in Dawas Welt. Dawa hatte vom Jovo-Buddha gesprochen, dem Ziel aller Pilger im Jokhang-Tempel. Ja, zur heiligen tausendjährigen Buddha-Statue wollte sie gehen, dem Geschenk der chinesischen Prinzessin für den tibetischen König, den sie mit einer nepalesischen Frau teilen musste. Wie wäre es, einen Mann zu teilen? Man würde ja wenigstens eine Hälfte bekommen.

»Du bist blass.« Davids Hand hat sich auf die ihre gelegt. Ein Funke, grell, ein Druck in der Kehle, der erschreckte Wunsch, die Hand zurückzuziehen; der noch größere Wunsch, sie liegen zu lassen. Ich lasse sie liegen im Feuer.

»Alles … ein bisschen zu viel …«, stammelte sie.

Sein Arm um ihre Schultern, sein Geruch, der sie in trügerische Vertrautheit einzuhüllen drohte. So sehr wünschte sie es, dass sie es fürchten musste. Sie holte tief Atem und es wurde ein Schluchzer daraus. Sie würde nicht weinen. Weinen war peinlich. Eingeständnis der Schwäche. Wenn Frauen wüssten, wie hässlich sie sind, wenn sie heulen, würden sie es nie tun, hatte Rudolf gesagt. Heul dich aus, sagte Greta immer, das tut gut. Es tat nicht gut. Es war beschämend.

»Ich bin das Reisen nicht gewöhnt, so viel Neues …«, sagte sie und bereute es im selben Augenblick. Warum erklären, sich verteidigen? Warum nicht einfach den Kopf an seine Schulter lehnen?

Er strich leicht über ihren Rücken und zog den Arm zurück. »Möchtest du reden?«

Sie schüttelte den Kopf. »Ich brauche keinen Therapeuten.«

»Aber vielleicht einen Freund«, erwiderte er.

Können Mönche, Möchtegernmönche Freunde von Frauen sein? War David ein Freund oder war er der gehorsame Schüler seines Rinpoche? War Tenzin ein Freund für Dawa oder war er der gehorsame Mönch der Fürstin? Würde er sich opfern? Wer würde sich opfern? Für wen? Zum Wohl aller Wesen, hieß es in den Rezitationen. Zum eigenen auch? Zum eigenen auch.

»Ja, natürlich. Natürlich ist es gut, Freunde zu haben.« Noch mehr Sand in ihrer Stimme. »Ich war nie geschickt darin, Freundschaften zu schließen.«

Wie hätte sie es sagen können, erlaubte sie sich doch kaum, es zu denken: Ich möchte geliebt werden, geliebt, geliebt, geliebt. Und ich möchte lieben, so besinnungslos lieben, dass diese ganze vordergründige Welt in einem Flammenmeer der Leidenschaft verzehrt wird und nichts übrig bleibt als das Destillat, die Befreiung, Liebe pur. Hilf mir! Hilf mir! Wer?

»Das Bier hat mich müde gemacht. Entschuldigst du mich?«

Hölzern stand sie auf und legte mit einem hastigen »Lass mich das machen!« die erforderliche Menge Yüan auf den Tisch.

Er erhob sich ebenfalls.

»Bleib doch noch. Ich …« Sie fürchtete sich vor der erzwungenen Intimität des Fahrstuhls und strebte der Treppe zu. Schweigend ging er ihr nach. Vor ihrer Zimmertür holte er sie ein und nahm sie in den Arm, freundlich und unverbindlich. Es gab jedoch einen kleinen Augenblick, in dem er ihren Kopf leicht gegen sich drückte, der alle Wände einstürzen ließ. Hastig zog sie sich in ihr Zimmer zurück.

»Wenn man wenig geschlafen hat, ist es irgendwie den ganzen Tag lang morgens um halb vier.« Mit übertriebener Munterkeit entfaltete sie ihre Serviette. David hatte sein Frühstück bereits beendet. Absichtlich hatte sie ihre Morgenrituale im Badezimmer ausgedehnt, um die gemeinsame Frühstückszeit zu verkürzen. Es war verwirrend. Sie wollte nicht darüber nachdenken.

Er sei beim Department für religiöse Angelegenheiten vorgeladen, erklärte David, und sie solle doch in die Stadt gehen und sich bis Mittag dort umsehen. Inzwischen zweifle er daran, dass es eine gute Idee war, sich mit einem Papier der Universität Kathmandu auszurüsten, um einen Vorwand für den Besuch des Heiligtums zu haben. Doch ein stichhaltiger Vorwand wurde gebraucht und etwas Besseres sei ihm nicht eingefallen.

»Und mein Vorwand?«, fragte sie.

»Verlobte«, antwortete er mit halbem Lächeln. »Das lassen auch Chinesen durchgehen.«

Sie schaute ihm nach, wie er sich zwischen den kaum besetzten Tischen entfernte. Da war es wieder, das innere Zittern und wortlose Jubeln, der aufgeregte Herzschlag, die Helligkeit, die über allem lag. Neurotransmitter, sagte sie sich, einfach ein Riesenhaufen unberechenbarer Neurotransmitter. Ihr Lächeln streifte ein älteres Paar am Nachbartisch, japanische Touristen wahrscheinlich. Sie lächelten zurück wie zwei Kinder.

Dichter, duftender Rauch umhüllte die Front des Jokhang. Getrockneter Wacholder in den Lhasang-Öfen, heiliger Rauch, von Pilgern und einheimischen Tibetern in dicken Bündeln in die riesigen gemauerten Vasen gestopft. Der heilige Rauch reinigt, das wusste sie von Dawas Leben im Dzong. An Feiertagen wurde der Lhasang entzündet, man hielt Dinge wie Malas und Gebetstrommeln in den Rauch, führte die Tiere hindurch und ließ sich selbst umwehen von der reinigenden Gabe für alle unsichtbaren »Duftesser«.

Für kurze Zeit schloss sich Miriam den Niederwerfungen an, einundzwanzig Mal, die formelle Begrüßung der Gottheiten. Touristen lassen sie in den Jokhang hinein, hatte David gesagt, doch die Tür war versperrt. Ein Junge zupfte sie am Ärmel, winkte, Madame, come, und sie folgte ihm zu einem seitlichen Tor, durch einen Hof, einen dunklen Gang, in einen weiteren Hof. Bei einem Uniformierten vor einer schweren Holztür lieferte er sie ab und hielt die Hand auf. Fünf Yüan? Sie hob fragend die Augenbrauen. Der uniformierte Mann zog zwei Yüan-Scheine aus ihrer Hand und gab sie dem Jungen. Dann schloss er die Tür auf und schob Miriam ins Dunkel hinein. Sie wandte sich um, die Hand mit dem Geld ausgestreckt, doch die Tür war bereits hinter ihr zugefallen.

Unter dem sanften Licht aus hoch gelegenen Fenstern begann sich die Dämmerwelt der schweigenden Bewohner des Jokhang zu entfalten, vom Duft ranziger Butter und Sandelholzrauch gesättigt. Riesige Statuen der Buddhas und Gottheiten – Augen, Arme, Hände, Kronen, Türkise, Korallen, Halsketten, silberne Armspangen, alte, düstere Brokate, der weiche Schimmer von Gold, flackernde Butterlampen und tiefe Schatten, tiefe, tiefe Schatten. Eine flüsternde Gruppe westlicher Touristen erhielt in chinesisch gefärbtem Englisch zweifelhafte Informationen. Ein Junge in klösterlichem Rot kehrte den Mittelgang zwischen den Sitzmatten der Mönche. Kleine, scharfe Augen hielten ihren Blick gefangen; in einem der Butterfässer, aus denen die Lampen gefüllt wurden, speiste eine majestätische Ratte. Zögernd machte sie sich davon und huschte auf eine niedere Holztür zu. Plötzlich war sie verschwunden.

Die Tür zu den Nagas. Die Mola hatte mehr als einmal davon erzählt: Vor mehr als tausend Jahren hatte man einen kleinen See trockengelegt, um dort den Jokhang zu bauen, und deshalb mussten die Nagas, die Wassergeister, beruhigt werden. Jedes Neujahr brachte man ihnen Opfer dar, dort, hinter dieser Tür mit der abgesunkenen Schwelle. Miriam legte die Hände gegen das alte Holz, seltsam aufgeregt, als spüre sie diese mächtigen Wesen des Wassers und der Erde. Unwillkürlich faltete sie die Hände und flüsterte: »Hallo, verehrte Nagas, ich grüße euch.«

Als die Touristen verschwunden waren, machte sie sich auf die Suche nach dem Jovo-Buddha. Sie fand ihn in einer offenen Kammer hinter dem großen Hauptschrein, fast verdeckt von großen Butterlampen und den unzähligen weißen Glücksschleifen, die sich vor ihm häuften. Das stilisierte goldene Buddha-Gesicht breit und mächtig, geschmückt mit der prachtvollen Krone des Weltenherrschers. Rundum goldene Nagas und über seinem Haupt der Garuda, der mythische Vogel der Freiheit, mit ausgebreiteten Schwingen. Warum schlug ihr Herz so schnell? Nur eine Statue, sehr kostbar, vielleicht sehr alt, aber doch nur eine Statue. Jovo-la, Jovo-la, flüsterte es in ihrem Geist. Ihre Hände falteten sich zum Gruß, sie berührte seinen Thron mit der Stirn, sie umwandelte ihn in dem engen, dunklen Gang, der um ihn herumführte.

Irgendwann stand sie wieder draußen, die Sonne fiel über sie her mit tausend Lichtpfeilen und Strahlenlanzen. Mit unvermuteter Sicherheit fand sie den Weg zum Gasthaus der Delogma-Nichte.

»Ich war beim Jovo-la«, sagte sie zu der Wirtin.

»La so, la so«, sagte die kleine Frau lächelnd, legte den Arm um sie und führte sie zu einem Tisch am Fenster zur Straße. Sie brachte ein milchiges, leicht süßes Getränk und einen Teller voller Momos, setzte sich neben sie, hielt ihre Hand und erzählte von der Schule in Kalkutta und den Ferien in Lhasa mit ihrer Familie und der Tante, der späteren Delogma.

Am Nachmittag saß sie lange im Park hinter dem Potala und aß die getrockneten Aprikosen, die sie von der Wirtin bekommen hatte. Sie schmeckten nach Dawas Welt, und sie wünschte sich, wie Dawa zu sein.

Am nächsten Morgen würden sie fahren können, sagte David, als sie ihn beim Abendessen sah. Sie befürchtete, ihre Verwirrung zu verraten, und gab vor, Kopfschmerzen zu haben. Viele Leute hatten Kopfschmerzen in dieser Höhe, so hoch wie der Großglockner und doch erst Ausgangslage für die Reise zu den luftigen Höhen der östlichen Pässe. David gab ihr Aspirin und sie eilte in ihr Zimmer, atemlos vom unbarmherzigen Glück dieser Nähe.

Dawa

Ihr Gesicht ist eiskalt, als sie erwacht. Es ist hell, doch nichts ist zu sehen. Eine Wolke liegt dick wie Buttertee über dem Pass. Hauchdünn überpudert Schnee die Mäntel, in die sie sich eingepackt haben. Der Aufstieg hat zu lange gedauert am Tag zuvor und die Dunkelheit hat sie überfallen, bevor sie einen schützenden Platz für die Nacht gefunden haben.

Tenzins Wärme hüllt sie ein und sein Atem streicht über ihr Ohr.

»Guten Morgen, Senge Döngma«, flüstert sie und murmelt fast unhörbar ihr Mantra.

Wie unerwartet geborgen fühlt sie sich in der Stille des Morgens, als habe die Nacht sie in eine andere Welt getragen, in der es keine Flucht, keine Verfolger, keine Bedrohung gibt. Nur ein winziges Stück Wirklichkeit fehlt noch und sie lägen auf der Schwelle zu Lama Pemas Gompa, dem Heiligtum der Löwenköpfigen.

Die Stille beginnt im Klang des Mantra zu tönen, die Anwesenheit der Dakinis ist spürbar. Die Luft ist erfüllt von ihnen und mit jedem Atemzug werden es mehr. Für jedes fühlende Wesen fünf Dakinis – eine weiße, eine rote, eine blaue, eine gelbe, eine grüne, ein ganzes Mandala. Ja, auch für den

Fürsten und seine schreckliche Schwester, für die Berggeister, für die Hungerdämonen und die Höllenwesen.

Sie wendet sich Tenzin zu, der im Aufwachen leise seufzt. Ihre Nasen berühren einander und sie kichern beide, um den kleinen Schrecken der Intimität zu übertönen.

Tenzin hat bei der letzten Rast trockenes Holz in sein Bündel gepackt und versucht, in der Erdmulde, in der sie geschlafen haben, Feuer zu machen. Doch es gelingt ihm nicht, noch ist die Luft zu feucht. Getrocknete Aprikosen und Tsampa mit ein wenig Schnee, den sie in ihren Holzschalen unter den Kleidern schmelzen lassen, müssen als Frühstück reichen.

Bald ist die Sicht gut genug, um auf der anderen Seite des Passes den Berg hinunterzuklettern. Unten empfängt sie ein weites Tal; ein Fluss mit mehreren Seitenarmen glitzert im Morgenlicht und Felder bilden Muster zu beiden Seiten. Tenzin ist sicher, dass sie diesem Fluss folgen müssen, um zum großen Fluss zu kommen. In weitem Bogen umgehen sie ein Dorf. Nur notdürftig schützen Gerstenfelder sie vor neugierigen Blicken. Die Sonne hat ihren höchsten Stand längst überschritten, als sie sich schließlich in einer Verengung des Tals an den Fluss wagen, um Wasser zu holen.

Dawa ist erschöpft. Sie sind tagelang gelaufen und haben wenig gegessen, immer in der Angst, von Geistern verfolgt, von Menschen erkannt, von wilden Tieren angefallen zu werden. Das Leben im Dzong hat sie nicht für solche Anstrengungen vorbereitet.

Das eisige Wasser tut Dawas Füßen wohl. Kurz entschlossen nimmt sie den Saum ihres Kleides hoch, steckt ihn im Gürtel fest und watet über die runden Kiesel in den Fluss hinein, bis das schnell strömende Wasser über ihre Knie reicht.

»Komm«, ruft sie Tenzin zu, »es ist so schön im Wasser.«

Tenzin schaut kurz auf und wendet sich wieder dem Feuer zu, das er mit viel Geduld entzündet hat. Mit ein wenig schlechtem Gewissen kehrt sie zum Ufer zurück. Allzu selbstverständlich hat sie es bisher Tenzin überlassen, Holz zu sammeln, Feuer zu machen, Tee zu kochen.

»Ich komme mir ganz nutzlos vor«, sagt sie, während sie ihre Füße am Kleid abtrocknet. »Du bist so geschickt.«

»Tun, was getan werden muss«, antwortet Tenzin ruhig. »So wird es gelehrt.«

Ein paar Punkte in der Ferne, die sich bewegen, lassen sie erstarren. Sie zeigt mit dem Finger flussabwärts: »Tenzin, da, da ist was. Es bewegt sich!« Gefahr! Jede ihrer Poren, jedes Haar weiß es: Gefahr!

Tenzin wirft nur einen Blick in die angegebene Richtung und beginnt augenblicklich, das Feuer auszutrampeln. Er gießt den Tee darüber, zertritt die Zweige, schüttet Geröll darauf, trampelt wieder darauf herum. Dawa hat inzwischen Topf, Schalen und Vorräte in das Bündel gestopft und rennt zum Hang am Rand des engen Tals.

»Bücken!«, schreit Tenzin. »Tief bücken!« Natürlich, er hat Recht, sie dürfen nicht aufrecht laufen. Wer immer es sein mag, man soll sie für Tiere halten.

Noch nie ist sie so schnell gerannt. Noch vor Tenzin klettert sie den steinigen, nur spärlich bewachsenen Hang hinauf. Die Punkte sind zu Flecken geworden, wahrscheinlich Reiter. Atemlos hält Dawa inne. »Wohin, Tenzin, wohin? Hier gibt es weit und breit kein Versteck.«

Tenzin zieht sie zu einem kleinen Wacholderbusch mit einer Mulde dahinter.

»Da passen wir nicht hinein.« Dawa schüttelt verzweifelt den Kopf.

»Los, unter den Mantel«, sagt Tenzin drängend. »Unsere Mäntel sind grau wie Steine.«

Sie rollt sich in der Mulde zusammen und Tenzin packt sie fest in ihre Chuba ein. Sie hört, wie er Laub und Zweige zusammenscharrt und über sie streut; dann ein Knirschen und Rollen von Steinen, als er sich entfernt. Bleib bei mir, möchte sie schreien, lass mich nicht allein, ich fürchte mich. Doch sie weiß, dass sie getrennt unauffälliger sind, graue, glatte Steinbrocken, die niemandem ins Auge fallen.

Hört sie das Echo der Hufe in der Erde oder ist es nur das wilde Trommeln ihres Herzschlags? Bald sind Stimmen zu erkennen. Die Reiter plaudern und lachen. Haben sie nichts gesehen? Sind sie nicht die Männer des Fürsten?

Dawas Geist taucht in das Bild der Löwenköpfigen, in ihr Mantra, in ihr feuriges, funkelndes Licht, bis das Flusstal mit seinen Reitern bedeutungslos wird, eine ferne Wirklichkeit, nicht mehr als ein Traum, aus dem sie erwacht ist in die gewaltige Realität der Gottheit.

Rufe, ganz nah, das Rollen kleiner Steinbrocken, das Geräusch des Rutschens, ein ärgerlicher Fluch.

»Es waren Bären, das kannst du mir glauben.« Die Stimme eines jungen Mannes, hell und sorglos. »Ich weiß doch, wenn ich Bären sehe.«

»Vor allem, wenn sie nicht größer sind als der Nagel deines kleinen Zehs«, antwortet von weiter unten am Hang eine ältere Stimme. »Komm runter, wir wollen weiter. Wir können keine Bären brauchen.«

Andere Stimmen, weiter entfernt, lachen und rufen. Brummend klettert der Junge wieder abwärts. »Ich wette«, sagt er, »es war eine Bärin mit ihrem Jungen. Ich habe sie genau gesehen.«

Dawa atmet kaum. Die Angst hat sie gelähmt, sie ist ein Stein, schwer, dunkel, beharrlich, mit der langen, stillen Zeit eines Steins. Wie lang dauert der Atemzug eines Steins? So lang wie hundert Jahre?

Die Stimmen entfernen sich. Sie bleibt ein Stein, bis Tenzin ihren Mantel wegzieht und sich neben sie setzt, erschöpft von der Anspannung.

»Männer des Fürsten«, sagt er. »Ich habe Jamyang erkannt. Er ist ein harter Kerl. Die Beschützer standen uns bei.«

Dawa richtet sich auf und greift nach ihm, krallt ihre Finger in seine Arme, und die Erstarrung weicht mit einem wilden Zittern und Schluchzen. Tenzin zögert verwirrt, legt schließlich die Arme um sie und hält sie fest, ist selbst sprachlos durch die durchlittene Angst, bis er sie schließlich zu wiegen beginnt und in das filzige Gewirr ihrer hundertundacht Zöpfe murmelt: »Es ist vorbei, es ist ja vorbei.«

Unvermittelt verwandelt sich Dawas Schluchzen in Schluckauf. Mit wildem Lachen springt sie auf und tanzt in ihrem groben Bauernkleid auf der Stelle und schlägt die Hände über dem Kopf zusammen. »Senge Döngma«, ruft sie in die Weite, »wir danken dir, wir danken dir!«

Wieder müssen sie das Risiko eingehen, sich zu verirren. Je weiter sie sich vom Dzong entfernen, desto weniger können sie sich auf Jangchubs Angaben verlassen und dem Fluss folgen. Das sei wohl der bekannte Weg zur Karawanserei, sagt Tenzin, doch viel zu gefährlich für sie. Sie biegen in das nächstbeste Seitental ein, doch das endet in einer unzugänglichen Schlucht. Ein Tag geht verloren auf der Suche nach einer Möglichkeit, Richtung Norden weiterzukommen. Auf einem Bergsattel machen sie erschöpft Halt. Alles, was sie sehen, sind Berge, Täler, weitere Berge, erbarmungslose scharfe Linien gegen den klaren Abendhimmel.

»Ich bin so müde«, seufzt Dawa und sinkt auf den harten Boden. »Ich denke an nichts anderes mehr als an Schlafen und Essen. Ein richtiges Bett und ein gutes Essen.«

Tenzin schüttelt den Kopf. »Hier können wir nicht bleiben. Unsere Wasserbeutel sind leer.«

»Was haben wir nur in unseren früheren Leben getan, dass wir so leiden müssen?«

»Es zu wissen würde nichts ändern«, sagt Tenzin und geht weiter. »Es wird bald dunkel. Heb deinen Hintern und komm, Chemkusho-la.«

Stöhnend steht Dawa auf. »Ich hasse deinen komischen Humor!«, ruft sie ihm nach. »Und ich mag ihn«, fügt sie für sich hinzu und muss ein wenig lächeln.

Tenzin wartet nicht auf sie. Er geht weiter, langsam, aber stetig. Sie sieht die Müdigkeit in seinen Bewegungen und möchte ihn umarmen und sagen: Es tut mir so leid, dass du das meinetwegen aushalten musst.

Immer wieder hält Tenzin inne, um zu horchen, und endlich hören sie das Plätschern von Wasser. Sie machen so viele Geräusche wie möglich beim Gehen, um wilde Tiere zu verscheuchen. Die Dämmerung ist gefährlich.

»Vielleicht würde man dieselben Fehler nicht wiederholen«, sagt Tenzin, als sie einen Platz zum Übernachten gefunden haben, »wenn man wüsste, was man im vergangenen Leben falsch gemacht hat.«

»Wir wiederholen ständig dieselben Fehler«, erwidert Dawa, »auch wenn wir wissen, dass es Fehler sind.«

»Du vielleicht. Ich nicht.« Mit seinem vertrauten schrägen Lächeln drückt er ihr den Topf in die Hand. »Hol Wasser!«

Dawa lässt sich auf den Boden fallen. »Hol du es. Ich kann keinen Schritt mehr gehen. Und außerdem hast du Recht. Lama Pema hat gesagt: Willst du wissen, wer du warst, dann schau, wer du bist. Willst du wissen, wer du sein wirst, dann schau, was du tust.«

Tenzin hört nicht zu. Er holt das Wasser, zerbricht dann kleine Ästchen und mischt sie mit Werg, schlägt den Feuerstein und hat bald ein gutes Feuer angefacht, reiht ein paar Steine darum und kocht den Tee darauf. Für einen oder zwei weitere Tage reichen Tsampa und Butter noch, sofern sie sparsam sind, doch dann werden sie nur noch das Stück Teeziegel haben. Die Trockenfrüchte und die getrockneten Fleischstreifen sind längst aufgegessen.

Der heisere Schrei eines Leoparden weckt Dawa auf. Ein paarmal schon haben sie Leoparden gehört, immer in guter Entfernung. Nie sind sie ihnen begegnet. Doch dieser ist nah.

Sie stößt Tenzin an. »Ein Leopard.«

»Ich weiß«, antwortet er flüsternd.

»Was sollen wir machen?«

Er steht auf und facht das Feuer wieder an. Glücklicherweise ist es nicht ganz ausgegangen, eine dicke Wurzel hat die Glut gehalten.

Sie setzen sich neben das Feuer und rezitieren die Anrufungen an die Beschützer, immer wieder. Eine Bewegung fängt Dawas Blick. Augen des Leoparden. Nicht hinschauen, seinem Blick ausweichen, die Beschützer sind da, sie sind gewiss da. Doch man weiß nicht so genau, in welche Richtung sich das Karma bewegt, so viel Ursache, Leben um Leben angehäuft, herangereift zum Augenblick der Wirkung. Und alles miteinander verbunden, Ursachen, die Wirkungen sind, Wirkungen, die Ursachen sind, in alle Richtungen, wie ein unendlicher Teppich, alles verwoben, verknüpft im undenkbar großen Teppich aus Zeit und Raum.

Tenzin steht auf und breitet seinen Mantel weit aus wie Flügel und so steht er neben dem Feuer und schwenkt langsam die Arme. Die Augen des Leoparden verschwinden. Tenzin setzt sich wieder und wischt Schweißperlen von der Stirn.

»Mir fiel ein, wie Freunde meines Vaters einmal erzählten, dass man auf diese Weise Leoparden verjagen kann. Die meinen dann, man sei ein großes Tier, vielleicht ein Bär. Vor Bären haben sie Respekt.«

Sie wagen nicht mehr zu schlafen, sitzen schweigend am Feuer, bis das erste Licht des Morgens sichtbar wird.

In einem sanft geschwungenen Hochtal liegen zwei schwarze Nomadenzelte wie riesige Haufen Yakdung. Die Abendsonne mischt Gold in das Silber des Flüsschens in der Talmitte und in das Grün der Wiesen und Bäume; selbst die Schatten scheinen zu glühen.

»Die Nomaden«, seufzt Dawa erleichtert und passt sich mit Mühe Tenzins vernünftiger, aufmerksamer Gangart an. Sie möchte den Berg hinunterspringen, hüpfen vor Freude wie ein losgetretener Stein, trotz des Hungers und der Müdigkeit. Die Sonne ist untergegangen, als sie die Zelte erreichen; aufgeregtes Geschrei eines Rudels Kinder und das Toben der glücklicherweise noch angebundenen Hunde empfangen sie.

»Glückliches Gedeihen«, begrüßt Tenzin höflich die Männer und Frauen, die aus den Zelten kommen. »Wir sind Pilger und bitten um einen Platz zum Schlafen für die Nacht.« Sie hätten sich verirrt, sagt er. Es solle irgendwo in der Umgebung ein Kloster geben, das sie gern besucht hätten.

»Kommt herein«, erwidert eine Frau und hält die Zeltklappe auf, »wir haben genug Platz.«

Alle drängeln in das rauchige Zelt, die Männer mit den Gästen voran, die Kinder zuletzt. Eine dicke Suppe wird den Pilgern vorgesetzt, dazu Buttertee, und zwischen jedem Schluck muss Tenzin ein Stück der Geschichte erzählen, die Dawa sich ausgedacht hat.

Dawas Gedanken driften in die Vergangenheit, zurück in vergrabene Träume von einem Leben mit Lobsang bei den Nomaden, Märchenträume eines Kindes. Doch auch die Jahre im Dzong sind bereits zum Traum geschrumpft; selbst der Schrecken angesichts der Verfolger, die Bedrohung durch den Leoparden, die Angst, nicht mehr aus der Wildnis herauszufinden, hat den Vergangenheitsgeruch eines überstandenen Alptraums angenommen. Träumt sie nicht immer noch? Gewohnheiten, hat Lama Pema gesagt, alles sieht man durch das Guckloch der Gewohnheiten. Ständig bewegen sich die Gedanken und Gefühle auf ihren gewohnten Wegen, tags, nachts, im Bardo. Manchmal wacht man ein bisschen auf und erkennt es. Was für ein Glück, aufzuwachen. Wach auf, mein Kind, wach auf, ruft Lama Pema. Wach auf, wach auf, schreit der Garuda.

Die Männer holen einen Schafsmagen voller Chang hervor und füllen einen Becher für Tenzin. Um einem Trinkgelage zu entgehen, schlägt er vor, mit seiner Schwester ein religiöses

Lied zu singen, um auf diese Weise Verdienste für die Nomadenfamilie zu sammeln. Unauffällig schiebt er den Becher mit Chang zu Dawa hin. Die Nomaden sind beglückt über ihre frommen Gäste. Es ist immer gut, Vedienste zu sammeln, vor allem, wenn man nicht mehr dazu tun muss, als ein wenig Suppe herzugeben und zuzuhören.

»Neun Hindernisse«, flüstert er Dawa zu, ein Lied von Milarepa, das sie oft mit Dölma und Jangchub auf dem Dach des Dzong gesungen haben.

Dawa lächelt. Das Singen tut gut. Sie haben viel gesungen auf ihren einsamen Wegen. Gegen ihre Furcht vor bösen Geistern und mächtigen Dämonen, vor Leoparden und Bären haben sie angesungen und jetzt singen sie für Suppe und ein warmes Plätzchen zum Schlafen. Sie singen:

»So ein feiner Menschenleib
mit allem dran, was man braucht,
und ohne die acht unfreien Zustände,
den zu bekommen
ist nicht so leicht,
ist nicht so leicht.«

Tenzins Stimme ist weich und rund und Dawas Stimme erhebt sich wie ein frischer Wind. Die Nomaden nicken anerkennend und die Kinder hören auf, sich gegenseitig zu schubsen und versuchen, den Refrain mitzusingen.

»Zum Kern dieser kostbaren Gelegenheit,
die so wunderbar ist,
und über die Freuden des Lebens hinaus

zu gelangen
ist nicht so leicht,
ist nicht so leicht.

Zu sehen, was falsch ist
an dem Spiel von Samsara,
und Nirvana zu erreichen
ist nicht so leicht,
ist nicht so leicht.

Man mag den echten Dharma
eifrig praktizieren,
doch die besten Umstände
dafür zu bekommen
ist nicht so leicht,
ist nicht so leicht.

Einen Lama zu finden
der einen gut unterweist,
der in den Schriften und in Logik bewandert ist
und ein Herz hat voller Mitgefühl,
ist nicht so leicht,
ist nicht so leicht.

Schüler zu finden mit festem Vertrauen,
denen der Weg nicht zu mühsam ist
und nicht langweilig wird,
ist nicht so leicht,
ist nicht so leicht.

Einen Platz zu finden für die Meditation,
der gesegnet ist und rundum geeignet,
wo keine Angst auftaucht
und gar nichts stört,
ist nicht so leicht,
ist nicht so leicht.

Freunde zu finden mit der gleichen Absicht
und dem gleichen Weg,
die genauso denken wie du,
ist nicht so leicht,
ist nicht so leicht.

Einen Körper zu finden,
der mit Schmerzen und Krankheit zurechtkommt
und alles tut, was er soll,
ist nicht so leicht,
ist nicht so leicht.

Man mag dies alles haben,
doch mit gesammeltem Geist zu praktizieren
ist nicht so leicht,
ist nicht so leicht.

Das sind die neun Hindernisse,
die man nicht so leicht überwindet.
So schwierig sie auch sein mögen –
gerade sie sind es, um die man sich kümmern muss.«

Sie müssen das Lied noch ein paarmal wiederholen, von einem begeisterten und musikalisch nicht ganz einwandfreien »Ist nicht so leicht, ist nicht so leicht« der gesamten Familie begleitet, bis sie endlich schlafen gehen dürfen. Ein großer Fellsack wird nahe dem Eingang, am weitesten entfernt von den begehrten Plätzen am Feuer, für sie bereitgelegt.

»Wenn sie wüssten, dass du ein Mönch bist, hätten sie dir nicht den schlechtesten Schlafplatz gegeben«, kichert Dawa leise.

»Wie man's nimmt«, flüstert Tenzin zurück. »Dafür haben wir nicht die Nase voller Rauch.«

»Ob in dem Sack Wanzen sind?«

»Ob oder ob nicht, wir haben keine Wahl.«

Die Zeltbewohner schlüpfen nackt in ihre Felle. Dawa und Tenzin haben nur die Stiefel und die Gürtel abgelegt. Um Dawa nicht zu berühren, liegt Tenzin lang ausgestreckt in der köstlichen, berauschenden Wärme des Fellsacks. Eine feine, aber scharfe Spannung lauert in dem kleinen Zwischenraum zwischen ihren Körpern, geladen von all den Augenblicken der Nähe und der Abwehr in den Tagen und Nächten der Flucht.

Sie legt ihre Stirn an seine Schulter.

»Tenzin?«

»Hm?«

»Ich danke dir.«

»Ist schon gut.«

»Ich bin so dumm. Erst heute ist mir wirklich klar geworden, was du für mich tust.«

Tenzin schweigt.

»Ich hoffe, ich kann auch einmal etwas für dich tun, ich meine, etwas ganz Wichtiges.«

Tenzins Schweigen währt so lange, dass sie glaubt, er sei eingeschlafen. Plötzlich flüstert er: »Ich habe dieses Lied schon so oft gesungen, aber nie richtig darüber nachgedacht.«

Dawa lächelt im Dunkeln. »Es ist ein wunderschönes Lied. Immer, wenn wir es sangen, dachte ich an Lama Pema und flehte Senge Döngma an, mich zu ihm zu bringen. Und ich wünschte mir so sehr einen Freund mit der gleichen Absicht und dem gleichen Weg.«

»Unser Weg ist mühsam, Chemkusho-la, aber langweilig ist er gewiss nicht.«

»Und denkst du so wie ich?«

»Wenn du meinst, wie Milarepa – ja, ich beginne wohl auch so zu denken.«

Es ist hell im Zelt, als sie aufwacht und in das Gesicht eines kleinen Jungen blickt. Seine Chuba klafft und gibt die zartbraune, von Schmutz fleckige Kinderbrust frei. Er hat mit einer Vogelfeder ihre Nase berührt und lacht laut, als sie die Augen aufschlägt. Sie lächelt ihn an, doch im nächsten Augenblick schießt ein überwältigender Schmerz in ihr hoch. Shika! Ihr Kind! Sie hat ihn manchmal völlig vergessen während der Flucht, so beschäftigt war sie mit den Schwierigkeiten der Tage und den Ängsten der schutzlosen Nächte.

Der kleine Junge springt auf und läuft zu seiner Mutter am Feuer. Dawa drückt beide Hände auf den Mund, um nicht laut aufzuheulen. Feuer in ihrer Brust. Ein Krampf in ihrer Kehle. Die Tränen kommen nicht in einzelnen Tropfen, sondern in Sturzfluten, die ihr Gesicht überschwemmen.

»Was ist, Dawa? Was ist denn?« Tenzin beugt sich über sie, aus dem Schlaf geschreckt, verwirrt.

»Shika«, presst sie hervor. Ihre Nase läuft. Mit dem Ärmel ihres Kleides wischt sie die Tränen ab.

»Es geht ihm gut«, sagt Tenzin. »Er hat Dölma und Jangchub und seinen Vater.«

»Aber er fehlt mir«, schluchzt sie. »Vielleicht seh ich ihn nie mehr wieder.«

Sie ist nur noch Schmerz. Er siedet in ihr, verbrennt sie, zerreißt sie, schneidet sie in Stücke. Sie möchte schreien, heulen wie die Hunde, wenn sie sich einsam fühlen. Sie möchte an ihren Zöpfen reißen und den Kopf auf den Boden schlagen. Doch die Angst vor Entdeckung bannt sie, schnürt sie ein in ihren Schmerz, so dass sie zu ersticken glaubt.

Gib auf den Schmerz Acht, nicht auf den Inhalt, hat Lama Pema einmal gesagt. Doch wie soll sie die Bilder vertreiben? Shika in seinem Bett, Shika in ihrem Arm, sie riecht den Duft seiner Haare nach Kinderschweiß und Pferden und Heu, sie spürt seine Arme um ihren Hals.

Hin und her wandert ihre Aufmerksamkeit zwischen den Sensationen und dem Inhalt ihres Schmerzes und sie ahnt, was Lama Pema meinte, wenn er sagte: Das Leiden ist in der Vorstellung.

Tenzin ist aufgestanden und hat Tee für sie gebracht. Sie wischt sich noch einmal über das Gesicht und nimmt den Becher dankbar entgegen.

»Wie lange hast du deine Amala gehabt, Tenzin?«

Tenzin ist erleichtert über die neue Richtung, die ihre Gedanken endlich einschlagen. »Mit sieben kam ich ins Kloster. Aber ich hatte zwei jüngere Geschwister, ein und zwei Jahre jünger als ich. Ich war immer der Älteste, natürlich. Schon mit drei Jahren.«

»Nicht so verwöhnt wie Shika«, sagt sie. »Ich weiß schon.«

Entschlossen trinkt sie den Becher aus und klettert aus dem Fellsack. »Jedenfalls hast du jetzt eine ältere Schwester.«

»Ich bin älter als du«, erklärt er heiter.

»Ah la la, ich bin deine Fürstin«, flüstert sie. »Die Fürstin ist immer älter.«

Tenzin grinst und zieht mit einem Ruck am Fellsack, so dass sie nach hinten fällt. Der kleine Junge am Feuer klatscht in die Hände und lacht. Seine Mutter lacht mit.

»Mein Bruder ist frech«, sagt Dawa.

»Meine Schwester ist vorlaut«, sagt Tenzin.

Er schlüpft in seine Stiefel, zieht die Chuba an und schlingt den langen Gürtel um sich. »Ich gehe Yakdung und Holz sammeln, verehrte Amala.«

Die Frau am Feuer lächelt zustimmend.

Dawa wartet, bis er das Zelt verlassen hat, und kriecht dann aus dem warmen Fell. Schon am Abend hat sie den Entschluss gefasst, sich an die Nomadenfrau zu wenden.

An den Zeltwänden hängen Büschel getrockneter Kräuter. Die Amala wird ihr helfen können.

Der Druck in den Brüsten und das Ziehen im Bauch haben sie schon Tage zuvor gewarnt. Hat ihr Körper gewartet, bis sie einen Unterschlupf fand? Der Mond nimmt bereits wieder ab.

Die Ama mahlt am Feuer trockenes Fleisch zwischen zwei großen Steinen zu feinem Pulver; in einem Lederbeutel gut verpackt ist es jahrelang haltbar. Der kleine Junge zeichnet mit dem Finger Kreise in das feine Fleischmehl.

»Geehrte Amala, habt Ihr Kräuter gegen die Mondkrankheit?« Dawa benützt eine mittlere Höflichkeitsform, mit der das niedere Volk sich üblicherweise an Höherstehende wie Kaufleute oder untere Beamte wendet. Sie hat die Hände auf den Bauch gelegt und macht eine kleine Grimasse des Schmerzes.

Die Frau lächelt angenehm berührt. Diese Pilgerin weiß, wie man sich benimmt.

»O ja, ich habe viele gute Kräuter«, sagt sie im Aufstehen, »das weiß jeder hier in der Gegend. Viele wollen meine Kräuter. Ich hab das Kräuterwissen von meiner Mutter gelernt. Sie ist letztes Jahr gestorben und sie hatte es von ihrer Mutter und die wieder von ihrer Mutter. Eine alte Linie, zurück bis zum Buddha. Keine Generation ausgelassen, es gab immer Töchter.«

Ohne lang wählen zu müssen, pflückt sie einige Kräuterteile in eine Schale, gießt Wasser darüber, das auf dem Feuer köchelt, und hält sie dann in beiden Händen vor sich hoch. Sie breitet ein halb singendes Murmeln darüber, an- und abschwellend, und der kleine Junge summt mit, eine andere Melodie, aber dennoch harmonisch.

»Das hilft«, sagt die Frau, reicht Dawa die Schale und wendet sich wieder ihrer Arbeit zu. »Zu viel Anstrengung. Du bleibst am besten die zwei Tage hier, bis es vorbei ist. Ihr seid willkommen. Und am Abend könnt ihr wieder Gebetslieder singen, das ist gut für uns.«

»Mein Vater war als Kind im Kloster«, erklärt Dawa. »Er hat uns viele Klosterlieder beigebracht.«

Die Frau nickt zufrieden. »Das ist gut. Wir brauchen viel Segen. Schneeleoparden haben drei Schafe geholt und einen der Hunde getötet.«

Die plötzliche Angst ist wie das Fallen in einen Abgrund.

Sie werden wieder dort hinausgehen müssen, in die Gefahr, in die Verfolgung, in das Belauertwerden. Ausatmen, hat Lama Pema gesagt, atme es aus, mach dich leer, atme Klarheit ein, frische, klare Zuversicht. Zuversichtliche Ungewissheit. Sie atmet schnell.

»Schmerzen?«, fragt die Frau teilnahmsvoll.

»Angst«, antwortet Dawa. »Vor den Leoparden.«

»Die mögen lieber Schafe«, sagt die Frau und tätschelt Dawas Rücken.

Den Vormittag verbringt Dawa vor dem Zelt in der warmen Sonne, näht neue Ledersohlen an ihre Stiefel und bessert ihr Kleid aus, wo es auf der rauen Wanderung zerrissen wurde. Mittags kommt Tenzin mit den beiden Schwiegertöchtern der Amala und ihren größeren Kindern, zwei Mädchen, vom Brennstoffsammeln zurück. Die Männer sind bei den Herden, zu weit weg, um mittags zu den Zelten zurückzukehren. Im Nachbarzelt leben die alten Schwiegereltern mit Amas Zwillingsbrüdern, deren Frau und fünf fast erwachsenen Söhnen.

Dawa bietet ihre Hilfe beim Tsampa-Mahlen und Zubereiten des Buttertees an, doch die Ama lächelt und schickt sie zu ihrem Platz im Fellsack vor dem Zelt. »Beten ist besser«, sagt sie und macht mit der Hand die Bewegung des Drehens der Mantra-Trommel. Dawa holt die kleine, abgenützte Trommel, die Dölma ihr im Dzong besorgt hat – ihre eigene, mit kostbaren Steinen geschmückte Trommel hat sie mit Bedauern zurückgelassen –, und dreht sie unter den wohlwollenden Blicken der Nomaden.

Am nächsten Morgen drängt Tenzin darauf, weiterzuziehen. Es gehe ihr nicht gut, wendet Dawa ein, sie wolle noch bleiben.

»Nein«, sagt Tenzin nachdrücklich, »wir müssen unbedingt weiter.«

»Was versteht ein dummer Mönch von der Mondkrankheit«, zischt sie ihn an. »Es tut weh. Und wenn deine Mutter das nicht gehabt hätte, dann würde es dich nicht geben, Kusho Dummkopf.«

»Ich bin nicht dumm, Chemkusho Neunmalklug«, schimpft Tenzin flüsternd zurück. »Aber wir sind in Gefahr. Umso mehr, je länger wir bleiben.«

Dawa gibt unwillig nach. Die Ama tauscht einen ihrer kleineren Türkise gegen eine Hand voll Kräuter, ein hartes Stück Käse, ein paar Streifen Trockenfleisch und Khabsy, Schmalzgebäck vom letzten Neujahrsfest. Die Männer haben am Abend zuvor eine ausführliche Beschreibung des Wegs zum Kloster und von dort aus zur Karawanenstraße gegeben. Sie blickt nicht zu den Zelten zurück. Die Hunde bellen ihnen nach.

Tenzin hält Abstand. Ah, wie wütend sie auf ihn ist. War er nicht immer schon solch ein kleinlicher Dummkopf? Wie er sich damals geärgert hat, als man ihn dazu verdammte, der Fürstin das Lesen und Schreiben beizubringen. Einer Frau! Wie unnütz! Welche Demütigung für einen hochnäsigen jungen Mönch, der es dank der Hilfe seines Vaters zur begehrten Stellung eines Dzong-Mönchs gebracht hat.

Ein Blick auf Tenzins abgelaufene Stiefel bringt sie zur Besinnung. Er hat keine Zeit gehabt, neue Sohlen anzunähen. Den ganzen Tag lang hat er den Nomaden geholfen und ist am Abend nach den Liedern todmüde in den Fellsack geschlüpft.

Pflege aufbauende Gedanken, nicht abbauende Gedanken,

hat Lama Pema gesagt. Das ist wie Wurzeln kauen. Kaust du eine süße Wurzel, fühlst du dich gut. Kaust du eine giftige Wurzel, geht es dir schlecht.

»Du brauchst neue Sohlen«, sagt sie unvermittelt. »Heute Abend nähe ich dir neue an.«

»Das ist Männersache«, erwidert Tenzin kühl. »Die Fürstin braucht sich nicht zu bemühen.«

»Ich wollte nur freundlich sein.«

Tenzin beschleunigt seinen Schritt. »Welche Überraschung.«

Dawa presst die Lippen zusammen. Wie soll sie zu aufbauenden Gedanken finden, wenn dieser Tölpel von Mönch auf seinem unfreundlichen Verhalten beharrt?

»Lama Pema hat gesagt: Begegne allem, was geschieht, mit einem heiteren Geist.«

»Tu das!«

»Lama Pema hat gesagt …«

Tenzin unterbricht sie: »Lama Pema hat gesagt, Lama Pema hat gesagt. Ich kann es nicht mehr hören.«

»Das ist ein Spruch aus dem Kadampa-Geistestraining«, fährt Dawa auf. »Tu nicht so, als hättest du das nicht gelernt.«

»Kannst du nicht einfach den Mund halten?«

»Du bist ein Ekel, ein richtiges Ekel.«

»Stimmt«, erwidert Tenzin mit einem plötzlichen Grinsen. »Manchmal. Und jetzt hältst du endgültig den Mund.«

Miriam

»Das Profil ist nur noch Verzierung.« David tippte mit dem Fuß gegen den abgefahrenen Reifen des Geländewagens.

Der Fahrer, ein kleiner, drahtiger Tibeter mit großen Ohren, die zwischen dem strähnigen Haar hervorschauten, hob vielsagend die Hände. Ja, so ist es. Er konnte nichts dagegen tun. Die allmächtige staatliche Agentur verfügte über das Auto wie über ihn.

David schob den Fahrer sanft von der Tür weg, setzte sich auf den Fahrersitz, trat auf die Bremse, legte die Gänge ein. Ein junger chinesischer Mann näherte sich, die Brauen scharf zusammengezogen, und stellte eine Reisetasche und einen Korb in den Laderaum.

»Was soll das?«, fragte er auf Englisch, mit dem deutlichen Bestreben, unhöflich zu sein und die führende Rolle, die er einzunehmen gedachte, deutlich zu machen. »Ich bin Mister Li, der Guide.«

»Guten Morgen, Mister Li, die Reifen sind abgefahren, die Gänge ausgeschlagen und die Bremsen könnten auch besser sein«, erklärte David. »Wir brauchen einen anderen Wagen. Für Ihre Sicherheit nicht weniger als für die unsere.«

Der gleichmütige Nachdruck in Davids Stimme schien den Glauben des Guides an seine führende Rolle ein wenig zu erschüttern. Mit dem Versuch, ein Gleichgewicht herzustellen, schob er die Hände in die Hosentaschen und wippte ein wenig auf den Zehen. Sein Kiefer bewegte sich, als müsse er die Worte zuerst zurechtbeißen, bevor sie sich äußern ließen.

»Kein anderer Wagen da. Nicht heute. Vielleicht morgen.«

»Und den heutigen Tag bezahlen«, ergänzte David trocken.

»Natürlich«, sagte Mister Li. Der Krieg war erklärt.

Miriam berührte mit der Hand leicht Davids Arm. »Es wäre mir lieber, wenn wir gleich fahren würden.«

»Wir müssen wohl, sonst reicht uns die Zeit nicht.«

Entschlossen machte sich David daran, ihre Reisetaschen zu verstauen.

»Mister Li, wie heißt der Fahrer?«, fragte er den Guide, als sie losfuhren.

»Tetchok«, antwortete Mister Li, ohne den Kopf nach hinten zu wenden. »Guter Fahrer. Kann nicht Englisch.«

»Dann sagen Sie ihm bitte, er soll zu einem Schuhgeschäft fahren.«

Mister Li beugte sich nach hinten und inspizierte Davids und Miriams teure Wanderschuhe.

»Gute Schuhe«, sagte er.

»Nicht für uns. Für Tetchok. Mit diesen Plastikschlappen lasse ich ihn nicht fahren.«

»Agentur sagt immer, Schuhe tragen«, brummte Mister Li. Er gab den Auftrag auf Chinesisch an Tetchok weiter und zündete eine Zigarette an.

»Nicht rauchen«, sagte David. Sein Ton war kühl, jedoch ohne Herausforderung. Mister Li warf die Zigarette zum Fenster hinaus.

Das Schuhgeschäft war ein Raum mit offener Front in einer Zeile verwahrloster Gebäude mit flachen Dächern. Nur eine kleine Auswahl von Schuhen stand in den Regalen. Tetchok blieb auf der Stufe stehen, die in den Laden führte, bis Mister Li ihm einen Schubs versetzte. Tetchok schien sich in Mister Lis Gegenwart nicht wohl zu fühlen.

»Er soll sich gute Schuhe aussuchen«, sagte David zu Mister Li. »Nicht die billigsten.«

Tetchok entschloss sich für Schuhe, die aussahen, als würden sie lange halten. Sein breites, unschuldiges Lächeln brach ganz plötzlich durch die vorsichtige Zurückhaltung und enthüllte junge Züge in dem vorzeitig gealterten Gesicht. Er trug die Schuhe wie ein Baby zum Auto und stellte sie sorgsam in den Laderaum.

»Er soll sie anziehen«, sagte David zu Mister Li.

»Ist nicht gewohnt«, erklärte Mister Li nach einem kurzen Wortwechsel mit dem Fahrer.

David ergriff mit freundlicher Miene die Schuhe und hielt sie Tetchok hin. »Dann soll er sich daran gewöhnen.«

Mit nackten Füßen schlüpfte Tetchok in die Schuhe.

»Socken braucht er wohl auch«, seufzte David. »Und ich sehe keine warme Jacke. Gar nichts. Nur eine Decke. Hat er keine Tasche dabei?«

»Ist gewohnt«, sagte Mister Li ungerührt.

»Traurige Gewohnheit«, erwiderte David. Mister Li hatte andere Gewohnheiten. Seine Ausstattung war bei weitem besser.

Auf einem Straßenmarkt erstanden sie Socken und eine warme gesteppte Jacke. Tetchok, nun erbarmungslos mit den Socken und den festen Schuhen bekleidet, zog die ausgebeulten Hosen hoch, stampfte ein wenig und wiegte den Kopf. David klopfte ihm ermutigend auf die Schulter und schob ihn zum Auto.

Kahle Berge zeichneten harte Konturen gegen den unmäßig blauen Himmel, von braunen, ockerfarbenen oder mattgrünen Flechtenteppichen überzogen. Die Straße führte an einem breiten Fluss entlang; sein dunkles, schweres Wasser wälzte sich reißend durch das randvolle Flussbett.

Tetchok drehte den Kassettenrekorder auf. Eine hohe Mädchenstimme sang in chinesischem Stil banale, in einfache Pop-Arrangements verpackte Melodien. Tetchok und Mister Li sangen mit. Miriam sehnte sich nach Dawas und Tenzins schönen Liedern.

Die Wachen der Straßensperre – bewaffnete junge Männer in Kampfanzügen mit ausdruckslosen Gesichtern und Stacheldrahtblicken – prüften misstrauisch die Papiere, die Mister Li ihnen reichte. Tetchok schaltete den Kassettenrekorder ab. Mister Li machte mit lauter Stimme Bemerkungen, zündete eine Zigarette an, lachte. Jede seiner Bewegungen drückte Sicherheit aus. Er gehörte dazu. Er war auf der richtigen Seite. Tetchok rutschte tiefer in seinen Sitz. Er gehörte nicht dazu. Er arbeitete nur für die richtige Seite. Das genügte nicht immer.

Holperig wand sich die staubige Straße bergauf und bergab durch eine einsame Mondlandschaft. Tetchok hatte aufgehört zu singen. Er fuhr aufmerksam und schnell. Miriams Gedanken flossen zähflüssig dahin. Nach und nach verschwammen die eintönigen Bilder des Tages mit den lebhaften Landschaften der Nacht, den steilen Bergen, tief eingeschnittenen Tälern und wilden Flüssen des Ostens. Ohne sich dessen bewusst zu sein, nahm sie ihre Mala vom Handgelenk und begann das Mantra der löwenköpfigen Dakini zu murmeln.

Als Tetchok mit einem plötzlichen Ruck am Straßenrand hielt, schreckte sie auf.

»Mittagspause«, sagte Mister Li und öffnete die Tür.

»Nicht hier«, erklärte Miriam mit Schärfe. »Das ist ein schlechter Platz.«

David zog die Augenbrauen hoch. »Was ist schlecht daran?«

Sie deutete ungeduldig auf die Berge am Talrand. »Die Berge geben ein Zeichen.«

»Was für ein Zeichen?«

»Siehst du es nicht? Ein Dämonenzeichen.«

»Woher weißt du das?«

»Dawa weiß es.«

Sie beugte sich vor und sagte laut: »Weiterfahren!«

Unwillig kletterte Mister Li wieder ins Auto. »Guter Platz«, brummte er.

Davids Gesicht drückte milde Neugier aus. »Kannst du mir das erklären?«

Miriam hob kurz die Schultern. Eine straff gespannte Ungeduld hatte von ihr Besitz ergriffen, eine natürliche Sicherheit, über die sie sonst nicht verfügte.

»Da gibt es nichts zu erklären. Dawa weiß es.«

»Bist du jetzt Dawa?«, fragte er vorsichtig.

Sie lachte. »Nein, Kleopatra, Mister Shrink.«

Auf einer Anhöhe berührte Miriam die Schulter des Fahrers und wies zum Straßenrand. Mister Li verteilte die Lunchpäckchen und Limonadeflaschen des Hotels aus dem Korb. David und Miriam setzten sich an den unbefestigten Rand der Straße. Ein unendlicher Himmel erstreckte sich über den endlos gefalteten Bergen des Hochlands.

Miriam rieb ihre Schläfen. Die Sicherheit glitt von ihr ab wie ein fremdes Kleid, sie fühlte sich schwach. Davids Schweigen war ein lang ausgedehntes Fragezeichen.

Schließlich sagte sie zögernd: »Es tut mir leid, ich benehme mich vielleicht seltsam. Die Träume kreisen mich immer mehr ein. Manchmal habe ich Angst, dass ich Miriam und Dawa irgendwann nicht mehr auseinanderhalten kann. Ich verliere den Boden unter den Füßen.«

Abwesend sah sie zu, wie David seine unbenützte Serviette sorgsam zusammenfaltete und in die Jackentasche steckte. Der Wunsch, seine Hand zu ergreifen, sich festzuhalten, Wärme zu spüren, vielleicht einen zärtlichen Druck der Beruhigung zu empfangen, wurde so schmerzhaft, dass sich ihre Augen mit Tränen füllten. Sie hob den Blick und schaute in den klaren, tiefen Himmel, bis die Tiefe immer tieferen Tiefen wich. Ein paar Augenblicke lang hörte das Getrenntsein auf; der Himmel durchdrang alles.

Tetchok brachte eine Thermoskanne und bot tibetischen Tee an. Fett und salzig wärmte er von innen im kühlen Wind.

Kurz vor Einbruch der Dunkelheit tauchte eine kleine Stadt auf, beeindruckend hässlich in ihrer schäbigen provinziellen Zweckmäßigkeit. Der letzte Rest Tageslicht hing über dem Pass, der sich dahinter erhob.

Das Gästehaus unterschied sich nicht von den anderen

einstöckigen Flachdachhäusern an der Straße. Entlang einem Laubengang im ersten Stock waren die Zimmer aufgereiht, im Treppenhaus befanden sich Toiletten und eine Dusche. Es roch nach Urin.

»Du wolltest es original – jetzt hast du es«, sagte David mit seinem leisen Lachen, das ihr das Gefühl des Fallens gab.

Ein Zimmer mit vier Betten; keines sah so aus, wie ein Bett aussehen sollte. Die niederen Gestelle waren aus nachlässig gehobeltem Holz gezimmert, die Matten darauf dünn und hart. Ein kahler Boden, kein Teppich. Eine Birne ohne Schirm in der Mitte der Decke. Das Fenster ging auf den Laubengang hinaus. Ein kleines Lüftungsfester hoch an der hinteren Wand stand offen.

Sie zog sich um und löste den kurzen Zopf, zu dem sie ihr Haar geflochten hatte. Den Blick in den Spiegel vermied sie. Sie hatte es nie wirklich als lohnend betrachtet, sich Gedanken über ihr Aussehen zu machen. Natürlich war sie nie hübsch gewesen, hatte nie versucht, es zu sein. Eine Maus ist kein Nerz. Sie hatte mit wenig Illusionen geheiratet. Ein Vater, der bereit war, seiner Tochter eine Zukunft zu kaufen. Ein Ehemann, der an ein Röntgenlabor glaubte. Das Sakrament der Investition. Sie dachte damals, sie müsse dankbar sein. Sie hatte ihre Dankbarkeit eingezahlt, aber es hatte keine Zinsen gegeben. Die Dankbarkeit war einfach zur Neige gegangen; es mussten allzu große Zahlungen geleistet werden. Dann war sie arm geworden und niemand hat Geduld mit den Armen. Rudolf hatte sehr wenig Geduld. Und sie nahm die gebeugte Haltung und die Unsicherheit der Armen an, die wissen, dass die Zeit der Armen ein reißender Fluss ist, der einen mitzerrt an allen Chancen vorbei.

Sie versuchte sich an das Glück auf dem Weg vom Potala herunter zu erinnern. Hatte es dieses Glück je gegeben? Schau einmal ins Licht und das Dunkel ist dunkler denn je. War sie selbst daran schuld? Konnte man die volle Verantwortung übernehmen für alles, was man dachte und fühlte? Das musste Lama Pema gemeint haben, als er Dawa lehrte: Schieb alle Schuld dir selber zu.

Ein kalter Wind strich über den Laubengang, doch sie wollte dem traurigen Zimmer entkommen. Hinter grauen, schachtelartigen Häusern erhoben sich die abenddunklen Rücken der Berge. Als sie hörte, wie David seine Tür neben der ihren öffnete, richtete sie sich unwillkürlich auf. Doch es war nicht wirklich nötig, sich aufzurichten. Er würde nicht sagen: Lass dich nicht so hängen. Doch sie überraschte sich selbst mit einem Lächeln, einem aufgerichteten Lächeln.

»Nebenan gibt es ein chinesisches Restaurant«, sagte er. »Mister Li hat dort ein Essen für uns bestellt.«

Er nahm ihren Arm und führte sie hinunter, Beschützer, Ritter, Freund. Diesen einen Abend lang im fremden, kargen, geschundenen Niemandsland, das weder seinen rechtmäßigen Besitzern noch seinen Räubern gehörte, wollte sie sich auf das Wagnis des Vertrauens einlassen. Nur einmal.

»Erzähl mir von deinen Eltern«, bat sie nach dem Essen. Das Lokal war fast leer. Von Mister Li und dem Fahrer war nichts zu sehen.

»Wer ist hier der Psychotherapeut?«, erwiderte er heiter.

Sie spitzte die Lippen. »Lama Pema hat gesagt, die Eltern manifestieren das Karma aus den vergangenen Leben.«

Er lehnte sich auf der hölzernen Bank zurück, die Hände um sein Glas mit chinesischem Bier gelegt, und begann zu erzählen, vom Vater, der noch ein Junge war, als seine Eltern vor den Nazis nach England flohen, und dort seine Frau fand, ebenfalls ein jüdisches Emigrantenkind. Von der Rückkehr nach dem Krieg, nach Basel, so dicht am Land der Bedrohung, welche sie nie ganz vergessen konnten.

»Sie waren rührend liberale Juden, meine Eltern, traumatisiert und tapfer und ungeheuer elitär. Nur jüdische Maler und Musiker und Literaten zählten. Alle anderen waren nicht des Erwähnens wert. Sie gaben sich glühende Mühe, mir beizubringen, dass ich etwas Besonderes sei. Sie wussten zu viel von Demütigung; ihr einziges Kind sollte nichts davon wissen. Sie ahnten nicht, wie qualvoll dies für mich war, denn ich wollte so sein wie die anderen Basler Kinder. Aber das war nicht möglich. Ich war nun einmal auserwählt.«

Als er schwieg, sagte Miriam: »Und jetzt wirst du ein Mönch mit weißer Haut und roter Robe. Wieder nicht wie die anderen – weder wie die tibetischen noch wie die christlichen Mönche. Warum tust du das?«

David beugte sich vor und stützte die Ellenbogen auf den Tisch. »Ich bin schlecht umgegangen mit mir und der Welt. Es erscheint mir besser, mich zurückzuziehen. Und ich brauche Zeit und Ruhe zum Studieren. Das Studium ist sehr wichtig im Buddhismus. Man muss verstehen lernen. Und ich muss so viel Unverständnis aus mir ausräumen.«

Zwei Davids. Ein David, der sprach. Ein David, der sich versteckte.

»Hattest du eine Frau?«

»Ja. Meine Eltern waren glücklich über sie. Sie gehörte zu unserem Kreis. Groß, elegant, elitär. Eine kalte Frau. Wir passten gut zusammen.« Er strich sich über den Kopf, wie bestürzt von der Erinnerung. »Ich denke selten an sie. Zu viel Scham und Trauer. Ich war keine Freude für die Menschheit.«

»Aber deine Patienten ... Du warst ein Therapeut.«

»Ich bezweifle, dass ich irgendjemandem wirklich geholfen habe. Wie kann ein Helfer ohne echtes Mitgefühl anderen helfen?«

Es war fast noch dunkel, als Mister Li an die Tür pochte. »Lady, aufstehen. In einer halben Stunde Frühstück.«

Sie hatte in dieser Nacht nicht geträumt. Dawa fehlte ihr. Es war ihr zur Gewohnheit geworden, in Dawas Welt zu wechseln, kaum dass sie eingeschlafen war. Wie viel Zeit sie tatsächlich mit Träumen verbrachte, war nicht auszumachen; Dawas Zeit und ihre Zeit waren sehr verschieden.

Sie hatte das Säckchen des Schamanen festgehalten, wie sie es immer beim Einschlafen tat. Es schützte sie davor, nicht aufwachen zu können. Oder glaubte sie das nur? Schützte es sie, weil sie es glaubte? Doch da war die Macht der Schamanen. Die sei nicht von ihrem Glauben abhängig, hatte David gesagt.

Warum hatte sie nicht geträumt? Lange war sie mit David auf dem Dach des Gästehauses gesessen, in trockener Nachtkühle unter einem sternenhellen Himmel, ihre Schlafsäcke über die Schultern gelegt, und sie hatten über die Abgründe ihrer Familien gesprochen. So groß war die Intimität, dass sie einander nicht zu berühren wagten, als sie sich trennten.

»Es macht mich unruhig, wenn ich nachts nicht auf Dawas Seite wechseln kann«, sagte sie beim Frühstück.

»Vielleicht sollst du einmal wieder ungestört du selbst

sein«, erwiderte er. »Das warst du schon lange nicht mehr. Mir ist es lieber, wenn ich weiß, mit wem ich es zu tun habe. Möglichst mit Miriam, bitte.«

Er lachte nicht. Er machte sich nicht lustig über sie, dessen war sie sich sicher. Allzu selten war sie sich einer Sache sicher.

»Oh, aber Dawa ist das Gegenteil von Miriam – mutig, stark, schön …«

Der Gedanke war laut aus ihr herausgefallen, hatte heimlich die Zensur unterlaufen. Wenn sie nicht vorsichtig war, würden alle ihre Schutzvorrichtungen zusammenbrechen und sie bloßstellen als eine, die heimlich Illusionen naschte, süß und klebrig, gefüllt mit kleinen, banalen Bestätigungen.

David legte den Arm um ihre Schulter und drückte sie ein wenig an sich. »Madame haben eine sehr schlechte Meinung von sich.«

Eine brüderliche Geste, ein Lächeln in seiner Stimme, ein leichter Satz, der nach einer schlagfertigen Antwort verlangte. Sie fand nie schlagfertige Anworten. Lag es daran, dass sie immer alles zu ernst nahm?

»Ich dachte immer, wenn man nie von einer hohen Meinung runterfällt, zerbricht man auch nicht.«

»Touché«, erwiderte David. Miriam schloss die Augen und ließ sich zurücksinken, dem Arm entgegen, der ein wenig unbequem gegen ihren Nacken drückte.

Nach dem Pass ein grünes Wunderland, Wälder, ein Wasserfall, Täler mit sattem Gras, ein schmaler blauer See wie ein herabgefallenes Stück Himmel. Im Süden die weißen Ketten der Bergriesen, winzig in der Entfernung. Der Rand der Welt.

Sie wurden ganz fröhlich in all der Schönheit, lachten und sangen »Summertime« und »Let the Sunshine in«. Hin und wieder überholten sie einen Lastwagen. Kurz nach dem Sonnenuntergang hielt Tetchok in einer kleinen Ortschaft an. Mister Li erklärte mit überraschender Freundlichkeit: »Zu weit heute über den nächsten Pass. Hier gut.«

Das »gut« erwies sich als ein einziges Zimmer mit zwei bescheidenen Betten und zwei Hockern. Mister Li und Tetchok waren in einem identischen Zimmer daneben einquartiert.

Der Guide hob bedauernd die Schultern. »Privates Haus. Nur zwei Zimmer. Keine Touristenroute.«

»Wie stellen die sich das vor?«, murmelte Miriam.

»Offiziell sind wir verlobt«, antwortete David.

Wenigstens gab es ein erträglich sauberes Badezimmer.

Zum Abendessen wurden sie in einen großen Raum geführt – Küche, Esszimmer und Wohnzimmer der chinesischen Vermieter. Ein paar Männer saßen am Tisch neben einem großen Fernsehapparat mit Videorekorder, plauderten während des Films und tranken Bier. Zwei Kinder hockten vor dem Bildschirm auf dem Boden und reckten die Hälse.

Die Gastgeber machten freundliche Bemerkungen über die Geschicklichkeit der Fremden im Umgang mit den Essstäbchen. David lehnte aus Höflichkeit das Bier nicht ab, das ihm angeboten wurde, und erzählte eine komische Anekdote von einem chinesischen Restaurant in der Schweiz, die Mister Li übersetzte. Die heitere Stimmung des Tages hatte ein feines Netz gesponnen, das sich nun auch über die chinesische Familie legte. Die Frauen – Mutter und Tochter – servierten und setzten sich dann ebenfalls an den Tisch. Mister Li versuchte etwas zu erklären. Es schien, als redete jeder und niemand höre den anderen zu, doch plötzlich lachten alle höflich, hoben die Gläser und verbeugten sich mehrmals.

»Ich habe erzählt, Sie sind verlobt«, erklärte der Guide und füllte Miriams und Davids Glas erneut mit Bier. »Sie sagen Glückwünsche. Sie sagen, passen gut zusammen.«

Einer der Männer holte ein Hochzeitsfoto hervor, auf dem er und die junge Frau in dunkler Kleidung mit ernstem Gesicht steif nebeneinanderstanden. Geschichten wurden erzählt, die Mister Li nur unzureichend zu übersetzen vermochte, doch litt die Heiterkeit nicht darunter. Immer wieder wurden die Gläser auffordernd gehoben und nachgefüllt. Der Bildschirm flimmerte, nachdem die Kassette abgelaufen war. Niemand dachte daran, ihn auszuschalten.

Miriam legte die Hand auf ihr Glas, als einer der Männer es nachfüllen wollte. Sie fühlte sich sanft und schwer von all dem Bier.

»Vor dem Haus liegt ein Stapel Holz«, flüsterte David ihr zu, »und der Mond ist hell. Was hältst du von ein bisschen Stille vor dem Schlafengehen?«

Fast unbemerkt entzogen sie sich der Familienrunde. Das laute Lachen begleitete sie durch den kahlen Flur zur Haustür.

Still träumte das helle Band der Straße zwischen den dunklen Häusern. Der Geruch nach Dieselöl zog durch den Ort wie ein scheues Wesen.

»Ich weiß nicht, ob ich mich vor den Bergen fürchten oder mich von ihnen beschützt fühlen soll«, flüsterte Miriam. Wüsste sie doch, was sie tatsächlich sagen oder eher nicht sagen wollte! Es lag etwas Großes und Mächtiges in der Luft, zum Weinen schön und durchaus fähig, ein Herz zu brechen.

»Fühle dich von mir beschützt«, murmelte David in ihr Ohr und ließ seine Lippen auf ihrem Hals ruhen. Ihre Gedanken versuchten sich auf eine sachliche Erklärung festzulegen, etwa dass er müde sei und deshalb den Kopf an ihre Schulter lehne, doch ihr Körper hatte längst die Vorboten des Sturms aufgenommen, die Blicke, das Lächeln, die nur scheinbar unbeabsichtigten Berührungen. Seine Hand löste das Band von ihrem zusammengebundenen Schopf, legte sich um ihren Nacken, schob sich in die weiche Wärme der Haare. Gedanken verloren ihre Form und verschmolzen mit dem silbernen Licht der Nacht. Berührung ohne Hast, lang, wie eine Ballade. Dann drängender. Der Herzschlag wurde zum Klang der Welt; oder war es die Weltentrommel, die im Herzen schlug?

Die Zeit nahm sich jede Freiheit.

Irgendwann Stimmen, Schritte, das Klappern eines Schlüsselbunds.

»Sie wollen die Tür abschließen«, sagte David an ihren Lippen. »Komm.«

Ein verständnisvolles Lächeln des Wirts, die Wände des Flurs fleckig, von einer nackten Glühbirne erbarmungslos beleuchtet. Das hohe Qietschen der Türangeln des kleinen Gästezimmers. Ein wenig Licht der Nacht sickerte durch das Rechteck des Fensters.

»Kein Licht machen«, flüsterte sie und fing seine Hand am Schalter ab.

Ein leises, gemeinsames, seufzendes Lachen, ein Tanz, ein Rhythmus, in dem jeder Führender und Geführter war. Und dann der unbehinderte Fluss eines endlosen Augenblicks, über seine Grenzen tretend, so wunderbar und unerträglich frei.

»Nein! Das ist unmöglich!«

Kälte fiel auf nackte Haut, als er sich plötzlich aufrichtete. Sie wollte sich weigern zu glauben, was geschah, sie streckte die Arme aus und musste sie doch augenblicklich wieder fallen lassen, so unerreichbar weit war er bereits entfernt. Es gab kein Missverständnis, keine Unklarheit. Die Hand, die sich nach ihr ausgestreckt hatte, sie herangezogen hatte, war zur Waffe geworden, stieß sie weg und ließ sie mit der Wunde der Zurückweisung, der Demütigung in der Kälte liegen. Sie zog den Schlafsack über sich.

»David …«

Er setzte sich an den Bettrand, legte das Gesicht in die Hände, stöhnte: »Verzeih mir. Es war ein Fehler.«

»Bin ich ein Fehler?«

»Es hat nichts mit dir zu tun.«

So ganz und gar unfassbar, so vollkommen absurd erschien ihr diese Aussage, dass sie erstarrt zwischen Wut und Lachen hängen blieb.

»Du wirst dich erkälten«, sagte sie schließlich. »Geh wenigstens in dein Bett.«

Er stand auf. Sein Schatten beugte sich zu ihr hinunter, hielt jedoch auf halbem Weg inne.

»Verzeih mir«, wiederholte er.

»Ja, natürlich«, erwiderte sie. »Das alles hat ja nichts mit mir zu tun.«

Er setzte sich wieder. »Bitte, versuche mich zu verstehen. Ich kann mein Leben nicht noch einmal auf den Kopf stellen. Ich habe mich für das Kloster entschieden, weil ich mit dem Leben draußen so schlecht umgegangen bin. Vor allem mit Frauen.«

»Es ist nicht zu glauben, ich glaube das nicht, ich glaube das einfach nicht«, flüsterte sie.

»Ich kann diese Entscheidung nicht mehr rückgängig machen. Im Innern hab ich die Gelübde bereits abgelegt. Würde ich sie brechen, könnte ich mir selbst nie mehr vertrauen.«

»Du hast sie doch bereits gebrochen. Oder nicht? Wie misst man das? In Zentimetern?«

Warum hatte sie das gesagt? Es war richtig. Und es war böse. So viel Wut. Die Wut hatte sich der Angelegenheit angenommen, die schöne, wilde, kluge Wut, die mit ihrem Messer durch die Lügen und Verdrehungen fuhr und feurige Spuren hinterließ.

Wortlos raffte er im Dunkeln seine Kleider zusammen und ging zu seinem Bett. Das Rascheln des Schlafsacks, dann Stille.

Die Nacht zerfiel in schmerzende Endlosigkeit.

Wie konnte das geschehen? Was hatte sie falsch gemacht? Sie musste etwas falsch gemacht haben. Sie hatte immer, immer, immer etwas falsch gemacht.

Schreie und schlage um dich, sagte Greta, oder weine wenigstens. Doch man musste Greta sein, um schreien und um sich schlagen zu können. Die Miriams tun das nicht. Die Miriams sitzen da und wiegen sich im Rhythmus der Verzweiflung und finden grausame Gründe für das Unglück in ihrer eigenen traurigen Schwäche.

Dawa

»Dieser Ort gefällt mir nicht.« Dawa zieht den Kopf zwischen die Schultern.

Unten im Flusstal liegt der Marktflecken mit der Karawanserei an einen steilen, kahlen Berg gelehnt und mit einer hohen Mauer umschlossen wie eine Festung. Außerhalb, dem Fluss zugewandt, ducken sich ein paar Zelte und Rauch steigt von Lagerfeuern auf; ein leichter Wind trägt ihn flussabwärts davon. Dicke, dunkle Wolken hängen über dem Tal, so tief, dass sie an die umgebenden Berge stoßen. Die Erde ist sehr trocken.

»Wir müssen hinunter, ob wir wollen oder nicht«, erwidert Tenzin. »Sei froh, dass wir endlich hierhergefunden haben. Ich dachte schon, wir schaffen es nie mehr. Dein Gesicht braucht noch ein bisschen Dreck.«

Gehorsam spuckt Dawa in die Hände und rührt ein wenig staubige Erde dazu. Sie versucht sich vorzustellen, wie ihr schmutziges, fleckiges Gesicht aussehen mag. Nicht fürstinnenmäßig, hat Tenzin zufrieden gesagt, und halte den Kopf nicht so hoch.

Warum nur lauert so ein beunruhigendes Gefühl in ihr? Sind die Verfolger bis hierhergekommen? Was wartet dort unten auf sie?

»Tenzin, unsere Abmachung endet hier.«

Kann sie ganz sicher sein, dass er sie nicht verlassen wird? Sie hat lange überlegt, ob sie von der Abmachung sprechen soll. Würde er zurückwollen? Sie sind viel länger als erwartet unterwegs gewesen. Und wäre es nicht ohnehin zu gefährlich für ihn, zum Kloster zurückzukehren?

So plötzlich bleibt Tenzin stehen, dass sie gegen ihn läuft. Er fängt sie auf und hält sie ein wenig länger fest als nötig.

»Möchtest du allein weiterziehen, Schwester Nyima?«

Das ist nicht mehr der jüngste der Mönche aus dem Dzong, unsicher hinter hochmütigem Gehabe und gierig nach Anerkennung. In der Härte der Tage hat es sich vollzogen, Tag um Nacht um Tag, wie die Jahreszeiten ihre leisen Wechsel vollziehen, und nun gibt es diesen neuen Tenzin, der reifer ist, mit klareren Umrissen; ein erwachsener Mann.

»Natürlich nicht«, antwortet sie. »Ich glaube nicht, dass ich irgendjemanden fände, mit dem ich so gut streiten könnte wie mit dir.«

Er wendet sich ab und geht weiter. Von der Seite sieht sie das kleine, ein wenig schiefe Lächeln, das eine ganz eigene Helligkeit hat, wie Sonnenränder an Wolken.

Im Hof der Karawanserei ist es ruhig. Ein paar Händler sitzen mit Säcken voller Tsampa und Salz und Butterballen am Tor. Einige Leute kauern in einem Unterstand neben den Ställen. Man könne einen Schlafplatz in dem niedrigen Gebäude nebenan kaufen, erklärt ein Junge, aber ein Kaufmann habe mit seinen Leuten und seinen Waren den gesamten Raum besetzt.

»Setzt euch zu uns, da ist noch genug Platz«, sagt der Junge. »Ihr seid doch sicher auch Pilger.«

Dawa öffnet den Mund, um zu antworten, doch Tenzin stößt sie in die Seite und kommt ihr zuvor. »Ja, meine Schwester und ich wollen nach Lhasa und dann weiter zum heiligen Berg Kailash.«

Der Mann spricht immer zuerst. Sie wird sich noch verraten mit ihrer Vergesslichkeit. Bescheiden schiebt sie sich ein wenig hinter Tenzin und streckt mit angedeuteter Höflichkeit kurz die Zunge heraus, um die Situation zu retten.

Der Junge stellt sich als Gondo vor, der Mann neben ihm ist sein Onkel, der blinde Pola. Die Augen des Mannes sind von einer weißen Haut überzogen. Er dreht seine Mantra-Trommel und wendet den Kopf so, dass er besser hören kann. Es sieht aus, als schaue er mit den Ohren.

Sie solle sich zu den beiden setzen, sagt Tenzin mit dem befehlsgewohnten Ton des älteren Bruders, er wolle sich umsehen.

Eifrig greift Gondo nach einem Topf mit Buttertee und hält ihn bereit, bis Dawa ihre Schale aus der Chuba gekramt hat. Der Tee ist nur noch lauwarm, doch sie ist durstig und dankbar. Als habe er lange auf diese Gelegenheit gewartet, beginnt der Junge von seinem Zuhause zu erzählen, von dem weiten Grasland und den Wundern am Himmel und den mächtigen Geistern auf den Geisterbergen. Wie rote Blumen leuchten seine erfrorenen Wangen, der unfreiwillige Schmuck aller Nomaden des Nordens. Dawa kann den Blick nicht von ihm abwenden. Sein zartes Gesicht mit den sanften, klaren Augen bleibt an ihr haften wie dünner Regen an einem warmen Tag, wenn man nicht ganz sicher ist, ob die Feuchtigkeit von außen oder von innen kommt.

»Arya Tara hat mir gesagt, dass ich mit dem Onkel gehen soll«, erklärt Gondo leise. »Sie sagt mir oft, was ich tun soll.«

»Wie schön«, murmelt Dawa. Ihre Aufmerksamkeit fällt auseinander. Sie möchte Tenzin nicht aus den Augen lassen.

»Manchmal spricht Senge Döngma zu mir«, antwortet sie mit zerstreuter Freundlichkeit.

Gondo lächelt. »Das ist schön.«

Onkel und Neffe sind schon lang unterwegs und manchmal erreichten sie nicht rechtzeitig eine Unterkunft. Das war nicht gut für den Husten des Pola. Doch vielleicht wird alles leichter, jetzt, da man sich der Karawane anschließen kann.

»Bist du schon einmal mit einer Karawane gereist?«

Dawa verneint. Oft hat ihr Vater sich mit anderen Händlern zu einer Karawane zusammengeschlossen. Doch sie wäre niemals auf den Gedanken gekommen, ihn zu begleiten. Nur Söhne werden auf Handelsreisen mitgenommen.

»Mein Vater war schon einmal in der heiligen Stadt«, berichtet Gondo eifrig. »Er kennt sich aus. Er hat mir viel über Karawanen erzählt. Hoffentlich ist unsere Karawane groß, dann hat man viel Schutz.«

Plötzlich beginnt der Regen in dicken Tropfen zu fallen und der gute, frische Geruch von staubiger Erde und den runden, hüpfenden, platzenden Regentropfen füllt den Hof.

»Nyima-la?« Dawa muss sich besinnen, bevor sie auf den falschen Namen antwortet.

»Oh, Gondo, meine Gedanken wandern. Was ist?«

»Wo kommt ihr her, du und dein Bruder? Wie ist es bei euch zu Hause?« Die Augen des Jungen sind groß über dem scheuen Mund. Seine Frage ist wie ein Tasten nach ihrer Hand, um sie zu ergreifen und sich nicht allein zu fühlen.

Dawa lächelt vorsichtig. Tenzin hat gesagt, sie soll möglichst nicht lächeln, denn ihr Lächeln verriete ihre Schönheit.

»Ach ja, unser Zuhause. Unser Vater war Pächter und hatte ein paar schöne Felder in einem breiten grünen Tal. Und wir hatten gute Ziegen und Hühner und ein Rind. Mein Bruder war als Kind im Kloster.«

Sie beginnt die Geschichte von ihrem Lieblingshuhn zu erzählen. Gondos Blick hängt an ihr, weit offen, selbstvergessen.

»Und jetzt hast du es verlassen müssen«, sagt er. »Es wird traurig sein.«

Unwillkürlich dreht sie ihre Mantra-Trommel schneller. Sie hat das kleine Huhn nicht verlassen wollen. Sie hat ihr Kind nicht verlassen wollen. Sie hat Lama Pema nicht verlassen wollen. Warum ist ihr Schicksal so voller Veränderungen, die sie nicht wünscht? Der Buddha ist überall, ohne irgendwo zu bleiben, hat Lama Pema gesagt, weil für ihn Zeit und Raum offen sind. Aber für gewöhnliche Menschen verändert sich alles in der Zeit, ihre Zeitgewohnheit ist gebannt in die groben Elemente. Schau dem Garuda zu. Der Garuda fliegt durch den Himmel ohne Zeit.

O ja, sie erinnert sich genau. Lama Pema saß lächelnd da und hörte auf zu atmen und hörte auf, in der Zeit zu sein. Als sie es sah, sah sie es nicht. Vielleicht beginnt sie jetzt, es zu verstehen.

Sie hat Tenzin aus den Augen verloren und ihn vergessen während der Reise ihrer Gedanken in ihr Elternhaus und zu Lama Pemas kleiner Gompa. Plötzlich hockt er neben ihr nieder und steckt mit einer schnellen Bewegung einen kleinen Beutel in ihre Chuba.

»Die Frau des Kaufmanns im Schlafhaus hat einen guten Preis für deine Türkise gegeben«, flüstert er ihr ins Ohr.

»Steck du es ein«, flüstert sie zurück.

»Es gehört dir, Schwester.« Er bläst in ihr Ohr und sie legt kichernd die Hand darauf.

Gondo beugt sich vor. »Kauft nicht hier im Hof eure Vorräte ein. Ich zeige euch, wo man draußen bei den Zelten fast alles viel billiger bekommt.«

Dawa legt ihren Arm kurz um seine Schultern. »Wir haben einen neuen Freund, Sherab. Das ist Gondo.«

Der blinde Mann tastet mit seiner Hand nach dem Jungen. »Ihr müsst wissen, der Kuckuck saß bei seiner Geburt auf dem Zelt und hat seine Ankunft verkündet«, sagt er stolz. »Und es gab einen Regenbogen. Unser Lama hat gesagt, Gondo ist ein besonderes Kind. Er hat ihn Samten Nyima genannt, Sonne der Meditation.«

»Pola, lass doch!« Gondo versteckt sein Gesicht hinter dem Kragen der Chuba. »Immer muss er das erzählen.«

»Ist ja auch gut so«, sagt Tenzin mit halbem Ernst. »Die Leute müssen doch wissen, dass du nicht irgendjemand bist.«

Gondo taucht hinter seinem Kragen auf. »Niemand ist irgendjemand«, erwidert er leise.

Es hat aufgehört zu regnen. Die Nachmittagssonne legt ihren gelben Schein über den Hof und die rohen Mauern der Gebäude.

Dawas Schlaf ist dünn, Bilder treiben sich darin herum, ohne sich zu Geschichten zu gestalten. Ihr Huhn. Die Gompa. Lama Pema.

Sie spürt die Hand, die in ihre Chuba gleitet, und weiß augenblicklich, dass sie nicht mehr schläft.

»Tenzin, ein Dieb!«, schreit sie auf und fährt hoch.

Ein Schlag, ein gewaltiges Dröhnen in ihrem Kopf, ein wütender Schmerzensschrei, sie fällt zurück, richtet sich taumelnd auf, wird umgestoßen.

Gondos verwirrte Stimme: »Was ist? Was ist los?«

Ein Stöhnen: »Au, mein Arm!«

»Halt seine Beine fest!« Das ist Tenzins atemlose Stimme.

Im Mondlicht erkennt sie Tenzin auf einer großen, sich windenden Gestalt. Ein Fuß trifft sie, sie wirft sich darauf. »Gondo, hierher, hilf mir!«

Der Junge wirft sich neben sie auf die wütend strampelnden Beine, während Tenzin seinen langen Stoffgürtel um die Handgelenke des Diebs bindet.

»Jemand soll die Wachen holen!«, ruft Tenzin.

Doch schon eilen die Wachmänner mit Fackeln über den Hof. Die Begleiter des Kaufmanns und schließlich der Kaufmann selbst kommen aus dem Schlafhaus, sogar Leute aus den Zelten vor der Mauer wollen sehen, was der Aufruhr zu bedeuten hat. Es fließe Blut, so spricht es sich herum, doch es ist nur die Nase des Diebs, die blutet. Alle drängen sich um Dieb und Opfer und Dawa macht sich klein und bietet den Wachen das Bild eines verstörten, scheuen Mädchens, das keine Worte findet. Sie dringen nicht in sie, der Bruder ist ja da. Man wendet sich an ihn, er ist ein ernsthafter Bursche, stark und entschlossen genug, um einen Dieb zu überwältigen. Der Kerl hat nichts zu fassen bekommen, die Schwester ist glücklicherweise rechtzeitig aufgewacht. Aber die Peitsche wird er kräftig bekommen, das ist eine ordentliche Karawanserei, Diebstahl wird hier nicht geduldet, mit oder ohne Erfolg.

»Gute Reise nach Lhasa«, sagen die Wachen und führen den Dieb ab, »und mögt ihr viele Verdienste erwerben.«

Eine ihrer Fackeln lassen sie bei den Pilgern. Damit die Geister fernbleiben. Böse Taten ziehen böse Geister an.

Auf Dawas Stirn beginnt sich eine schmerzende Beule zu bilden. »Hoffentlich habe ich ihm nicht das Nasenbein gebrochen.«

Tenzin legt seine Hand auf ihre Stirn. »Ah-tsi, was für eine Beule! Meine streitbare Schwester hat gut gekämpft.«

Er bittet die Leute, die sich vom Schauplatz des aufregenden Ereignisses nicht trennen können, schlafen zu gehen. Sie ziehen sich zurück, während er zum Wasserfass im Hof geht, das Ende seines Stoffgürtels hineintaucht und Dawas Stirn damit kühlt. Gondo, der ihre Hand gehalten hat und sie nur zögernd loslässt, wünscht ihr flüsternd eine gute Nacht.

Erst als sie sich wieder in ihren großen Mantel gehüllt hat, beginnt sie zu zittern. Ihre Hände und Füße sind eiskalt, die Zähne klappern. Tenzin rückt zu ihr heran, zieht einen Teil seines Mantels über den ihren, schiebt seinen Arm unter ihren Kopf, hält sie fest.

»Du zitterst ja auch, Tenzin.«

Er lacht leise. »Gemeinsam zittern ist besser.«

Es ist dunkel, doch im Geist sieht sie seine übereinanderstehenden Schneidezähne und die großen Ohren mit einer wilden Zärtlichkeit, die ihr das Gefühl gibt, zu schmelzen, auseinanderzufließen, ihre Kontur zu verlieren. Zum ersten Mal während der Flucht kämpft sie nicht mit der Unbequemlichkeit des nackten Bodens, die sie all die Nächte lang schweigend, aber voller Missmut ertragen hat. Als hätte sie Chang getrunken, lässt sie sich in die Wärme der Umarmung sinken, bis sie darin untergeht, sanft berauscht von Glück und dem Weinen nah.

Eine verräterische Härte regt sich an ihrer Hüfte. Sie spürt den warmen Hauch nicht mehr an ihrer Stirn, als hielte Tenzin den Atem an. Sie zieht sich nicht zurück. Der Gedanke streift vorbei, dass dies nichts mit den Attacken des Fürsten zu tun hat.

So still liegen sie, dass selbst der allgegenwärtige Wind respektvoll schweigt. Ohne Widerstand, mit lächelndem Herzen, nimmt sie diese Huldigung seines Körpers entgegen, die Flammen in ihr entzündet – eine köstliche Einladung an Senge Döngma, die löwenköpfige Freude.

Ein unterdrücktes Seufzen, ein plötzliches Abreißen der feurigen Strömung. Tenzin hat sich abgewandt und seinen Arm zurückgezogen. Seine Hand vergewissert sich, dass sie gut zugedeckt ist, tastet nach ihrem Gesicht, streicht über ihre geschlossenen Augen, ihre Lippen.

»Morgen ist alles wieder gut, Schwester«, flüstert er.

»Es ist jetzt schon alles gut, Bruder«, antwortet sie und lehnt ihren Kopf gegen seine Schulter.

Miriam

Tetchok drückte ein paarmal vergnügt zum Abschied auf die Hupe. Die chinesische Familie winkte fröhlich, das Trinkgeld war reichlich. »Glückliche Flitterwochen!«, hatte Mister Li ihre freundlichen Wünsche übersetzt. »Viel Freude!«

Miriam ließ das angestrengte Lächeln aus ihrem Gesicht fallen, schmerzhaft, als löse sie Nägel, die es festhielten.

»Lustiger Abend«, sagte Mister Li zufrieden. Tetchok machte eine Bemerkung; beide lachten. Der Kassettenrekorder spielte eine blecherne chinesische Version von »Yellow Submarine«. Zartrot glühte die Morgensonne auf den Bergkuppen, die vor ihnen lagen, und gnädiger Schatten dämpfte den bedrückenden Anblick nackter Hänge voller Baumstümpfe.

»Es tut mir leid«, sagte David. Das waren die ersten Worte außer »Guten Morgen« und »Bist du fertig?«, die er an diesem Tag an sie richtete.

»Was tut dir leid?« Mit peinlichem Gefühl bemerkte sie, dass ihre Stimme brüchig klang. Es war eine dumme Antwort. Warum hatte sie nie die glatten, polierten, makellosen Wortschilde zur Verfügung, glänzend und spiegelnd, in denen sich der Feind verzerrt sieht, breit und dumm oder zur substanzlosen Bedeutungslosigkeit geschrumpft? Warum stand sie stets am Pranger zu aller Welt Unbehagen, immer diejenige, bei der alle Scham sich sammelte und so tat, als gehöre sie ihr?

Mit sichtbarer Mühe suchte David nach einer Antwort; das hielt sie ihm zugute.

»Darf ich versuchen, es dir zu erklären?«

»Warum es dir leidtut?«

»Meine Situation.«

»Wenn du meinst.« Wie oft schon in ihrem Leben hatte sie das gesagt. Sie schwieg und schloss die Augen. Dawa sagte nie: Wenn du meinst. Tenzin versuchte nie, eine Situation zu erklären.

»Als ich mich entschloss, Mönch zu werden«, sagte David, »dachte ich, jetzt würde ich endlich einmal etwas wirklich richtig machen. Ich war zutiefst überzeugt, dass ich nur das wollte und nichts anderes. Es war eine Erlösung. Endlich wissen, was richtig ist ... Ich quäle mich mit Schuldgefühlen, dir gegenüber, mir selbst gegenüber. Ich konnte die ganze Nacht nicht schlafen.«

Aber ich habe geschlafen und ich habe geträumt, dachte Miriam. Will er sagen, du hast geschlafen, ignorant und unberührt geschlafen, während ich litt? Sie wusste, dass sie ihm diese Gedanken unterschob, und nahm sie ihm dennoch übel.

»Im Augenblick weiß ich nicht mehr, was richtig und was falsch ist«, fuhr David fort. »Alles ist in Frage gestellt, mehr als je zuvor. Ich frage mich, ob ich die Lehren nicht vielleicht ganz falsch interpretiere. Ich habe sie so viele Jahre lang studiert und war sicher, ich würde sie verstehen. Aber jetzt bin ich einfach nur noch verwirrt. Ich kenne die Person nicht, die ich jetzt bin. Das stellt alles auf den Kopf.«

So war es nicht vorgesehen. Einem starren, verstockten, abwehrenden David konnte man den Platz des Aggressors zuweisen, konnte ihn schuldig sprechen und ihn bekämpfen, sich als Opfer präsentieren, ihn mit Missachtung strafen; ein verwirrter, trauriger, um sich selbst kreisender und sich bemitleidender David machte das unmöglich. Sie ahnte, dass dies ein bedeutender Augenblick war, in dem sie es in der Hand hatte, ihre Rolle neu festzulegen. In dem sie den Platz einer maushaften, stets eingeschüchterten, zum Manne aufblickenden Miriam, die eifrig nach Brocken der Zuwendung schnappte, verlassen und stattdessen sich ihm gleichstellen könnte. Oder sie könnte gar auf ihn herabschauen, ihn verkleinern durch die Bestätigung seiner schuldvollen Selbstumklammerung. Doch er wehte sie nur an, dieser Hauch der Macht; sie ließ den Augenblick verstreichen, ohne ihn in dieser oder jener Weise zu nutzen.

Militärfahrzeuge und hoch mit Baumstämmen beladene Lastwagen wirbelten riesige Staubwolken auf, die sich schwer über die Landschaft legten. Miriam lehnte den Kopf zurück und zog ihren seidenen Schal über das Gesicht. Wie dankbar war sie, dass der Lärm ein Gespräch unmöglich machte.

Die unbefestigte Straße wand sich in Haarnadelkurven eng und steil hinab in ein tiefes Flusstal. Ein Lastwagen kam entgegen, die offene Ladefläche voller Menschen. Tetchok musste ein langes Stück zurückfahren, am endlos in die Tiefe reichenden Steilhang entlang. Auf seinem Gesicht bildeten sich große Schweißtropfen. Miriam wagte kaum zu atmen und bewegte die Lippen lautlos mit dem Mantra der Senge Döngma. Feurige große Schwester, Hüterin meines Geistes, lehre mich lachen am Abgrund!

»Tetchok hat eine Zigarette verdient«, sagte sie, als sie in der Ausweichbucht warteten, bis sich der Lastwagen mit seiner schwankenden, heiter winkenden Ladung an ihnen vorbeigequält hatte. Mister Li gab den Vorschlag weiter und machte selbst Gebrauch davon. David verzog das Gesicht, ein unbewusster, gewohnheitsmäßiger Schatten des Unbehagens. Natürlich würde er nichts sagen, David der Höfliche, David der Besonnene. Doch auch das Unausgesprochene genügte, um an alte Wunden zu rühren.

Werde ich jemals so sein, wie Männer es erwarten? Oder zumindest diejenigen, die wie mein Vater sind und zu denen der Wind meines Karma mich hinweht, wieder und immer wieder? Das Geschlecht der Wiedergeburt wird dadurch festgelegt, welcher Elternteil einen anzieht. Woher weiß ich das? Dawa weiß es. Hätte meine Mutter mich angezogen, wäre ich ein Sohn geworden. Seltsam, diese karmischen Muster, sie weben unser Leben wie in einem Traum. Wie viel freier Wille bleibt übrig?

Tetchok fuhr weiter. Mister Li zündete eine weitere Zigarette an. David tippte auf seine Schulter. »Mister Li, bitte, wir wünschen, dass im Auto nicht geraucht wird.«

Miriam sah ihn aus großer Ferne an. »Ach, mir macht es nichts aus.«

»Kriegserklärung?«, fragte David mit hochgezogenen Augenbrauen.

»Aber nein«, antwortete sie. »Ich wollte einfach nur einmal von mir sprechen.«

Er wandte sich ihr zu, ohne den Abstand zwischen sich und ihr zu verringern. »Es ist dein gutes Recht, wütend auf mich zu sein. Und es ist dein gutes Recht, von mir zu erwarten, dass ich die Situation rette, die ich verdorben habe. Aber ich kann es nicht. Es gäbe sicher das Richtige zu sagen oder zu tun – aber es fällt mir nicht ein. Ich bin völlig gelähmt. Ich kann nichts anderes sagen, als dass es mir leidtut.«

Miriam nickte und schwieg.

Auf der anderen Seite des Flusses ging es wieder steil bergauf, in zweiundsiebzig Kehren, wie Mister Li stolz erklärte, als gäbe es daran etwas, worauf er stolz sein könnte. Auf halber Höhe kamen sie hinter ein paar Holztransportern zum Stehen.

»Steinschlag«, sagte Mister Li, nachdem er die Lage erkundet hatte. »Sie haben den größten Teil weggesprengt. Räumen jetzt auf.«

Miriam und David stiegen aus und folgten Mister Li an den Lastwagen vorbei zum verschütteten Teil der Straße. Soldaten und eine Mannschaft von Arbeitern schaufelten den Weg frei. Es sah aus, als würde es noch lange dauern. Während Mister Li ein Gespräch mit David begann, kehrte Miriam zum Auto zurück. Vielleicht würde sie ein bisschen schlafen können. Nur nicht nachdenken, nicht über David, nicht über die Nacht, nicht über die Abgründe, an denen sie seit Stunden entlangfuhren.

»Sie kommen aus Deutschland, Madame?« Die Stimme mit dem weichen Akzent im harten Deutsch tauchte plötzlich hinter ihr auf. Sie wandte sich erschreckt um und der Mann trat einen Schritt zurück.

»Ja«, sagte sie kurz. Ein Polizist in Zivil? Ein Spitzel?

Das zartbraune, glatte chinesische Gesicht strahlte auf, als ginge es um eine große Freude. Es war eine einfache und ansteckende Freude, wie Kinderfreude. Wie damals, als sie die kleine Katze bekam. Mini mit den weißen Pfoten.

»Ihr Fahrer sagt, Sie kommen aus Deutschland«, erklärte der Mann in klarem Deutsch. »Ich dachte, Sie haben vielleicht nichts dagegen, wenn ich Sie anspreche.«

Miriam lächelte und schüttelte unbewusst mit beiden Händen ihre Haare auf. »Nein, ich habe nichts dagegen. Wir werden hier wohl länger warten müssen.«

»Dann darf ich Ihnen Tee anbieten? Es ist eine große Freude für mich, Deutsch sprechen zu können. Ich habe nicht sehr oft die Gelegenheit dazu.«

Er streckte seine Hand aus. »Mein Name ist Liu Mengmei. Mengmei bedeutet: von Winterkirschen träumen.«

Miriam ergriff die Hand, die kühl und mit sanftem Druck die ihre umschloss. »Was für ein schöner Name. Ich heiße Miriam. Alttestamentarisch. Ich meine jüdisch. Leider nicht so poetisch.«

»Aber sehr schön; ein Name wie Musik.«

Bevor sie sich hinter einer abwehrenden, beschämten Geste verschanzen konnte, hatte er sich abgewandt und holte eine Basttasche aus dem großen neuen Patrol mit verdunkelten Scheiben, der hinter dem schäbigen Geländewagen der Agentur geparkt hatte. Tetchok warf einen neugierigen Blick nach hinten, Miriam nickte ihm freundlich zu.

»Kommen Sie!«, rief der Mann ihr zu. »Ich habe einen guten Platz für unser Picknick entdeckt.«

Er ging auf der Straße ein kurzes Stück zurück und kletterte dann voran zu ein paar Felsen, die wie Treppenstufen geformt waren, so dass man angenehm darauf sitzen konnte. Die Straße darunter war kaum zu sehen.

»Genau so habe ich es mir vorgestellt«, sagte er vergnügt.

Aus einer Thermoskanne goss er grünen Tee in eine dünnwandige Porzellanschale, die er Miriam reichte. Er selbst benützte den Verschlussbecher der Kanne.

»Zum Wohl, Miriam.«

»Zum Wohl, Mengmei.«

Als würde sich plötzlich ein Tunnel zur Weite des Himmels und der Erde öffnen, riss ihr Geist auf und empfing die Flutwelle der Schönheit, des Zaubers, der Wärme dieses Augenblicks. Der Klang der Silben seines Namens, die sie genauso auszusprechen, zu singen versucht hatte wie er, lag noch in ihrem Mund, in ihren Ohren; wie auch die Musik, die der Mann ihrem Namen mitgegeben hatte, an ihrer Haut, an ihren Augen haften blieb. Spontane Verbundenheit. Zuflucht des Individuellen in dieser allzu großen, allzu schönen, erbarmungslosen Landschaft.

Mengmei erzählte von seinem Studium der Geologie in Deutschland, von einer Sinologie-Professorin, die ihn in ihre Familie aufgenommen hatte, von seiner Liebe zur Sprache und Kultur seines Gastlandes. Währenddessen wickelte er kleine Köstlichkeiten aus und präsentierte sie Miriam, hielt sie mit spitzen Fingern hoch, die linke Hand in einer anmutigen Geste darunter. Wir lachen wie Liebende, dachte sie.

Den Tee löste heißer Reiswein aus einer weiteren Thermoskanne ab. Hierfür fand Mengmei zwei kleine Schälchen in seiner Basttasche.

Miriam spritzte ein paar Tropfen des Reisweins in die Luft. »Für die Geister des Himmels, der Luft, des Wassers und der Erde«, sagte sie.

Er tat es ihr nach. »Für die Geister des Himmels, der Luft, des Wassers und der Erde«, wiederholte er, »auf dass sie Miriam auf ihrer Reise schützen mögen.«

Sein Blick war kurz hin und her gezuckt, um sich zu vergewissern, dass es keine ungebetenen Zuschauer gab. Miriam hatte vergessen, dass sie außer in Tibet auch in Rotchina war.

»Man macht das so in diesem Land, nicht wahr?«, sagte sie leichthin. »Ich finde es schön, die Geister der Natur zu ehren.«

Ihr Gegenüber neigte mit einer kleinen, eleganten Bejahung den Kopf. Ein Prinz. Ja, in ihm versammelte sich alles, was sie sich unter einem Prinzen vorstellte: ein fein geschnittenes Gesicht mit leicht ausgeprägten Backenknochen, schwarze, nicht allzu kurz geschnittene Haare, die immer wieder nach vorn fielen und mit einem kleinen Ruck aus der Stirn geworfen wurden, lang gezogene Augen, der Mund einer Khmer-Statue, das Ganze harmonisch im Zusammenspiel mit den langen, schlanken Gliedern einer mittelgroßen, aber hoch gewachsen wirkenden Gestalt.

»Es war eine wunderbare Familie in Deutschland«, erzählte Mengmei. »Sie spielten abends oft Kammermusik, die Eltern, die drei Kinder und ein junges Mädchen von nebenan. Ich habe leider nie gelernt, ein Musikinstrument zu spielen.«

»Ich auch nicht«, sagte Miriam. »Außer ein bisschen Gitarre als Teenager.«

»Aber Sie lieben Musik? Klassische europäische Musik?«

»Ja, sehr. Und indische Ragas. Und japanische Musik – vor allem Gagaku.«

»Wie schön. Die Deutschen sind so gebildete Menschen.«

»Manche«, erwiderte sie trocken. Mengmei lächelte sein großzügiges Lächeln.

»Dann ist es wohl mein Schicksal, dass ich immer die richtigen Deutschen treffe. So unerwartet wie hier und jetzt.«

Die Reisweinschälchen wurden erneut gefüllt. »Ein langes Leben für Sie, schöne Miriam!«

Der Reiswein nahm den falschen Weg. Sie hustete heftig.

Mengmei klopfte auf ihren Rücken, nahm ihr das Schälchen ab und reichte ihr ein Papiertaschentuch. Peinlich berührt war sie sich ihres geröteten Gesichts und des verschütteten Reisweins auf ihrer grauen Hose bewusst.

»Vielen Dank für das Kompliment«, sagte sie schließlich keuchend. »Es ist nur ein bisschen übertrieben.«

Mengmei beugte sich ein wenig vor. »Oh, verzeihen Sie, habe ich etwas Falsches gesagt?«

»Nein, natürlich nicht.« Sie schwieg verlegen.

»Ich … bin Ihnen zu nahe getreten. So sagt man doch?«

Sie schüttelte nachdrücklich den Kopf. »Nein, bitte, Sie sind sehr liebenswürdig.«

Es fiel ihr nichts Besseres ein, als das Schälchen wieder aufzunehmen und ihm hinzuhalten. »Vielleicht sollte ich noch ein bisschen Reiswein trinken.«

Mit erleichtertem Lächeln schenkte er nach.

»Wenn ich ein Maler wäre«, sagte er, »würde ich Sie malen wollen. Diesen Goldhauch auf Ihrem Haar, wie der Goldrand der Sonne an einer Wolke. Und Augen wie der Xihu-See an einem Regentag. Man geht nur an Regentagen zum Xihu-See, wissen Sie, dann ist er am schönsten. Oh, und wir sollten noch auf das Schönste trinken, was Ihre wunderbare Kultur hervorgebracht hat«, fuhr er fort, bevor Miriam ihre Verwirrung zum Ausdruck bringen konnte. »Ich bin der Ansicht, dass die höchste Errungenschaft der westlichen Kultur das Ideal der romantischen Liebe ist. Dieses Ideal gibt es bei uns nicht. Ich meine, die romantische Liebe gibt es natürlich überall auf der

Welt immer wieder einmal, glücklicherweise. Aber nicht als Ideal einer ganzen Kultur. Diese vollkommene Hingabe für einander. Was für ein wundervoller Gedanke!«

Er hob sein Schälchen.

»Das war einmal«, sagte sie. »Ist schon lange her. Die westliche Kultur hat keine Ideale mehr.«

Mengmei schwieg und sah sie an. Umständlich stellte sie ihr Schälchen auf den Fels.

»Verzeihen Sie«, sagte sie, »ich bin eine Spielverderberin. Ich meine, Sie haben natürlich Recht. Es ist ein wundervolles Ideal. Wenn Menschen aus Liebe über sich hinauswachsen, wenn sie zu Dichtern und Mystikern werden, aus Liebe, aus Hingabe. Wenn man den anderen nicht mehr als Objekt erlebt. Wenn das Herz ganz offen ist ... Oh, ich bin ein bisschen betrunken.«

»Und viel zu traurig für solch einen schönen Tag.«

Er füllte Reiswein nach und wieder hoben sie feierlich die kleinen Schalen, er brachte sie zum Lachen und machte hübsche kleine Komplimente. Über ihre Nase, die er edel nannte. Über den Klang ihrer Stimme. Über ihre Hände, das konnte sie gelten lassen. Ihre Hände waren das Beste, das sie vorzuweisen hatte: schmal, oval, glatt wie Birkenrinde, unschuldige, altmodische Jungfrauenhände, geeignet, leicht auf dem starken Arm eines Mannes zu ruhen oder vielleicht einen Stickrahmen zu halten. Und er erzählte von seiner Mutter, die er liebte, die seinen schönen Namen träumte, als sie mit ihm schwanger war.

Dünne, faserige Wolken dämpften die starke Sonne. Miriams Lachen wob sich in das des Mannes. Der Tag neigte sich über sie mit dem Wohlwollen eines Kindersommers.

»Mögen Sie Goethe? Sicher mögen Sie Goethe.« Mengmei lehnte sich vor und hob sein Schälchen. »Auf Goethe.«

Sie fühlte, ohne beschämt zu sein, das Glühen des Reisweins in ihrem Gesicht.

Mengmei lächelte. »Einige seiner Gedichte habe ich noch im Kopf. Ich möchte Ihnen gern eines vortragen, wenn ich darf.«

Vielleicht nickte sie zu eifrig. Es störte sie nicht.

Mengmei schaute in die Weite und rezitierte:

»Dich sah ich,
Und die milde Freude
Floss von dem süßen Blick auf mich;
Ganz war mein Herz an deiner Seite
Und jeder Atemzug für dich.
Ein rosenfarbnes Frühlingswetter
Umgab das liebliche Gesicht,
Und Zärtlichkeit für mich – ihr Götter!
Ich hofft es, ich verdient es nicht!«

Er hielt inne. »Jetzt weiß ich nicht mehr, wie es weitergeht.«

Miriam lächelte. »Vielleicht weiß ich es. Es ist ein berühmtes Gedicht. Ich glaube, es geht so:

Ich ging, du standst …«

Mengmei fiel mit ein:

»… und sahst zur Erden
Und sahst mir nach mit nassem Blick.

Und doch, welch Glück, geliebt zu werden!
Und lieben, Götter, welch ein Glück!«

Er ergriff ihre Hand. »Ist das nicht ein kleines Wunder? Dass wir uns beide an dasselbe Gedicht erinnern?«

»Ich beginne von Winterkirschen zu träumen«, sagte sie. »Ich denke, das darf man, wenn man ein bisschen betrunken ist.«

»Man ruft nach Ihnen. Leider.«

Mengmei erhob sich und schaute hinunter auf die Straße. Sie wollte nicht gerufen werden. Sie wollte sitzen bleiben und mit dem chinesischen Mann deutsche Gedichte rezitieren und noch mehr Reiswein trinken und die Berggeister versöhnen, die wütend über die ungesühnte Verletzung des Berges waren und Felsbrocken auf die Straße warfen.

Sie wunderte sich, David auf der Felstreppe zu sehen. Sie hatte ihn vergessen, als habe es ihn nie gegeben. David gehörte nicht zu dieser Welt der Winterkirschen und Goethe-Gedichte. David wollte nicht Miriam. Was wollte er? Seinen Jehova?

»Es geht weiter«, sagte David und nickte dem Fremden freundlich zu.

»Das kann ich mir nicht vorstellen«, antwortete Miriam und kicherte. »In Sackgassen geht es nie weiter.«

Doch David hatte sich bereits umgedreht und kletterte den Hang wieder hinunter.

»Ihr Freund?«, fragte Mengmei.

»O nein. Ein Mönch. Sozusagen.«

Schnell und geschickt räumte Mengmei die Reste des Picknicks in seine Tasche und reichte Miriam die Hand zum Abstieg.

David und Mister Li standen neben dem Auto und warteten.

»Leben Sie wohl«, sagte Miriam, als sie die Straße erreicht hatten.

Mengmei drückte ihre Hand. »Mein Herz ist an Ihrer Seite, Miriam.«

Sie ging schnell an den wartenden Fahrzeugen vorbei, ohne zurückzuschauen. Ihre Beine waren sehr leicht. Sie hätte tanzen mögen.

Es dämmerte, als Tetchok in einen steinigen Seitenweg einbog. Das Kloster am Ende dieser Straße sei ihr Ziel, erklärte Mister Li, doch sie hätten zu viel Zeit verloren und würden versuchen, ein Nomadenlager zu erreichen und dort in ihren beiden mitgebrachten Zelten zu übernachten.

»Oh, schön, zu den Nomaden!«, rief Miriam heiter. »Wie Dawa.«

Die Wirkung des Reisweins und der poetischen Begegnung hatte den ganzen Nachmittag lang angehalten.

Schon von weitem sahen sie das große Zelt in dem ausgedehnten, vom großen Mond beleuchteten Flusstal. Wie eine riesige, geisterhafte Lampe stand es im Dunkel, im Innern eine starke Lichtquelle, wunderlich weißes, hartes Licht, nicht der freundliche gelbe Schein eines Feuers. Als der Geländewagen sich näherte, fing sich der Strahl der Scheinwerfer im blinkenden Chrom eines Motorrads. Die Hunde bellten wild und zerrten an ihren kurzen Ketten.

Zwei Männer, zwei Frauen und ein halbwüchsiger Junge schlüpften aus dem Zelt und nach einigen Erklärungen begannen Tetchok und Mister Li die kleinen Zelte aufzustellen. Mister Li lehnte Davids Angebot zu helfen ab.

»Zu Nomaden sitzen, warm im Zelt, jetzt ziemlich hoch

oben, kalt in der Nacht«, sagte er und wies zum Eingang des Zelts mit einer Ansammlung von Joggingschuhen, armeegrünen Gummistiefeln und dünnen Plastikschlappen davor. Eine der jungen Frauen kicherte und schob mit dem nackten Fuß die Schuhe beiseite.

Im Zeltinnern zischte eine Kerosinlampe, daneben standen drei große, bunte Thermoskannen und eine große Plastikschüssel voll Tsampa-Mehl. Auf einem kleinen Schrein an der Zeltwand standen grellbunte Seidenblumen. Unter einer offenen Klappe im Dach brannte in einem Ring von Steinen ein kleines, rauchiges Feuer. Den Gästen wurde Buttertee und Tsampa angeboten, dann setzten sich die Männer und der Junge wieder zum unterbrochenen Würfelspiel nieder. Aus einem Fellbündel drangen Laute wie von einer Katze. Die jüngere der beiden Frauen wühlte ein Baby hervor und legte es an die Brust. Die andere rückte zu Miriam heran, legte ihre Hand auf die Mala an Miriams Handgelenk und flüsterte: »Dalai-Lama-Foto?«

Miriam neigte sich zu Davids Ohr. »Sie möchte ein Foto des Dalai Lama. Hast du eines?«

David kramte in einer Innentasche seiner Jacke. Schließlich schob er etwas in die Hand der Frau. Das Bild verschwand in der Öffnung der Chuba unter ihrer bunten Strickjacke, dann verließ sie das Zelt und kam mit zwei Schalen voll Joghurt zurück, die sie den beiden Gästen anbot. Wenig später setzten sich Mister Li und Tetchok für eine Schale Tee dazu. Die Männer schoben die Würfelbecher zur Seite und es entspann sich ein langsames Gespräch.

Das Baby schmatzte, die Mutter hob es an die Schulter, es stieß auf. Würde es ihr einziges Kind bleiben? Manchmal entgingen die Nomaden in dem weiten Land der grausamen Hand des Gesetzes. Zwangsabtreibung, Zwangssterilisierung, Liebe mit Angst, das Mittelalter ist nie vorbei.

Miriams Augen tränten vom ungewohnten Rauch. Sie stand auf und Mister Li führte sie mit der Taschenlampe zu einem der beiden kleinen Iglu-Zelte der Agentur. Den Mond hatten inzwischen Wolkenschleier eingehüllt; wie eine dicke, reife Frucht in einem zarten Tuch lag er am Himmel. Ohne sich auszuziehen, schlüpfte sie in ihren weichen, daunengefüllten Schlafsack. Mit Schaudern dachte sie an Dawa, die bei Wolkenbrüchen und Kälte keinen anderen Schutz hatte als einen Fellmantel.

Die Isoliermatte dämpfte kaum die Härte des Bodens und nach kurzer Zeit hatte ihr Körper jede Unebenheit aufgespürt. Wie erstaunlich, das sie sich trotz des körperlichen Unbehagens so gut gelaunt fühlte. Oder sollte sie es eher launenlos nennen? Ein einfaches Einverstandensein mit dem, was ist – das hatte sie nie zuvor empfunden. Die Stimme in ihr, die zu allem ein Urteil abgab, war leise geworden. Vielleicht war es so, dass sie tatsächlich hätte glücklich sein können. Vielleicht würde sie in dem Augenblick glücklich sein, in dem ihr Geist ihr ein unbesorgtes Gewahrsein zugestand, ohne sich geschwätzig einzumischen. Vielleicht würde sie es einmal kennen lernen, das nichtbedingte Glück, von dem in den Büchern die Rede war.

Sie lächelte im Dunkeln. Nun, dies war nicht das große Glück. Es war ein kleines, bedingtes Glück, doch immerhin das. Wie selten hatte es sich vorgewagt in ihre traurige Welt. Man konnte Wunden heilen mit diesem sanften, kleinen Glück. Schöne Miriam Goldhauch-auf-dem-Haar mit Augenwie-der-Xihu-See-im-Regen. Und Tenzins Umarmung. Und Dawas geheime, hoffnungsvolle Sehnsucht. Nein, du machst mir nichts vor, meine Dawa, denn ich bin du. Ich habe den Ngakpa in deinem Herzen gesehen, dort, wo du selbst kaum hinzuschauen wagst. Ha!

»Ich schlafe noch nicht«, sagte sie, als David sich ins Zelt tastete. »Mach Licht, es stört mich nicht.«

»Nicht nötig«, antwortete er. »Und es ist mir lieber, wenn du mich nicht siehst. Ich fühle mich scheußlich.«

Sie öffnete das obere Ende des Schlafsacks und stützte sich auf den Ellenbogen. »David, könnten wir vielleicht so tun, als wäre alles in Ordnung? Man kann ja so tun, als ob. Man tut so oft, als ob, ohne es zu wissen. Dann kann man es doch auch absichtlich tun.«

»Ja, natürlich. Ich fürchte nur, ich kann es nicht. Ich würde so gern alles wiedergutmachen.«

»Versuch es!«

»Ich weiß nicht, was ich sagen soll. Alles, was mir einfällt, kommt mir unpassend vor. Im einen Augenblick erscheint es vernünftig, im nächsten schwülstig oder heuchlerisch oder einfach belanglos.«

Sie hörte, wie er den Reißverschluss des Schlafsacks hochzog.

»Ich warne dich, es ist ein teuflisch hartes Bett«, sagte sie und kroch ebenfalls in die Wärme ihres Schlafsacks zurück.

Sein Schweigen war voller unausgesprochener Worte. Sie schwebten im Zelt herum wie auf der Suche nach einem Besitzer, der die Verantwortung für sie übernehmen würde.

Vorsichtig setzte Miriam an: »Vielleicht sind wir einfach in eine andere Dimension gefallen, in der das alte Ich nicht mehr so gut funktionieren kann wie zuvor. Oder vielleicht ist das im Allgemeinen beim Reisen so. Ich habe wenig Erfahrung mit dem Reisen. Es geht alles so schnell, gerade war ich noch in Kathmandu, gerade war ich noch in Lhasa. Ständig muss ich mich zurücklassen. Zu Hause bin ich durch einen Sumpf von Vergangenheit gewatet, mit allem bepackt, was sich angesammelt hat. Es wurde immer mehr. Aber jetzt ist es anders, ich lasse es zurück, und je weiter ich gehe, desto nackter komme ich mir vor. Weißt du, ich glaube, ich beginne dich zu verstehen. Warum du gesagt hast, dass ich nichts damit zu tun habe. Es stimmt. Ich habe wirklich nichts damit zu tun. Du drehst dich in deiner Geschichte, ich drehe mich in meiner Geschichte. Es kommt etwas von außen und das bauen wir in unsere Geschichte ein. Wie wenn man träumt und dann klingelt jemand an der Haustür und unser Traum macht daraus eine Feueralarmsirene. Ich bin für dich etwas von außen und du hast es in deine Geschichte eingebaut. Du bist für mich etwas von außen und ich habe es in meine Geschichte eingebaut. Man kann einander wohl nur dann wirklich erreichen, wenn die Geschichte ausgeschaltet ist.«

Nach einer Pause erwiderte er: »Die Geschichte war ausgeschaltet. Für kurze Zeit.«

Miriam streckte den Arm aus dem Schlafsack und tastete mit der Hand nach seinem Gesicht. »Ja, für kurze Zeit.«

Nach einer kleinen, streichelnden Berührung zog sie die Hand zurück.

Sie wünschten einander eine gute Nacht. Es war wie ein Versprechen, den nächsten Morgen besser zu beginnen.

Dawa

Die Yaks schwanken mit ihrer schweren Ladung mühsam den Weg zum Pass hinauf. In der vergangenen Nacht hat es oben geschneit, und obwohl die Sonne scheint und die Haut verbrennt, ist es kalt in dieser Höhe.

Die Hänge sind schroff und kahl. Hier gibt es keine Bäume mehr, die Schutz vor dem Wind bieten können. Mit lauten Rufen treiben die Männer die Tiere an. Sie dürfen keine Zeit verlieren; durch den Schnee wird die Überquerung des Passes länger dauern als vorgesehen.

Dawas Haut ist trocken und gespannt unter der Schmutzschicht, die seit Wochen ihr Gesicht und ihren Hals bedeckt, trotz der häufigen Einreibungen mit Butter. Ihre Füße schmerzen vom endlosen Wandern über steinige Wege. Das Kleid ist in den Achselhöhlen und am Rücken hart geworden von getrocknetem Schweiß. Unter den lange nicht mehr gelösten Zöpfen juckt die Kopfhaut.

Wie wird der blinde Pola den schweren Weg überstehen? Ohne den Maulesel der Brüder Samten und Namgyal, auf dem er reiten darf, wenn das Gelände es erlaubt, hätten sie ihn und Gondo längst zurücklassen müssen. Im letzten Augenblick, als die Karawane schon am Losziehen war, haben sich die Brüder zu den Pilgern gesellt. Sie wollen nach Lhasa und dort bei einem Verwandten, einem Händler, das Geschäft des Handels erlernen. Ungleiche Brüder, diese beiden, wie Yak und Pferd – der schwerfällige, freundliche Namgyal und sein jüngerer Bruder Samten mit der losen Zunge und dem hübschen Gesicht. Nun schwitzen sie unter der Last ihrer Geschenke für den Verwandten, die sie vom Maulesel auf ihre beiden und Tenzins Rücken geladen haben. Viele Verdienste, hat Tenzin gesagt; ihr wisst ja, wenn man einem Pilger hilft, bringt das so viel gutes Karma wie die halbe Pilgerschaft.

Die kleine Gruppe bildet das Ende der Karawane. So lang gezogen ist die Karawane, dass man ihren Anfang kaum je einmal zu sehen bekommt. In ihrer Mitte schaukelt auf einem Yakrücken die Sänfte eines hohen Lama, umringt von seinen Mönchen; davor und dahinter reiten die Händler mit ihren Begleitern auf kleinen, strammen Pferden, gefolgt von den schwer beladenen Yaks. Von Zeit zu Zeit reiten Wachen mit ihren großen Bögen und langen Messern an der Karawane entlang und schwatzen gelegentlich mit den Treibern oder den Pilgern.

Tenzin keucht. Er ist es nicht gewohnt, schwere Lasten zu tragen. Dawa hält ihm den halb vollen Wasserbeutel hin. »Ich dachte gerade, wie angenehm es ist, mit einer Karawane zu reisen. So viel Schutz und Sicherheit. Aber für dich ist es vielleicht nicht ganz so wunderbar mit dem ganzen Zeug der Brüder auf dem Rücken.«

»Es wäre unverantwortlich, auf diese zusätzlichen Verdienste zu verzichten«, antwortet er schwer atmend, aber heiter, und setzt die Öffnung mit dem Hornring an den Mund.

Dawa lacht. »Bald hast du so viele Verdienste gesammelt, dass du unser ganzes Fürstentum damit retten kannst. Na ja, oder wenigstens den Fürsten.«

»So viele Verdienste, wie der braucht, gibt es gar nicht«, erwidert er grinsend.

Dawa nimmt ihm den Wasserbeutel ab. »Für einen dummen Mönch bist du ganz schön gescheit.«

»Und für eine weggelaufene Fürstin bist du ganz schön vorlaut«, gibt er leise zurück.

Sie beginnen plötzlich zu lachen und lachen schließlich so sehr, dass sie stehen bleiben müssen. Die alte Kamala, die immer ein Stück hinter allen hertrottet, hält ebenfalls inne und lacht mit ihrem fast zahnlosen Mund ein bisschen mit, ohne den Schwung ihrer Mantra-Trommel zu verringern.

»Kamala, du musst ein Handgelenk aus Eisen haben, dass du das ständige Drehen aushältst«, prustet Dawa. Sie weiß gar nicht, warum sie so sehr lachen muss.

»Hab ich«, sagt Kamala.

»Sie hat was gesagt, Tenzin, sie hat was gesagt!«

Man könnte die alte Kamala fast für stumm halten, so wenig redet sie. Ständig dreht sie ihre Mantra-Trommel und murmelt das Mani-Mantra und selbst beim Essen hört sie nicht auf zu murmeln. Sie kam einen Tag nach Dawa und Tenzin in der Karawanserei an und setzte sich neben den Pola. Sie heiße Kama, hörte Gondo sie sagen und gab es weiter: die alte Kamala. So blieb die höfliche Bezeichnung an dem Bettelweib hängen.

Wenn der alte Mann hustet, und das tut er oft, legt sie ihm die Hand auf den Rücken und dann geht es ihm besser. Alles, was sie bei sich hat, ist ein großes, silbernes Ga-u an ihrem

Hals und eine große, vom langen Gebrauch schwarze Mala aus Rosenholz. Die Brüder haben ihr ein gutes, großes Tuch gegeben, das sie anstatt eines löcherigen Lumpens um ihren Kopf wickeln kann. Tenzin nähte, so gut es ging, ihren zerfetzten Fellmantel zusammen. Gut, gut, sagt Kamala, gut, gut.

»Warum bist du immer so schweigsam, Kamala?«

Das zerknitterte Gesicht der Alten faltet sich zu einem halben Lächeln. »Es gibt nicht viel zu sagen. Und du redest zu viel, Mädchen.«

Dawa wirft den Kopf hoch, doch unter Tenzins warnendem Blick vergisst sie augenblicklich, was auch immer sie sagen wollte. Die kleine Schwester macht keine hochfahrenden Bemerkungen. Die kleine Schwester weiß, wo ihr Platz ist. Das Kichern der alten Kamala ist rau wie die Zunge einer Katze. Mit wackelndem Kopf geht sie weiter und gibt ihrer Mantra-Trommel einen zusätzlichen Schwung.

Die Überquerung des Passes dauert bis zum Nachmittag, und als die Karawane schließlich in einer lang gezogenen, von Wald umgebenen Senke anhält, ist es fast Abend. Die Yaks und Pferde trinken am Bach, doch sie sind zu müde zum Grasen und lassen die Köpfe hängen. Die Brüder spannen eine große, feste Yakhaardecke als Windschutz und Dach zwischen niedrigen Bäumen aus. Wenn sie sich eng nebeneinanderlegen, passen alle sieben darunter, die Brüder, der blinde Pola und sein Enkel, Kamala und das vermeintliche Geschwisterpaar.

Dawa füllt die Wasserbeutel am Bach und Tenzin sammelt Zweige für das Feuer, doch die sind feucht und rauchen stark. Tenzin trägt stets ein Bündel feines Reisig mit sich, um etwas

Trockenes zum Anzünden zu haben. Dennoch dauert es lang, bis der Tee fertig ist und alle hungrig ihre Bällchen aus Tsampa-Brei kneten können. Tenzin hat in der Karanwanserei getrocknete Aprikosen und Apfelringe gekauft. Eine Hand voll davon legt er in Kamalas Schoß und die Brüder und Gondo fügen ebenfalls ein wenig von ihren Vorräten dazu.

»Gut, gut«, sagt die alte Kamala, schmatzt erfreut und lässt ihre Mantra-Trommel sausen.

Als Samten sich in seinen Mantel hüllt, so dass nur noch der glänzende schwarze Schopf hervorschaut, mit dem roten Seidenstrang verlängert, den die Kampas so hübsch um den Kopf winden, bemerkt Dawa: »Na, ist unser Kater heute zu müde zum Streunen?«

Der Fellmantel dämpft das Lachen darunter. »Denkst du wohl, Fräulein Vorlaut. Ich schlafe nur ein bisschen vor. Die Gelegenheit hier ist viel zu günstig, als dass man sie mit Schlafen vergeuden dürfte.«

Samten hat ein munteres Mundwerk und weiß mit Worten geschickt umzugehen. Er wird einmal ein guter Händler werden.

»Sie werden dich eines Tages erwischen, Samten – ich meine, eines Nachts.«

»Mich erwischt keiner, ich bin flink.«

»Und an die Frau denkst du nicht? Du bringst auch sie in Gefahr. Früher oder später wird ihr Mann misstrauisch werden.«

Samten streckt den Kopf unter dem Mantel hervor und grinst Dawa an. »Nun hör mal, Nyima Neunmalklug, du wolltest mich ja nicht haben. Sie will mich. Also! Ich frage dich, warum muss ein alter Bock solch ein niedliches chinesisches Blümchen pflücken? Der alte Kaufmann schläft jede Nacht selig mit dem Mohn, den sie aus China mitgebracht hat. Sie rührt ihn einfach in sein Tsampa.«

»Und wenn er doch etwas bemerkt? Wenn euch jemand sieht und sie verpetzt?«

Ungerührt zieht Samten den Kopf zurück in das Fell. »Dann verprügelt er sie. Ein geringer Preis für so viel Vergnügen.«

»So ein oberflächlicher Dummkopf«, flüstert sie Tenzin zu. Tenzin schweigt und packt die Vorräte und die gesäuberten Schalen wieder in ihr gemeinsames Bündel.

Plötzlich murmelt er: »Er hat keine Ahnung. Keine Ahnung.«

So angespannt ist Tenzins Stimme, dass Dawa nicht zu fragen wagt, wovon Samten keine Ahnung hat. Obwohl – sie weiß es. Manchmal spürt sie seinen Blick, der sie an tanzende Hände denken lässt, an weiche, nackte Haut und süßen Schweiß. Ein Blick, der aus ihm herausfällt wie Blut. Sie hat den Blick von Yaks gesehen, wenn die Hand des Schlächters in den kleinen Schnitt an ihrem Hals fuhr und die Schlagader abdrückte. Ein Augenblick des äußersten Ausgeliefertseins. Ah-tsi, sie weiß es. Ach, Tenzin!

Der Pola hustet die ganze Nacht und am Morgen ist der Mantel vor seinem Mund rot verklebt. Tenzin hat ihn nah ans Feuer gebettet und Gondo hat immer wieder Holz aufgelegt.

»Der Pola sollte nicht reisen«, sagt Namgyal. »Der Aufstieg zum Pass hat ihn zu sehr angestrengt. Er wird immer schwächer. Bald kann er sich nicht mehr auf dem Muli halten.«

»Was sollen sie denn machen?«, erwidert Tenzin. »Umkehren? Es ist jedenfalls besser, während einer Pilgerreise zu sterben als zu Hause.«

»Ich meine ja nur.« Namgyal lädt sich seinen Anteil Gepäck, den größten, auf den Rücken. »Der arme Kerl. Quält sich so.«

Der kranke Mann schwankt auf seinem geduldigen Reittier. Die Brüder legen ein dickes Bündel vor ihn auf den Rücken des Maulesels und binden es fest, damit er sich darauf stützen kann.

»Wir sollten bei den Karawanenleuten fragen, ob sie vielleicht einen Arzt dabeihaben«, schlägt Dawa vor.

Die alte Kamala steht wie immer ein bisschen abseits und wartet auf den Aufbruch. Zuerst dachte Dawa, sie hielte sich aus Bescheidenheit im Hintergrund, doch sie ist sich nicht mehr so sicher. Irgendetwas ist seltsam an der alten Frau. Jetzt kommt sie einen Schritt näher und sagt gleichmütig: »Er braucht keinen Amchi mehr. Er stirbt bald.«

Dawa wirft ihr einen scharfen Blick zu. »Meinst du?«

»Ich weiß es«, erwidert die alte Kamala.

Die Karawane zieht weiter, den Berg hinunter, durch ein langes, weites, Tal, umgeht eine Anhöhe, durchwatet eine Furt. Das Land ist karger geworden seit dem Pass, bräunlich grünes Hochland ohne Bäume, und das Gras ist hart und kurz. Schon am frühen Nachmittag lässt sich die Karawane in einem hübschen Tal am Rand eines Flüsschens nieder, um den Tieren genügend Rast zu gönnen. Der blinde Mann fällt Namgyal in die Arme; aus seinem Mund tropft Blut.

»Kommt her!«, ruft Gondo mit schriller Stimme. »Schnell, schnell, kommt her!« Es ist allen klar, dass der alte Pola zu krank ist, um weiterzureisen. Gondos Augen sind riesig vor Angst. »Und was mach ich nun? Was mach ich nun?«, sagt er vor sich hin, zu niemandem, zu allen. »Wo Arya Tara doch gesagt hat, ich soll mit ihm gehen.«

Dawa legt den Arm um den Jungen. »Und du hast das Richtige getan, Gondo. Wir lassen dich nicht allein.«

Namgyal legt seine große Hand auf Gondos Kopf. »Natürlich lassen wir dich nicht allein. Kommt gar nicht in Frage.«

Samten schaut vor sich hin und scharrt mit dem Fuß auf dem Boden. Dawa wirft Tenzin einen Blick zu. Er zieht die Augenbrauen hoch, auch er hat es gesehen.

Am Morgen geht es dem Pola schlechter. Er versucht aufzustehen, doch es fehlt ihm die Kraft dazu. Stöhnend fällt er zurück.

»Wir müssen hierbleiben«, flüstert Dawa Tenzin zu. »Wir können die beiden nicht allein hierlassen. Wenn wenigstens ein Dorf in der Nähe wäre!«

»Hört zu, ich habe herumgefragt«, sagt Tenzin mit erhobener Stimme. »Ganz dort unten ist ein Sommerlager der Nomaden. Wenn es dem Pola ein bisschen besser geht, können wir versuchen, ihn in der Decke hinunterzutragen.«

»Also gut«, erklärt Namgyal, »wir bleiben hier.«

Die alte Kamala setzt sich hin, wo sie gerade steht. Ihre Mantra-Trommel hat viel morgendlichen Schwung.

»Ich bleibe nicht bei euch«, sagt Samten und kratzt sich verlegen am Kopf. »Ihr braucht mich nicht. Keine Angst, ich nehme keine Vorräte mit. Die chinesische Dame hat genug.«

Namgyal richtet sich langsam zu seiner beachtlichen Größe und Breite auf und tritt nah vor seinen Bruder hin. »Du wirst bei uns bleiben, Samten, und nicht wie ein Hund hinter der läufigen Händlerfrau herrennen. Du wirst ein anständiger Mensch sein und einem blinden, kranken Mann beistehen und die beiden Frauen hier beschützen. Das wirst du tun.«

Samten schiebt die Unterlippe vor. »Du kannst mich nicht festhalten.«

Dawa verstärkt beruhigend ihren Griff um Gondos Schultern. »Lass uns nicht im Stich, Samten«, sagt sie mit ihrer zartesten Kleinmädchenstimme und lässt ihre Augen funkeln, »wir brauchen dich doch.«

Lange hält sie seinen Blick fest. Schließlich wiegt er unwillig zustimmend den Kopf. Namgyal klopft ihm dankbar auf den Rücken.

Bald ist die Karawane verschwunden und Stille fällt über die Senke. Die alte Kamala streift auf den Hängen umher und sucht Heilkräuter für den Pola. Dawa sitzt mit Gondo in der Nähe des schlafenden Kranken und hört dem Jungen zu, der ununterbrochen von zu Hause erzählt, als wolle er sich einspinnen in eine dichte, schützende Hülle der Erinnerung.

»Nyima«, sagt der Pola, »wo ist Nyima?«

Dawa ergreift seine Hand und neigt sich nah zu ihm. »Hier bin ich, Pola. Wir sind alle da. Wir bleiben bei dir.«

»Ich sterbe, Nyima. Es dauert nicht mehr lang. Arya Tara hat es Gondo gesagt. Sie spricht auch mit dir, ja?«

»Manchmal«, antwortet Dawa. Auch wenn es Senge Döngma ist, die sie anruft, Senge Döngma, die ihr beisteht, so macht das doch keinen Unterschied. Die Gottheiten sind nicht wirklich getrennt, hat Lama Pema gesagt, es ist nur unser Geist, der trennt. Die Vielheit ist die relative Seite der Wahrheit, die Einheit ist die absolute Seite. Beide gehören zusammen wie die zwei Seiten einer Hand.

»Du und Gondo, ihr müsst Arya Tara bitten, dass Buddha Amitabha mich im Bardo empfängt und mich in sein Reines Land bringt.«

Dawa streicht sanft über die feuchte Stirn des Kranken. Seine Haut hat bereits die stumpfe Blässe des Sterbens angenommen.

»Natürlich, Pola, ich bitte sie darum. Du kommst ganz gewiss ins Reine Land. Und höre, niemand soll es wissen, aber Sherab ist ein Mönch. Und ich – ich bin eine Delogma. Wir können dir beim Sterben helfen.«

Die Hand des Kranken klammert sich fest um die ihre und sie beginnt ihm flüsternd von den Stationen des Sterbens zu erzählen, wenn sich der Geist der Elemente aufzulösen beginnt, von der Schwere und der Kälte, von den Funken und dem Nebel und den Erscheinungen und dem Morgenrot und der Ohnmacht. Und dass er sich nicht fürchten möge vor Yama, dem Totengott, denn dieser ist ja in Wirklichkeit niemand anderer als die Gottheit des Mitgefühls.

»Mach dir keine Sorgen, Pola, Sherab kennt die Texte, er wird sie für dich rezitieren und du wirst genau wissen, was du zu tun hast. Und wir werden dich die neunundvierzig Tage lang begleiten.«

Der Pola lächelt zufrieden. Dawa muss sich nah zu ihm hinunterbeugen, um den schwachen Windhauch seiner Stimme zu verstehen. Er fürchtet sich nicht, es gibt nichts zu fürchten, er hat in seinem Leben kein schlechtes Karma geschaffen mit Töten und Lügen und Betrügen und Nehmen-was-nicht-gegeben-wurde. Nun ja, als er noch jung war, trank er manchmal ein bisschen reichlich Chang, bis er gar nicht mehr aufhören konnte zu singen, und manchmal gab es ein bisschen Liebe mit einem Mädchen, das willig war, aber nicht gar so viele waren willig und die Augen seiner Frau so scharf. Nein, kein schlechtes Karma hat er geschaffen und einiges abgetragen durch das Erblinden und die Schmerzen der Krankheit. Mochte Yama, der die Toten empfängt, nur den Spiegel der Taten hochhalten. Schon gut.

In der Nacht stirbt er unter dem hellen Mond. Ganz leise stirbt er, will nur einmal den Kopf heben und schnappt dann ein paarmal nach Luft.

Tenzin wiegt sich leicht im Rhythmus der Rezitation:

»O edelgeborener Tashi Döndub, den alle Pola nennen,
hör zu:
Jetzt erlebst du die Strahlung des Klaren Lichts der
Reinen Wirklichkeit.
Erkenne sie. Erkenne sie.
Dein jetziger Geist,
seiner Natur nach leer, ohne Merkmale,
ist die wahre Wirklichkeit.
Dein eigener reiner Geist,
leer, unbehindert
und zugleich leuchtend und glückselig,
ist das wahre Bewusstsein …«

Als lausche sie auf die kostbaren Lehren, so still ist die Nacht. Dawas Hände sind heiß, ihr ganzer Körper ist heiß, es ist ein großer Aufruhr, als öffne sich jede Pore im leidenschaftlichen Drang, die tiefste Bedeutung der Worte verstehen und mit dem Geist des Toten teilen zu wollen.

»Dein eigenes Bewusstsein
hat weder Geburt noch Tod,
es ist das unveränderliche Licht, Buddha Amitabha.«

Gondo schluchzt und Dawa nimmt ihn fest in die Arme. »Nicht weinen, Gondo, der Pola geht in das Reine Land und dann ist er bei dir und überall.«

Möge er nicht im Zwischenbereich umherirren, sondern gleich in Amitabhas Reich, das glückselige Buddha-Land Sukhavati, eingehen, wo man im Herzen des roten Buddha des grenzenlosen Lichts befreit wird. Und falls das wegen all des alten angesammelten Karmas nicht möglich sein sollte, dann möge er wenigstens in die Reinen Götterbereiche gelangen, wo man ganz frei ist von Leidenschaften.

Tenzin wiederholt immer wieder den uralten Text:

»Das ist der Bardo der Wirklichkeit, den du jetzt erlebst.
Erkenne alle Bilder, die erscheinen,
als Spiegelbilder deines eigenen Bewusstseins.
Fürchte nicht die Scharen der friedlichen und zornigen Gottheiten,
deine eigenen Gedankenformen ...«

Ja, so ist es immer, denkt Dawa. Wir sollten die Spiegelbilder unseres eigenen Bewusstseins erkennen, am Tag, im Traum, im Bardo. Lerne wach sein im Traum, hat Lama Pema gesagt, dann wirst du auch wach sein im Bardo. Doch das Leben im Dzong hat sie seine Anweisungen vergessen lassen. Welch ein Wunder, dass sie dennoch eine Delogma wurde. Und noch hat sie sich der Aufgabe nicht würdig erwiesen, die mit diesem Geschenk verbunden ist. Wird sie es je können?

»O edelgeborener Tashi Döndub, den alle Pola nennen,
der Körper, den du jetzt hast,
ist der geistige Körper der Gewohnheiten.
Was nun auch erscheinen mag,
Donnerklänge, blendendes Licht, erschreckende Strahlen,
sie können dir nichts anhaben.
Du kannst nicht sterben.
Erkenne, dass diese Erscheinungen deine eigenen
Gedankenformen sind.
Erkenne sie als die Erscheinungen des Bardo.«

Tenzins Stimme ist klar und fest. Auch sie hat sich verändert während der Wochen der Flucht; tiefer und sicherer ist sie geworden. Man kann sich an ihr anlehnen, sich von ihr einhüllen lassen. Dawa lächelt ein wenig. Sie ist müde geworden und hat ihre Mantra-Trommel sinken lassen. Namgyal ist vornübergesunken und schnarcht leise. Selbst das feine, rhythmische Scharren von Kamalas Mantra-Trommel ist langsamer geworden. Bald wird der Morgen dämmern.

Die helle Gestalt zu Polas Füßen ist von einem schwachen Schein umgeben. Dawa schreckt auf und greift unwillkürlich nach Tenzins Arm. »Tenzin, der Pola!«

»Pola!«, flüstert Gondo und drückt die verkrampften Hände gegen die Brust. »Mein Pola.«

Der Pola steht ruhig da und schaut sie alle an mit seinen unkörperlichen, sehenden Augen.

»Lass ihn gehen, Gondo«, sagt Dawa.

Zu der durchscheinenden Gestalt gewandt fügt sie hinzu: »Er braucht dich nicht mehr, Pola. Namgyal wird für ihn sorgen. Du kannst beruhigt gehen.«

Der Schein um den Pola verblasst und er verschwindet in die mächtige Stille der Nacht.

Samten und Namgyal spannen die Decke in einiger Entfernung von dem Toten auf und legen sich zum Schlafen nieder, Tenzin setzt seine Rezitation fort und die alte Kamala begleitet ihn mit Mantras. Drei Tage werden sie bei dem Toten bleiben. Dann werden sie ihn ins Dorf hinuntertragen und den Leuten dort Geld geben, damit sie den Leichnam zum nächsten Kloster bringen. Er soll eine schöne Himmelsbestattung haben, der blinde Pola, der die heilige Stadt nicht mehr erreichen konnte.

Die Spur der Karawane ist gut sichtbar und sehr staubig. Das Land ist nun trocken und karg, nur in Flusstälern gibt es gutes Gras für das Muli, das nun wieder die Lasten der Brüder trägt. Die wenigen zurückgelassenen Yakfladen, kostbares Brennmaterial, sind viel frischer als am Tag zuvor.

»Wahrscheinlich werden wir die Karawane morgen einholen«, sagt Namgyal zufrieden, als sie sich am Rand eines weiten Tals für die Nacht niederlassen. Buschwerk umgibt den Platz, nur der Blick ins Tal ist frei. Die untergehende Sonne lässt das gewundene Band einen kleinen Flusses glühen, der aussieht wie der Rücken eines Feuerdrachens.

Nach der Abendmahlzeit beginnt Tenzin mit der Rezitation für den Verstorbenen, die er jeden Abend fortführen wird, bis die neunundvierzig Tage, die das Totenbuch vorschreibt, vollendet sind. Das Feuer, nur von Reisig und trockenen Yakfladen genährt, brennt schnell herunter und wärmt kaum. Gondo hat am Fluss ein großes, weiß gebleichtes Holzstück gefunden, das noch eine Weile brennen wird, so dass sie wach bleiben und ihre Andacht für den Pola zu Ende bringen können.

»Pferde!« Gondo springt pötzlich auf. »Ich höre Pferde!«

Tenzin verstummt und alle horchen schweigend. Nun hören es auch die anderen: ein dumpfes Trappeln, ein entferntes Schnauben; das Muli, das Namgyal hinter sich an einen Busch gebunden hat, wird unruhig. Die Reiter nähern sich schnell. Namgyal und Samten springen auf und ziehen ihre langen, scharfen Khampa-Messer.

Ein Reiter mit einem kurzen Schwert in der Hand taucht in der Öffnung der Büsche zum Fluss hin auf, eine Hand voll weitere sind dicht hinter ihm und drängen sich ebenfalls heran. Dawa rückt schnell zur Seite hinüber, zu Gondo, und legt ihre Hand auf die seine, die nach dem Kampfmesser an seinem Gürtel greift. Tenzin spingt auf und stellt sich schützend vor sie.

»Na, wen haben wir denn da!«, dröhnt der Mann auf dem Pferd. Sein Blick fällt auf die beiden großen Packen und das Muli hinter den Brüdern. »Seid schön brav, dann geschieht euch nichts. Wir sind keine Halsabschneider – nur wenn es unbedingt nötig ist.«

Der Anführer lacht schallend und seine Begleiter, junge Burschen mit dünnen Bärten, stimmen mit ein.

»Hab ich euch nicht gesagt«, wendet er sich an sie, »dass man hinter den Karawanen oft mehr findet als Yakfladen? Die anderen wollten es ja nicht glauben.«

Dawa krampft die Finger um ihre Mala und murmelt hektisch das Mantra der Löwenköpfigen. Hilf uns, meine wunderbare, mächtige, zornvolle Schwester, hilf uns, ich flehe dich an, hilf uns! Jage die Räuber davon!

»Wagt euch nicht näher!«, schreit Samten und erhebt sein Messer.

Der Anführer bläst seine Backen auf und prustet dann los mit einem Laut, der üblicherweise vom anderen Ende des Körpers ausgestoßen wird. Die jungen Männer finden das sehr lustig. »Seht ihn an, den kleinen Schafbock«, wiehert er und schwingt sein Schwert so schnell, dass ein bösartiger, schwirrender Ton entsteht. »Ich denke, der braucht eine kleine Belehrung.«

Namgyal macht einen Satz nach vorn. Im selben Augenblick greift Dawa, durch Tenzin verdeckt, nach dem halb abgebrannten Schwemmholz, wirft es nach dem Anführer und schreit das scharf klingende Mantra der löwenköpfigen Gottheit laut in die Nacht. Das Pferd des Anführers schreckt zurück, bäumt sich auf und die Räuberbande muss eilig nach hinten ausweichen. Während die Männer ihre aufgeregten Pferde zu beruhigen versuchen, gellt plötzlich ein entsetzlicher, unirdischer Schrei durch die Nacht. Aus dem Gebüsch bricht im schwachen Schein des Feuers ein Grauen erregendes nacktes Wesen hervor, eine Dämonin mit langen, fliegenden Brüsten, wild rollenden Augen und riesigen Reißzähnen, begleitet von drohenden Schattengestalten, Wesen aus Schwärze, Kälte und tödlicher Angst. Auf einer Wolke schauerlicher Schreie wirbelt sie ein paarmal mit ungeheurer Schnelligkeit vor dem Feuer umher und ist wieder zwischen den Büschen verschwunden, bevor der Blick nach ihr greifen konnte. Die Pferde der Räuber sind augenblicklich in wilde Panik geraten und brechen aus. Einer der Reiter wird abgeworfen, fluchend rennt er hinter den anderen her.

»Senge Döngma«, sagt Dawa. »Das war Senge Döngma.«

Die Zeit ist stehen geblieben und hat sie alle erstarren lassen. Nur das Muli schnaubt laut und zerrt an seinem Strick.

Wo ist die alte Kamala?

»Oh, ihr Buddhas und Bodhisattvas«, flüstert Dawa, »die alte Kamala!«

Die alte Kamala ist nicht zu sehen.

Namgyal wischt sich den Schweiß aus dem Gesicht und legt das erloschene Stück Schwemmholz zurück in die Glut. »Die kommen bestimmt nicht wieder«, brummt er schwer atmend. »Bestimmt nicht.«

Schweigend setzen sich alle und warten, dass das Feuer erneut auflebt. Niemand mag über die Erscheinung sprechen, solange sie nicht die Flammen als Schutz gegen die Dunkelheit auf ihrer Seite haben; als könnten Worte die Schatten aufstöbern, die möglicherweise noch zwischen den Büschen lauerten.

Gondo flüstert in Dawas Ohr: »Hast du die Beschützerin gerufen? Ich hab gehört, wie du zu meinem Pola gesagt hast, du seist eine Delogma.«

Dawa schubst Gondo mit der Schulter an. »Pst! Bin ich nicht. Hörst du, bin ich nicht.«

Gondos Gesicht glüht vor Loyalität. »Ich vestehe. Bist du nicht.«

Namgyal wendet sich Tenzin zu. »Sherab, du bist doch ein Klosterzögling, du kennst dich aus – was war das?«

»Eine Beschützerin«, antwortet Tenzin kurz.

»Hast du sie gerufen? Jemand von uns muss sie gerufen haben.«

»Die alte Kamala«, sagte Dawa. »Wo ist sie nur?«

Noch immer sucht ihr Blick die Lücken zwischen den Büschen ab.

Samten weist mit dem Finger: »Dort hinter dir. Da saß sie doch die ganze Zeit, oder nicht?«

Tatsächlich, da sitzt die alte Kamala und dreht ihre Mantra-Trommel und lässt die Mala durch ihre Finger gleiten. Zögernd steht Dawa auf und geht auf die alte Kamala zu. Täuscht sie sich oder sprüht der Blick der Alten kleine, weiße Funken? Ihr langes graues Haar hängt offen, anstatt wie sonst zu einem unordentlichen Zopf geflochten zu sein.

Ohne weiteren Gedanken will Dawa vor ihr die drei Niederwerfungen der Verehrung vollziehen. Als ihre Stirn den Boden berührt, hält eine kräftige Hand ihre Schulter fest.

»Nicht!«, flüstert die alte Kamala nachdrücklich.

Wie eine warme Welle durchströmt Dawa die tiefe Gewissheit, dass sie eine menschliche Dakini vor sich hat, eine Verkörperung der weiblichen Weisheit, eines jener zauberischen Wesen, die über Siddhis verfügen, wunderbare Kräfte.

»Warum nicht?«, fragt Dawa leise.

»Besser so.« Die Alte weist neben sich und Dawa lässt sich an ihrer Seite nieder. Vom Feuer dringen die Stimmen der beiden Brüder zu ihr her, die aufgeregt das Ereignis besprechen.

»Gut so, gut so, Chemkusho-la«, sagt Kamala und kichert vor sich hin.

»Du hast uns erkannt?«

»Keine Angst. Man erkennt euch nicht.«

»Wenn alle Leute so dumm und blind sind wie ich, dann sicher nicht. Ich habe Euch nicht erkannt, Kamala. Ich ahnte nicht, dass Ihr eine Dakini seid.«

Kamala schmatzt erheitert. »Und wenn du es gewusst hättest, was hättest du dann getan?«

»Ich hätte Euch die gebührende Ehrerbietung erwiesen«, erwidert Dawa mit Würde.

»Und mir mehr zu essen gegeben?«

»Wir gaben Euch so viel, wie wir konnten. Mehr hatten wir nicht. Es tut mir leid.«

»Unsinn!« Die Alte tätschelt Dawas Knie. »Wir halten den Mund, du und ich. Vor allem du.«

Mit schnellem Griff fasst sie in die Luft und hält Dawa auf der flachen Hand eine winzig kleine Statuette der löwenköpfigen Gottheit hin.

»Nimm«, sagt sie. »Guter Schutz.«

Mit beiden Händen und einer tiefen Verbeugung nimmt Dawa die kleine Kostbarkeit entgegen und steckt sie in den silbernen Ga-u an ihrem Hals, den sie unter ihrem Kleid verborgen hält.

»Warst du es, Kamala, oder war es Senge Döngma?«

Oh, wie die alte Kamala lacht, so dass die Augen fast verschwinden in dem faltigen Gewirr alter Haut.

»Dummerchen«, gackert sie, »ah la la, so ein Dummerchen.«

Dawa lacht mit, weil man einfach lachen muss bei diesem kreischvergnügten Ausbruch, doch ganz sicher ist sie sich nicht, dass sie den Grund versteht. Sie wird Lama Pema fragen. LAMA CHENNO, LAMA CHENNO. Bald wird sie bei Lama Pema sein.

Miriam

Farblose Wolken hingen tief über dem Kloster. Es lag ein wenig höher als das Dorf, eingebettet in eine ausgedehnte Falte des Berges. Ein wieder aufgebauter Lhakang, umgeben von ein paar rohen, niedrigen Bauten, erhob sich vor einer Ruinenlandschaft ehemaliger Wohnstätten. Miriam sah einen Augenblick lang eine Vision von eng aneinandergedrängtem Gemäuer, rostrot getüncht, mit flatternden gelben Stoffvolants über den Fenstern – von Mönchen, vielen Mönchen, jungen, älteren – von Rudeln von Kindern –, und alle strebten dem Eingang des Lhakang zu, getrieben von den immer schneller werdenden Schlägen einer großen Trommel. Was mochte mit ihnen geschehen sein? Sie zog ihre gefütterte Jacke enger um sich und versuchte die drohenden Bilder abzuwehren: erschlagen – in Arbeitslagern verhungert – zu Tode geschunden – öffentlich zur Kopulation mit Nonnen gezwungen – Selbstmorde, viele Selbstmorde – Flüchtende erschossen, im Schnee und Eis des Himalaja erfroren – so wenige konnten entkommen.

Ein paar Kinder in schäbigen rotbraunen Klostergewändern spielten Fangen um einen staubigen Bus auf dem Hof vor dem offenen Portal des Lhakang.

»Mein Kopf ist ein bisschen merkwürdig«, sagte Miriam beim Aussteigen und klopfte mit dem Knöchel gegen die Stirn, »voller Wolken.«

Das Kloster liege hoch, erklärte David, viereinhalbtausend Meter, und vielleicht würden sie Kopfschmerzen bekommen, wenn nicht Schlimmeres. Damit müsse man rechnen.

»Darauf kommt es jetzt auch nicht mehr an«, sagte sie.

Nach der stundenlangen Schüttelfahrt auf einem unbefestigten, steinigen Weg fühlte sie sich seltsam körperlos. Das leichte Schwindelgefühl berührte gerade nur die Schwelle des Unbehagens und gab ihr zugleich das Gefühl, niemand sein zu müssen, ihre Konturen aufzulösen, zu verfließen mit den matten Farben dieses unentschlossenen Tages.

Ein alter Mönch sprach mit Mister Li und Tetchok; David gab flüsternd weiter, was er verstehen konnte: dass ein hoher Lama mit einer Gruppe bleicher Inchis zu Besuch da sei und dass die neuen Gäste mit den anderen Inchis im Lhakang übernachten könnten. Die Pferde seien unten im Dorf, wahrscheinlich, vielleicht, er wisse nichts von Pferden.

Mit der internationalen Studentengruppe des Lama aßen sie in einem kleinen Raum zu Mittag, auf harten Matten sitzend. Miriam hörte sich sprechen. Sie hörte David von der Reise erzählen. Es wurde gefragt, geantwortet. Englisch mit unterschiedlichen Akzenten. Neben ihr saß ein junger Mann. »Ich heiße Bob«, sagte er. »Ich habe Aids und bin schwul.«

Sie war sich nicht sicher, ob sie das wissen wollte.

»Interessant«, erwiderte sie und Bob lachte.

»Prüfung bestanden. Gefällt mir.« Er komme aus Perth, Australien, fügte er hinzu, dort sei das Hauptquartier des Lama und der spreche natürlich sehr gut Englisch. Er sei ein ganz besonderer Rinpoche, ein Mahasiddha, ein Yogi mit außergewöhnlichen Kräften und eine Emanation der wildesten aller Manifestationen des Padmasambhava. Es klang sehr geheimnisvoll.

Sie wandte den Blick schnell ab, behielt jedoch den Eindruck, dass Bob außergewöhnlich schön war, auf eine entrückte Weise schön, wie ein Traum von Goya. Während sie ihm zuhörte, ohne den Blick von ihrer Schale voll fetter Momos zu heben, dachte sie darüber nach, warum manche Menschen mit den Merkmalen der Schönheit geboren wurden und andere nicht. Als junges Mädchen hatte sie sich gewünscht, schön zu sein. Später hatte sie es sich verboten, darüber nachzudenken. Kein Make-up. Das Haar unauffällig nach hinten gebunden. Nichts, was Blicke anziehen konnte. Sich unsichtbar machen. Es mochte nicht die beste Lösung sein, doch es kam ein wenig ihrem Wunsch entgegen, niemand sein zu müssen. Manchmal hätte sie gern mit jemandem darüber gesprochen, doch es schien, dass diesen Wunsch niemand mit ihr teilte und weder zuhören noch sich äußern wollte. Du bist komisch, sagte Greta, jeder will doch jemand sein, am besten JEMAND mit Großbuchstaben. Greta wollte nie unsichtbar sein. Auch scheute Miriam das Fotografiertwerden und vermied es, wann immer es möglich war. Am ehesten ertrug sie die Passfoto-Kabinen. Man konnte ein Nullgesicht machen und niemand sah es als nur man selbst.

»Wie geht es dir jetzt?«, fragte David.

»Wie Alice im Wunderland«, antwortete sie. »Du weißt schon: Die eine Seite wovon? Und die andere Seite wovon?«

David hatte sein Lächeln wiedergefunden, dieses Lächeln, das ahnen ließ, dass er über sich hinauslächeln konnte.

»No taking sides«, flüsterte er ihr zu.

Plötzlich hatte sie Lust, etwas zu essen.

Am Nachmittag durften Miriam und David nach dem Beschützer-Ritual im Lhakang an einer Studiensitzung der Schülergruppe mit dem Rinpoche teilnehmen. Bob hatte sich um diese Erlaubnis bemüht.

»Aber ich kenne mich mit den Lehren nicht aus«, wandte Miriam ein. »Ich gehöre doch gar nicht dazu. Für wen hältst du mich?«

Bobs Blick war alt und freundlich. »Für ein nettes, trauriges Mädchen.«

Sie folgten der Gruppe hinauf in das Empfangszimmer über dem Lhakang, einen großen Raum mit mehreren Pfeilern und einer Fensterfront aus einem Gitterwerk quadratischer, gelb gestrichener Rahmen. An den Wänden Malereien von meditierenden Gestalten, Landschaften, Gottheiten und Ornamenten, die hölzernen Pfeiler rot und golden lackiert. Auf einem erhöhten Polster mit einer brokatbezogenen Rückenlehne saß der Rinpoche, in Alter und Größe nicht festzulegen. Obwohl er seinem Gewand nach nicht von dem Mönch, der ihm Tee aus einer Thermoskanne einschenkte, zu unterscheiden war, erschien er doch als ein Wesen völlig anderer Art. Ein Außerirdischer, vielleicht ein Gestaltwandler, der sich unter dem Blick des Beschauers veränderte, je nach dessen Vorstellung? Eine Emanation der wildesten aller Manifestationen des Padmasambhava, hatte Bob gesagt. Doch sie konnte nichts Gefährliches oder Geheimnisvolles an ihm finden. Als sehr freundlich, gar zärtlich empfand sie ihn, und fröhlich wie ein Kind, das sich aufs Spielen freut.

David hatte Miriam einen dünnen, weißen, aufgerollten

Schal in die Hand gedrückt, die Kata, die man dem Rinpoche als traditionelle Geste der Höflichkeit zu überreichen hatte. David verbeugte sich dreimal in der Form der halben Niederwerfung und überreichte die Kata mit einem Bündel Yüan-Scheinen. Der Rinpoche ließ die Scheine in seinen Schoß fallen und legte als Geste des Segnens den Schal um Davids Hals. Plötzlich wand er ein Schalende ein zweites Mal um ihn, hielt dann beide Enden wie die Zügel eines Pferdes und zog ein wenig daran. David verharrte in stoischer Ruhe, während sich der Schal zusammenzog. Die Schüler lachten.

Der Rinpoche fragte nach Davids Namen und nickte. »Einen schwer bewaffneten Philister hat er mit seiner Schleuder umgelegt, dein Namenspatron, wenn ich mich recht entsinne.«

Sein Englisch klang mühelos, leicht verständlich mit seinem asiatischen Akzent. »Gegen wie viele Philister bist du angetreten?«

»Gegen meinen eigenen«, antwortete David. »Ohne Erfolg.«

Wieder nickte der Rinpoche.

»Zu viel gute Absicht«, sagte er. »Gib die Hoffnung auf.«

Die Schüler, die sich im Halbkreis um den Rinpoche auf dem Teppich niedergelassen hatten, lachten.

»Ich werde mir Mühe geben, Rinpoche«, erwiderte David.

Der Rinpoche beugte sich vor und legte seine Hand auf Davids Kopf.

»Gib dir auch keine Mühe«, sagte er liebevoll. »Stell dich einfach nicht mehr auf die Seite der Hoffnung. Mit Hoffnung stehst du auf der Armutsseite. Keine Hoffnung, keine Armut.«

Davids Züge lösten sich in lächelndem Einverständnis. Diesen David kannte Miriam nicht. Ein flimmerndes, vielfarbiges Strahlenband schien ihn mit dem Rinpoche zu verbinden, doch es konnte auch der Schein der plötzlich hervorbrechenden Sonne sein, die den farbenreichen Raum zum Glühen brachte.

So glücklich machte sie dieses Bild, dass sie in dem Augenblick, in dem sie vor den Rinpoche trat, mit lockerer Hand die Kata hochwarf, so dass sie sich entrollte und in einer seltsamen, knotenartigen Form in den Schoß des Rinpoche schwebte. Niemand schien es beobachtet zu haben – außer dem Rinpoche. Seine Hand schoss vor, legte sich um ihr Genick und zog sie heran, ganz nah an sein Gesicht und hinein in den unendlichen Raum seines Blicks. Sie kannte ihn. Er war ihr vertraut, zutiefst vertraut. In diesem Augenblick war sie sich dessen ganz sicher, wenn auch die Gewissheit später zur Vermutung schrumpfte.

Als er nach ihrem Namen fragte, antwortete sie: »Dawa. Delogma Dawa.« Verwirrt korrigierte sie sich: »Verzeihung, nein, ich bin nicht … ich meine, ich heiße Miriam.«

Der Rinpoche warf die Kata um ihren Hals und blies leicht in ihr Gesicht.

»Delogma also. Hm. Ich möchte dich nachher noch sehen«, sagte er.

Gebückt und auf Zehenspitzen ging sie zwischen den Schülern hindurch und setzte sich hinter ihnen im Schutz eines Pfeilers auf den Boden.

Der Rinpoche sprach. Sie nahm den Inhalt auf wie Töne, die einen Resonanzboden in ihr fanden, so natürlich kam das Verstehen. Gebt die Hoffnung auf, sagte er, dann entsteht

Offenheit, und das nennen wir Vertrauen, Hingabe. Er sprach von der Inspiration, der Neugier und der Freude, die aus der hoffnungsfreien Offenheit geboren werden, und Miriam fühlte sich leicht und heiter, weil alles so klar, so ganz und gar selbstverständlich war.

Das Hören war Sehen und das Sehen war Hören. Denn der Rinpoche sprach sich selbst, strahlte sich aus, durchdrang seine Umgebung und steckte alle an mit seinem Lachen. Wir spielen Rollen, sagte er, wir können nicht anders, wir spielen Rollen. Je nachdem, wo wir sind, in welcher Situation wir sind, spielen wir unsere Rollen. So viele merkwürdige Rollen, und wir glauben an jede, ist es nicht so?

O ja, wie sehr wir daran glauben. Miriam Mausgrau, David Tugendhaft.

Warum also nicht eine vernünftige Rolle spielen?, sagte der Rinpoche. Spielen wir doch die Rolle: Ich bin schon tot. Bardo ist immer.

Ist dies nicht Dawas Wahrheit? Dawa setzt einen Fuß vor den anderen in völliger Loyalität zum Augenblick, weil sie weiß, dass man immer im Bardo ist, so oder so.

David hob die Hand. Er saß schräg vor ihr, sehr aufrecht, ein ernsthafter, disziplinierter Mann, einer, der sich keine Leichtigkeit zuschulden kommen ließ. Es war nicht zum Lachen. Die Religion ist ein schweres Geschäft.

Er fragte nach »Glaube« und »göttlich«, Vokabeln, die der Rinpoche verwendet hatte. Der Gott als Erfahrung, als eine ganz eigene Erfahrung, sagte der Rinpoche, ja, damit könne man schon etwas anfangen. Gott, Jehova, Allah ohne Christen, ohne Juden, ohne Moslems – das könne sinnvoll sein.

Er fürchte diesen Gott immer noch, hatte David ihr anvertraut, diesen rachsüchtigen, gesetzeswütigen Gott seiner Ahnen, mit Polypenarmen in seinem Gehirn verkrallt. Armer David! Es macht einen wütend, wenn man sich immer so fürchten muss. Vielleicht war es leichter, ihn zu verstehen, als sie gedacht hatte.

Der Vortrag des Rinpoche war beendet und der assistierende Mönch beeilte sich, die Teetassen erneut zu füllen, als Schritte und Stimmen im Flur laut wurden. Ein älterer Mönch wurde widerstrebend ins Zimmer gedrängt und drei Männer, Chinesen in unauffälliger Kleidung, folgten ihm, ohne sich ihrer Schuhe zu entledigen. Mit lauten, drohenden Schritten marschierten sie auf den Rinpoche zu, blieben breitbeinig vor ihm stehen und der Erste der drei sagte etwas auf Chinesisch.

Der Rinpoche schüttelte lachend den Kopf. »Ich kann nicht Chinesisch.«

Tief gebeugt und atemlos übersetzte der ältere Mönch. Die chinesischen Männer bellten ungeduldige Laute dazwischen. Wolken schoben sich über die Sonne. Gewalt lag in der Luft. Miriams Beine begannen plötzlich zu schmerzen. Sie lehnte sich gegen den Pfeiler. Furcht und Ärger regten sich in ihr, doch eher unentschlossen, als Möglichkeit, ohne überzeugende Kraft.

Das Gesicht des Rinpoche blieb unbewegt, bis seine ungebetenen Gäste den Raum wieder verlassen hatten. Dann zog eine unerwartete Erheiterung über seine Züge und er sagte: »Was für eine Show!«

Umständlich arrangierte er sein Schultertuch, beugte sich dann vor und erklärte: »Die Obrigkeit verweist uns des Landes. Angeblich habe jemand von uns in Lhasa Kontakt mit vermutlichen Staatsfeinden aufgenommen. Sie verlangen, dass wir uns morgen auf den Rückweg machen. Es ist bedauerlich, dass wir das Heiligtum der Senge Döngma nicht mehr besuchen können.«

Eine junge Frau hob die Hand. »Vielleicht meinen sie mich. Ich habe einer tibetischen Familie in Lhasa Post von ihrer Tochter in den USA mitgebracht. Aber das war völlig harmlos.«

Der Rinpoche schüttelte den Kopf. »Es spielt keine Rolle. Sie suchten schon, seitdem wir das Land betreten haben, nach einem Grund, uns loszuwerden. Ein kleines Wunder, dass wir so weit gekommen sind. Also, packt zusammen. Wir müssen morgen früh abreisen.«

Mit aufgeregtem Gemurmel verließ die Gruppe das Empfangszimmer. Miriams Fuß war eingeschlafen und sie erhob sich schwerfällig. Der Rinpoche winkte sie zu sich.

Unversehens saß sie zu seinen Füßen und ließ Dawas Geschichte ungefiltert aus sich herausfließen, und gelegentlich geschah es, dass sie »ich« anstatt »Dawa« sagte. Die Bruchstücke, die sie David mitgeteilt hatte, waren ausgewählte Berichte gewesen, zurechtgeschnitten auf Form und Fassungsvermögen der Situationen, in denen sie erzählt wurden. Doch dies war nun die nackte Geschichte, umso direkter, als sie die fremde Sprache benützen musste, in der es keine Schlupfwinkel und Umwege für sie gab.

Sie nahm kaum wahr, dass der junge Mönch das Licht anschaltete und auf ein Zeichen des Rinpoche ein Tablett mit zwei Schalen dicker Suppe brachte. Als sie schließlich zum Ende kam, hatte er die leeren Schalen längst wieder weggeräumt.

»Ich weiß nicht, was ich erwarte«, sagte sie. »Die Reise ist das Ziel – sagt man nicht so? Oder Reise ohne Ziel. Ich wollte zu Lama Pema, weil Dawa zu Lama Pema wollte. Vielleicht bin ich aber schon angekommen. Ja, ich glaube, ich bin schon angekommen.«

Sie saß auf dem Teppich, vor ihr der Außerirdische auf seinem brokatbezogenen Polster, auf dem erhöhten Platz, der wie ein Stück seines Körpers war, und sah, wie sie noch nie gesehen hatte. Sie fiel aus sich heraus in diesem großen Sehen, weil es in ihr keinen Platz hatte, weil es zu groß, zu geräumig und mutig und widerstandslos war. Mit einem fast rauschhaften Gefühl der Unbedenklichkeit, des unerhörtesten Wagnisses entglitt sie ihrer Selbstumklammerung. Einmal, ein einziges Mal wollte sie fliegen, jene Freiheit erleben, die jenseits der Strömungen schwerfälliger Alltagsgefühle lag, dort oben oder unten oder draußen oder drinnen im ordentlichen Chaos eines authentischen Seins.

»Ich möchte nie mehr von Ihnen weggehen, nie mehr«, sagte sie atemlos, als stürze sie sich in den Weltraum. Sie hätte gern gesagt, dass sie ihn liebe, doch es lag eine so schrecklich banale Begrenzung in dieser Aussage; dann würde sie nur ihn meinen, das, was sie von ihm sehen und hören und spüren konnte und was verwoben war in Hoffnung und Erwartung und Träume. Doch das traf es nicht. Obwohl – möglicherweise hätte er sie verstanden.

»Ich meine, ich möchte diesen jetzigen Augenblick haben«, fuhr sie fort. »Ich möchte nie vergessen, dass er da ist, dass er möglich ist. Dass ich bei Ihnen niemand sein muss und dennoch da sein kann.«

Nach einer Weile wurde ihr klar, dass Zeit vergangen sein

musste. Der Rinpoche saß still da und ruhte in seinem außerirdischen Blick. In ihrem Bemühen, Dawas Beispiel zu folgen und sich der magischen Öffnung hinzugeben, hatte sie versucht, ihre Gedanken auszuschalten, und war an seinen Händen hängen geblieben, kleinen, starken Händen mit knotigen Knöcheln. Beschämt, weil sie befürchtete, versagt zu haben, zog sie die Schultern hoch.

Energisch beugte sich der Rinpoche vor und zog sie zu sich heran, so dass ihre Stirn gegen seine Schulter lehnte und ihre Wange die weiche Haut seines Halses berührte. So gewaltig war die Intimität, dass ihr Tränen in die Augen schossen, scharf und brennend, gefolgt von einem kühlen Feuer, das in ihr aufstieg wie ein Aufwind, auf dem die Adler mit ihren weiten Schwingen gleiten und vor Freude schreien.

Sie spürte eine feste Hand an ihrem Kopf und eine kreisende Berührung auf ihrem Rücken. Sie selbst und die Welt vibrierten wie vom Klang der Ragdongs, der meterlangen Tuben.

»Wir werden uns noch oft wiedersehen«, sagte der Rinpoche. »Unsere Verbindung ist alt.«

Sanft schob er sie von sich. Ohne nachzudenken, griff sie nach einer seiner Hände und hielt sie fest, als könne sie sich damit versichern, dass sie diese Worte tatsächlich gehört hatte. Es war verwirrend, daran zu zweifeln und doch zugleich zu wissen, dass diese Begegnung die winzige grüne Spitze einer langen, alten Wurzel war.

Die Wolken hatten sich verzogen und den Mond freigegeben, als sie in die von Butterlampen kaum erhellte Dunkelheit des Lhakang tauchte. David hatte ihren Schlafsack neben die Tür gelegt, damit sie ihn finden würde. Auf den langen Sitzmatten der Mönche lagen die schlafenden Gestalten der Schüler des Rinpoche, David irgendwo zwischen ihnen. Sie nahm den Schlafsack mit hinaus auf die Treppe und legte ihn über die Schultern, geborgen in einer blauen, verzauberten Landschaft, deren wachsame Geister sie nach und nach zu spüren begann.

Davids schlafende Gegenwart drinnen im Lhakang war beruhigend. Sie würde nachdenken müssen. Da war ein harter, zähneknirschender Schmerz in ihr, weggedrückt, versteckt, dort, wo schon andere, ähnliche Schmerzen herumlagen, die sie nicht kennen wollte. Doch nun sah sie, sah den Schrecken gläubiger Normalität, mit der sie versucht hatte, sich an den Männern in ihrem Leben festzuklammern wie an einer glatten Wand, an der die Fingernägel brechen. Sie würde sich nicht weiter mit Wänden befassen. Sie würde sich nicht mehr in diesem Gefängnis herumtreiben, das ihre Hoffnung und ihre Furcht gebaut hatten. Sie würde das Wagnis der Freiheit eingehen, das Wagnis des Glücks. Wofür lohnte es sich sonst zu leben als für das vollkommene Glück?

Von einem Augenblick auf den anderen erschien es ihr überflüssig, noch über irgendetwas nachzugrübeln und die wunderbare Grenzenlosigkeit der Nacht in einzelne Gedanken zu zerstückeln. Das flüchtige Licht des Mondes und der Sterne drang durch ihre Haut, floss, vibrierte, tanzte, tönte, dröhnte, sang wie ein Kampfschrei, Liebesschrei, Triumphschrei, und obwohl sie still dasaß, war sie in großer, klarer Bewegung in einer Welt, die sich ununterbrochen selbst gebar.

»Good morning, good morning«, sagten breit lächelnd zwei junge Mönche, die in der noch dunklen Kälte mit morgendlicher Geschäftigkeit an ihr vorübereilten. Näherte sich tatsächlich schon der Morgen? Vielleicht war es das, was der Schamane gemeint hatte: Die Zeit der Energien ihrer Elemente hatte sich verändert. Sie saß noch immer in ihren Schlafsack gehüllt auf der Treppe, ohne sich zu spüren, als bestünde ihr Körper aus Luft.

Es war etwas geschehen. Es hatte keinen Namen, es war zu außergewöhnlich, um einen Namen haben zu können. Alles war wie zuvor und hatte sich zugleich völlig verändert. Der Rinpoche lächelte ihr zu, aber es war nicht nur der Rinpoche, sondern zugleich der Ngakpa; es wunderte sie nicht.

Leise drückte sie sich in den dunklen Lhakang und rollte sich in einer Ecke in ihrem Schlafsack zusammen. Vielleicht würde sie noch ein wenig schlafen können, bevor die Mönche zur Morgen-Puja kamen. Sie hoffte auf Dawa.

Dawa

Die Karawane rastet am Ufer eines Flusses, den sie am Nachmittag überquert hat. Keine Tänze an den Feuern ziehen den Abend in die Länge, nur ein paar Treiber singen Lieder der Weite, sehnsüchtige Lieder, die sich im türkisfarbenen Himmel verlieren. Obwohl der Fluss ruhig ist, sind zwei Tiere verloren gegangen und die Erschöpfung aller ist groß.

Samten zerbricht ungeduldig kleine Zweige. Er ist am Morgen an der Chinesin vorbeigeritten, doch sie hat ihm nicht einen einzigen Blick zugeworfen. Sie ist wütend, dass er sie tagelang allein gelassen hat.

Seit dem vereitelten Überfall ist Dawa nicht mehr von Kamalas Seite gewichen. Die Alte spricht wenig und dennoch hat Dawa den Eindruck, ständig zu lernen, mehr noch als zu lernen – ihren Geist zu verändern.

»Sie ist ein Geschenk von Lama Pema«, flüstert sie Tenzin zu. »Das ist ganz sicher.«

Tenzin wiegt den Kopf. »Wir werden dein Geschenk bald verlassen müssen. Wenn wir vor dem nächsten Pass nicht nach Süden abbiegen, landen wir in Lhasa anstatt bei Lama Pema.«

Die Aussicht, nicht mehr im Schutz der Karawane zu reisen, ist bitter. Kamala, Gondo, Namgyal, Samten sind ihr ans Herz gewachsen; es wird bluten, wenn sie sich von ihnen losreißen muss. Glücklicherweise ist es Tenzins Aufgabe, ihnen zu sagen, dass seine und Dawas Pilgerreise einen Besuch bei wichtigen Klöstern im Süden verlange.

In dieser Nacht legt sich Gondo ganz nah neben sie. »Nyima, ich habe Angst. Mein Pola war blind, aber wir gehörten zusammen, und jetzt habe ich niemanden mehr. Meinst du, Namgyal und Samten werden gut zu mir sein?«

»Du hast Arya Tara.« Dawa legt den Arm um ihn. »Sie ist mächtig. Sie verlässt dich nie, im Leben nicht und auch nicht im Tod. Was kann dir schon geschehen?«

»Nichts.« Sie kann das erleichterte Lächeln in seiner Stimme hören. »Außer dass ich irgendwo verloren gehe und von Bettlern verprügelt werde und verhungere und von den Leoparden gefressen werde und was nicht alles.«

»Ach, das«, flüstert sie kichernd. »Wenn es nur das ist.«

Sie wird ihn besuchen kommen, wenn sie Lhasa erreicht haben, verspricht sie. Es ist kein leeres Versprechen. Irgendwann wird sie die Glück verheißende Reise in die heilige Stadt unternehmen, vielleicht sogar noch viel weiter nach Osten, den heiligen Berg Kailash umrunden. Sie hat Gefallen gefunden am freien Pilgerleben in der Weite ihrer verzauberten Heimat. Und sie sieht sich nicht allein ziehen. Immer ist der Ngakpa bei ihr in solchen Tagträumen, doch es ist ein so tiefes Geheimnis, dass es ihr fast gelingt, es vor sich selbst geheim zu halten.

Am frühen Morgen, bevor die Karawane zum Leben erwacht, verteilt Tenzin die Vorräte in die Bündel und sie machen sich auf den einsamen Weg. Samten hat beim Ehemann der Chinesin einen guten Preis für einen Teil von Dawas Schmuck erhandelt und Tenzin hat im letzten Marktflecken reichlich Tsampa, Tee, Salz und Trockenfrüchte einkaufen können. Ein langes, schwieriges Stück Weges liege vor ihnen, hat die alte Kamala gesagt, dichte Wälder, steile Grate und nur wenige Dörfer. Sie wiederholt die Landschaftsmarken, die sie sich einprägen sollen, eine Hängebrücke, einen Berg in der Form eines Elefanten, ein Tal mit zwei Flüssen, ein Einsiedlerkloster auf der Kuppe eines runden Berges. Und wegen der Leoparden immer zwischen zwei Feuern kampieren, fügt Namgyal nachdrücklich hinzu.

Am Abend des ersten Tages einsamer Wanderung lassen sie ihre schweren Bündel am Rand eines kleinen Flüsschens fallen. Der Trampelpfad, dem sie nach Süden folgen müssen, ist gut zu erkennen, und der Himmel ist wolkenlos. Die Weite und das Licht des Tages haben Dawa vor der lauernden Trauer geschützt, doch in der Dunkelheit steigt sie auf und breitet sich aus wie ein Gift.

»Tenzin, würdest du auch lieber noch bei den anderen sein?«

Mit einem Schulterzucken gießt Tenzin den letzten Rest Tee in Dawas Schale.

»Es war schwer, Gondo allein zu lassen«, sagt sie. »Er sah so unglücklich aus, als wir gingen. Und Shika, mein kleiner Shika. Ich mache mir Sorgen, wie es ihm geht.«

Zu Beginn der Flucht konnte sie noch weinen. Inzwischen hat sie gelernt, mit dem Schmerz zu leben wie mit einem halb gezähmten Tier, dem man nie ganz trauen kann. So sitzt sie oft da und bewacht den Schmerz, zähmt ihn mit der Stille und dem Atem und der leisen Beschwörung ihrer göttlichen löwenköpfigen Schwester.

»Bist du auch traurig, Tenzin?«

»Wer ist das nicht?«, antwortet er und steht auf, um Reisig ins Feuer zu legen. Es ist ein kleines, hungriges Feuer, denn die Büsche an den Hängen geben wenig Holz.

Dawa presst die Lippen zusammen, möchte ihre unbedachte Frage ungeschehen machen. Nur an sich selbst hat sie gedacht und Tenzins tägliches Leiden vergessen, all die kleinen Verzweiflungen, die sie nicht übersehen konnte.

»Im Kloster haben sie uns beigebracht«, hat er einmal gesagt, »man solle, wenn man an Frauen denkt, sich vorstellen, dass ihr Körper aus Blut und Schleim und unangenehm riechenden Substanzen besteht. Aber ich mochte das nie. Ich war nie ein guter Mönch. Ich habe mir eingebildet, ich sei es. Aber ich war es nie.«

»Doch, du bist ein guter Mönch, Tenzin«, hat sie erwidert. »Ich kann mir keinen besseren Mönch vorstellen.«

Sie haben lange nicht mehr gestritten. Es konnte ihr nicht entgehen, dass Tenzin sehr nachgiebig geworden ist, sie nicht mehr zurechtweist, ihr nicht widerspricht, gerade so, als sei sie jetzt die Fürstin geworden. Und als sei sie es nicht gewesen, als sie noch im Dzong lebten und sie die Macht einer Fürstin über ihn hatte.

Wie jeden Abend zelebriert Tenzin die Puja für den verstorbenen Pola. Solch ein freundlicher Mensch war der Pola, denkt Dawa, dass er wohl vor den Schrecken des Bardo sicher ist. Aber wer weiß, wie viel oder wenig Karma er dadurch abgetragen haben mag; deshalb müssen die Unterweisungen alle neunundvierzig Tage lang fortgesetzt werden.

»O edelgeborener Pola«, rezitiert Tenzin, »jetzt kommen die achtundzwanzig mächtigen Göttinnen mit den verschiedenartigen Köpfen. Auch sie entspringen wie alle anderen aus deinem Geist. Fürchte dich nicht. Erkenne sie alle als deine eigenen Gedankenformen …«

Und der alte Text beschreibt sie in aller Genauigkeit, die bildgewordenen Gefühle der Angst und des Schreckens, so riesig, dass sie den Horizont füllen wie ungeheure, drohende Sturmwolken: die grünschwarze Leopardenköpfige und die blaue Affenköpfige und die gelbe Fledermausköpfige und die rote Skorpionköpfige; die Adlerköpfige und die Hundsköpfige und Wolfsköpfige und alle Übrigen, die Messer schwingen und Keulen und Schlingen und Pfähle und Schädelschalen voller Blut. Und es werden immer mehr, Heerscharen der Panik, und immer wieder warnt der alte Text: »Wenn du jetzt nicht erkennst und von Furcht übermannt vor den Gottheiten fliehst, wird das Leiden dich wieder überwältigen. Lass dich nicht erschrecken, lass dich nicht einschüchtern. Wenn du alle Erscheinungen, alle diese göttlichen Formen und Strahlungen, als Ausstrahlungen deines eigenen Geistes erkennst, erreichst du im Augenblick der Erkenntnis die Buddhaschaft.«

Wird der blinde Pola das erkennen? Oder hat allein die Hingabe, die Offenheit seines freundlichen Herzens ihn bereits in das Reine Buddha-Land getragen?

Dawas Trauer löst sich auf im Mantra des Mitgefühls. Ein sanftes Strahlen liegt in der Dunkelheit und um Tenzins Gestalt, und am nächsten Morgen wird sie sich erinnern, dass sie ein ganz außergewöhnliches Glück erlebt hat, ganz ohne Inhalt, frei von Hoffnung und Furcht.

»Das Kloster!«, ruft Dawa. »Hinter diesem Berg liegt mein Dorf. Wir sind da, Tenzin, wir haben es geschafft, wir sind da, wir sind da!«

Im sanften Licht des späten Nachmittags funkelt in der Ferne das goldene Dach des Tempelgebäudes über der ausgedehnten Klosteranlage, während das Dorf darunter an seinem Westrand bereits vom Schatten des Abends berührt wird.

»Schau nur, als wären wir im Buddha-Land angekommen. Wie schön, wie schön, schön, schön!«

Sie fällt Tenzin in die Arme, lässt ihn wieder los, hüpft wild von einem Bein aufs andere, schwingt aufgeregt die Hände, wirbelt im Kreis und jubelt und lacht, bis sie sich schließlich atemlos zu Boden fallen lässt. »Wir haben es geschafft, wir haben es geschafft!«

»Noch nicht«, sagt Tenzin. »In Gefahr bist du immer noch. Man darf dich nicht erkennen.«

»Ich werde nicht lachen«, erklärt sie und lacht.

Längst hat sie sich daran gewöhnt, unter Fremden ihren Mund geschlossen zu halten und nur sehr vorsichtig in ihr Gesicht zu fassen, um die klebrige Mischung aus Schmutz und Butter, die sie ebenso sehr tarnt wie vor der Sonne schützt, nicht zu entfernen. In ihrem abgeschabten Mantel mit den an den Rändern hervorhängenden, vor Schmutz steifen Schaffellzotteln, den wirren Zöpfen und den längst farblos gewordenen Filzstiefeln fühlt sie sich wie ein Stück der Erde selbst, ist sie so unscheinbar, dass während der gesamten Reise mit der Karawane nie ein fremder Blick an ihr hängen geblieben ist. Wie könnte jemand in diesem Tropfen im Meer der Pilger die Fürstin von Shaa oder die Tochter des reichen Kaufmanns erkennen?

»Du würdest nicht zweimal hinschauen, wenn du mir irgendwo begegnen würdest«, sagt sie und schlägt übermütig die Hand vor den lachenden Mund, während sie aufspringt.

Tenzin lacht nicht mit. »Halte deine Augen niedergeschlagen, sie sind … auffällig.«

Sie schüttelt seinen Arm. »Komm, freu dich mit mir! Es war solch ein schwieriger Weg. Und jetzt sind wir angekommen. Bald sind wir bei Lama Pema.«

»Du bist angekommen«, sagt Tenzin im Weitergehen, »ich nicht.«

Nun hat er ausgesprochen, was sie während des ganzen Weges nicht zu denken gewagt hat. Wie sollte es weitergehen?

»Ich habe immer nur bis Lama Pema gedacht«, sagt sie kleinlaut.

Nun lächelt er doch ein wenig. »Ich auch.«

»Lama Pema wird wissen, was wir tun sollen.«

»Vielleicht.«

»Du wirst sehen.«

Nach einer Weile sagt Tenzin: »Ich glaube, ich möchte gern ein Yogi werden. Es war gut, im Kloster aufzuwachsen, aber jetzt kann ich mir nicht mehr vorstellen, in einem Kloster zu leben. Im Dzong dachte ich, es sei ein gutes Leben dort, so versorgt und geschützt. Ich dachte, es sei das beste Leben, das man sich denken kann. Jetzt glaube ich, das Leben in der Welt ist viel besser für mich. Ich habe so viel gelernt.«

»Und du bist ein ganz anderer Tenzin geworden. Der frühere Tenzin war ein ziemlich vorlauter Junge.«

Tenzin lacht leise. »Ich glaube, er war unerträglich.«

»Die Fürstin war wohl auch nicht sehr angenehm.«

»Dennoch hätte ich mich für sie erschlagen lassen.«

Sie wird sich daran erinnern, wie sie beide zugleich stehen geblieben sind, erschreckt, weil sich eine scheinbar verschlossene Tür plötzlich geöffnet hat. Als hätten sie sich zuvor immer wieder einmal heimlich vergewissert, dass sie fest verschlossen war, dass sie sich nicht mutwillig aufstoßen ließ, sogar einem gewissen Druck standhielt. Jetzt steht sie offen und es ist dunkel dahinter, gefährlich und verlockend dunkel, voller Sehnsucht und Herzklopfen und Unberechenbarkeit. War es ein wortloses Einverständnis, das sie warten ließ bis zum letzten Augenblick, in dem es angesichts des Ziels zu spät ist?

Vielleicht, vielleicht hätte sie ihm die Entscheidung abgenommen, stünde da nicht am Ende des Tals das vertraute Kloster, zu dem sie an hohen Feiertagen den stundenlangen Weg mit ihren Eltern, Verwandten und den Leuten des Dorfs zur Puja und zum Feiern gezogen ist, die Yaks mit Zelten und Töpfen und Proviant für mehrere Tage bepackt. Das sie an ihre heitere Kindheit erinnert, an sorglose Albernheiten mit den Freundinnen, ohne die Last der Zukunft. Und das vor allem Lama Pemas Nähe verspricht, dort in der Einsamkeit der Wälder jenseits des Bergs, hinter dem die Welt ihrer Vergangenheit auf sie wartet. Und dann ist da eine Hoffnung, eine Ahnung, nie gründlich gedacht, ganz leise, wie ein Lied aus großer Ferne. Der Ngakpa.

Im weiträumigen Klosterhof drängen sich Besucher um kleine Feuer. Sie sind schon am Abend gekommen, vielleicht einen ganzen Tag lang gelaufen, um am nächsten frühen Morgen beim Beginn des Drubchen, der tagelangen Puja, dabei sein zu können. Dawa hält die Hand vors Gesicht, um ihr glückliches Lächeln zu verstecken. Das Quietschen von Mantra-Trommeln, gemurmelte Mantras, das Knistern der Feuer, Geplauder und Lachen füllen den Klosterhof mit vertrauter Geborgenheit, die ihren Kopf leicht und ihre Beine schwer macht.

»Zu Hause«, flüstert sie Tenzin zu. »Es ist so unbeschreiblich schön, nach Hause zu kommen.« Tenzins Blick lässt sie hinzufügen: »Sag's nicht!«

»Was?«

»Wolltest du nicht sagen, der Geist ist frei und überall zu Hause?«

Tenzins schiefes Lächeln ist Antwort genug.

»Es ist aber nun mal schön, nach Hause zu kommen.« Sie hört den Trotz in ihrer Stimme und ist ärgerlich über sich selbst. »Abgesehen davon, dass du natürlich Recht hast.«

Sie nimmt die angemessen gebückte Haltung der bescheidenen Schwester hinter dem Bruder ein und hält sich an Tenzins Ärmel fest. Kaum ein Blick streift sie, die armseligen Pilger, einen jungen Mann mit seiner unansehnlichen Frau.

»Ich muss mal«, verkündet sie nach dem Abendtee und macht sich auf die Suche nach den Latrinen, die sich im hintersten Winkel des Klosters befinden. Es ist dunkel, man muss in diesem Gewinkel leben, um sich zurechtzufinden. Sie folgt dem zarten Schein aus einer Tür, stößt mit dem Kopf gegen etwas Dunkles, Pelziges und fährt mit einem Aufschrei zurück. Ein brennender Span in der Hand eines alten Mönchs beleuchtet das Hindernis: Ein ausgestopfter Yak hängt von der Decke des offenen Gangs, daneben eine Ziege und noch anderes Getier, Wächter des Gönkang, des Schreins besonders finsterer, zornvoller Gottheiten. Der alte Mönch krächzt und gackert ein wenig, es ist wohl ein Lachen. Ist er ein Mönch? Es könnte auch ein riesiger Rabe sein – es gibt keine Gewissheit. Eine Kralle winkt, komm mit, kommt mit, eine Delogma wird doch wohl keine Angst haben! Doch, ich habe Angst, ich habe ununterbrochen Angst bei diesem Tanz über dem Abgrund, und das ist gut so, hat Lama Pema gesagt, denn sobald du dich sicher fühlst, hast du dich der Dummheit deiner Gewohnheiten ausgeliefert.

Die Kralle winkt und Dawa folgt ihr, hinein in den dämmrigen Gönkang mit all den Zornvollen im Flammenkranz, in der Mitte die gewaltige, schwarze, einäugige Beschützerin, in schöne alte Brokate gehüllt. Ah, Wilde, Mächtige, Furchtbare, Wundervolle, Allumfassende Einsicht, die aus dem Raum hervorbricht, Weisheits-Dakini, Mutter von allen. Zähme die Gierigen und Skrupellosen und geistig Blinden, denn deine Töchter, die Mamos, werden nicht dulden, was Menschen einander und den Tieren und Pflanzen und der Erde antun. Sie werden toben mit Dürre und Fluten, mit Krieg und Hunger und Not und unerbittlicher Zerstörung. Sie wüten gegen das Wüten, zerstören die Zerstörung, rasen gegen das Rasen. Ah, Wilde, Mächtige, Furchtbare, Schwester der Löwenköpfigen, zerstöre die Zerstörung in den Herzen der fühlenden Wesen, damit sie zu ihrem natürlichen Glück erwachen.

Hat sie laut gesprochen? Ihr Gesicht ist nass von Tränen. Der alte Mönch hat sich vor ihr niedergeworfen, drei Mal, als sei sie eine hohe Persönlichkeit.

»Euer Besuch ist eine Ehre für unser Kloster«, sagt er ehrerbietig. »Ich bitte Euch, darf ich Euch zu unserem Oberhaupt führen?«

»Nein, nein, ich bin niemand. Bitte, keine Umstände! Ich habe nur das Klo gesucht.« Schnell zieht sie sich zur Tür zurück, verbeugt sich hastig und läuft hinaus in die Dunkelheit, in das Durcheinander der Gassen. Ein Mönch weist ihr schließlich den Weg.

Bei der Rückkehr wird sie am Ausgang eines Gässchens zum Klosterhof von einem Arm abgefangen. Noch bevor der schwache Schein der Feuer auf sein Gesicht und den Haarknoten auf seinem Kopf fällt, hat sie ihn erkannt, sie weiß nicht, wie.

»Lama Purba!« flüstert sie, »O Lama-la, Lama-la.«

In diesem Augenblick öffnet sich ihr ein großes Auge und sie sieht sich selbst vor dem Ngakpa stehen, inmitten des Klosters mit seinen Mönchen und Gästen und Feuern. Und dies wiederum in dem großen Land mit ihrem Heimatdorf und dem Heiligtum der Senge Döngma und dem Dzong des Fürsten und der heiligen Stadt Lhasa, und all dies umgeben von noch mehr Ländern und dem Himmel und den Götterwelten und Buddha-Bereichen, und sie sieht, wie alles miteinander verbunden ist in Zeit und Raum, wie alles Seiende und Geschehende in ständiger Bewegung einander anstößt und weitere Bewegung erzeugt, ein magischer Tanz, in jedem Augenblick vollkommen. Könnte sie dies nur immer erkennen.

Schweigend führt sie der Ngakpa zu einem unbewachten Seitentor in der Klostermauer und hinaus auf den mondbeschienenen Hang, in den das Wildwasser sein tiefes Bett eingegraben hat.

»Ich habe auf dich gewartet«, sagt Lama Purba und drückt sie an sich.

Sie kann sich nicht entscheiden, ob es sich um ein Wunder oder um eine Selbstverständlichkeit handelt. So tief hatte sie ihn in sich verborgen gehalten, dass es kaum möglich schien, ihn von dort hervorzuholen.

Doch er tut, als wäre keine Zeit vergangen. Man habe im Fluss nahe ihrem Heimatdorf die Leiche einer jungen Frau gefunden, berichtet er, und es habe sich als unbestreitbare Tatsache herumgesprochen, dass die Fürstin auf der Flucht ertrunken sei. Die Männer des Fürsten seien in den Dzong zurückgekehrt und sie habe nichts mehr zu befürchten.

»Doch du wusstest, dass nicht ich es war«, flüstert sie.

»Natürlich wusste ich das.«

Ihr Körper streckt sich, um einer neuen Rolle gerecht zu werden. Sie ist nicht mehr die demütig gebückte Pilgerin. Hoch aufgerichtet ist sie auf ihren großen Füßen, so dass sie den Kopf nicht weit in den Nacken legen muss, um zu Lama Purba aufzuschauen. Sie wird die Frau des Ngakpa sein, die stolze Yogini an der Seite ihres yogischen Gefährten, wie es sich für eine Delogma ziemt. Sie werden durch das Land ziehen und auf grausigen Schädelstätten das Chöd-Ritual praktizieren zum Wohl aller Wesen und die Leute werden sie achten und vielleicht sogar ein bisschen fürchten.

»Ich möchte mit dir gehen«, sagt sie entschlossen. Keine Bitte, sondern das selbstbewusste Angebot der Fürstin, ihm ihre Gunst zu gewähren.

»Ich habe mir schon immer eine Fürstin gewünscht«, antwortet Lama Purba leise lachend. »Keinem geringeren Vorbild folgen wir als Guru Rinpoche und Yeshe Tsogyal.«

Seine Umarmung faltet die Welt um sie zusammen. Mehr ankommen kann man nicht, ist einer der langsamen Gedanken, die durch Dawa ziehen, und: Ob ich je mit ihm streiten werde?

Der Mond ist ein großes Stück weitergewandert, als sie allein zu Tenzin zurückkehrt. Er sitzt wartend an der Klostermauer und legt sich, als er sie kommen sieht, wortlos zum Schlafen nieder. Die Feuer sind erloschen. Selbst die Hunde im Kloster und im Dorf haben ihr Gebell eingestellt.

Mögen alle Wesen glücklich sein! Sie schickt die Wellen ihres Glücks in alle Welt, zu Tenzin, Shika und Dölma und Jangchub, zu ihren Eltern und der Mola und Nangsa, zu Gondo und den Brüdern und Kamala und der chinesischen, gefährlich lebenden Frau des Händlers, zu Ama Kelsang und den Katzen, zum Fürsten und seiner Schwester, zu allen leidenden und streitenden Menschen und Tieren und Geistern. Und immer mehr Glück strömt aus ihr heraus, durchdringt die Welt, füllt den Himmel, bis es einen unendlichen Augenblick lang nur noch dieses Glück gibt, eins mit einer Dawa ohne Grenzen.

Der Mond ist plötzlich sehr groß, fast voll ist er und kurz vor dem Untergehen. Im Klosterhof ist niemand zu sehen. Sie sitzt auf den Stufen des Lhakang, und wo zuvor die Klostermauer war, steht ein staubiger Bus. Zwei junge Mönche huschen im blassen nächtlichen Licht vorbei und rufen ihr etwas zu. Good morning, rufen sie. Der Schlafsack raschelt, als sie den Reißverschluss öffnet.

Das nahe Bellen eines Hundes schreckt sie auf. Sie muss an die Klostermauer gelehnt eingeschlafen sein.

»Kannst du nicht schlafen?«, flüstert Tenzin.

Sie rollt sich neben ihm zusammen und stopft ihr kleines Bündel unter den Kopf. »Ich habe etwas ganz Unglaubliches geträumt, Tenzin. Das Kloster sah anders aus und hatte keine Mauern mehr, und dort vorn, wo der Eingang ist, stand ein seltsames Haus auf Rädern. Im Traum war das völlig normal. Ich wusste, dass man mit solchen Häusern herumfahren konnte. Und ich hatte einen Sack, leicht wie Seide, aber sehr warm, den konnte man so dicht zumachen, dass gar keine Luft reinkam. Und ich war jemand ganz anderer.«

»Versuch zu schlafen«, murmelt Tenzin, »es ist bald Morgen.«

Bevor sie ganz einschläft, weht wie eine dünne Wolke Guru Rinpoches Prophezeiung durch ihre verschwommenen Gedanken: Wenn der Eisenvogel fliegt und Pferde auf Rädern gehen, wird die Lehre des Buddha aus dem Land des Schnees vertrieben werden …

Miriam

Die Mönche sangen. Sie sangen mit unerklärlich tiefen Stimmen, die sich in einer hohen Oktave spiegelten; ein Echo aus einer anderen Welt. Miriam stürzte verwirrt aus dem Traum, legte die Hände auf ihr Gesicht und tastete nach den vertrauten Formen. Ihre Finger erkannten die Nase mit der kleinen Verdickung von einem Bruch des Nasenbeins bei einem Unfall und die Windpockennarben an ihrer Schläfe. Dawa war zu nahe gerückt. Sie durfte der anderen nicht erlauben, sich in das Jetzt zu drängen. Oder war sie selbst es, die sich in Dawas Jetzt gedrängt hatte?

Wo war David? Sie brauchte David, um sich ihres ganz eigenen, eindeutigen Jetzt zu versichern. Doch sie trieb in eine neue Welle der Verwirrung – der Lhakang war voller dicht zusammengedrängter Menschen, Frauen mit Zöpfen, Männer mit dunklen, hageren Gesichtern, Kinder in roten und blauen Anoraks. Ein Baby weinte. Husten, Murmeln, ein leises Lachen. Ein wenig graues Licht fiel durch das offene Tempeltor, in dem sich weitere Besucher drängten. Miriam setzte sich auf und stieß dabei gegen eine Frau. Das breite Gesicht mit seinem großen Lächeln war wie ein Korb voller Äpfel, so satt und selbstverständlich.

»Sorry«, murmelte Miriam und versuchte vergeblich zurückzulächeln. Atemlos vor Verwirrung raffte sie ihren Schlafsack zusammen und suchte einen Weg nach draußen, gebückt, schwankend, geschoben, von harten Händen gehalten, von der dichten Menge am Tor in Kontraktionen nach draußen gepresst, bis sie schließlich auf dem Hof stand, in Strümpfen, zitternd. Ihr Blick klammerte sich an den staubigen Bus. Der Bus war jetzt. Doch auch Dawa hatte den Bus gesehen. Er gab keine Sicherheit.

WER BIN ICH?

»Hier, nimm deine Schuhe.«

Davids Stimme. Die Schuhe schwebten vor ihren Augen, doch sie konnte nicht danach greifen.

»Miriam!«

Sie wollte antworten. Alles in Ordnung, ich bin da, jetzt ist jetzt, Miriams Zeit, nicht Dawas Zeit. Doch sie war zu weit weg. Sosehr sie sich anstrengte, der Weg war zu lang vom Wort zum Ton.

»Du hast wahrscheinlich nicht genug getrunken. Hier, nimm meine Flasche.« Panik. Davids Panik. Und seine schnellen, erklärenden Gedanken. Was ist jetzt wieder los mit ihr? Dieses Kloster ist einer ihrer Orte der Vergangenheit. Das ist ein Schock. Ja, gewiss, sie steht unter einer Art von Schock. Wer weiß, was in ihren Träumen wieder geschehen ist. Man muss sie da herausholen. Der Rinpoche – vielleicht sollte man sie zum Rinpoche bringen. Er wird sich auskennen mit solchen abseitigen Trips.

Folgsam trank sie ein wenig Wasser aus der Plastikflasche, die David ihr in die Hand drückte, stieg in die Schuhe, die er vor sie hinstellte und ging, ohne sie zuzuschnüren, mit unsicheren Schritten zum Bus. Langsam glitt sie in die Hocke und lehnte sich an einen der großen Reifen. Es war zu viel, sie brauchte Zeit, sie musste denken, musste ihre eigenen Gedanken herauslösen aus Davids Gedanken. Es war etwas aufgegangen, wie eine Tür ins Freie, doch draußen zu sein war schwierig. Wenn sie doch nur nachdenken könnte.

»Was ist los, Miriam? Kann ich dir irgendwie helfen?«

»Zeit ist nur eine Gewohnheit«, sagte sie. Es gab keinen Grund zur Panik. Nicht, wenn sie sich besann. Nein, nachdenken half nicht, dieser Zug fuhr immer in dieselbe Richtung. Auf das, was sie wirklich wusste, musste sie sich besinnen. Auf das, was ihr innerster Geist, die löwenköpfige Gottheit, immer schon gewusst hatte. Oder Tara. Oder all die anderen Leuchtenden, Wissenden, Liebenden in ihr.

»Ich bin eine Gewohnheit«, sagte sie. »Ich hab es satt.«

David lachte ein wenig und setzte sich neben sie. »Ich auch«, erwiderte er. »Ich hab mich auch satt.«

Sie lehnte den Kopf zurück und schloss die Augen. Hinter dem Summen der Menge und den dumpfen Tönen des Mönchsgesangs hörte sie etwas anderes, eine Art Singen im Raum:

»Der Geist des Spielens, der Spielgeist, wo ist dein Spielgeist? Spiele.«

Vögel spielen am Himmel.

Gewöhnliche Wesen spielen auf der Erde.

Besondere Wesen spielen im Schauspiel.

War es die Stimme des Ngakpa, die sie hörte? Oder war es Lama Pema? Oder der Rinpoche dort oben über dem Lhakang?

»Hast du das gehört?«

»Was?«

»Du kannst mich einliefern. Ich höre Stimmen.«

»Macht nichts. Wir sind schon im Irrenhaus.«

»Der Ngakpa – oder wer es ist – sagt, wir könnten spielen. Es ist eine Frage der mühelosen Achtsamkeit.«

»Na gut, ich werde mir Mühe geben, mühelos achtsam zu sein.«

Plötzlich standen Zukünfte da wie ein großes Bilderbuch, wie Filme, die nebeneinander liefen, Möglichkeiten, leicht hinskizziert, ein Strauß von Zukunft. Wahrscheinlichkeiten ohne Gewähr.

Da ist ein David vor ihr mit seinem leisen Lachen tief in der Kehle, der ihre Hand ergreift, und sein Gesicht ist ganz nah und er sagt: Prinzessin, du redest Quatsch, aber das wissen wir beide und du musst mir erlauben, dir das zu sagen.

Da ist ein David mit dem Rücken zu ihr und sie sieht Schmerz und Verzerrung und die Unfähigkeit, sich ihr zuzuwenden. Er wird weggehen und traurig sein und das Opfer für seinen Gott immer wieder mit leidenschaftlichem Zweifel bestätigen.

Da sind noch weitere Davids, doch sie verliert das Interesse an ihnen.

»Die Dinge sind nicht so, wie sie zu sein scheinen. Aber anders sind sie auch nicht.«

Die Stimme im Raum sang und sie hörte ein Lachen darin. In alle ihre Adern floss diese Stimme, sie rieselte über ihre Haut und alle Haare richteten sich auf. Miriam seufzte, atmete lange aus und lachte.

Nein, anders sind sie auch nicht.

»Meinst du, es ist möglich, neu anzufangen?« Davids Stimme war rau vor gutem Willen.

»Warum nicht? Wenn man sich selbst zurücklassen kann.«

»Würdest du mir helfen?«

»Du kannst dir nur selber helfen.« Sie wunderte sich, wie sanft und kühl sie klang.

David stand auf. »Du hast Recht. Es war keine gute Idee.«

Ein paar Kindermönche kämpften sich zwischen den Beinen der Besucher hindurch aus dem Lhakang und liefen über den Hof. Kurz darauf kamen sie mit bauchigen, langschnabeligen, dampfenden Teekannen aus der Küche. Der jüngste trug seine Kanne zum Bus, stellte zwei Tassen auf den Boden und füllte sie mit Buttertee.

»Bitte frag ihn, wie er heißt«, bat Miriam.

David gab die Frage weiter und über das kleine Gesicht zog ein kurzes Lächeln.

»Purba«, antwortete der Junge. Er reichte Miriam eine Tasse, hob dann die andere auf und hielt sie David hin. Ein wenig unschlüssig blieb er stehen und sagte etwas mit leiser Stimme.

»Er will wissen, ob unsere Kinder zu Hause im Inchi-Land auch in einem Kloster sind«, übersetzte David.

Wie lange er wohl leben würde, der kleine Purba? Würde er als junger Mönch nach Lhasa gehen zum tödlichen Protest und sich unter den Händen der Folterer im Gefängnis Nummer eins krümmen? Oder sich als Einsiedler-Yogi in eine Höhle zurückziehen? Würde er das Kloster verlassen, weil der Druck der »politischen Erziehung« zu groß wurde, und ein Mädchen aus seinem Dorf heiraten und Kinder zeugen, die in der Schule nur noch Chinesisch und die Barbarei des Geistes lernen würden? Oder hielt die Zukunft ein anderes Tibet für ihn bereit, eines, in dem die Menschen nicht mehr mit angehaltenem Atem leben mussten?

Miriam winkte den Jungen zu sich heran, nahm sein Gesicht in beide Hände und berührte seine Stirn mit der ihren. »Ein glückliches Leben für dich«, flüsterte sie. »Tashi delek, Purba.«

Der Wunsch, sein Leben möge glücklich sein, stieg auf, quoll über, erfüllte den Himmel und die Erde und wurde zu seiner eigenen Quelle. Ein Lächeln, eine Berührung. Man brauchte etwas Sichtbares, das war eben so.

Mit fliegenden Plastikschlappen rannte Purba zum Lhakang. Am Rand der Menschenmauer vor dem Tor wandte er sich um und winkte.

Wie liebte sie diesen kleinen Jungen!

Eine Erinnerung, die nicht mehr schmerzte: So süße Augenblicke nachts, wenn sie nicht schlafen konnte, am Bett ihres kleinen Mädchens, auf den Knien, im Nachthemd. Still und sanft das runde Gesicht im Licht durch den Türspalt, ungestört schwebend zwischen Vergangenheit und Zukunft. Leuchtend wie eine Kerzenflamme. Später dann farblos, verblasst, erloschen. Warum hast du sie mir genommen, Gott, warum hast du mir das angetan, du schreckliches Du?, hatte sie tage- und nächtelang gewütet. Grausamer Gott! Mörderischer Gott!

Nein, sie wusste es damals nicht besser, wusste nicht, dass das Karma des kleinen Mädchens nicht diesem Gott anzulasten war, der keine Entscheidungen traf.

Der vertraute Geländewagen bog in den Klosterhof ein. Miriam stand auf.

»Die Welt ist wieder in Ordnung, Mister Li sorgt dafür«, sagte sie. »Auf zum Rendezvous mit Senge Döngma! Du lieber Himmel, ich bin so aufgeregt, dass mir der Kopf wegfliegt.«

Sie versuchte sich locker zu machen und den Bewegungen des kleinen, runden Pferdes möglichst wenig Widerstand zu bieten. David hatte sie mit einer Büchse voller schmieriger Substanz in eine Kammer geschickt, wo sie sich das Hinterteil gut einfetten sollte. »Sonst zieht es dir die Haut ab«, sagte er.

Sie hatte das Gefühl, dass der Prozess des Hautabziehens bereits im Gange war.

Der Weg führte ein langes, schmales Tal entlang und der junge Pferdeführer, der die beiden Pferde der Inchis an langen Zügeln führte, trieb sein Leitpferd an. Mister Lis ärgerliche Rufe von hinten änderten nichts daran.

»Li ist ein Dummkopf«, sagte David. »Wir müssen am Abend wieder im Kloster sein. Das ist nicht zu schaffen, wenn wir uns nicht beeilen.«

»Wir schaffen es«, erwiderte Miriam. »Nur der Übergang über den Berg ist ein bisschen steil. Dort muss man ein Stück klettern.«

David begnügte sich mit einem leichten Hochziehen der Augenbrauen, als wundere er sich nur noch mäßig über das Wissen, das sie aus ihren Träumen bezog.

Sie hatte David in den vergangenen zwei Stunden des Ritts vergessen oder ihn zumindest nicht mehr wahrgenommen als den Pferdeführer und Mister Li. Sie war plötzlich auf seltsame Weise zufrieden, wie sie es später in ihrem Reiseheft beschreiben würde: Irgendwie war ich mir eine gute Gesellschaft, ich war gern mit mir zusammen. Ich kann mich nicht erinnern, dass ich früher jemals gern mit mir zusammen gewesen wäre. Ich war immer allein und mir fehlte jemand, selbst dann, wenn jemand bei mir war.

Lange ritt sie mit zurückgelegtem Kopf und ließ sich in das

tiefe Blau des Himmels fallen, während ihr Körper zugleich die gewaltige Kraft des Hochlands aufsog. Sie brauchte nur nachzugeben und diese Kraft breitete sich in ihr aus, richtete sie auf, erhellte ihre inneren Räume, so selbstverständlich, wie Hunger gestillt, Durst gelöscht wurde.

Warum sollte sie sich davor fürchten, auch Dawa zu sein? Es ist gut, ganz im Freien zu stehen, ohne Boden, ohne Sicherheit, wird Lama Pema zu Dawa sagen – in ihrer Zukunft, in meiner Vergangenheit. Verzichte auf den Versuch, jemand zu sein, und schon beginnen alle Buddha-Kräfte zu tanzen in Weiß, Blau, Gelb, Rot und Grün. Tanze am Himmel, Himmelstänzerin! Nirgendwo zugehörig, bist du sicher vor dem Zugriff der Götter des Samsara.

An einigen Berghängen fehlten die Bäume, sie musste sie hinzudenken, um Dawas Heimat zu erkennen. Mit einem kleinen Aufschrei begrüßte sie das Dorf im Tal. Es befand sich noch immer an derselben Stelle, von Feldern umgeben, verändert nur durch schäbige Flachbauten im allgegenwärtigen modernen Provinzstil.

Im Dorf trat ein griesgrämiger Mensch aus einem schachtelförmigen Klotz mit nackten, traurigen Fenstern.

»Das kann nur ein chinesischer Beamter sein«, sagte David. »Das siebte Segment des Lebensrads, wenn es ein solches gäbe, wäre der Bereich der Beamten. Sagen wir, zwischen dem Höllenbereich und dem Tierbereich. Sie knistern unangenehm und ernähren sich von Papier und sprechen eine seltsame Sprache mit Haken und Ösen.«

Miriam kicherte. »Und sie furzen Staub.«

Sie begannen zu lachen wie ungezogene Kinder und jeder Versuch aufzuhören führte zu weiteren Ausbrüchen. Miriam rutschte ungeschickt vom Pferd, das Gesicht voller Lachtränen. Selbst ihr schmerzendes Hinterteil konnte das Lachen nicht eindämmen.

»So lustig ist es nun auch wieder nicht.« Im Widerspruch zu ihrer Behauptung ergriff sie eine neue Lachwelle, die, kaum dass sie abebbte, von Davids Gelächter erneut angefacht wurde.

Mister Li und der Pferdeführer hatten bereits ihre amtlichen Papiere auseinandergefaltet. Mit einem missbilligenden Blick auf die Inchis, die ihr Gesicht nicht zu wahren wussten, nahm der Beamte die Papiere entgegen und prüfte sie lange und aufreizend genau. Mister Li ärgerte sich. Mit schnellen, ungeduldigen Gesten zog er an seiner Zigarette und warf immer wieder ein paar Worte hin. Der Beamte ließ sich Zeit.

Miriam versuchte so zu stehen, dass der Stoff ihrer Hose die zornig glühende Haut nicht berührte.

»Es ist nicht lustig«, sagte sie.

»Die Bewohner des Beamtenbereichs«, dozierte David ernsthaft, »brauchen zum Atmen die Frustration ihrer Opfer.«

»Und ihre Wut.«

»Und ihre Hoffnung.«

»Und ihre Furcht.«

Es war nicht lustig. Der Beamte ging mit den Papieren in den Klotz zurück. Mister Li zündete sich eine neue Zigarette an der alten an. Der Pferdeführer kaute ungerührt an etwas, das aussah wie ein Stück Holz. Ihn ging das alles nichts an. Er führte nur die Pferde, wer auch immer darauf sitzen mochte.

Ob seine Eltern mit ihren Tieren auf einer der kargen Hochweiden lebten? Sie könnten auch einen kleinen Laden besitzen. Sicher zündeten sie jeden Morgen auf ihrem Schrein die

Butterlampen an, holten dazu das Foto des Dalai Lama aus einem Versteck hervor, opferten Räucherstäbchen, riefen die Schutzgottheit der Familie an, rezitierten ein paar hundert Mal am Tag das Mantra des Mitgefühls und schickten ihre Freude darüber, dass sie noch leben durften und ihr Sohn der Pferdeführer war, ein paar gute Yüan verdiente und mit den Behörden gut stand, hinaus in die Welt, damit alle Wesen ein bisschen von ihrem Glück abbekamen. Oder vielleicht lebten sie gar nicht mehr. Vielleicht waren auch sie an der harten Arbeit und der schlechten Ernährung beim Bau der Straße gestorben.

Dawas Lobsang mochte ausgesehen haben wie dieser schöne junge Mann mit seinem breiten Gesicht und dem verwegen neben seinem Kopf baumelnden Bündel von roten Seidenkordeln. Er trug die traditionell kurze Chuba mit dem tief sitzenden Gürtel, darin ein langes Messer in fein ziselierter silberner Scheide und am Handgelenk eine aufwändige, billige Taucheruhr. Wie kam der Pferdeführer zu einer Taucheruhr?

Das Pferd knabberte gelangweilt an Miriams Jacke. Ein paar Kinder versammelten sich in respektvoller Entfernung. Der Bewohner des Beamtenbereichs kam wieder aus dem Gebäudeklotz und reichte Mister Li die Papiere zurück mit einer Geste, als handle es sich um eine besondere Gefälligkeit.

»Wieder aufsteigen«, sagte Mister Li mit dem Rest an Wichtigkeit, der ihm noch zur Verfügung stand, »weiterreiten.«

Am Rand des Tals hielt der Pferdeführer an.

»Steilen Weg zu Fuß«, übersetzte Mister Li und rutschte mit einem lauten Seufzer von seinem Pferd. »Zuerst Mittagessen.«

Um die Mühsal wettzumachen, hatte Mister Li aus der Ortschaft unterhalb des Klosters würzige chinesische Speisen in Wachspapier und zwei große Thermoskannen mit grünem Tee mitgebracht. Der Pferdeführer stellte zwei Plastikflaschen mit Chang dazu. Die Wasserflaschen wurden im Bach neben dem Pfad nachgefüllt. Mister Li könne mit dem Pferdeführer unten warten, erklärte David nach dem Essen, sie würden bald zurück sein.

Miriam hoffte den Weg zu finden, doch nach einiger Zeit verlor sich der Trampelpfad auf dem felsigen Boden. Kein Anhaltspunkt ließ darauf schließen, wo er weiterführte. Sie nagte unschlüssig an ihrer Lippe. Es wäre vernünftiger gewesen, jemanden aus dem Dorf mitzunehmen, der den Weg kannte. Wäre sie sich nur nicht so sicher gewesen!

»Ich weiß nicht weiter«, sagte sie. »Wenn jetzt nicht ein Wunder geschieht …«

Eine Bewegung in ihrem Augenwinkel ließ tiefes Rot und Gold und Flammen und ein zornvolles, löwenköpfiges Lachen ahnen. Sie wandte sich um, doch es waren nur zwei junge Nonnen in ihren roten Gewändern, die sich näherten, heitere Gesichter mit großen, weißen Zähnen und kaum sichtbaren Augen in den tiefen Schlitzen. Sie winkten und gingen voran bergauf.

Warum hatte sie Davids Hand ergriffen? Sie brauchte keinen Schutz, keine Führung. Senge Döngma war ganz nah. Hatte die Gottheit nicht zwei Dienerinnen geschickt? Die Nonnen waren einfach aufgetaucht. Wo kamen sie her?

Die nackten, braunen Füße der beiden eilten den nicht erkennbaren Pfad hinauf, sehr schnell, ohne sichtbare Mühe. David rief ihnen auf Tibetisch etwas zu. Sie blieben stehen, wandten sich kurz um und zeigten aufmunternd ihre wunderbaren Zähne. Und schon liefen sie weiter.

»Merkwürdige Nonnen«, sagte David.

Plötzlich waren sie nicht mehr zu sehen.

»Dort ist die Treppe!«, rief Miriam aufgeregt. »Ich erkenne die Stelle. Wir sind gleich oben!«

Die steilen, in den Fels gehauenen Stufen waren kaum besser begehbar als in der Vergangenheit, vielleicht an einigen Stellen ausgebessert und ein wenig vertieft. An der Felswand verlief ein dickes, vom Alter teilweise beschädigtes Seil an rostigen Halterungen.

»Das ist keine Treppe, das ist eine Prüfung«, sagte David und schaute nach oben. Der schmale Pfad hatte sich schon eine ganze Weile am Steilhang entlanggezogen. Verstreute kleine Büsche hatten ein wenig Halt versprochen und die Steigung war erträglich. Doch nun fiel die Felswand neben der Treppe fast senkrecht ab und die Stufen schienen ins wuchtige Tiefblau des Himmels hinaufzuführen.

»Dawa fand es nicht schlimm. Am besten nicht nach unten schauen.« Entschlossen rückte Miriam ihren kleinen Rucksack zurecht und machte sich daran, hinaufzusteigen. »Oder bleib einfach unten. Ich bin bald wieder da.«

Sie setzte die Füße seitlich auf die Stufen, die Hände fest am Seil. Ruhig atmen! Bei jedem Mantra einen Schritt. Nur spüren, nicht denken. Ein Schritt nach dem anderen. Den Fuß gut aufsetzen! Nicht nach unten schauen!

Sie schaute nach unten. David kam nach. Ein heißkalter Schauer. Freude. Er ließ sie nicht allein.

Senge Döngma, wir kommen!

Das kleine Gebäude war farblos vom Alter, an manchen Stellen roh ausgebessert. In jedem Augenblick mochte Lama Pema aus der Tür treten. Doch die Tür war verschlossen und sah aus, als habe man sie seit langer Zeit nicht mehr geöffnet.

Das kleine Fenster neben der Tür, das zu Lama Pemas Kammer gehört hatte, war mit Brettern vernagelt.

»Da ist niemand und die Tür geht nicht auf!«, rief sie über die Schulter David zu. »Und die Nonnen sind auch weg.«

Es traf sie wie ein Schlag. Sie versuchte, die Tränen der Enttäuschung wegzublinzeln, und ließ sich auf die Schwelle fallen. David setzte sich neben sie und legte tröstend den Arm um ihre Schultern.

»Wir sind umsonst gekommen«, sagte sie.

Er schüttelte den Kopf. »Sind wir nicht. Wenn jemals eine Reise nicht umsonst war, dann diese.«

»Senge Döngma will mich nicht empfangen.«

»Meinst du nicht, dass sie dich längst empfangen hat?«

»Denkst du das?«

»Das denke ich.«

Es war sehr still. Selbst das leise Plätschern des Bergbachs hinter einem Felsvorsprung vertiefte die Stille. Vielleicht gingen ihre Gedanken in die falsche Richtung. Vielleicht konnten Gedanken die Wahrheit dieses Ortes gar nicht fassen. Vielleicht war das alles ganz anders zu verstehen. Die schmerzhaft schöne Weite und Klarheit der Landschaft, die Stille, die verzauberten Farben der Felsen waren Teil des Heiligtums, nicht weniger als das, was die kleine Höhle enthalten mochte.

Sie hatte vergessen, im Dorf zu fragen, ob noch jemand hier oben lebte. Vielleicht war es nicht erlaubt, in der Einsiedelei zu leben. So vieles war nicht erlaubt in diesem geschundenen Land.

»Sprich aus, was du denkst«, sagte sie. »Da quengelt sie, weil Senge Döngma ihr nicht den roten Teppich ausgerollt hat.«

»Denke ich das?«

»Ich befürchte jedenfalls, dass du das denkst. Und du hast natürlich Recht.«

David zog sie ein wenig fester an sich. »Machen wir das Beste aus dem, was wir haben – einen wunderschönen Nachmittag an einem wunderschönen Ort.«

Miriam schwieg. Es gelang ihr sogar, zu lächeln. Ein Adlerpaar zog weite Kreise über dem Tal. Fliegen, dachte sie, ausbrechen aus dem Käfig der ausgeleierten Gedanken, ausbrechen aus der alltäglichen, vernagelten Berechenbarkeit und fliegen.

»Ich träume oft, dass ich fliege«, sagte sie. »Und dann denke ich im Traum, ich muss mir unbedingt merken, wie das geht, damit ich mich daran erinnern kann, wenn ich aufwache. Und danach ist es immer eine große Ernüchterung. Ich erinnere mich noch ganz genau an das Gefühl, aber ich kann es nicht mehr. Ich kann nicht mehr fliegen.«

»Milarepa konnte fliegen«, erwiderte David.

»Nun ja, die Dakinis trugen ihn.«

David lachte von tief unten heraus. Ah, wie liebte sie dieses Lachen! »Ja, die Dakinis«, sagte er. »So geht das wohl.«

Der Wind trug leise Töne heran, kaum hörbar.

Weisheitsschwestern, Ihr Schönen, Vollkommenen,
reine geheime Energien der Elemente,
Euch sei Huldigung, Bitte und Dank.
Ihr tragt uns,
Ihr reinigt uns,
Ihr wärmt uns,
Ihr bewegt uns,
Ihr umarmt unser Sein.

Euch sei Huldigung, Bitte und Dank.
Wir nennen Euch Erde
und Wasser und Feuer
und Luft und Raum
und kennen Euch nicht:
Die reine geheime Essenz
der Energie.
Euch sei Huldigung, Bitte und Dank.
Weisheitsschwestern, Dakinis,
nichts geschieht ohne Euch,
und was wir von Euch erbitten,
wird gewährt.

»Hörst du? Lama Pema singt«, flüsterte sie.

»Ich höre den Wind«, erwiderte David.

Wo die Treppe endete, erschien außer Atem ein kleiner Mann. Er hielt einen großen Schlüssel hoch und rief etwas. David stand auf und ging ihm entgegen. Miriam lächelte gerührt – welch pathetische kleine Figur. Eine ausgewaschene Trainingshose, darüber eine kurze, lumpige Sommer-Chuba, einen der überlangen Ärmel um die Taille gewickelt, darunter ein uraltes Hemd. Das Haar sehr kurz, wie das eines Mönchs.

Er habe gehört, dass Besucher da seien, übersetzte David, und er sei so schnell wie möglich gekommen. Früher habe er hier oben bei der löwenköpfigen Gottheit gelebt, aber dann habe er Arbeit suchen müssen, die Familie brauchte Hilfe. Und von zwei Nonnen wusste er nichts. Hier gab es keine Nonnen.

Der Schlüssel öffnete zwar das Schloss, doch die Tür saß fest. Erst als sie sich alle drei dagegenstemmten, gab sie nach.

Schwer lag die Dunkelheit in dem kleinen Raum.

Nur ein scharfes, helles Rechteck schnitt die Sonne aus dem Boden. Der kleine Mann zündete Butterlampen und Räucherstäbchen an. Der nackte Fels der Höhle, die den hinteren Teil des Lhakang bildete, wurde sichtbar.

Da stand sie auf dem Schrein, die tanzende nackte Gottheit mit dem wilden, lachenden Löwengesicht, und ihre Flammenaureole flackerte im zarten Schein der Butterlampen. Man habe die kostbare alte Statue lange in einer winzigen Höhle in der Nähe versteckt gehalten, berichtete der Mann und wischte eine feine Staubschicht von ihr ab. Erst lange nach der Kulturrevolution wurde sie hervorgeholt, deshalb sei ihr nichts geschehen. Und nur wenige wüssten von dem Heiligtum. So sei sie sicher.

Miriam zog alles Geld aus der Tasche, das sie gewechselt hatte, und legte das Bündel Banknoten vor die Füße der Statue. Mochte der Mann damit machen, was er wollte. Der Gedanke kam ihr, dass sie am liebsten auch ihre Kleider dalassen würde. Es war ein übermächtiges Bedürfnis, alles herzugeben, zurückzulassen, von nichts mehr festgehalten zu werden.

Ich lasse mich da, meine wunderbare Schwester, sagte sie zu der Gottheit. Bitte, nimm das alles – meine Sehnsüchte und Abhängigkeiten, meine geliebt-gehasste Depression, meine Gereiztheit, meine Wut und alle meine Gewohnheiten des Denkens und Fühlens.

Sie begann den Sinn des Opferns zu verstehen.

In einer Gottheit sind alle Gottheiten, hatte Lama Pema gesagt, und sie sind nicht getrennt von dir. Senge Döngma war ein Fenster zur vollkommenen Wirklichkeit, eine Melodie, in der die gesamte Symphonie des Seins anklang. Und sie selbst klang mit in Tönen aus Licht und Farben, voller Wissen und Klarheit.

»Miriam, wir müssen gehen.«

Der Sonnenstreifen auf dem Boden war weitergewandert und länger geworden, der einzige Hinweis, dass die Zeit noch existierte.

»Sind wir schon lange hier?«

»Wahrscheinlich zu lange.« Doch Davids Augen glänzten unbekümmert, offen und klar wie der wolkenlose Himmel.

Mit begeistertem Winken verabschiedete sie der kleine Mann.

Der Abstieg war leicht. Die Luft war durchdrungen von Sorglosigkeit, löste die Glieder, machte die Schritte weich. Der junge Pferdeführer begrüßte sie mit fröhlichen Rufen und steckte die leeren Changflaschen in seine Satteltasche. Selbst Mister Li lächelte und trieb nur halbherzig zur Eile an.

Es war bereits dunkel, als sie im Klosterhof stöhnend von den Pferderücken rutschten. Der staubige Bus war verschwunden. Hinter dem Hauptgebäude summte der Generator wie ein riesiges Insekt. Eine einsame Glühbirne über dem Tor zum Lhakang streute verdünntes Licht über den Hof. Der Nachklang von Trauer lag über allem.

»Der Rinpoche ist weg«, sagte David.

»Wir werden ihn wiedersehen.«

Mister Li trollte sich mit dem Pferdeführer ins Dorf. Ein junger Mönch in der Küche servierte den beiden letzten Gästen des Klosters je eine große Schale mit dicker Tukpa.

»Habt ihr Dalai-Lama-Fotos?«, flüsterte er.

Das sei doch gefährlich, wandte David ein, doch der junge Mönch winkte ab. Ihr abgelegenes Kloster sei uninteressant für die Obrigkeiten, es werde selten inspiziert und der eingeschleuste Spitzel sei in Wirklichkeit auf ihrer Seite.

David zog das kleine Päckchen Fotos aus der versteckten Jackentasche, wo er sie immer mit sich trug, und behielt nur eines zurück. Der Mönch empfing die kostbaren Bilder mit beiden Händen, führte sie achtungsvoll an die Stirn und hielt sie dann unter die Glühbirne, um sie anzuschauen, bevor er sie in seiner Robe verschwinden ließ. Er machte sich nicht die Mühe, seine Tränen abzuwischen.

Sie sollten in der Wärme der Küche übernachten, schlug er vor. Er wolle Matten aus dem Lhakang zu holen.

»Ich möchte lieber im Lhakang schlafen«, sagte Miriam. »Bei Guru Rinpoche.«

Weitere Mönche tauchten auf und trugen ihre Rucksäcke und Schlafsäcke in den Lhakang. Ein alter Hund folgte ihnen und rollte sich in einem Winkel zusammen.

»Die Mönche sagen, er darf das«, erklärte David, während er ein paar Matten aufeinanderlegte. »Sie sagen, der Hund hat seine eigene Matte im Lhakang und versäumt keine Puja. Deshalb darf er auch hier drinnen übernachten. Alle sind sich einig, dass er in seinem früheren Leben einer der Mönche dieses Klosters war. Sie glauben sogar zu wissen, welcher. Er hat irgendwelche wichtigen Gelübde gebrochen. Und jetzt ist er auf den Hund gekommen. Aber so ein Hundeleben dauert ja nicht so lang. Sie sind zuversichtlich, dass er nach dieser hündischen Episode als Mensch wiederkommt.«

David breitete seinen Schlafsack aus und wandte sich im bescheidenen Licht einer großen, von einem Glaszylinder geschützten Butterlampe dem Hund zu.

»Welche Gelübde er wohl gebrochen hat?«, überlegte Miriam laut.

»Soll ich rausgehen und fragen?«

Sie kicherte. »Vielleicht wäre es ihnen peinlich.«

»Tibetern ist nicht so leicht etwas peinlich.«

»Fragen wir doch einfach den Hund.«

Fröstelnd rollte Miriam ihre Jacke als Kopfkissen zusammen und kroch in ihren Schlafsack. Bilder von einem warmen, bequemen Bett und einem geheizten Badezimmer drängten sich auf, gefolgt von der unwillkommenen Vorstellung, am nächsten Morgen keine andere Waschmöglichkeit zu haben als den eiskalten Bergbach. Der Bach mit seinen tief ausgewaschenen Wannen sei das Badezimmer der Mönche, hatte Bob sie belehrt, immer sauber und mit Sicherheit frei von Fußpilz.

Die beglückten Seufzer des Hundes unter Davids streichelnden Händen begleiteten sie noch ein Stück weit in den Schlaf hinein.

Dawa

Sie ist diesen Weg zum Kloster mit ihren Eltern und den Leuten des Dorfs immer zu Fuß gegangen, und doch will es ihr scheinen, als sei sie erst kürzlich hier entlanggeritten. Oder hat sie es geträumt? Ganz neu erscheint ihr die in Sonne getauchte Landschaft, so groß, so mächtig. Ehrfurcht erregend wie nie zuvor.

Schweigend geht Tenzin voran. Kein Wort hat er wegen ihrer langen Abwesenheit in der Nacht gesagt. Wie sehr hat er, seitdem er nicht mehr das Leben eines Mönchs führt, an mönchischer Würde gewonnen. Manche Menschen werden kleiner, je länger man sie kennt, dachte Dawa, und manche werden größer. Tenzin gehört zu denjenigen, die größer werden. Manche, wie Lama Pema, sind von Anfang an so groß, dass sie den Himmel ausfüllen.

Und dann gibt es noch – und nun flüstern ihre Gedanken – solche wie den Ngakpa. Sie dringen unter die Haut, in die Knochen, ins Blut, ins Herz und darüber hinaus. EMAHO, Lama Purba! Wie heiß ihr wird, wie ihre Schritte ausgreifen. Sie hat ihn am Morgen nicht mehr gesehen in der Menge, die in den Lhakang drängte, hat es auch kaum erwartet. Mit einem kurzen »Bis bald!« hat er sich in der Nacht von ihr getrennt und sie hat nicht weiter gefragt. Einen Zauberer fragt man nicht. Er sieht viel weiter hinaus in die Zeit und das Zusammenspiel aller Dinge als die gewöhnlichen Leute. Wenigstens eine Ahnung hat sie, ist sie doch eine Delogma, wenn auch unreif wie ein grüner Apfel.

Manchmal schaut sie zurück und weiß doch, dass sie ihn nicht sehen wird. Vielleicht kann er fliegen? Ngakpas können alles Mögliche.

Auf dem kleinen Pass ruhen sie ein wenig aus, trinken aus den Wasserschläuchen und essen getrocknete Früchte, die ein Händler vor dem Kloster angeboten hat. Gebetsfähnchen, in langen Reihen zwischen Büsche gespannt, knattern im Wind. Tenzin hat die Filzstiefel ausgezogen und sich auf seinem Mantel ausgestreckt, ein wenig entfernt von ihr, als beginne er die drohende Einsamkeit einzuüben.

»Kannst du dir vorstellen, Tenzin, dass es bald so viel zu essen gibt, wie wir wollen?«

»Ah la la, dicke Tukpa mit viel Yakfleisch«, erwidert Tenzin mit geschlossenen Augen, »und fette Momos, mmmm, herrliche, fette Momos.«

»Meine Mutter wird Momos für uns machen. Und Reis aus China und Erbsenkuchen und Käse und Joghurt. Und süße Tumas.«

Sie möchte über das Essen reden, über etwas so Einfaches, das den Rand der Zukunft kaum berührt. Damit die Gedanken nicht davonlaufen, in den Schmerz hinein.

»Meine Amala hat gern selbst für uns gekocht. Pala sagte, das sei nicht vornehm, und dann sagte sie, sie wisse besser, was vornehm sei, und außerdem hätte sie ihn nicht genommen, wenn vornehm so wichtig sei. Ich fürchte, er leidet noch heute ein bisschen darunter, dass sie seinetwegen den Adelsstand verlassen hat.«

»Ich kann mich kaum mehr erinnern, wie meine Mutter gekocht hat«, erklärt Tenzin und gähnt. »Ich war ja noch klein, als ich ins Kloster kam. Aber ich kann mich erinnern, dass ich mich einmal am Fuß verletzte, und dann trug sie mich oft auf dem Arm, obwohl ich schon viel zu groß dafür war. Das war schön.«

Dawa schiebt eine Hand unter seinen Nacken und die andere unter seine Knie und zieht ein wenig. »Schade, du bist zu schwer.«

Tenzin springt auf, packt sie und hebt sie schwungvoll hoch.

»Hör auf, Tenzin, ich bin auch zu schwer.«

Doch Tenzin hält sie fest, dreht sich mit ihr, stolpert, fängt den Fall mit seinem Rücken ab und rollt mit ihr über den vom Wind glatt gefegten, felsigen Boden. Das Lachen verweht im unendlichen Himmel.

»Meine Schwester Nyima wird mir fehlen«, flüstert er in ihr Gewand. »Sie wird mir so sehr fehlen.«

Ein Zittern in Tenzins Körper, ein Beben aus dem tiefsten Innern heraus. Tenzin weint.

Was soll sie ihm sagen? Dass Vergänglichkeit eines der Zeichen der Existenz ist, dass wir viele kleine Tode sterben müssen, dass es Trennung nur auf der Ebene der relativen Wirklichkeit gibt? Sie liebt ihn zu sehr, um ihn belehren zu wollen. Nur festhalten kann sie ihn, wie es seine Mutter getan hat, über sein struppiges Haar streichen und ihn in mitfühlendes Schweigen betten, bis der Kummer seine Schärfe verloren hat.

Die Bruchstelle in der Mauer sieht noch genauso aus wie vor Jahren, als sei seit ihren heimlichen nächtlichen Verabredungen mit dem jungen Lobsang keine Zeit vergangen. Niemand hat es für nötig gehalten, sie zu schließen. Kein Räuber wagt sich nach Shaa.

Im Dorf herrscht Abendruhe. Die Hunde bellen einander zu, haben vielleicht einen fremden Geruch aufgenommen. Schnell und sicher läuft Dawa durch die Gassen, gefolgt von Tenzin. Die Seitentür zu ihrem Elternhaus ist unverschlossen. Sie wünscht, Dölma würde fröhlich aufgeregt dahinter warten, sie selbst mit nicht mehr belastet als mit den Plänen, wohin Lobsang sie entführen könnte. Doch es ist ihr Vater, der die Tür eilig hinter ihr verschließt und dem sie in die Arme fällt.

Sie hat Tenzin vor Einbruch der Nacht zu ihren Eltern geschickt, als vermeintlichen Boten des Lama vom Berg, um den Zugang zum Haus zu sichern, sobald Ruhe im Dorf eingekehrt ist. Möglichst keiner der Dienstboten sollte sie sehen. Zu groß war die Gefahr, für die Eltern wie für sie selbst, trotz des beruhigenden Gerüchts von ihrem Tod im Fluss.

»Pala«, seufzt sie und drückt ihr Gesicht in seine Chuba, in den vertrauten Geruch von Gewürzen, Hundefell und dem Rauch der Butterlampen.

»Komm schnell, Tochter! Schnell hinauf, deine Mutter wartet.«

Der Mond gibt genügend Licht, so dass keine Fackel nötig ist. Die Hunde sind ruhig, wie damals, vor dieser langen, langen Zeit, die ihre Erinnerung zu einem schmerzenden Knoten zusammengebunden hat. Aus einem der Fenster oberhalb der Treppe dringt schwaches Licht durch die Spalten der geschlossenen Läden. Sie hört ein aufgeregtes Winseln und Scharren innen an der Tür. Der Hund Dorje hat sie bereits erkannt, an einem Hauch, an ihrem Schritt auf der Treppe.

Die Amala weint und lacht und drückt ihre Tochter an sich. »Meine Dawa! Meine Dawa ist wieder da.«

Sie ist kleiner geworden. Der Kummer hat sie klein gemacht, hat die Strenge aus ihr herausgesogen und ihrer Stimme die Schärfe genommen. Das ist die wirkliche Amala, denkt Dawa, die Amala, die vor Liebe ganz weit und weich wurde, als ich klein war. Die kantigen Meinungen, an denen man sich verletzen konnte, kamen später. Und haben sich wieder abgeschliffen am Leiden und an der Einsicht in die Nutzlosigkeit aller Kämpfe.

Die alte Mola ist aufgewacht und hat sich auf ihrer Schlafmatte aufgesetzt. Sie könne kaum mehr stehen, sagt die Amala.

»Komm her, mein Mädchen«, krächzt die Mola. »Alte Leute aus dem Schlaf reißen, mehr kannst du nicht?«

Sie legt ihre knochige Hand an Dawas schmutzige, raue Wange und kichert. »Ein handfestes Weib bist du geworden, mit ordentlich Dreck auf der Haut. Siehst besser aus als das letzte Mal mit dem ganzen Brokatzeug um dich herum und einem kalten Hintern.«

Amalas alte Dienerin und Freundin hat sich im Hintergrund gehalten und hechelt höflich unter Tränen. Sie muss die Umarmung mit dem Hund teilen, der seinen großen Kopf dazwischendrängt. Und die junge Magd, die ebenfalls im großen Zimmer der Mutter schläft, hält der Delogma atemlos ihren Kopf zur segnenden Berührung hin.

Lange noch flüstert Dawa mit der Mutter, nachdem alle

wieder schlafen gegangen sind. Ein Ngakpa sei zum Vater gekommen, berichtet die Amala, der habe behauptet, dass die Tote im Fluss nicht seine Tochter sei. »Und ich wusste, dass er Recht hatte. Ich spürte, dass du noch am Leben warst. Aber was soll jetzt mit dir werden? Mein armes Kind. Wie oft habe ich gewünscht, wir hätten dich dem jungen Lobsang gegeben. Wir meinten es gut, wir wollten dein Bestes. Das weißt du doch, nicht wahr, das weißt du doch?«

»Natürlich weiß ich es, Amala. Denk nicht mehr daran. Es war mein Karma, die Frau des Fürsten zu werden. Ich glaube nicht, dass ihr es hättet verhindern können. Diese ganze Geschichte gehört zu mir wie meine Hände und Füße. Aber du wirst dir von jetzt an keine Sorgen mehr um mich machen müssen, meine Amala. Ich werde das Leben führen, das richtig für mich ist, das Leben einer Yogini. Ich werde mit dem Ngakpa nach Westen ziehen. Du weißt, mit dem, der bei euch war, Lama Purba.«

Die Mutter hält den Atem an. »Du willst umherziehen? Als Gefährtin eines Zauberers?«

»Amala, ich bin eine Delogma. Ich habe eine Aufgabe zu erfüllen, die Guru Rinpoche mir aufgetragen hat. Dieses Leben wünsche ich mir nicht nur um meiner selbst willen, sondern um anderen zu helfen, ihren Geist zu öffnen.«

Nach einer langen Pause sagte die Mutter: »Kurz nach deiner Geburt hatte ich einen Traum. Ein Garuda kam durchs Fenster und landete neben dir, und als er wieder wegflog, hieltest du seinen Fuß fest und er nahm dich mit. Ich streckte meine Hände nach dir aus, aber er war schneller. Ich werde seinen Schrei nie vergessen. In diesem Augenblick wusste ich, was Freiheit ist, wirkliche Freiheit. Vorher wusste ich es nicht und nachher auch nicht mehr. Aber ich habe oft zu Arya Tara gebetet, dass sie den Garuda wieder schicken möge.«

»Sie hat es doch getan, Amala. Sie hat es getan.«

Es ist wieder Nacht, als sie das Haus auf demselben Weg verlassen, wie sie gekommen sind, satt diesmal und ausgeruht und frisch gewaschen. An der Mauer warten sie auf die Dämmerung. Es ist kalt. Dawa rückt näher zu Tenzin heran, so dass die Yakdecke, in die sie sich gemeinsam gehüllt haben, nicht klafft. Wie angenehm ist es gewesen, in einem warmen Zimmer auf guten Matten zu schlafen. Und doch – wie unwichtig. Sie ist jung und gesund und stark. Sie wird in den Armen des Ngakpa in Höhlen und auf Schädelstätten schlafen, auf der nackten Erde, unter dem endlosen Himmel und in eiskalten Flüssen baden. Und sie wird glücklich sein. Mit ein wenig Trauer und schlechtem Gewissen ist sie gewahr, dass Tenzin ihr nicht fehlen wird. Ihr Kopf sinkt auf seine Schulter und sie schläft ein. Sie bemerkt nicht, wie seine Finger leicht ihr Haar berühren, so sanft wie ein Blütenblatt, das der Wind vor sich hertreibt.

Kaltes, graues Licht beginnt schwache Konturen zu zeichnen. Dawas Schritte sind weit und locker. Es war ein glücklicher Tag im Haus der Eltern, obwohl sie sich versteckt halten mussten und ständig befürchteten, die aufgeregte junge Magd würde die Aufmerksamkeit der übrigen Dienerschaft auf sich ziehen.

»Erzähl mir vom Bardo«, hat die alte Mola verlangt, »dort bin ich bald.« Und Dawa erzählte der Mola und allen, die um sie herum saßen, von ihrer Reise durch die Buddha-Bereiche und die Bereiche des Lebensrads, von Arya Tara, die sie führte, und von den vielen Erscheinungsformen der höchsten Wirklichkeit in weiblicher und männlicher und friedlicher und schrecklicher Gestalt. Von verstorbenen Angehörigen der Familie hat sie berichtet, die in Ordnung bringen wollten, was sie in Unordnung hinterlassen hatten – begangenes Unrecht und Bitten um Verzeihung. Es war das erste Mal, dass sie als lehrende Delogma auftrat, und sie weiß, dass viele Male folgen werden.

Tenzin ist hinter ihr zurückgeblieben. Sie hat nicht bemerkt, wie schnell sie gelaufen ist. Eine wunderbare, wirbelnde Kraft treibt sie voran, so leichtfüßig, als würde sie kaum den Boden berühren. Sie bleibt stehen, und als er sie eingeholt hat, ergreift sie seine Hand.

»Komm, sprich mit mir. Seitdem wir angekommen sind, hast du nicht mehr Worte gesagt, als ich Finger an meinen Händen habe.«

»Was soll ich sagen? Ich finde meinen Platz nicht mehr. Du bist nicht mehr meine Schwester Nyima. Du bist auch nicht mehr meine Fürstin, die Chemkusho Dawa. Ich bin ein flüchtiger Mönch. Du bist eine Delogma.«

»So ein Unsinn! Du bist Tenzin und ich bin Dawa und wir sind Freunde. Die besten Freunde, die es geben kann. In diesem Leben, im nächsten Leben und immer.«

»Wenn es so einfach wäre«, seufzt Tenzin.

»Wenn du es einfach sein lassen könntest«, erwidert sie und zieht ihn mit sich. »Los, komm, es wird bald hell!«

Die Felder sind abgeerntet und bieten keinen Schutz. Sie müssen sich beeilen, um rechtzeitig vor der Helligkeit des Morgens den Rand des Tals zu erreichen.

Ein roter Tupfen erscheint auf der ersten Anhöhe, dann

werden es zwei Tupfen und schließlich sind es zwei junge Nonnen, die ihnen entgegenkommen. Sie singen, schwenken ihre Malas, tanzen leichtfüßig vorbei und sind plötzlich zwischen den Bäumen verschwunden, aufgesogen vom blassen Grün.

»Ah la la, Senge Döngmas Botinnen!«, ruft Dawa und klatscht entzückt in die Hände. »HUM HUM HUM, wir kommen, Senge Döngma, wir kommen!«

Sie beginnt zu singen, Tenzin stimmt mit ein und sie singen alle Klostergesänge, die er ihr beigebracht hat. Das Singen hilft, es hat schon oft geholfen. Wie hätten sie die Härten der Flucht überstehen können ohne die Lieder mit den Lehren und den Bitten und dem Dank!

»Die Treppe, Tenzin! Dort oben ist Lama Pema, wir sind da!«

Helle, schnelle Glockenschläge, Trommelwirbel, die Anrufung des Guru Rinpoche; es sind zwei Glocken, zwei Trommeln, zwei Stimmen.

»Hörst du auch zwei, Tenzin?«

»Ja, es sind zwei. Wollen wir warten, bis der andere geht? Vergiss nicht, du bist noch immer in Gefahr.«

Dawa wehrt ab. »Wer zu Lama Pema kommt, verrät uns nicht.«

Sie kann nicht länger warten, Lama Pema zu sehen, wer auch immer bei ihm sein mag. So viele Wochen lang hat der Gedanke, dass jeder Schritt sie näher zu Lama Pema führt, sie über alle Plagen hinweg aufrecht gehalten.

Sie wird keinen Augenblick länger warten, zumal sie ahnt, wer Lama Pemas Besucher ist. Sie spürt die schmalen Stufen nicht unter den Füßen und sie verliert keinen Gedanken an die steile Felswand. Eine wunderbare Kraft schiebt sie, trägt sie, weht sie hinauf auf das kleine Plateau vor dem Heiligtum.

Es ist so selbstverständlich, dass Lama Pema und Lama Purba beieinandersitzen, vor sich auf einem ausgebreiteten Tuch die Schalen und Butterlampen und all die Gegenstände, die nötig sind für die Puja, Lama Pema mit seiner Mütze und der Ngakpa mit seinem Haarknoten auf dem Scheitel und den zauberischen Anhängern am Hals, denen das abergläubische Volk mehr Furcht und Respekt entgegenbringt als dem Träger selbst.

Lama Pema winkt Dawa heran, bedeutet auch Tenzin, sich dazuzusetzen. Einen kurzen Blick wechselt sie mit dem Ngakpa, sieht die strahlende Freude auf seinem Gesicht und kann sich beruhigt niederlassen und eintauchen in den Fluss der Bilder und Töne, in die Gegenwart der Gottheiten, die das Universum füllen.

»... Licht strahlt aus dem Herzen dessen, der den Geist aller Wesen zähmt.
Es durchdringt alle die Bereiche der sechs Arten von Wesen.
Es reinigt jede ihrer sechs störenden Emotionen
Und verwandelt sie in Formen des Großen Mitfühlenden.
OM MANI PEME HUM HRIH!«

Hinter Dawas geschlossenen Lidern entfaltet sich die Endlosigkeit des Raums voller friedlicher und zornvoller göttlicher Wesen aus reinem Licht, ruhend und tanzend, in ihrer Vielfalt und Einheit, prachtvoll und überwältigend und zugleich so einfach, dass sie sich wundert, sie nicht immer und zu jeder Zeit wahrzunehmen.

EMAHO, die Grenzen weichen der Großen Wirklichkeit. Senge Döngma faltet sich auf in das Mandala der Weisheits-Dakinis; sie lachen ihr wildes Lachen und tanzen ihren magischen Tanz im Palast der Dakinis, der alles umfasst, was ist.

»HOH!
Mögen durch die Kraft, die entsteht, wenn wir hier das Mandala Guru Rinpoches verwirklichen,
Wir selbst und alle die unzähligen fühlenden Wesen ohne jede Ausnahme,
Spontan die vier vollkommenen Aktivitäten meistern
Und in den strahlenden Raum des reinen Geistes befreit werden.«

Mit allen Leckereien, die Dawas Mutter eingepackt hat, und einer bescheidenen Flasche Chang feiern sie in der wohligen Wärme der Mittagssonne das Tsog, das rituelle Fest. Danach trägt der Ngakpa die Ritualgegenstände zurück in die Gompa. Er hat Dawa kurz zugenickt, eine schlichte, schnörkellose Bestätigung der Verbundenheit. Sie lächelt bis in die Fingerspitzen und folgt ihm und begrüßt die löwenköpfige Gottheit mit hundertundacht beglückten Niederwerfungen.

»Erzähle«, sagt Lama Pema und streichelt Dawas Hände. Und Dawa erzählt die Geschichte dieses Sommers – von der Flucht, der Verfolgung, den Freunden für die kurze, lange Zeit der Reise mit der Karawane. So glücklich ist sie, dass es eine lustige Geschichte wird. Seit undenklichen Zeiten haben die Berggeister nicht mehr solch lautes Lachen vom kleinen Tempel der Senge Döngma aufsteigen hören und sie lachen mit, HAHA, HOHO. Selbst Tenzin lacht mit weit offenem Mund und nimmt sich nicht mehr ernst.

Alle Elemente tanzen.

»Komm, Prinzessin«, sagt der Ngakpa und geht durch das goldene Abendlicht voran zum Rand des Plateaus, von wo aus ein winziger Pfad zur Quelle führt, die Lama Pema mit Wasser versorgt. Dawa ist sicher, dass sie die Höhle dahinter noch nie gesehen hat. Wie oft ist sie als Kind und junges Mädchen mit Lama Pemas großer Kanne zur Quelle gegangen, um Wasser für den Tee zu holen. Da gab es nichts anderes als eine Felswand. Doch vielleicht hat sie sich getäuscht und die breite Spalte nie gesehen, in die jetzt die Abendsonne fällt und einen Teppich aus Flechten schimmern lässt wie kostbaren Brokat.

Der Ngakpa zieht Dawa neben sich auf ein bereitliegendes Fell. »Ich werde dir nichts Besseres bieten können als solche Höhlen«, sagt er.

»Besser als ein Dzong«, erwidert sie lächelnd. »Und wenn es gut genug für dich ist …«

Ah, sie muss die Augen schließen, so wunderschön ist die Berührung seiner Finger auf ihrer Wange, auf ihrem Mund, auf ihrem Hals. Er schiebt die Chuba von ihrer Schulter, löst den Gürtel, die Finger sind auf ihrer Haut, zart wie junges Gras. Es ist wie Schmelzen und Neugestaltet-Werden in einer Welt aus Regenbogen. Zärtlicher Abgrund. Ein Lied des Körpers, das die Stille noch stiller macht. Erfüllte Sehnsucht und zugleich Sehnsucht schmerzhaft bestätigt.

Ah, im kristallenen Spiegel des Gewahrseins ist alles vollkommen.

Irgendwann wacht sie auf. Ihre Schulter ist kalt, die große Felldecke, in die sie sich eingehüllt hatten, ist heruntergeglitten. Im schwachen Licht des untergehenden Mondes sieht sie den Ngakpa an der Wand der Höhle sitzen. Sein nackter Körper scheint zu glimmen, wie Glut unter Asche.

»Lama?«, flüstert sie.

Er beugt sich vor und schlüpft unter die Decke. Sein Körper ist heiß wie im Fieber und durchwärmt sie wohlig in wenigen Augenblicken. Tummo, die Hitze des inneren Feuers der Glückseligkeit. Ah hoh, sie wird all dies lernen, gerade so wie die wunderbare Yeshe Tsogyal, Guru Rinpoches wichtigste Gefährtin.

Sie fragt sich, wie alt er sein mag. Seine Haut ist glatt und fest, doch sein Gesicht verwandelt sich ständig und seine Augen sind nicht die eines jungen Mannes. Vielleicht ist er schon hundert Jahre alt. Sie hat von Yogis gehört, die im hohen Alter mit dem Körper eines Jünglings starben.

»Ich möchte so viel lernen«, seufzt sie. »Du wirst viel Geduld mit mir haben müssen.«

Sein Mund wandert über ihr Gesicht. »Vielleicht wirst du die Geduldigere sein müssen. Ich habe viele Fehler.«

»Gut. Dann werde ich mich nicht schlecht wegen meiner Fehler fühlen müssen.«

»Wir sind das vollkommene Paar«, murmelt er an ihrem Hals. »Was für einen herrlichen, bunten Strauß von Fehlern wir zwei binden werden.«

Miriam

Ihr Blick stieß an eine Ahnung von Formen, an mögliche Kanten, suchte verwirrt den Ausgang der Höhle. Ein paar panische Augenblicke lang erschien es ihr, als habe sie das Gedächtnis verloren und wisse von nun an nicht mehr, wer sie war. Das Rascheln des Schlafsacks erlöste sie, gab ihr den beruhigenden Bezugspunkt, der sie erkennen ließ, dass sie sich im Lhakang des Klosters befand. Ein sanft glühendes Auge blickte sie an – die Butterlampe, die auf dem Schrein brannte.

Sie hob den Kopf. David lag an der Wand, neben ihm eine weitere, kleinere Gestalt – der fromme Hund. Er hatte in der Nacht die Nähe seines neuen Freundes gesucht und sich zu ihm gelegt, trotz des kalten Bodens, denn die schmalen Sitzmatten boten nur Platz für David.

Mit einem Rest aufgeregten Herzklopfens – wie schnell bringt die Körperchemie das Herz zum Donnern angesichts eines verlorenen Besitzes, ob es die Brieftasche ist oder die Identität – legte sie den Kopf wieder auf ihre zusammengerollte Jacke. Bald würden die Mönche kommen, frierend in ihre Tücher gewickelt wie Mumien. Der Klang ihrer Stimmen hing noch in den Ecken und Winkeln, vermischt mit dem Geruch der Butterlampen und des Räucherwerks.

Der gleiche Geruch wie im kleinen Tempel der Senge Döngma. Wie mochte es Tenzin ergehen? Würde Lama Pema ihn als Schüler annehmen? Er hatte glücklich ausgesehen, als er vor dem Heiligtum saß und mit seinen geschickten, achtsamen Bewegungen den Tee zubereitete, ganz so, als gehöre er an diesen Platz. Oder würde er ein neues Kloster finden, vielleicht im Westen, wo sich niemand um die Angelegenheiten des Fürsten im fernen Shaa kümmerte?

Die Tür zum Lhakang quietschte und ein Mönch huschte zum Schrein, um ihn für die Morgen-Puja herzurichten. Der Hund hob den Kopf.

»Komm, Hund, komm her«, flüsterte Miriam und kramte eine Tüte mit einem zerkrümelten Rest Kekse aus ihrer Jackentasche. Der Hund nahm das Geschenk dankbar an und leckte ihre Hand. Sie zog eine Matte heran und drückte sein Hinterteil darauf. Bereitwillig legte er sich neben sie und ließ den breiten Kopf auf die Pfoten sinken. Er roch streng nach Hund.

Miriams Hände tauchten in das dichte Fell, erinnerten sich an die angemessenen Hundezärtlichkeiten in der Hundehütte des Nachbarhundes, von dem es hieß, er sei bissig. Oder war es nur ihr Vater, der das behauptete? Schäferhunden kann man nicht über den Weg trauen, das musst du dir merken. Es gab vieles, das sie sich merken musste. Die Welt ihres Vaters war gefährlich. Doch an der Schwelle der Hundehütte hörte die Gefahr auf, niemand sah sie darin mit dem Hund Pollux in den Armen und seiner eifrigen Zunge auf ihren Händen, auf ihrem Gesicht. Sie hatte damals Tagträume von Pollux an ihrer Seite auf dem Weg zur Schule, ein mächtiger Beschützer mit scharfen Zähnen und warnenden Funken, die aus seinem

Fell sprühten. Er brauchte nur leise zu grollen und die Feinde stoben auseinander und machten einen großen, ehrfürchtigen Bogen um sie. Doch er hing an einer langen Kette, von der er nur befreit wurde, um an eine Leine genommen und zum Dressurplatz gebracht zu werden. In der Hundehütte, wenn es regnete und sie sein feuchtes, duftendes Fell mit ihrer alten Haarbürste bearbeitete, war er glücklich. Eingehüllt vom Getrommel der Regentropfen auf der Teerpappe des Dachs teilten sie den Genuss ihrer Zuneigung und die Zeit blieb stehen. Als sie mit dreizehn Jahren aufgehört hatte, an Gott-und-die-Kirche zu glauben, verband sie das Wort »heilig« mit dieser hingebungsvollen Zweisamkeit in der Hundehütte.

»Du hast die beste aller Hundehütten«, flüsterte sie ins Ohr des Tempelhundes. Ein zufriedener Seufzer war die Antwort.

Mister Li holte sie und David aus der Morgen-Puja und drängte auf eine schnelle Abreise. Der Wolkenhimmel hing tief, fast berührte er das Dach des Klosters. Wie in der Nachtkälte erstarrte Wächter standen Bäume im Dunst. Es roch satt nach Holzfeuerrauch und feuchter Erde und Abschied.

»Ich habe es ernst gemeint mit dem neuen Anfang«, sagte David, als sie mit großem Gerüttel vom Kloster zum Dorf hinunterfuhren. »Bist du einverstanden?«

Sie sah ihn an, über den Abstand hinweg, den sie, ohne zu überlegen, eingehalten hatte. Es war nicht das vertraute Gesicht, das sich so selbstverständlich mit »David« verband, selbst das ein wenig angespannte halbe Lächeln fiel nicht in die Schublade des wohl Bekannten. Es hätte das Gesicht eines Fremden sein können. Da saß ein Mann mit dunklem, kurzem Haar, dessen Ansatz zurückwich, eine hohe, aufmerksame Stirn, kantig die Linie der Nase, die Züge ein wenig ausgehöhlt von den äußeren und inneren Anstrengungen der Reise. Er nimmt mich ernst, dachte sie, welcher Mann hat mich je ernst genommen wie jemanden seinesgleichen? Der Gedanke war nicht bitter, eher verwundert, wie bei einem Regenbogen, während man noch im Regen steht. Es ist ihm wichtig, dass ich zustimme. Ich muss mich nicht mehr fürchten.

Im nächsten Augenblick überfiel sie eine so gewaltige, feurige Welle der Sehnsucht, dass sie zu atmen vergaß. Jede Pore schien sich für ihn zu öffnen, jeder Gedanke wurde zum Spiegel seines Seins. In Flammen stehen – der Ausdruck passte! Sie stand in Flammen. In ekstatischen Flammen.

»Ich arbeite daran!«, rief sie über das Getöse des Autos hinweg und hob hastig das Handgelenk, um auf die Uhr zu schauen. Sie hoffte, dass die vorfallenden Haare ihr Gesicht verdeckten; als sei ihr das übermäßige Gefühl weithin sichtbar über die Augen geschrieben.

Mister Li verkündete, sie würden eine frühe Mittagspause bei den Nomaden einlegen. Wie ein großes, schlafendes Tier, eingebettet in grüne Stille, lag das Zelt im weiten Flusstal. An einigen Stellen schien die Sonne durch die aufreißenden Wolken und schoss scharfe Strahlen auf den Fluss und die abgegrasten Weiden. Auf einer entfernten Bergspitze lag Schnee.

Die beiden Frauen brachten Matten für die Gäste aus dem Zelt und Mister Li kaufte Tsampa, ein großes Stück harten Käse und ein wenig Trockenfleisch. Er schrieb eine Rechnung und hielt sie den Frauen hin. Die jüngere unterschrieb sie umständlich.

»Das ist ja Chinesisch«, sagte Miriam.

»Sie lernen meistens nur noch Chinesisch in den Schulen«, erwiderte David. »Bald kann kein Tibeter in Tibet mehr Tibetisch schreiben.«

»Außer in den Klöstern«, sagte Miriam.

David seufzte. »Wie lang wird es die noch geben?«

Die ältere Frau begann mit aufgeregten Gesten und in jammerndem Ton auf Mister Li einzureden. Die jüngere mischte sich ein, versuchte offenbar ohne Erfolg, sie daran zu hindern. Tetchok zupfte mit hängendem Kopf an den Schnüren seiner neuen Schuhe, ein wenig abgewandt, zusammengezogen zu größtmöglicher Bedeutungslosigkeit. Niemand sollte glauben, er habe das Geringste mit dem Thema zu tun.

David erklärte leise: »Wenn ich sie richtig verstehe, klagt sie, dass es der Familie schlecht geht, weil man ihnen zu wenig Weideland für ihre Tiere zugeteilt hat. Und dass die Weiden mager sind, weil alles schon vorher überweidet war. Und jetzt haben sie kein Geld, um Futter zum Zufüttern zu kaufen. Niemand kümmere sich darum, niemand sei zuständig. Unser Aufpasser scheint eine Art Herz zu haben. Sie solle so etwas lieber nicht allen und jedem erzählen, sagt er, sonst würde sie Probleme bekommen.«

Tatsächlich waren Mister Lis Züge ein wenig nach unten gefallen, als habe sich seine forsche Rolle davongemacht und ihn allein und schutzlos zurückgelassen. Er dachte nach, machte Vorschläge, nannte ein paar Namen von Beamten, an die sie sich wenden sollten. Die Jüngere schrieb alles auf.

»Manchmal gibt es Probleme mit Behörden«, sagte er erklärend auf Englisch. »Zu viele Menschen.«

»Zu viele Chinesen«, murmelte Miriam ärgerlich. »Wann hatte Tibet je zuvor ein Problem mit zu vielen Menschen?«

Mister Li hob fragend den Kopf. Er hatte die Worte nicht verstanden, wohl aber den Ton.

»Er kann nichts dafür«, erwiderte David sanft und legte seine Hand für einen Augenblick auf ihre Schulter. Sie nickte. Dawa würde ihre Zeit nicht mit Schuldzuweisungen und Abstraktionen verschwenden. Was würde Dawa tun? Sie würde helfen. Und sie würde wissen, wie.

Als schiene die Sonne durch aufreißende Wolken, verdrängte das Bild der Gottheit Tara Miriams Gedanken, leuchtend wie das junge Grün an einem Frühlingstag. Miriam lächelte. Das Bild meiner guten Wünsche, meiner Zuversicht. OM TARA TUTARE TURE SVAHA. Sie legte die Hände an ihr Gesicht. Es war Dawas Gesicht, das ihre Finger spürten.

Mister Li war sehr schweigsam, während sie weiterfuhren. Tetchok fütterte den Rekorder mit tibetischer Popmusik. Sie würde in Lhasa produziert, antwortete Mister Li zerstreut auf Davids Frage.

Auf der befestigten Straße beschleunigte Tetchok so sehr, dass Mister Li Einspruch erhob. Es zieht ihn nach Hause, dachte Miriam, zu seiner Frau und seinem einzigen erlaubten Kind und den Großeltern und der Verwandtschaft, denen er erzählen wird, wie seltsam sich die Inchis, die er durch die Gegend fahren musste, benommen haben. Oder verschwendete Tetchok keinen Gedanken an die fremden Wesen mit dem vielen Geld, die mit großen Koffern und guten Kleidern in den Eisenvögeln über die Berge kamen und es ihm ermöglichten, seine Familie zu ernähren?

Am Rand der Serpentinenstraße lagen noch Reste des Steinschlags. Schon fast unten am Fluss angekommen, erinnerte sich Miriam an ihre Begegnung mit Mengmei. Es war so lange her. Als habe sich die Zeit inzwischen in einen Zeitsee ergossen und suche erst jetzt wieder ein Bett zum Weiterfließen.

David setzte ein paarmal zum Reden an, doch Miriam war einsilbig und schaute zum Fenster hinaus. Sie wollte nicht sprechen, nicht einmal nachdenken. Die Zeit floss wieder, doch das Erleben wollte ausgebrütet werden, ungestört, eingebettet in die herzzerreißende Weite des Himmels und des Landes.

»Alles in Ordnung?«, fragte David.

Sie sah ihn an und sah ihn nah und fern zugleich. »Man braucht Zeit. Man braucht einfach Zeit.«

Er nickte leicht. Sie teilten einen erstaunlichen Frieden.

Eine Kerze erhellte das Zimmer; der Strom war ausgefallen. Sie waren spät angekommen und hatten hungrig ihr Abendessen verzehrt. Die chinesische Familie hatte sich bald zurückgezogen. Miriam lag in ihrem Schlafsack und wunderte sich, dass Davids Anwesenheit sie nicht störte. Sie hörte seine Bewegungen mit der gleichmütigen Abwesenheit, mit der man den Regen hört oder die Stimme des Windes.

»Bist du sehr müde oder können wir noch ein bisschen reden?« Seine Stimme war nah. Sie öffnete die Augen und sah ihn auf ihrer Bettkante sitzen.

»Beantworte mir eine Frage«, erwiderte sie. »Willst du immer noch ein Mönch werden?«

Sein Gesicht war angenehm fremd im Kerzenlicht.

»Frag mich was Leichteres«, antwortete er. »Ja oder Nein wäre einfach. Aber es ist nicht einfach. Ich bin nicht einfach. Ich dachte, das einfache Leben und das Studium und die Meditation würden mich vereinfachen. Jetzt weiß ich, wie leicht man um die Neurose herummeditieren kann.«

Er beugte sich vor und verschränkte die Hände. »Ich verdanke dieser Reise sehr viel. Ich verdanke dir sehr viel. Und mein Verhalten – es tut mir leid. Es tut mir so leid.«

Sie schwieg. Es tat ihm tatsächlich leid. Es war gut so. Es brachte alles in Ordnung.

»Ich habe jahrelang gedacht, meine einzige Chance läge darin, ein Mönch zu werden. Mir war nie bewusst, dass der Rinpoche meines Klosters das immer wieder absichtlich hinauszögerte. Er sprach immer von ›Vorbereitung‹. Noch diese Vorbereitung und noch jene Vorbereitung. Ich dachte, es ginge um Regeln. Ich erkannte nicht, wie mitfühlend er war.«

Er schwieg nachdenklich. Die Pause störte sie nicht. Es war ein kostbarer Augenblick; er hatte selbst begonnen, die nötigen Fragen zu stellen.

»Als Yongdu Rinpoche sagte, ich solle mir keine Mühe geben, ist mir eines klar geworden: Mein Gott will, dass ich leide. Niemand ist so auserwählt wie die Leidenden.« Er schüttelte leicht den Kopf. »Ich dachte, das hätte ich alles längst hinter mir gelassen. Welche Arroganz.«

Langsam, wie Gehen gegen den Wind, begann er von der Zeit nach seiner Scheidung zu sprechen, in der er eine immer größer werdende Angst mit Medikamenten unterdrückt und sich in oberflächliche Affären geflüchtet hatte, voller Schuldgefühle und Selbstverachtung. »Ich glaubte, ich könnte alles wiedergutmachen, wenn ich ins Kloster ginge. Mein härenes Gewand. Und mein Sieg.«

Miriam berührte kurz seine Hand. »Lama Pema hat gesagt, die karmischen Spuren sind viel mächtiger, als wir denken.«

»Wie Recht er hat. Zum Fürchten. Es sieht so aus, als müsste ich wieder ganz von vorn anfangen.«

»Lama Pema hat gesagt, man muss jeden Tag von vorn anfangen. Und in einem der Bücher, die du mir gegeben hast, stand ein alter tibetischer Spruch: ›Ein guter Bauer wirft seinen Mist nicht weg. Er trägt den Dünger der Erfahrung auf das Feld der Erleuchtung.‹«

Er strich sanft die Haare aus ihrer Stirn und stand auf. »Du hast Recht. Mein Mist stinkt, aber er ist fruchtbar. Ich hab dir viel zu verdanken. Schlaf gut!«

»Möge Senge Döngma deine Träume bewachen«, murmelte sie und drehte sich auf die Seite.

Beruhigte Gedanken verflossen zu Bildern. Sie spürte das Kitzeln des Schaffells am Kinn. Lama Purba lag neben ihr, in der Löwenhaltung ihr zugewandt, vollkommen still in seinem seltsamen Yogi-Schlaf. Der Mond zeichnete helle Konturen über die Berge und ließ einen Schatten in die Höhle fallen wie einen Vorhang. Sie hörte Davids Bewegungen, das Rascheln seines Schlafsacks. Sie war hier und dort zugleich …

Wie hungrige Wölfe stürzten sich am Morgen ihre Gedanken auf die Erfahrung der Nacht. Kaum war David wach, schoss der Bericht aus ihr heraus. Sie fragte sich nicht, ob sie ihm wieder vertraute. Es war nicht wichtig, nicht an diesem Morgen.

»Verstehst du: Im Traum war ich Miriam und Dawa zugleich und beide Identitäten waren völlig durchsichtig. Es klingt unmöglich, aber es war völlig wirklich. Früher träumte ich Dawa und dann träumte sie offenbar auch mich. Aber diesmal war es ganz anders als jemals zuvor.«

Plötzlich, als sei eine Tür zugefallen, war ihr klar, dass sie nicht mehr in Dawas Welt zurückkehren würde. Die Träume waren zu Ende, ebenso, wie die alte Miriam zu Ende war, die Miriam, die von einem Zimmer ins nächste rannte und immer in dasselbe Zimmer gelangte. Ende. Anfang. Langsam hatte sie sich gehäutet und nun war sie erschreckt von so viel Frische.

»Ich werde nie mehr von Dawa träumen. Das weiß ich. Wir sind … zusammengeflossen. Vielleicht kannst du das erklären. Es gibt ja immer Erklärungen, aber wie wahr sind sie? Meine Erfahrung wird dadurch nicht verändert.«

Während sie packten und auch beim Frühstück, bis sie ins Auto stiegen, sprach sie unentwegt weiter, von der Befreiung, nicht mehr an ihren Vater denken zu müssen, und der erstaunlichen Gewissheit, dass er bald sterben werde, vom Geist ihres Kindes, den sie endlich freigeben konnte, von der feurigen Senge Döngma, die durch sie hindurchfegte und Wände durchstieß und Mauern einriss.

»Ich werde mich neu sortieren müssen«, sagte sie heiter und ein wenig atemlos. »Seltsam ist das – es ist gar nichts los und doch ist mir unglaublich dramatisch zumute.«

Tetchok schob eine Kassette in den Rekorder und fuhr los. David schwieg.

»Entschuldige, ich habe wohl zu viel geredet«, sagte sie.

»O nein, keineswegs«, wehrte er ab. »Ich bin beeindruckt. Und ich weiß nichts dazu zu sagen. Außer dass ich dich beneide.«

Sie fühlte sich beneidenswert. EMAHO! Sie hatte Flügel. Die fliegende Schlange, gehäutet. Der Schmetterling, entpuppt. Der Garuda, aus dem Ei gebrochen, sitzt auf der Hand der löwenköpfigen Dakini. Sie lacht ihr wildes Lachen und schleudert ihn hoch und er fliegt, fliegt mit tönenden Schwingen.

Gegen Mittag bog Tetchok in der Nähe des Wasserfalls in eine unbefestigte Verbreiterung der Straße ein.

»Schöner Platz«, sagte Mister Li. »Keine bösen Geister.« Er lächelte Miriam zu, ohne Spott. Eine üppige Wiese neigte sich dem Tal zu, in das der Wasserfall abfloss.

Miriam lachte. »Kein Einwand. Das ist wirklich ein sehr schöner Platz.«

Mister Li packte den Lunch-Karton aus. Die chinesische Familie hatte sie gut versorgt: würzige Fleischstückchen im knusprigen Teigmantel, eingelegtes Gemüse, süße Reisbällchen, dazu klaren chinesischen Tee aus Mister Lis Thermoskanne. Es war ein köstliches Mittagessen. Wie viel von dem stolzen Preis, den die staatliche Agentur von Ausländern verlangte, mochte die Familie bekommen haben?

Ein weißer Schmetterling flatterte herbei und setzte sich auf Tetchoks Kopf, ein weiterer auf Davids Schulter. Mehr Schmetterlinge folgten, immer mehr, trieben heran wie Schneeflocken, landeten auf Köpfen, Händen, Schultern, auf den Fleischstückchen und den Reisbällchen und an den Rändern der Plastikbecher.

»Tetchok sagt, ein sehr gutes Zeichen«, erklärte Mister Li. »Großer Segen. Sehr außergewöhnlich.«

Miriam hielt die Handflächen hoch. Ganze Sträuße von Schmetterlingen setzten sich darauf, die winzigen Beinchen kaum spürbar.

»Ah-tsi!«, rief Tetchok beglückt. Ein Schmetterling hatte sich auf seiner kleinen, breiten Nase niedergelassen. Er hatte die Hände in Ehrfurcht gefaltet und auf jeder seiner Fingerspitzen saß ein Schmetterling. David hatte den Kopf nach hinten sinken lassen, so dass Schmetterlinge auf seiner Stirn, seinen geschlossenen Lidern und sogar auf seinen Lippen landeten. Mister Li schaute fassungslos in seine offenen Hände im Schoß, in denen sich Schmetterlinge drängten, als suchten sie bei ihm Schutz.

Es war ein Flattern und Wogen, Herabsinken und Aufstieben und wieder Landen, und plötzlich, wie es begonnen hatte, war das Wunder vorbei. Die Schmetterlinge schwangen sich hinauf, alle zugleich, stürzten sich in den leichten Wind und waren verschwunden.

»Was war das?«, sagte David. Es war nicht unbedingt eine Frage.

»Weiße Dakinis«, erwiderte Miriam. Es war nicht unbedingt eine Antwort.

David lächelte. »Oh, ihr Frauen!«

Tetchok sang, während er aufräumte, mit unvermutet tiefer und melodischer Stimme das Mönlam-Gebet. Mister Li ging ein Stückchen weit in die Richtung, in der die Schmetterlinge verschwunden waren, als könnte er sich nicht von ihnen trennen. David half Miriam, ihre Jacke über die Schultern zu hängen. Die Umarmung, die dem folgte, erschien natürlich und selbstverständlich, so innig und federleicht war sie.

Als sei es abgesprochen, ließen sich alle viel Zeit. Die Verzauberung wich nur langsam. Tetchok schob keine neue Kassette in den Rekorder. Selbst das Geräusch des Motors schien sanfter zu sein als sonst.

Miriam saß ganz still und schaute in die schnell vorbeiziehende Landschaft hinaus. Die Sehnsucht war wie ein Messer.

Unerträglich bittersüß. Sich David zuwenden, nah, noch näher, festhalten, festhalten, des Messers Schneide umarmen.

Nicht denken!, befahl die löwenköpfige Gottheit und lachte wild.

Rot, rot, rot, pochte es. Leidenschaft, die das Universum zum Tanzen bringt. Nicht festlegen, nicht urteilen. Nur sehen. Freigeben, fließen lassen, über alle Grenzen hinaus. Ganz still halten den Geist, nicht stören, nicht eingreifen, nicht kontrollieren, nichts tun.

Auf einem Pass hielt Tetchok an. Steif stiegen sie aus nach Stunden des Sitzens, verschwanden hinter Felsen, sammelten Steine, um sie auf den Steinhaufen zu legen, Andeutung des Chörten, des Mandala, der Vollkommenheit der Existenz.

»Du bist so still«, sagte David. »Alles in Ordnung?«

Miriam lächelte hinter ihren offenen, im kräftigen Wind wehenden Haaren. Ihr war, als würde sie wie ein Baby lächeln. Wie aus einem Traum oder aus einem tiefen See heraus.

»Ich treibe mich in Extremen herum. Heute Morgen hab ich auf Vorrat geredet. Jetzte schweige ich auf Vorrat.«

»Worüber denkst du nach?«

»Ich fühle eher nach. Es ist wunderbar. Seitdem ich ein Kind war, konnte ich das nicht mehr. Und wie geht es dir?«

»Ich denke zu viel. Ich wollte, ich könnte sagen, ich denke auf Vorrat. Aber ich denke immer zu viel. Wenn ich versuche, weniger zu denken, kommentiert mein Beobachter meine Versuche weniger zu denken. Außer bei unserem Besuch bei Senge Döngma. Dort wusste ich gar nichts mehr. Es war deine Reise und ich war nur deine Begleitung, deshalb hatte ich keine Erwartungen. Dazu kam Yongdu Rinpoches Rat, ich solle mir keine Mühe mehr geben. Irgendwie fiel ich in die

Lücke zwischen Mühe und Nicht-Mühe. Wie schade, dass man das nicht wiederholen kann.«

Wage es, dich zu verlieben, dachte Miriam, dann bekommst du es geschenkt.

Tetchok sang leise vor sich hin und zog ein Papierbündel aus der Tasche. Er warf die kleinen Zettel in die Luft, immer ein paar auf einmal, und der Wind trug sie davon.

»Was macht er da?«

David fing einen der Zettel und reichte ihn ihr. »Lungta, das Windpferd, siehst du? Wie auf den Gebetsfähnchen. Die Energie des Glücks. Glück für alle Wesen. Man kann sie in ganzen Blöcken kaufen. Hier begleitet man alles geistige Tun auch mit dem Körper – sich niederwerfen, Mantra-Trommeln drehen, Gebetsfahnen aufhängen, Lungta-Zettel dem Wind übergeben …«

Miriam ließ das Papierchen davonwehen. Mögen alle, alle Wesen glücklich sein!

Plötzlich war die Welt verändert. Soldaten schwärmten über die Straße, Pilger hingen in Trauben zusammen, unsicher, ängstlich. Die Plane eines offenen Lastwagens war zurückgeschlagen, eine Gruppe von Nonnen drängte sich auf der Ladefläche und wurde von den Soldaten grob heruntergezerrt. Aufgeregtes Geschrei auf Chinesisch. Checkpoint am Kyichu-Fluss. Eine Brücke. Lhasa war nicht mehr fern.

Mister Li wollte nicht sagen, was sich hier abspielte. Ein Pilger fiel auf die Straße, vom Kolben eines Gewehrs am Knie getroffen. Tetchok wurde weitergewinkt, ungeduldige Faustschläge gegen die Karosserie des Geländewagens. Mister Lis Bündel von Papieren wurde nur kurz kontrolliert.

»Irgendwelche Probleme«, sagte Mister Li kurz. »Nicht für uns.«

Miriam schloss die Augen über den Tränen der Hilflosigkeit und rief Senge Döngma mit ihrem Mantra. Wenigstens dies konnte sie tun. Bitten. Beten. Wie viele Gebete waren nötig, um dieser unglückseligen Welt zu helfen, den Wahn, die Gier, die Wut aufzulösen?

Streifen mit chinesischen Parolen bedeckten die Mauer unterhalb des Potala. Langsam wurden sie vom dichten Verkehr vorbeigeschoben.

»Büroschluss«, sagte Mister Li, »Stoßverkehr.«

Tetchok blies den Rauch seiner Zigarette zum offenen Fenster hinaus. Zum hinteren Fenster kam der Rauch wieder herein. Es spielte keine Rolle. Eine satte Abgaswolke lag schwer auf der Stadt.

Miriam drückte ihren Seidenschal vor Mund und Nase. Er hatte den persönlichen Geruch des Klosters nach Räucherwerk und Kräutern gegen Motten angenommen. Sie bat David, ihr ein wenig Geld zu leihen, so dass sie Tetchok und Mister Li ein kleines Geschenk machen könnte. Mister Lis Veränderung war augenscheinlich. Selbst seine Stimme klang anders. Und im gleichen Maß war die Ängstlichkeit von Tetchok abgefallen. Man hätte sie fast für Freunde halten können.

»Sehr schöne Reise«, sagte Mister Li vor dem Hotel zum Abschied. »Bitte wieder kommen. Fragen Sie nach Mister Li. Und nach Mister Tetchok.«

Beide steckten ihr Geldgeschenk ein, ohne einen weiteren Blick darauf zu werfen.

Sie verneigten sich mit gefalteten Händen voreinander. Miriam drängte den Impuls, beide zu umarmen, zurück. Zu intim für Asien. Es erschien ihr sehr wichtig, die Würde dieses Augenblicks zu wahren.

»Wie unser Mister Li sich verändert hat«, sagte David im Bus auf dem Weg in die Altstadt. »Er sagte tatsächlich Mister Tetchok. Ein Wunder.«

»Haben wir uns nicht auch verändert? Ich hoffe so sehr, dass es die alte Miriam nicht mehr gibt.« Und den alten David, fügte sie im Stillen hinzu.

Sie hielt den Blick nach draußen gerichtet, auf die kurze Dämmerung. Ihr Blick traf den eines jungen Mannes auf einem Fahrrad, einen gelangweilten Blick. Auf dem Gepäckträger eine Aktentasche, die Kleidung neutral, dunkle Hose, dunkle Windjacke. Kam er von der Arbeit in einem der neuen privaten Läden? »Macht Geschäfte für das Wohl des Vaterlands« hatte Mister Li den chinesischen Slogan auf einem Plakat übersetzt. Ging er am Abend in die große, hässliche Disko vor dem Potala tanzen? Oder hatte er eine Frau zu Hause, die ihr erstes und einziges Kind erwartete?

»Die Muster des Karmas sind wie Pfahlwurzeln«, sagte David. »Sie reichen in große Tiefen.«

»Willst du mich entmutigen?«

»Nein«, antwortete er, »ganz gewiss nicht. Eher dich warnen. Oder mehr noch mich selbst warnen.«

Sie hatten sich darauf geeinigt, der künstlichen Welt des Hotels zu entfliehen und den letzten Abend im Lokal der Dölma Ama, der Nichte der Delogma, zu verbringen. Alle Schwere war aus ihrem Zusammensein gewichen, sie konnten offen miteinander reden, achtsam, jedoch ohne Zensur.

»Wie schön! Ihr seid wieder da, meine Kinder«, sagte die Wirtin und strahlte. »War es eine anstrengende Reise? Ich sehe schon, ihr braucht Chang und ein kräftiges Essen.«

Das Lokal war voll; eine Gruppe junger westlicher Gäste, teuer ausgestattete Rucksacktouristen der neuen Generation, hatte alle Tische besetzt. Doch die Wirtin führte sie zu einem verborgenen Tisch neben der Küchentür, nahe dem Sofa, auf dem bei ihrem letzten Besuch die Delogma gesessen hatte. Ein junges tibetisches Paar rückte zusammen.

»Mein Neffe und seine Frau«, erklärte Dölma Ama. Kummer ging von den beiden aus wie ein Geruch, zartbitter und durchdringend.

»Chemkusho-la, wo ist Ihre verehrte Tante?«, fragte Miriam.

Die Wirtin machte ein besorgtes Gesicht. Die Delogma sei krank, sie liege oben in der Wohnung.

Kaum hatten sie zu Ende gegessen, kam Dölma Ama an den Tisch und forderte Miriam auf, ihr zu folgen. Die Tante wolle sie sehen.

»Sie empfängt sonst nur mittags Besucher«, sagte sie. »Aber bei Ihnen macht sie eine Ausnahme.«

Ein dunkler Durchgang neben der Tür zum Restaurant führte in den Innenhof des alten Hauses und fast erschien es Miriam, als gleite sie zurück in Dawas Welt. Eine steile Steintreppe führte zum überdachten Eingang, Draperien aus gelbem Stoff verzierten die Fenster mit den breiten, konischen, schwarz bemalten Fensterstöcken. Über dem Innenhof hing ein abendlicher Samthimmel. Weiches Licht drang aus dem mit feinen Holzgittern versehenen Alkoven im oberen Stockwerk.

Die alte Frau hustete und sah sehr zerbrechlich aus.

Ihr kleines Bett war ein hölzerner Kasten mit hoher Lehne, fast wie ein Kinderbett. An den Wänden hingen Thangkas, die meisten mit herabgelassenen Vorhängen. Zornvolle Gottheiten lässt man nicht im Freien. Neben dem Bett ein geschnitztes Tischchen, darauf die Utensilien der meditativen Praxis, Vajra, Glocke, Trommel und in rotes Tuch gewickelte Texte. Ein großer Schrein beherrschte die Wand gegenüber. Butterlampen brannten auf dem Schrein und feine helle Rauchfahnen stiegen von den Räucherstäbchen auf.

Dölma Ama schickte das junge Mädchen hinaus, das auf einer Matte neben dem Bett saß und nähte. Mit einer schwachen Handbewegung winkte die Delogma Miriam zu sich heran und legte ihr kurz die Hand auf den Kopf.

Als sie zu sprechen begann, war ihre Stimme leise und ein wenig atemlos. Ihr Blick schien nirgendwo zu haften, reichte in weite Ferne, in den unendlichen Raum, vielleicht darüber hinaus.

»Sumchok-la nennt dich Dawa und kleine Tochter«, übersetzte Dölma Ama, »und sie sagt, du sollst dir keine Sorgen um deine Zukunft machen. Du sollst dich auf deine Aufgabe konzentrieren.«

Miriam wollte fragen, was für eine Aufgabe das sei, doch Dölma Ama hob die Hand. »Und sie sagt, du bist gut für diesen Mann. Nehme ihn. Er ist ein anständiger Mensch. Das ist selten.«

Die Worte flossen aus dem Mund der Delogma wie ein unaufhaltsamer Strom, als lese ein Kind etwas ab, ohne auf Punkte und Kommas zu achten. Wenn sie eine Pause machte, so nur, um Kraft für ihre Stimme zu sammeln, und dann setzte sie wieder ein, als habe es keine Unterbrechung gegeben.

»Mach dir klar, dass du einsam sein wirst, auf eine natürliche Weise. Nicht angeklebt. Daka und Dakini bilden keine Symbiose, sie sind zwei Einsame, zwei und doch nicht getrennt. Auch wenn du jetzt nicht weißt, wie lange es wichtig und richtig ist, mit ihm zusammenzubleiben, wirst du es wissen, wenn es nötig ist.«

Die alte Frau hustete.

»Sie hat Wasser in der Lunge«, flüsterte Dölma Ama. »Aber sie klagt nie.«

Die Delogma sprach weiter. »Sie sagt, du sollst dir klar machen, dass du die volle Verantwortung für dich übernehmen musst. Nur so kann man ein wirklicher Mensch werden. Dann kannst du auch Verantwortung für andere übernehmen und schließlich für die ganze Welt. Dazu brauchst du keine Predigerin oder Politikerin zu werden.« Die Delogma kicherte mit rasselndem Atem. »Du brauchst nur deine Weisheit und dein Mitgefühl, deine Würde und deine Souveränität und deine Kraft. Das, was jeder Mensch in sich trägt.«

Die Augen der Delogma fielen zu. Die Narbe, die sich über ihr Gesicht zog, war fast weiß.

»Sie wird bald sterben, nicht wahr?«, flüsterte Miriam.

»Ja. Sie sagt, sie hat dieses alte, kaputte Gehäuse satt.«

Miriam wollte aufstehen, doch eine Handbewegung der Delogma hinderte sie daran.

»Sumchok-la sagt, sie möchte dir ein Geschenk mitgeben, ein geistiges Geschenk. Wir sollen ihr helfen aufzusitzen.«

Vorsichtig richteten sie die Kranke auf und stützten ihren Rücken mit Polstern. Ihr Blick reichte unendlich weit hinaus ins Weltall. Sie räusperte sich und begann zu singen. Ihre Stimme war zunächst dünn und hatte Mühe, die Melodie zu halten, doch bald wurde sie klar und kräftig. Nach jeder Strophe hielt sie inne und Dölma Ama übersetzte den Inhalt:

»KYE HO! Wunderbar!
Alle Dinge sind bodenlos, wie ein Traum.
Abhängig scheinen sie zu entstehen wie ein Bild im Spiegel.
Spontan steigen sie auf und verschwinden wieder wie Blasen.
Leer sind sie wie der Himmel.

KYE HO! Wunderbar!
Du magst von ›Existenz‹ sprechen,
doch nichts kannst du greifen.
Du magst von ›Nichtexistenz‹ sprechen,
doch viele Dinge erscheinen und sind da.
Die Wahrheit ist jenseits von ›Existenz‹ und ›Nichtexistenz‹.
Ich kenne sie, doch zeigen kann man sie nicht.

KYE HO! Wunderbar!
Erkenne das magische Schauspiel der Erscheinungen
als Spiegelungen deiner eigenen Gedanken.
Wisse, dass dein Geist von Natur aus leer ist –
kein Grund, woanders nach der
Glückseligkeit der Wirklichkeit zu suchen.

KYE HO! Wunderbar!
Wenn du die eine Wirklichkeit erfährst,
kann das ganze All deine Seligkeit nicht fassen.

Findest du Worte dafür? Dann sprich!
Ich habe das ganz und gar Unsichtbare gesehen.

KYE HO! Wunderbar!
Diesen spontanen Strom der großen ekstatischen
Weisheit
kann man ohne Verwirklichung nicht beschreiben.
Und nach der Verwirklichung, warum noch sprechen?
Schmecke ihn und es verschlägt dir die Sprache.

Wenn man Verwirklichung erlangt,
ist alles spontan vollendet.
Man erfüllt die Hoffnungen und Wünsche aller Wesen
gleich einem wunscherfüllenden Juwel.«

Mit dem Jubelruf »EMAHO!« beendete die Delogma den Gesang, richtete den Blick auf Miriam und zwinkerte ihr zu. Dann schloss sie die Augen und ließ den Kopf nach hinten sinken. Dölma Ama zog die Polster weg, legte die Kranke wieder zurecht und deckte sie umständlich zu, mit den liebevollen, überflüssigen Gesten, mit denen Mütter ihren Kindern beim Zubettgehen die Decke glatt ziehen und über das Kopfkissen streichen.

»Vielen Dank, Chemkusho-la«, flüsterte Miriam und legte ihre Wange auf die zerknitterte, knorpelige Hand auf der Bettdecke. Es roch plötzlich sehr stark nach Blumen.

»Die Blumen«, sagte sie, »woher kommt dieser Duft?«

»Das ist manchmal so, wenn Sumchok-la singt«, antwortete Dölma Ama. »Es sind die Dakinis.«

Das Lied klang nach in Miriams Geist, als hörte die Delogma nicht auf, es zu singen. Der spontane Strom der großen ekstatischen Weisheit, das war es, ja, das hatte sie erfahren und es hatte ihr die Sprache verschlagen, so dass sie es David nicht erzählen konnte.

Sie bat Dölma Ama, das Lied für sie aufzuschreiben.

»Es sind Lehrverse großer Dakinis«, sagte Dölma Ama. »Gut tausend Jahre alt. Meine Tante hat eine Bibliothek voller Dakini-Tantras im Kopf. Sie hat sie alle von Arya Tara gelernt, als sie im Bardo war. Eine andere Gelegenheit hätte sie auch gar nicht gehabt. Wie sollte eine einfache Frau die Texte der Tantras lernen?«

Am Tisch neben der Küche schrieb Dölma Ama das Lied der Delogma nieder und diktierte zugleich Miriam die Übersetzung. David sprach währenddessen leise mit dem Neffen und seiner Frau und warf immer wieder vorsichtige Blicke in die Gaststube. Niemand beachtete ihn.

Kurz darauf verabschiedete sich das Paar. Dölma Ama zog ein Foto aus ihrer Chuba und sagte: »Das ist das Kind.«

»Das Kind der beiden«, erklärte David. »Sie haben vor einem halben Jahr ihren kleinen Sohn mit einer Kindergruppe illegal nach Nepal geschickt und die beiden Führer sind nicht zurückgekommen. Sie sind ganz außer sich vor Sorge. Ich werde versuchen herauszufinden, ob ihr Kind gut angekommen ist.«

»Was könnte geschehen sein?«

»Vielleicht wurden sie vor der Grenze abgefangen und in ein Lager oder nach China gebracht. Vielleicht haben nepalesische Grenzsoldaten sie abgefangen und gegen Kopfgeld ausgeliefert. Vielleicht sind sie in den Bergen erfroren. Es war Winter, da ist die Grenze weniger gut gesichert. Oder vielleicht haben sie es geschafft und die Führer wurden auf dem Rückweg gefangen genommen. Es gibt viele Möglichkeiten.«

»Und wenn sie es geschafft haben?«

David seufzte. »Dann stehen sie vor den Toren der Klöster und man muss sie aufnehmen, ob Platz da ist oder nicht. Die Spenden aus dem Ausland reichen kaum, um sie zu füttern. Und sie werden oft krank durch den Klimawechsel und das schlechte Wasser. Ich habe für unser Kloster eine Pumpe mit einem zentralen Filter gekauft. Wahrscheinlich hab ich damit mehr Gutes getan als mit fünfzehn Jahren Psychotherapie.«

»Ich glaube, es tut gut, wenn man helfen kann«, sagte sie. »Ich versuche mich zu erinnern, ob ich jemals jemandem wirklich geholfen habe. Ich meine – selbstlos geholfen. Wahrscheinlich nicht.«

Wie soll man die Hoffnungen und Wünsche aller Wesen erfüllen? Als sie bei Yongdu Rinpoche saß, waren alle ihre Hoffnungen und Wünsche erfüllt.

Dölma Ama füllte immer wieder Chang nach. Sie nannte es ihr kleines Geschenk. »Damit ihr den Geschmack Tibets nicht so schnell vergesst.«

Sie waren ein bisschen betrunken und lachten leise miteinander auf der Rückfahrt zum Hotel. Die kleinen Busse fuhren nicht mehr. Es war kühl auf der Fahrradrikscha und sie drängten sich dicht aneinander.

Vor ihrem Zimmer blieb Miriam stehen. »Kommst du …?« Es kann mir nichts, gar nichts geschehen, hatte sie im Lift zu sich selbst gesagt. Was kann schon geschehen? Ein Traum. Es ist immer ein Traum. Er könnte den Kopf schütteln, einen Augenblick stehen bleiben, sie auf die Stirn küssen, vielleicht sagen: Du weißt, ich kann nicht über meinen Schatten springen. Oder: Seien wir einfach Freunde. Sie würde lächeln, winken, ja, natürlich, gute Nacht, schlaf gut, und sie würde sich im Bett zusammenrollen und Senge Döngma rufen, Senge Döngma in den Flammen, KYE HO.

»Wenn du mich noch haben willst.«

Ihre Hand, die nach dem Lichtschalter suchte, zitterte. »Es ist dumm, aber ich bin sehr aufgeregt.«

»Ich auch«, sagte er. »Aber ich glaube nicht, dass es dumm ist.«

Es war schwierig. Sie wünschte sich die unkomplizierte Leidenschaft zurück, nachts vor dem Haus der chinesischen Familie unter dem tibetischen Mond, doch das war vorbei, nicht wiederholbar. Sie setzte sich auf das Bett, ohne ihre Windjacke auszuziehen.

»Meine Hände sind eiskalt«, sagte sie.

David setzte sich neben sie, schüttelte seine Jacke ab und legte den Arm um sie.

»Keine Angst«, murmelte er in ihr Haar. »Diesmal schaut mir kein Gott über die Schulter.«

Miriam

Sie ging ein wenig hinter ihm, während er den Kofferwagen mit den beiden Reisetaschen zum Ausgang des Terminals schob. Seine Haltung hatte sich über Nacht verändert, war leichter und anmutiger geworden. Sie konnte ein Lächeln nicht unterdrücken. Wie deutlich ist die Sprache des Körpers – ein flammendes Aufgerichtetsein des Rückens, eine bestimmte Haltung der Hüften, ein verhaltenes Federn in den Beinen, eine schwingende Bewegung in den Schultern, eine sanfte und zugleich furchtlose Weite der Brust. Und ihr eigener Körper schwang mit, fein gestimmt, im zarten Rausch der Glückshormone.

Die schreienden Taxifahrer gehorchten der knappen Geste, mit der er ein halbwegs gut erhaltenes Vehikel auswählte. Sie ließ sich auf den Rücksitz fallen, zitternd vor Lebendigkeit nach einer Nacht ohne Schlaf und der frühen Fahrt vor Morgengrauen zum weit entfernten Flughafen von Lhasa am Tsangpo-Fluss.

»Welcome home«, sagte David und küsste sie auf die Schläfe.

Die Hitze dampfte, satt von Abgasen und gärigen Gerüchen. Durch die Straßen Kathmandus schwappte der übliche chaotische Verkehr. Miriams Gedanken weigerten sich, die Nacht zu verlassen. Sie wollten um das Wunder der Nähe kreisen, um das Wunder, vergessen zu können, sich in die Einmaligkeit zu stürzen ohne Vergangenheit und Zukunft. Sie wollten zu ihren kalten, zitternden Händen zurückkehren und zu Davids geduldigen Versuchen, sie zwischen den seinen zu wärmen. Dazu, wie er ihre Schuhe aufschnürte, ihr die Kleider auszog und sie unter die Bettdecke steckte, sich zu ihr legte und sie fest in die Arme nahm, warm und beruhigend.

Da war kein aufgeregtes Funkensprühen gewesen, nicht der Hunger nach Paarung, nur diese liebevolle, tröstliche Umarmung, ein Streicheln wie ein Wiegenlied, das die Unrast dämpfte, bis sie schließlich warm wurde und zur Ruhe kam, selbst unter der bedrohlichen Bedingung der so genannten Liebe. Es musste sich wohl um die Liebe Gottes, die Liebe eines Gottes und einer Göttin handeln – so konnte man es vielleicht verstehen, hatte sie gedacht, bevor sie einschlief.

Lange konnte sie nicht geschlafen haben, denn die Nacht erwies sich nach dem Aufwachen noch als sehr lang. David hielt sie noch immer in den Armen und sie stürzte in die verzauberte Welt seines Geruchs, in das Abenteuer seiner Nähe hinein. Ihr Körper nahm ihr die Gedanken aus der Hand, als sei sie nie dazu verdammt gewesen, ihre Gefühle an das Denken abzutreten.

»Ich möchte dir so viel Schönes sagen«, flüsterte er irgendwann an ihrem Hals, »aber ich stelle fest, dass ich es versäumt habe, ein Dichter zu werden. Es gibt viel nachzuholen.«

»Ich höre es ohne Worte«, erwiderte sie.

O ja, er nahm einem die Sprache, dieser Strom der ekstatischen Weisheit, die alles weiß über Geist und Körper und Tod und Hingabe und Erlösung, über Gottheiten und Erleuchtung, über alles, das in Namen gepresst so hilflos klingt. Es sei denn, dass man Namen als Musikinstrumente verwendet und sie erklingen lässt in den Wundertönen der Ekstase.

Ihr Kopf lag an seiner Schulter. Er hatte ihre Hand genommen; sie spürte die Wärme seiner Lippen und seines Atems auf dem Handrücken. Würde er sie lieben können über diese Sternstunden hinaus? Und sie ihn? Denn so viel hatte sie begriffen, dass zum Lieben ein Lernen und Üben gehört, mit festem Entschluss und viel Beharrlichkeit. Natürlich musste die Inspiration da sein in dieser Kunst aller Künste, doch daran fehlte es nicht. Sie sei gut für diesen Mann, hatte die Delogma gesagt. Deshalb war er gut für sie. Heute. Morgen. Wer weiß?

»Unfall«, sagte der Taxifahrer mit singendem Akzent. »Nicht weiter.«

Menschen drängten sich am Taxi vorbei, bildeten einen lauten, neugierigen Kranz um die nahe Unfallstelle.

»Ich will sehen, ob ich helfen kann«, erklärte Miriam und ergriff ihren kleinen Rucksack, in dem sie einen Erste-Hilfe-Beutel stets bei sich trug. David stieg mit ihr aus und bahnte ihr einen Weg durch die schnell wachsende Menge. Vor einem Lastwagen lag ein dünner Mann in armseliger Bekleidung neben einem verbogenen Fahrrad. Eine Blutlache hatte sich unter seinem Kopf ausgebreitet. Sein Arm lag in einem seltsamen Winkel zum Körper.

»Der Unterarm ist aus dem Gelenk gesprungen«, sagte Miriam und kniete neben dem Verletzten nieder. »Und er hat eine Kopfwunde. Hat schon jemand die Ambulanz gerufen?«

David schüttelte den Kopf. »Da kannst du lange warten. Das funktioniert hier selten.«

Miriam legte eine Kompresse an der stark blutenden Kopfwunde an und hob den Mann mit Davids Hilfe aus der Blutlache heraus. Der Mann stöhnte laut auf.

Sie hatte unzählige Schultern geröntgt, aber noch nie einen Arm eingerenkt. Doch es musste sein. Sie wusste, wie das Gelenk aussah, sie konnte sich vorstellen, was sie zu tun hatte. Also würde sie es tun.

Einen der diskutierenden Männer im Gedränge wies sie an, den Mann festzuhalten, und David zeigte sie, wie er am Oberarm ziehen musste. Der Verletzte schrie. Das Gelenk schnappte ein. Erschöpft ließ der Mann den Kopf zur Seite sinken.

Miriam stand auf. »Die Kopfwunde muss genäht werden. Und man sollte den Kopf röntgen.«

David redete auf ein paar Männer ein, bis sie sich bückten und den Mann an den Straßenrand trugen. Er lag reglos da, doch seine Augen waren offen, erstarrt in einem verzweifelt ergebenen Blick. Der Verkehr entwirrte sich, der Verletzte wurde auf den Rücksitz eines Taxis gepackt, sein verbogenes Fahrrad in den Kofferraum geschoben. David gab dem Taxifahrer ein Bündel Rupien.

»So«, seufzte er, »jetzt können wir nur hoffen, dass der Taxifahrer ihn auch ins Krankenhaus fährt und ihn danach heimbringt. Ich hab ihm gesagt, sehr schlechtes Karma, wenn er es nicht tut.«

Sie fanden ihr Taxi auf der anderen Straßenseite. Der Taxifahrer warf den Stummel seiner Zigarette auf die Straße und lächelte mit großen, braunen Zähnen. »Warten kostet heute nichts. Good Lady.« Er wiegte anerkennend den Kopf und wiederholte: »Good Lady.«

Über den Bergen begannen sich dunkle Wolken zu sammeln, die Regen versprachen. Miriams offene Haare klebten am Nacken. Würde sie sich jemals mit dem Monsun anfreunden können?

»Ich könnte hier als Ärztin arbeiten«, sagte sie.

»Das dachte ich auch gerade«, erwiderte David. »Ärzte werden hier dringend gebraucht.«

»Viel würde ich nicht verdienen, nehme ich an.«

»Sicher nicht.«

»Aber ich hätte eine Aufenthaltsgenehmigung. Und ich könnte Yongdu Rinpoche öfter sehen. Ich muss ihn unbedingt wiedersehen.«

»Du könntest auch mich öfter sehen, Frau Doktor. Jeden Tag, wenn du willst, und jede Nacht.«

Sie lehnte ihren Kopf an seine Schulter. »Bist du sicher?«

»Du meinst: So sicher, wie ich sicher war, dass ich ins Kloster wollte? Ich fürchte, ich bin nicht sehr glaubwürdig.«

Miriam lachte. »Das stimmt.«

»Könntest du dich auf ein Experiment einlassen?«

»Vielleicht sollte man das Leben grundsätzlich als Experiment betrachten. Ich habe so viele Jahre in meiner eigenen Sicherheitsverwahrung gelebt. Es ist an der Zeit, die Freiheit zu wagen.«

Sie schaute hinaus zu den dunklen Wolken, die sich mit großer Schnelligkeit über den Himmel schoben. Sie freute sich auf das Gästehaus. Der einzige Ort auf der Welt, der einem »Zuhause« nahe kam.

Ob sie zum Gästehaus fahren oder mit zu ihm kommen wolle, hatte David vor der Landung gefragt. Zum Gästehaus, hatte sie, ohne nachzudenken, geantwortet. Sie hatten nicht weiter darüber gesprochen. Es war ja noch die magische Zeit einer Affäre, in der es keiner Beteuerungen bedarf, in der die pure Anwesenheit des anderen Bestätigung genug ist. Das Knistern, fliegende Funken. Das fast sichtbare Strömen vom einen zum anderen.

Bilder der Nacht trieben hoch und verschwanden wieder, aufblitzende Erinnerungen an das Mysterium des Ineinanderschmelzens, der Auflösung, der beglückten Rückkehr in das Du und Ich. Und mochte es auch immer das Gefälle geben zwischen denen, die Liebende, und denen, die Geliebte sind, weil es nicht jedem gelingt, den Handel abzustellen im Kopf, so war sie doch bereit, alles Mögliche in die Waagschale zu werfen.

»Ich glaube sogar, ich halte es aus, ohne Versprechungen zu leben«, sagte sie.

David küsste ihren Augenwinkel. »Warum habe ich nur das Gefühl, nicht zu verdienen, dass du das sagst?«

Sie wünsche ein Zimmer im oberen Stockwerk, erklärte sie Madame Yeshe, nicht mehr dasselbe wie zuvor. Das alte Zimmer gehörte zur alten Miriam, und es schien ihr passend, dass dieses erste Zimmer ebenerdig war, geborgen zwischen Büschen und Kletterblumen an zierlichen Gittern. Laubengang und Fenster des oberen Zimmers hingegen boten freien Ausblick auf den großen Garten darunter und die Häuser des Viertels und die begehbaren Dächer des Klosters nebenan.

Noch während sie auspackte, begann der Regen. Das Trommeln auf dem Dach und auf der Galerie vor der offenen Zimmertür mischte sich mit den tiefen, rollenden Klängen der Langhörner, mit den schrillen Tönen der Trompeten und dem Klirren der Becken im Lhakang hinter der Mauer des Gästehauses.

Wo mochte Dawa mit ihrem Ngakpa hingegangen sein? Ich habe dich gefunden, Dawa, und deine löwenköpfige Gottheit, und ich werde auch diesen grässlichen Monsun aushalten und die Moskitos und den Dreck in den Straßen und die Luft voller Abgase und die Bettler mit ihren von Lepra verformten Händen. Sie band die verklebten Haare zurück, zum ersten Mal seit dem Beginn der Reise zu Senge Döngma. Sie wollte ihre Haare waschen und föhnen, so dass sie weich und locker ihr Gesicht einrahmten. Wie der Goldrand der Sonne an einer Wolke. Doch vielleicht waren diese Goldrandhaare bei den zweiundsiebzig Kurven geblieben? O nein, die Sonne war überall. Und David hatte gesagt, ihr Lachen sei hübsch. Rudolf hatte das nie gesagt. Kein Mann hatte das je gesagt. Vielleicht würde es für David irgendwann nicht mehr hübsch sein. Er hat selbst gesagt, er sei nicht glaubwürdig. War es eine Warnung? Die Panik ist wie ein wildes Tier, versteckt, lauernd, züngelnd.

Ein Moskito sang mit leiser Wut vor sich hin.

Sie riss das Band wieder aus den Haaren und ging vor die Tür und hielt ihr Gesicht in den Regen. Die Langhörner dröhnten nebenan im Kloster. Senge Döngma tanzte am Himmel und lachte wild. Glaub dir nicht! Du kannst tanzen. Du kannst fliegen. Das Glück ist nicht bedingt.

Madame Yeshe spähte unter ihrem Regenschirm hervor und rief zu Miriam hinauf: »Sie werden ja ganz nass.«

»Das macht nichts«, rief sie zurück. »Ich liebe den Monsun!«

Glossar

Ama: Mutter
Amala: üblich für »Mama«; das »la« dient als höfliche Anrede
Arya Tara: weibliche Gottheit des Mitgefühls
Ah-tsi: Ausruf wie etwa »du lieber Himmel«
Ba: kompliziertes Würfelspiel chinesischen Ursprungs
Bardo: Zwischenzustand, bezieht sich im Allgemeinen auf die Phase zwischen Tod und Wiedergeburt
Bardo Thödol: »Befreiung durch Hören im Zwischenzustand«, ein Text, der dem Sterbenden und Toten 49 Tage lang vorgelesen wird; geläufige westliche Bezeichnung: »Das Tibetische Totenbuch«
Chang (Tschang): tibetisches »Bier«
Chemkusho, Chemkusho-la (Tschemkuscho): vergleichbar etwa dem englischen Titel »Eure Lordschaft« bzw. weibliches Pendant
Cho (Tscho): eine Art Joghurt
Chöd (Tschö): wörtlich »abschneiden«, tantrische Meditationspraxis, in der man alle Dämonen (negative Energien) einlädt und sich ihnen als Mahl anbietet – symbolisch für das Loslassen des Ego und somit die Transformation negativer Impulse in Weisheit und Mitgefühl

Chörten: tibetisch für Stupa (sanskr.)

Chuba (Tschuba): tibetisches Kleid oder Überkleid bzw. Mantel

Dakini: »Himmelstänzerin«, tibet. Khandro; bezeichnet sowohl weibliche Gottheiten als auch menschliche Manifestationen dieser göttlichen Energie.

Dawa (Daoa): »Mond«, beliebter Name

Delog: der oder die von den Toten Zurückgekommene; weibl. Form: *Delogma*

Dharma: die buddhistischen Lehren

Drapchi: »Gefängnis Nummer eins«, das berüchtigte Foltergefängnis am Rand von Lhasa

Drubchen: mehrtägige Puja

Duftesser: Geister der Toten

Garuda: mythischer Vogel, der die Freiheit des erwachten Geistes symbolisiert. »Wer Meditation mit der richtigen Sichtweise praktiziert, ist wie der Garuda, der den weiten Raum ergründet. Da gibt es keine Furcht und keinen Zweifel. Wer jedoch ohne diese Sichtweise meditiert, ist wie ein Blinder, der über die Ebenen wandert. Dort gibt es keinen Hinweis, wo der richtige Weg verläuft.« (Jamgon Kongtrul Lodrö Thaye, 19. Jh.)

Ga-u: Anhänger, mit heiligen Texten gefüllt

Gesar von Ling: Legendäre Ritterfigur, König des sagenhaften Reiches Shambhala

Gompa: Klostergebäude, Tempelgebäude mit Wohnräumen

Gönkang: Schrein zornvoller Gottheiten

Guru Rinpoche: Titel des Begründers des tibetischen Buddhismus, Padmasambhava (8. Jh.)

Himmelsbestattung: Bereitlegen der Leichen für Geier

Inchi (Intschi): Ausländer, abgeleitet von »english«

Kama: »Stern«, beliebter Name; Kamala ist die höfliche Form

Khora: rituelle Umrundung heiliger Gegenstände und Orte

Kusho (Kuscho): Anrede wie etwa »hoher Herr«

Lama: Titel eines spirituellen Lehrers

LAMA CHENNO: »Lama, schau auf mich«, eine liturgische Anrufung

Lhakang: tibetisch-buddhistischer Altarraum

Lhasang: »heiliger Rauch« aus getrockneten Wacholderblättern

Mala: tibetische Mantra-Kette, vergleichbar einem Rosenkranz

Mandala: »heiliger Kreis«

Mandala-Trommel: kleiner Zylinder mit Griff, gefüllt mit Mantras und Gebetstexten, den man mit Bewegungen des Handgelenks zum Rotieren bringt. So wird der geistige Akt physisch verstärkt.

Mantra: symbolische »heilige Wörter«, mit Hilfe derer man mit Gottheiten kommunizieren kann

Mola: Oma, Großmutter

Momo: Riesenravioli, mit gehacktem Fleisch gefüllt

Mönlam-Gebet: ein verbreiteter Gebetstext

Naga (Sanskr.): tibet. Lu, Wasser- und Erdgötter

Naljorpa: Pilger

Ngakpa: Angehöriger des nicht klösterlichen »weißen Ordens«

Nyemo: liebevoller Ehrentitel: »Herrin des Hauses«

Nyima: »Sonne«, beliebter Name

OM MANI PEME HUM (HRI): Mantra des Mitgefühls

Padmasambhava: Gründer des tibet. Buddhismus und in Tibet im 8. Jh., wird als Wiedergeburt des historischen Buddha Shakyamuni betrachtet und in hauptsächlich acht Erscheinungsformen friedlicher und zornvoller Art verehrt; bekannt vor allem als »Guru Rinpoche«

Pala: Papa, Vater

Pola: Opa, Großvater

Puja (Pudscha): wörtlich »Opferhandlung«, umfasst Rituale, Anrufungen und Meditationen

Punjabi (Pundschabi): Kleid und Pumphose, typische Frauenbekleidung in Nepal

Rinpoche (Rinpotsché): »Kostbarer«, Titel hoher Wiedergeburten und Meditationsmeister

Samsara: Die Erfahrung der Welt durch den Filter des Ego

Senge Döngma: löwenköpfige Dakini (sanskr. Simhamukha), weibliche Meditations- und Schutzgottheit, in der Nyingma-Linie sehr bedeutend

Shaa (Schaa): »Osten«; das Fürstentum Shaa ist fiktiv

Sho (Scho): einfaches tibetisches Würfelspiel

Stupa: sakrale Form – als Mauwerk, Malerei oder Devotionalie –, die den Aufbau der subtilen Energien im Kosmos und im menschlichen Körper symbolisiert

Tara: siehe »Arya Tara«

Thangka: Rollbilder mit religiösen Motiven, vor allem Meditationsgottheiten als Visualisierungsvorlage

Tsampa: Mehl aus gerösteter Gerste

Tsog: rituelles Mahl

Tuma: Süßigkeit, aus gekochten und gehackten Wurzeln, mit Zucker und Butter vermischt; schmeckt ähnlich wie Esskastanien

Tukpa: Suppe mit Nudeln und Fleisch

Vajra (Vadschra): »Diamantzepter«, zentrales Symbol des tibetischen Buddhismus (Vajrayana)

Vier Aktivitäten (hier zur Hervorhebung die »vier vollkommenen Aktivitäten« genannt): Befrieden, was befriedet werden kann. Anreichern, was durch Anreicherung geheilt werden kann. Anziehen, was durch Anziehung überwältigt werden kann. Zerstören, was zerstört werden muss.

Yeshe Tsogyal: Gefährtin Padmasambhavas, eine Dakini in menschlicher Manifestation

Yogini: weibliche Praktizierende des tantrischen Buddhismus, die keine klösterlichen Gelübde abgelegt hat und jede beliebige Lebensweise wählen kann. Männliche Form: *Yogi*

Ich habe Texte verwendet von Milarepa, Künga Legpa, Machig Lapdrön und Thinley Norbu Rinpoche sowie aus den Yogini-Tantras, dem Padmasambhava Sadhana und dem Tibetischen Totenbuch.

Tashi Delek e. V.
Gesellschaft zur Förderung der tibetischen Kultur im Exil
Seestraße 123a
86938 Schondorf

Tel. 08192/9971977
E-Mail: tashidelek@gmx.de
www.tashi-delek.de

Ulli Olvedi

Zanskar und ein Leben mehr

Roman

Das geordnete Leben der 28-jährigen Pema-Marie gerät völlig aus den Fugen, als sie einen Brief aus Nepal erhält. Die Tagebücher ihrer seit zehn Jahren verschollenen Mutter sind in Kathmandu gefunden worden. Das Vermächtnis der Mutter ist ein Bericht über ihren inneren Entwicklungsweg in Zanskar, einer hochgelegenen Region im westlichen Himalaja, in der die Zeit stehengeblieben ist und das echte alte Tibet noch lebendig zu sein scheint.
Pema-Marie folgt ihren Spuren, und es erschließt sich ihr eine vollkommen neue Welt – und führt zu einer unerwarteten Wende in ihrem Leben.

»Eine tief gehende Geschichte, die aufzeigt, wie reichhaltig und vor allem heilsam die buddhistische Lehren sein können.«
Buddhismus aktuell

O.W. BARTH